Paul d

Le Message du Mikado

Roman

ISBN : 978-3-96787-263-7

10   9   8   7   6   5   4   3   2   1

Paul d'Ivoi

Le Message du Mikado

Roman

Table de Matières

PREMIÈRE PARTIE

CHAPITRE PREMIER
UNE SERVANTE SINGULIÈRE

— Mlle Véronique Hardy ?

— Vous la trouverez au second étage, monsieur… Elle est précisément de service de garde.

— Merci.

Le personnage qui venait d'obtenir le renseignement, salua l'employé qui le lui avait donné et, traversant le vaste hall du Mirific-Hôtel, gagna l'ascenseur, le *lift*, comme disent les touristes, pour lesquels ce serait manquer à un devoir que de ne pas désigner un appareil français par son appellation anglaise.

Le Mirific est peut-être le caravansérail le plus somptueux, en tout cas le plus vaste des environs de la place de l'Étoile, à Paris. Mais le visiteur le connaissait sans doute, car, sans hésitation, il trouva l'ascenseur, et au *lifter* (serviteur préposé à la manœuvre) il jeta négligemment :

— Deuxième !

Un instant plus tard, il prenait pied sur le couloir-palier de l'étage désigné.

« Couloir » ne donne pas l'idée des dimensions de l'endroit.

Large de six mètres, se développant suivant un rectangle régulier sur une longueur de deux cents mètres de côté, il dessert toutes les chambres et appartements du second.

À chacun des angles, une sorte de bureau-logette est installé. Un employé y séjourne tout le jour, remplacé pour la nuit par un collègue. Ainsi une surveillance incessante est assurée. Les rats et souris d'hôtel, si adroits cambrioleurs soient-ils, seraient mal venus à exercer leurs talents au Mirific, d'autant plus que les divers étages et le rez-de-chaussée sont reliés par des téléphones, des sonneries électriques, en un mot par une foule d'inventions beaucoup plus rapides que le plus agile des voleurs.

Le visiteur, un grand garçon complètement rasé, vêtu avec cette élégance trop recherchée qui trahit le parvenu, regarda autour de lui.

Une silhouette féminine se découpait sous la clarté des ampoules électriques, dans le bureau-logette situé à la gauche du nouveau venu.

Il eut un sourire contraint, haussa nerveusement les épaules, puis marcha vers la personne remarquée.

À mesure qu'il se rapprochait, la physionomie de celle-ci se précisait.

C'était une jeune fille, aux cheveux châtains, grande et mince, autant que l'on en pouvait juger dans sa station assise. Le visage apparaissait charmant, rosé, éclairé par des yeux bleus, naïfs et inquiets. Un imperceptible pli, au coin des lèvres, décelait la mélancolie de ceux qui se sont heurtés aux rudes angles de la vie.

Au bruit des pas, étouffé cependant par l'épaisseur du tapis, elle avait levé la tête et regardait venir le visiteur.

Ce dernier s'accouda sur le bureau, bien en face d'elle. Il s'assura d'un regard circulaire que personne n'était à portée de l'entendre, et la voix abaissée par un surcroît de prudence :

— Eh bien, Pierre, tu ne me reconnais pas ?

L'interpellée sursauta. Mais, chose étrange, au lieu de protester contre le prénom de Pierre, appliqué à elle, qui figurait sur le contrôle du personnel sous le nom de Véronique Hardy, elle murmura, balbutiant :

— Non… en effet…

L'autre eut un ricanement silencieux.

— Soyez donc colocataire d'un pavillon, sis rue des Saules, à Montmartre, pour qu'un compagnon de misère vous traite en étranger.

Puis lentement :

— Au surplus, ton manque de mémoire me fait plaisir. Il me démontre qu'en faisant sauter ma barbe noire et mes moustaches, je me suis rendu méconnaissable, ce qui représente pour l'instant le summum de mes désirs.

— Alcide Norans, bégaya la jeune fille.

— Parfaitement, comme toi tu es Pierre Cruisacq, natif du Tyrol…

— Chut ! fit-il, suppliant.

— Tu as raison, pas de noms propres.

— Sans doute. Cette place de fille de chambre m'assure le gîte et le couvert, durant les quelques jours d'absence de la véritable Véronique Hardy.

Son interlocuteur l'interrompit :

— Personne ne s'est aperçu de la substitution, n'est-ce pas ?

— Non, personne. Tu avais raison. Avec mon visage, dépourvu de toute trace de barbe, ma perruque châtaine, la robe noire et le tablier coquet, tous m'ont pris pour une réelle Véronique.

— Tiens donc. Ils l'avaient engagée de confiance feu bureau de placement Wernaert et Cie, spécialité de domestiques d'hôtels.

— Et même, ajouta la servante, qui avouait ainsi le travestissement de son sexe, mes collègues sont remplis d'attentions pour moi, et les clientes, donc… Tantôt encore, une délicieuse demoiselle japonaise, fille d'un général du Mikado, me déclarait que jamais elle n'avait rencontré une fille de chambre plus correcte, plus intelligente que moi.

— Oh ! oh ! de la vanité !

— Mais non, mon brave Alcide. Les femmes de chambre ont rarement passé leur baccalauréat ; de là ma supériorité, incompréhensible pour qui n'est pas au courant.

La pseudo-servante riait. Son compagnon reprit :

— Enfin ! tu es content de ton sort ?

— Dame ! Service facile, une nourriture abondante et délicate. Cela me change agréablement de notre misère passée, Faire des bandes à un franc les dix mille et soutenir ses forces avec du pain sec, les jours d'abondance… Sans cela, moi qui suis un timide, jamais je n'aurais accepté ta proposition de me substituer à cette demoiselle Véronique qui, elle, souhaitait entrer en place, quinze jours plus tard.

— En voici huit de cela.

— Pas de chiffres. En songeant qu'il va falloir, dans une semaine, revenir aux bandes et au pain sec… Je sens mon cœur se serrer.

— En attendant que l'estomac suive cet exemple ; alors tu continuerais volontiers la carrière de femme de chambre ?

— J'y suis habitué, à présent… et c'est si bon de n'avoir pas de soucis. Quand mon tuteur s'est enfui, emportant la modeste fortune que m'avaient laissée mes parents, je ne me doutais pas de la difficulté de vivre.

— Je suis heureux de te voir dans ces dispositions.

— Parce que ?

— Parce que Véronique Hardy ne reviendra pas te réclamer sa place.

— Comment ?

— Tu pourras conserver son emploi, ses papiers, ses certificats ; c'est-à-dire qu'au cas où tu quitterais le Mirific, tu serais en mesure de retrouver l'équivalent.

La pseudo-jeune fille joignit les mains.

— C'est sérieux. Je puis… Oh ! pas pour toujours ; le temps de refaire ma santé…

— Non seulement tu peux, plaisanta Alcide, mais tu *dois*.

— Comme tu dis cela, fit Pierre avec inquiétude.

— Je le dis comme il convient. Oui, tu dois demeurer femme de chambre, et surtout Véronique Hardy.

— Tu me fais peur.

Le visiteur haussa les épaules :

— Ne tremble pas, timide jouvenceau ou jouvencelle. Tu es en sûreté jusqu'à nouvel ordre.

En dépit des paroles encourageantes, l'interlocuteur d'Alcide se prit à claquer des dents.

— Que se passe-t-il ? parvint-il à bredouiller d'une voix indistincte. Ton air me fait pressentir une catastrophe.

L'autre marqua un geste dédaigneux, puis baissant encore le ton :

— Niais ! fit-il. Le fait seul que je suis venu ici, au risque de trahir ton incognito, aurait dû t'avertir que la situation est grave.

Il s'interrompit brusquement. Une porte s'était ouverte dans le couloir.

Un jeune homme passa près des causeurs et disparut dans l'ascenseur.

Alors seulement, Alcide Norans se décida à reprendre, en affectant un ton léger :

— Il y a six mois, vaguant vers deux heures du matin, je te rencontrai au moment où tu enjambais le parapet du pont d'Iéna, avec l'intention évidente d'aller explorer le fond de la Seine.

— C'est vrai, tu m'as sauvé la vie.

— Est-ce louable ? Là est la question. Mais ne philosophons pas. Je t'emmenai rue des Sautes, je te convainquis de la nécessité de lutter encore, et pendant un semestre nous avons enduré toutes les misères, affamés, mastiquant à vide, notre sang appauvri coulant dans nos veines à une température de neige fondante.

Pierre-Véronique poussa un soupir en manière d'acquiescement.

— Or, poursuivit son ami, nous supportions cela : toi, avec le courage négatif que l'on nomme la résignation ; moi, avec la rage de l'être qui se sent des dents et veut mordre. C'est alors que le hasard d'une rencontre, dans un cabaret de Montmartre, me mit en présence de Véronique Hardy.

— Enfin, nous y revenons.

— Oui. Je me suis arrêté complaisamment à l'exposition de notre situation, pour retarder un peu un aveu pénible. Fille de chambre, munie d'excellentes références (où les avait-elle prises ? mystère...), Véronique reconnut en moi une âme anarchiste.

— Toi, anarchiste ; toi, si pitoyable pour moi. Allons donc !

— J'ai pitié des misérables, mon petit Pierre ; mais je hais les capitalistes. Aussi, quand Véronique me parla d'une entreprise de fausse monnaie...

La pseudo-femme de chambre sursauta ;

— Elle a osé.

— Parbleu ! Et moi, j'ai accepté !

— Tu as... ?

Alcide plaisanta :

— Dame, quand on ne possède pas du vrai, il faut bien se contenter de faux... Toutes les coquettes te le diront. Je devinai tes répugnances probables. Il fallait t'éloigner. De là, ton engagement au Mirific, sous le nom de ma... complice, qui, une fois certaine que tu ne nous dérangerais pas, m'aboucha avec de faux monnayeurs de carrière...

— Oh ! balbutia Pierre Cruisacq avec épouvante.

— Ne te trouble pas, susurra son interlocuteur. Réserve ton émoi. Donc, deux jours après ton départ, les outils, instruments, métal étaient installés dans notre pavillon de la rue des Saules et la fabrication commençait.

— C'est épouvantable.

— Mais pas du tout. Ce qui l'est en réalité, c'est que Véronique Hardy avait manigancé toute l'affaire pour se mettre en bons termes avec la police. Pourquoi ? On ne le saura jamais.

— Il faudra bien qu'elle explique sa trahison…

Alcide secoua tranquillement la tête.

— Cela lui sera impossible.

— Pourquoi ?

— Parce que, prévenus à temps, nous avons tiré au large. Pas si vite cependant que mes associés, gens à la main leste, n'eussent eu le temps de planter un couteau dans la poitrine de la délatrice et de la jeter à l'eau.

Pierre est un sourd gémissement et se cacha le visage dans ses mains.

— Tu n'as rien à craindre en restant Véronique, lui glissa à l'oreille son ami. La défunte s'appelait pour la Préfecture Virginie Honorat, ainsi qu'il appert du procès-verbal de repêchage de son corps.

— Moi, conserver ce nom ?…

— Il le faudra bien pour ton salut. L'étiquette Pierre Cruisacq est aussi dangereuse que la barbe noire dont j'ai fait le sacrifice afin de modifier mon apparence.

— Comment ! En quoi !

— En ceci, mon bon, que notre matériel de faux monnayeurs ayant été saisi dans notre logis de la rue des Saules, les deux locataires : toi et moi, sommes également incriminés.

— Mais je crierai mon innocence. Je prouverai que j'ignorais…

— On ne te croira pas ; mes associés ont décidé, en vue de déterminer ta discrétion, de t'accuser au cas où une parole malheureuse mettrait sur leurs traces…

— Toi, tu diras…

— Rien du tout, j'ai promis. Après tout, tu as le meilleur asile. De quoi te plains-tu ?

Puis, coupant court aux récriminations de la pseudo-jeune fille :

— Je devais te prévenir. Ce devoir d'amitié rempli, trouve juste que je songe à ma sûreté. Au revoir, sans rancune, et surtout… silence ! Le sort de la Véronique réelle t'indique que mes compagnons ne badinent pas.

Et sur cette dernière indication, donnée d'un ton qui fit grelotter son ami d'épouvante, il s'éloigna d'un pas alerte, sonna l'ascenseur, s'y engouffra et disparut.

Pierre restait seul dans le bureau-logette.

Il ne faisait plus un mouvement.

Son visage enfoui dans ses mains élégantes et soignées, la clarté électrique permettait de le constater, le malheureux sentait ses idées cavalcader dans son cerveau.

Véronique, la mort de l'infortunée, l'accusation de fabrication de fausse monnaie, la main de la justice étendue sur lui, innocent ; l'impossibilité de se disculper sans s'offrir à la vengeance d'inconnus dénués de toute répugnance du crime ; tout cela se heurtait en tourbillon dans son crâne.

Il lui semblait que son cerveau s'agitait en palpitations douloureuses, qu'il se trouvait à l'étroit dans son enveloppe osseuse ; que sa tête allait éclater, telle une chaudière brisée, par une pression trop élevée.

Évidemment oui, pour l'heure, il n'avait rien à redouter.

Mais la situation pouvait-elle se prolonger ?

N'y avait-il pas à craindre, une maladresse, un mot malheureux, un accident ? Ces choses pourraient être évitées à la rigueur, à force de surveillance, d'attention. Mais on dort parfois, et le sommeil a des bavardages inconscients.

Est-ce qu'il allait vivre désormais dans la terreur d'un aveu échappé au cauchemar ?

Son désarroi moral se transmettait à sa personne physique. En dépit de la douce température entretenue par les thermosiphons, à l'intérieur du Mirific-Hôtel, Pierre grelottait.

Le temps s'écoulait, sans qu'il parvint à voir clair en lui.

Toutes ses pensées, au contraire, concouraient à augmenter son abattement.

Il revoyait sa jeunesse, auprès d'un tuteur froid, sévère, dans la maison duquel il se sentait étranger.

Ses études l'avaient certes intéressé, mais sans diminuer sa solitude. Il n'avait jamais eu un camarade. Oh ! il n'amusait pas ses condisciples, la faute lui revenait tout entière.

Pourquoi fuyait-il les jeux qui passionnaient les autres ?

Pourquoi manifestait-il une horreur instinctive pour tous les plaisirs des jeunes gens de son âge ?

Pourquoi cédait-il à une timidité excessive, rougissant sans raison, méritant de la part de ses compagnons d'études le sobriquet ironique de : « Mademoiselle Pierre ».

Il se rappelait, il se rappelait des détails.

Un seul présent lui avait été agréable : un théâtre avec une troupe de poupées à habiller.

Durant des mois, ses instants de loisir avaient été consacrés à munir ces pantins d'une garde-robe complète.

Chapeaux, jupes, pourpoints, corsages, il taillait d'instinct, cousait sans avoir appris, et les relations de son tuteur s'étaient extasiées devant son adresse, son goût. Il se souvenait d'un vieux général en retraite, grommelant :

— Ce garçon est né couturière et modiste.

Et tout bas, désolé, le jeune homme murmura :

— J'étais déjà fille de chambre.

La réflexion ne lui rendit pas le sourire. Elle constatait irrémédiablement son impuissance à la lutte virile pour l'existence.

De fait, il comprenait qu'en présence des révélations d'Alcide, il était incapable de prendre une décision.

Rejeter la personnalité d'emprunt de Véronique, ce serait se jeter dans les mains de la police, car il n'aurait ni la ruse, ni l'énergie nécessaires pour dépister les recherches.

Quitter le Mirific. À cette seule idée, il frissonnait. Jamais il ne se sentirait le courage d'aller affirmer ailleurs sa fausse identité.

Alors quoi ? Rester là. Il était admis par tous en qualité de Véronique Hardy ; mais, d'un instant à l'autre, la supercherie pourrait être découverte.

Plus il allait, plus son indécision croissait. Comme tous les faibles, il s'abandonna au hasard. Il décida de ne rien décider.

Minuit sonna.

Un inspecteur effectua la ronde prescrite au tableau de service pour cette heure.

En passant devant la pseudo-fille de chambre, il échangea avec elle les répliques usuelles :

— Rien à signaler ?

— Non, rien.

— Quels *numéros* sont encore dehors ?

— 103 à 106, 157 et 158, 192.

— C'est tout ?

— C'est tout.

— Alors, bonsoir.

Le veilleur s'éloigna, et Pierre retomba dans ses réflexions moroses. Vers une heure du matin, il sursauta au bruit léger de l'ascenseur s'arrêtant à l'étage.

Deux personnes en sortirent : un homme, une jeune fille. Lui, d'allure militaire, l'habit de soirée fleuri d'une décoration multicolore, le teint légèrement cuivré, la moustache noire et fine comme un trait d'encre de Chine, contrastant avec les cheveux grisonnants. Elle, mignonne, gracieuse, le teint ambré, les grands yeux noirs, imperceptiblement bridés vers les tempes, le visage offrant le type accompli de la beauté japonaise, et sur cela, telle une auréole de sainte d'Occident appliquée à une Extrême-Orientale, une chevelure de ce blond, unissant le ton des moissons mûres à l'or pâle, qui est la gloire des beautés britanniques.

— 103 à 105, murmura la pseudo-Véronique. M. le général Uko et sa fille Sika.

Les deux personnages glissaient silencieusement sur le tapis.

Le général passa sans s'arrêter.

Mais la jeune fille fit halte devant le bureau-logette.

— Véronique, fit-elle d'une voix musicale avec un charmant sourire, vous êtes de garde cette nuit ?

— Oui, mademoiselle, répliqua l'interpellée.

— Jusqu'à quelle heure serez-vous de service ?.

— Six heures du matin.

La fille du général eut une moue chagrine.

— C'est bien tôt. Je ne serai certainement pas levée encore.

— Mademoiselle désire-t-elle quelque chose ? Elle pourrait me donner ses ordres dès ce soir.

À cette proposition, le visage de Sika s'éclaira.

— Des ordres, non, ce n'est pas cela. Je voudrais causer avec vous. À quel moment cela sera-t-il possible dans la matinée ? Je veux que vous puissiez vous reposer, après une nuit de veille...

La servante l'interrompit :

— Que Mademoiselle veuille bien fixer le moment. Elle est trop bonne pour que l'on ne fasse pas tout afin de lui être agréable.

— Mais votre repos ?...

— Dans le métier, reprit Pierre, répétant une phrase qu'il avait entendu lancer par une de ses collègues, on dort peu, ou pas du tout. Donc, que Mademoiselle n'hésite pas.

— Vous êtes tout à fait aimable... Je vous attendrai à dix heures.

— À dix heures, je me présenterai chez Mademoiselle.

Sika eut un gentil signe de tête et s'empressa de rejoindre son père, qui l'attendait à la porte de l'appartement qu'elle occupait avec lui.

Quelques minutes se passèrent, puis l'ascenseur déposa de nouveau un voyageur au second.

Celui-ci, grand, sec, le visage embroussaillé d'une superbe barbe blonde, gagna d'un pas pressé l'une des chambres du couloir, tandis que Pierre inscrivait sur sa liste des « sorties » :

— Numéro 106. M. Midoulet.

Si tracassé que l'on soit, les minutes défilent incessamment ; Pierre en fit l'expérience.

Sa garde s'écoula. À six heures, il fut relevé de sa surveillance et put se retirer dans la chambrette affectée à son logement.

Seulement, il n'y trouva pas le sommeil.

Les événements de la nuit, le souvenir du rendez-vous fixé par la blonde Sika lui tinrent les yeux ouverts.

À neuf heures, il sauta à bas de son lit, s'habilla, disposa sa perruque châtain avec un soin méticuleux, en « contumax » qui comprend que sa liberté dépend de la perfection de son déguisement. À dix heures moins cinq, il quittait sa chambre sous les espèces de Véronique Hardy et, par un escalier de service, gagnait le deuxième étage.

À dix heures exactement, l'exactitude étant à la fois la politesse des rois et celle des serviteurs, il heurtait légèrement à la porte du 103, occupé par Melle Sika.

La porte s'ouvrit aussitôt, et la pseudo-domestique se trouva en présence de la jeune fille.

Celle-ci, déjà prête à sortir, vint au-devant d'elle.

— J'espère que je n'ai pas trop abrégé votre repos, dit-elle avec la bonne grâce qui la caractérisait. Au surplus, de pareilles fatigues vous seront épargnées désormais… si toutefois vous acceptez la proposition que je vous veux faire.

— Une proposition ? balbutia Pierre, interloqué par cette entrée en matière.

— Oui, quelques mots d'abord pour vous expliquer la façon un peu inhabituelle dont j'ai procédé.

Et prenant affectueusement la main de la fille de chambre supposée :

— Voyez-vous, Véronique, je… je désire que qui me sert ne souffre pas de son travail, et pour cela, je tâche d'être aimée de ceux qui vivent à mon service.

— Mademoiselle force l'affection, murmura Pierre, encore qu'un sourire fugitif montât à ses lèvres.

— D'autre part, je veux que mes serviteurs soient dignes de l'intérêt que le leur porte. Ma femme de chambre surtout, dont l'existence côtoie plus spécialement la mienne…

— Je conçois cela.

Pierre avait jeté ces trois mots pour dire quelque chose. Sika reprit aussitôt, l'air ravi :

— Alors vous comprenez qu'avant d'engager une personne pour remplir cet emploi, je tienne à l'étudier, à la connaître.

— Sans doute. Seulement Mademoiselle me fait l'honneur d'une confidence dont je ne devine pas le but.

La fille du général se laissa aller à un rire argentin.

— Attendez. Tout va s'éclaircir pour vous. Vous croyez sans doute que le Mirific-Hôtel vous a admise dans son personne , à cause de vos excellents certificats ?

— Ma foi…

— Vous vous trompez. Malgré vos références, on ne vous aurait pas prise ; l'administration du Mirific n'admettant que des serviteurs allemands, qu'à tort ou à raison, on prétend plus disciplinés et mieux stylés.

— Alors, pourquoi a-t-on fait une exception ?…

— En votre faveur ?… Tout simplement parce que je me suis entendue avec l'hôtel.

— C'est à vous que je dois… Mademoiselle ?…

— Du calme, Véronique. Laissez-moi finir : ma femme de chambre japonaise, atteinte du mal du pays, j'ai dû la renvoyer là-bas, chez nous. Souhaitant la remplacer, je parlai de mon désir au chef du personnel. Ainsi je vis vos références ; sur ma prière, on vous embaucha, et l'on vous attribua le service du second étage, afin que je pusse me faire une opinion sur vous.

Les sourcils en accents circonflexes, la bouche ouverte en O, Pierre apparaissait tel une statue de la stupéfaction.

Ah çà ! il était donc condamné aux histoires hétéroclites !

Depuis huit jours, il se croyait l'employé du Mirific-Hôtel, sous le nom d'une servante, aujourd'hui trépassée de mort violente ; et pas du tout, il était uniquement un sujet d'études pour une aimable et jolie Japonaise !

Son ahurissement visible parut troubler son interlocutrice.

— Ne m'en veuillez pas, reprit doucement celle-ci. Je veux être aimée, mais je veux aussi aimer qui me sert. De là, l'épreuve pas blessante, car si je ne m'étais pas sentie en confiance, vous auriez toujours ignoré la chose. En vous l'apprenant, je vous démontre que vous êtes sortie victorieuse de l'épreuve, et que si vous le voulez bien, vous allez entrer à mon service, beaucoup plus doux et aussi plus rémunérateur que celui de l'hôtel.

Un instant, Pierre demeura sans voix.

C'était le salut que lui offrait la charmante Japonaise. Au milieu des domestiques : serveurs, chasseurs, maîtres d'hôtel du Mirific, la plus infime circonstance pouvait déterminer la découverte de sa personnalité réelle.

Tandis qu'auprès des Japonais, n'ayant à se surveiller qu'en leur présence, il y avait gros à parier que son travestissement demeurerait un secret, jusqu'au moment où il jugerait bon de le dépouiller.

La solution qu'il ne discernait pas, le hasard providentiel la lui apportait.

Et incapable dans son émoi de prononcer une parole, il joignit les mains dans un geste éloquent.

Le geste amena un sourire heureux sur les lèvres de Sika.

La charmante jeune fille était ravie du plaisir évident manifesté par la pseudo-cameriste.

Aussi fut-ce d'un ton particulièrement bienveillant qu'elle conclut :

— Alors, vous n'avez aucune objection ?…

— Aucune, parvint à prononcer Pierre au prix d'un héroïque effort…

— En ce cas, descendez à la caisse. Faites-vous régler. Ceci ne souffrira aucune difficulté, puisque la chose est convenue… Vous remonterez ensuite, que je vous installe. À dater de ce moment, vous êtes à mon service.

Pierre ne se le fit pas répéter.

Il se précipita dans le couloir, descendit en avalanche. Positivement, il avait des ailes.

À la caisse, lorsqu'il exposa sa requête, on ne lui adressa aucune observation. Évidemment Mlle Sika avait pris ses précautions, ainsi qu'elle l'avait déclaré.

Seulement, tandis que la fausse Véronique exposait son désir et préparait le reçu de ses gages, le locataire du second étage, rentré le matin même, peu après les Japonais, pénétra dans la salle, et parut s'intéresser aux faits et gestes de la fille de chambre.

Pierre s'en aperçut, une inquiétude l'étreignit aussitôt.

Ce client, inscrit sur le registre au nom de Midoulet, serait-il un policier en quête des prévenus de fabrication de fausse monnaie ?

Vite, il chassa cette idée inacceptable. Ces messieurs de la Sûreté n'ont pas à leur disposition des subsides tels qu'ils puissent s'offrir le luxe d'une résidence au Mirific-Hôtel.

Et cependant, il hâta ses mouvements, empocha son argent sans le compter, ce qui provoqua une réflexion de Midoulet :

— Eh ! eh !... le personnel du Mirific a confiance dans l'administration.

Du coup, Pierre pensa défaillir.

Heureusement pour lui, un employé appela son attention sur une lettre adressée à M. le général Uko.

— Puisque vous remontez, mademoiselle Véronique, veuillez vous charger de ce pli pour vos nouveaux maîtres ?...

— Volontiers !... volontiers !... bégaya-t-il en prenant l'enveloppe.

Et il sortit précipitamment. Pas si vite cependant que la voix de Midoulet n'apportât à ses oreilles cette remarque troublante :

— Gentille, cette fille ; mais elle semble d'une impressionnabilité rare.

Le pas de la pseudo-camériste se précipita encore.

Un instant plus tard, elle pénétrait, essoufflée, dans l'appartement de Sika.

— Oh ! s'exclama celle-ci, il ne fallait pas vous presser ainsi.

En manière d'explication, l'interpellée tendit à la jeune fille la lettre qu'on lui avait confiée.

— Pour mon père. Ah ! bien…

Et Sika se porta dans la chambre voisine, laissant la porte entrouverte. Ainsi Pierre entendit le général lire à demi-voix :

« Prière à M. le général Uko de se rendre demain lundi, à dix heures du matin, à la légation de Corée, afin d'y recevoir une communication importante qui le concerne.

Pour S. E. le Légat,
« *Le Conseiller :*
ARAKIRI. »

La fausse Véronique n'attacha aucune importance à ce rendez-vous.

Elle avait tort, car sa fonction de camériste, qui lui apparaissait tranquille et de tout repos, allait, de par ce billet dédaigné, l'entraîner dans la plus mouvementée des aventures.

CHAPITRE II
UN BIZARRE MESSAGE DIPLOMATIQUE

Le lendemain de ce jour, vers dix heures du matin, un auto-taxi s'arrêta devant la haute porte cintrée, dont les vantaux, ouverts au large, laissaient apercevoir la cour pavée et l'hôtel, précédé d'un large perron, de la légation de Corée.

Le général Uko et sa fille Sika en descendirent. Ils se rendaient à l'invitation contenue dans la lettre reçue la veille, au Mirific-Hôtel.

Tous deux traversèrent la cour, gravirent le perron du pavillon principal ; et à l'huissier de service, le général demanda :

— M. le secrétaire Arakiri ?

— Qui dois-je annoncer ? riposta l'interpellé, avec la dignité des fonctionnaires de son espèce.

Le visiteur tendit sa carte. L'huissier s'inclina, sortit pour reparaître un instant plus tard avec un empressement marqué.

— Si Monsieur le général veut bien me suivre ?

— Sika ! fit ce dernier en se tournant vers la jeune fille, attends-moi ici !

— Bien, mon père !

Et tandis qu'elle s'asseyait, le général, à la suite de son guide s'enfonça dans les détours d'un couloir, lequel aboutissait à une double porte, matelassée afin d'étouffer le bruit des conversations. L'huissier frappa, ouvrit et s'effaça pour laisser passer le visiteur.

Celui-ci se trouva dans un cabinet sévère, meublé d'une table-bureau, de plusieurs fauteuils de cuir et d'une énorme armoire à trois panneaux qui occupait tout un côté de la pièce.

Un petit homme sec, la moustache cirée, la tête trop grosse pour son corps grêle, s'avança, la main tendue :

— Général Uko !

— Monsieur Arakiri, sans doute ?

— Lui-même !

— J'ai reçu votre convocation…

Du geste, le secrétaire désigna un siège.

— Asseyez-vous, je vous prie, mon général. Nous avons à causer de choses graves.

— Si graves que cela ? Interrogea le général, avec un sourire.

— Jugez-en. Elles intéressent notre patrie, *le Japon*, et je vous reçois à la *légation de Corée*. Ces simples paroles doivent vous faire pressentir l'existence d'un mystère.

— En effet.

— Or, qui dit mystère dit confidence sérieuse.

Et le général Uko, acquiesçant du geste, l'attaché poursuivit d'un ton insinuant :

— Ne vous frappez pas. Personne ne saurait nous entendre, les portes étant closes et bien gardées, soyez-en sûr. Veuillez donc m'accorder votre attention.

— Je suis tout oreilles.

L'interlocuteur de l'officier japonais s'inclina, et sans autre préambule :

— Vous savez aussi bien que moi, dit-il, que l'Allemagne, la France, la Russie, l'Angleterre, tous les grands États européens, se sont entendus pour maintenir le *statu quo* en Extrême-Orient, ce qui signifie, en langage diplomatique clair, que ces puissances sont coalisées pour empêcher toute expansion nouvelle du Japon.

— La conclusion de cet accord a failli me faire mourir de rage.

— Or, le Japon veut être expansif…

— C'est son droit, par Bouddha !

— Il n'entend pas être astreint à conserver indéfiniment ses limites actuelles, alors que sa population va toujours croissant. Il lui faut sans cesse des frontières plus reculées pour n'être pas arrêté dans sa marche vers le progrès. Le Japon, entendez bien ceci, mon général, le Japon doit étendre sa suprématie sur le Pacifique et l'océan Indien.

— Il le doit, approuva Uko en se dressant à demi, seulement…

— Je sais ce que vous allez répondre. La réalisation de cette idée provoquera une guerre générale. L'Europe tout entière se lèvera contre nous.

— Précisément !

— Combien vous vous trompez, permettez-moi de vous le déclarer.

— Si vous me démontrez cela…

— Mais à l'instant, sans effort, le sourire sur les lèvres. La ruse nous a toujours réussi. Sans coup férir, sans effusion de sang, la ruse nous conduira au but ! Les vieilles nations s'agitent, crient, menacent, lorsqu'on étale bénévolement sous leurs yeux des projets ambitieux ; mais lorsqu'elles se trouvent en présence du fait accompli, elles s'inclinent toujours ; oh ! en murmurant ; mais notre empereur, notre mikado, est indulgent. Il admet les murmures. Eh bien, mon cher général, le vénéré souverain de l'empire du Soleil-Levant a trouvé le moyen de ne révéler nos desseins qu'après les avoir accomplis.

Le secrétaire Arakiri ponctua cette déclaration par un petit éclat de rire tout à fait ironique.

— Avec vous, je n'ai pas besoin de souligner l'importance de l'opération, reprit-il. Mais vous devinez que Sa Lumière Rosée, le mikado, a désigné, pour conduire l'action, un homme choisi parmi les plus sûrs, les plus éprouvés, les plus fidèles de ses sujets ! Vous, général Uko !

L'officier s'inclina et, curieusement :

— Expliquez-vous car, je l'avoue, je ne vois pas comment je puis assurer la domination du Japon sur les océans Pacifique et Indien. Le désir ne me manque pas, certes, mais la force.

— On vous la donnera.

— Oh ! alors… qu'attend de moi Sa Grandeur sereine le mikado ?

— Le mikado attend de vous, général, la première victoire… pacifique.

Uko se passa la main sur le front, en homme qui comprend mal.

— Une victoire pacifique ! Ah ! ah !… Enfin, notre souverain sait mieux que moi… Je suis prêt à obéir. Que me faut-il faire ?

— Je n'en sais rien !

À cette réplique inattendue, l'officier se dressa d'un bond :

— Comment ! Vous n'en savez rien ?

— Reprenez place, je vous en prie.

— Voilà… Mais, de par le Tigre et le Dragon, ne continuez pas à me retourner sur un rébus incompréhensible.

— Vous êtes bouillant comme le dieu de la guerre lui-même, général. Je vous ai convoqué pour vous transmettre les ordres qui m'ont été adressés.

— Je vous en serai reconnaissant

— En ce cas, écoutez-moi avec calme. Et si mes paroles vous semblent étranges, songez que je suis simplement le porte-voix du mikado.

Le petit homme salua dans l'espace, puis continua :

— Quelques mots sur ce qui se passe à l'ordinaire... À l'ordinaire, mon général, un ambassadeur reçoit de son gouvernement des instructions sous pli cacheté ; et régulièrement, il arrive que les chancelleries des puissances rivales sont informées du contenu de ces plis, avant que le plénipotentiaire se soit mis en route.

— Trop exact, hélas ! Ah ! si l'on était seul à entretenir des espions à l'étranger !...

— Oui, mais on n'est pas seul ; il faut donc songer à dépister les curieux ; or, notre souverain (nouveau salut) me semble avoir assuré le secret de l'ambassade qui vous est proposée. Il n'y aura rien d'écrit.

— Bravo !

— Et, continua imperturbablement Arakiri, ni le sommeil, ni le vin, ni les tortures ne réussiront à vous faire révéler le but de votre mission.

— Cela, j'en fais serment...

— Vous le pouvez d'autant mieux, général, que vous-même l'ignorerez.

Du coup, Uko trépigna :

— Mais c'est une gageure. Je dois accomplir une mission et je ne la connaîtrai pas ?

— C'est tout à fait ça.

— Ah ! prenez garde ! rugit l'interlocuteur de l'attaché, je n'ai jamais souffert que l'on se moquât de moi...

Arakiri l'interrompit vivement :

— Personne n'y songe, général ; je vous en donne ma parole. Soumettez-vous comme moi-même aux décisions de notre vénéré souverain.

— Vous affirmez que c'est lui ?

— Lui, en personne.

— Mais de quelle façon puis-je remplir une mission que l'on ne me confie pas ?

— Vous agirez sans savoir où tendent vos actes, mais vos actes vous seront prescrits.

— Ah bien ! bien… grommela le général. On me dira ce que je dois faire, et j'ignorerai pourquoi je le fais ?

— Juste.

— L'obéissance est la première vertu militaire. Quels sont les ordres ?

— Faciles, général… Prendre le paquet que vous voyez sur ma table.

— Bon. Je le prends, consentit Uko en saisissant le paquet désigné, lequel était enveloppé de papier gris et mesurait environ vingt centimètres sur trente.

— Parfait ! Ce paquet, je vous le dis pour éviter de l'ouvrir, maintenant, ce paquet contient un pantalon…

— Un… pantalon ? répéta le général, ahuri.

— Un pan-ta-lon, prononça l'attaché en accentuant les syllabes.

— Mais, de par tous les démons de la nuit !…

— Mon général, supplia Arakiri, du calme. Encore une fois, c'est le mikado, dans sa sagesse, qui…

— Qui me charge d'un pantalon, comme un vulgaire tailleur.

— Un tailleur de la grandeur japonaise, affirma l'attaché d'un ton si pénétré que son interlocuteur s'apaisa.

Ce fut d'une voix redevenue calme que le général poursuivit :

— Soit ! J'admets le pantalon… Après ? Que signifie-t-il ?

— Après ? Ma foi, je ne saurais vous dire ce qu'il exprime. Est-ce un symbole, une formule matérielle de langage convenu ?… Je l'ignore. Mais au certain, il exprime un secret d'État.

Uko éclata d'un rire nerveux.

— Ce pantalon ? Un secret d'État ? Ah ! fichtre non, les espions ne le devineront pas, celui-là.

— Voilà l'appréciation juste, général. Conséquences : pas de complications diplomatiques ; certitude du succès pacifique de l'empire du Soleil Levant.

— Si vous le voulez ! Ai-je au moins le droit de m'enquérir de ce que je ferai de ce vêtement ?

— Certes.

— Renseignez-moi donc, je vous prie.

Arakiri leva la main comme pour donner plus d'autorité à ses paroles :

— Vous le garderez précieusement jusqu'au moment où l'on vous désignera la personne à qui vous devrez le remettre !

— Et le nom de cette personne ?

— Je l'ignore, général.

— Ah ! vous aviez cent fois raison tout à l'heure. Pas de danger de trahir le secret.

— Cependant, il peut être pénétré.

— Celui qui y réussirait serait perspicace, permettez-moi de le jurer.

— C'est aussi mon avis. Mais la possibilité de pareille occurrence semble ressortir de ce que je suis encore chargé de vous confier.

— Confier ! Ah ! cher monsieur, le mot est charmant !

L'attaché daigna sourire, puis, toujours calme :

— On m'a enjoint d'insister auprès de vous sur l'importance exceptionnelle de l'objet en question. Ce pantalon… diplomatique, s'il arrive à bon port, contient les honneurs, la fortune, la gloire pour son porteur ; si, par contre, il vous était enlevé, je craindrais pour votre existence.

— Et allez donc ! Une culotte de vie ou de mort.

— Ne riez pas, général ; c'est très sérieux. Sous quatre jours, vous recevrez l'ordre de quitter Paris.

— Pour aller où ?

— Je n'en sais rien ! La première escale de votre mission ne vous sera révélée qu'au moment du départ Parvenu en ce point, vous attendrez de nouveaux ordres.

— Pour aller plus loin ?

— Probablement. Je vous le répète, général, je ne sais rien.

— Drôle de mission, en vérité, grommela Uko ; si ce n'était le mikado qui commande, je la déclarerais ridicule.

— Non, non… Rien n'est ridicule dans tout ceci, s'écria l'attaché. Vous allez travailler à la grandeur de la patrie japonaise ; qu'importent les moyens, pourvu que l'on réussisse ! Et puis qui donc pourrait plaisanter ? Vous voyagerez… Vous serez porteur d'un pantalon… soigneusement plié dans votre valise, avec vos autres vêtements. Quoi de ridicule à cela ? Est-ce que le ridicule existe en ce cas ? Vous traitez cette partie de l'habillement comme tous ses congénères. Dans la valise. Au besoin, vous le portez sur vous !

— Pour cela, il faudrait qu'il fût à ma taille.

— Je crois que l'on a veillé à cela.

— Et vous l'avez vu ?

— Oui ! c'est un pantalon qui n'appelle pas l'attention. Un pantalon de touriste, gris fer avec doublure de satin noir, boucle cuivre, poche revolver. Un million de pantalons semblables se promènent annuellement autour du globe.

Le général s'était levé.

Il tendit la main à son interlocuteur.

— Vous devez avoir raison, monsieur Arakiri. Je me conformerai à vos instructions, si insuffisantes qu'elles me paraissent. Je vais attendre l'ordre de départ, car je suppose que vous n'avez plus rien à me dire.

— Plus rien, mon général.

Arakiri se reprit vivement :

— Pardon ! excusez ma distraction. J'ai le devoir de vous donner le titre qui vous appartient désormais : M. le Ministre plénipotentiaire et ambassadeur extraordinaire.

— Extraordinaire est le mot le plus juste de ce titre, soupira Uko en se dirigeant vers la porte.

Mais l'attaché le retint encore.

— Un instant, général ! Voulez-vous avoir l'obligeance de me signer ce reçu ?

— Un reçu ?

— Certifiant la remise du pantalon. Simple décharge pour moi.

Un grincement de plume sur le papier. Le général a donné la signature demandée. Il sort, reconduit jusqu'au seuil par M. Arakiri,

27

et, cinq minutes plus tard, il rejoint la blonde Sika, qui, dans l'antichambre, feuillette des revues illustrées.

— Tiens ! fait-elle, que portes-tu dans ce petit paquet ?

Le général tressaille. Il se penche à son oreille :

— Mignonne, c'est… un secret.

— Un secret !… Alors tu me le diras ?

— Impossible !

— Les militaires de ce pays prétendent que le mot impossible n'est pas français… J'espère que tu ne le naturaliseras pas japonais ?

Il sourit à l'enfant gâtée :

— Non, ma chérie. Mais je serai discret, uniquement parce que j'ignore le mystère.

— Quel mystère ?

— Je ne sais pas.

— Mais enfin, qu'est ce paquet ?

— Un pantalon !

— Un… tu dis ?.… Un pan… Ah ! Ah !…

— Chut ! Sika ! Ne ris pas. Ce pantalon, ce vêtement grotesque, représente, paraît-il, la suprématie du Japon sur l'océan Indien et sur le Pacifique.

Sika rit plus fort :

— Voyons, papa ! Tu te moques…

— Pas le moins du monde.

— Pourtant ?…

— Ordre du mikado.

Elle le regarda, incrédule encore ; mais elle le vit si grave, que le rire s'effaça de ses lèvres.

Et devenue très sérieuse à ton tour, elle quitta la légation de Corée, au bras du général lequel lui contait à voix basse l'étrange ambassade dont il venait d'assumer la charge.

Comme ils traversaient le trottoir pour remonter dans l'automobile, qui les attendait, un passant s'arrêta net, à trois pas d'eux, avec cette exclamation :

— Oh ! l'imprévu dans la beauté !

C'était un jeune homme, de taille moyenne, la physionomie ouverte, intelligente, agréable plutôt que régulière.

Son costume, modeste, mais rigoureusement propre, attestait à la fois des finances voisinant avec la pauvreté et le sentiment vivace de la dignité de la tenue.

Il regardait Sika avec une admiration non dissimulée, ses yeux allant du charmant visage de la jeune fille à sa couronne de cheveux blonds.

En dépit de l'incorrection évidemment involontaire de cet examen, l'attitude de l'inconnu demeurait parfaitement respectueuse.

Un regard du général Uko le rappela sans doute à lui-même, car d'un geste machinal il leva son chapeau, s'inclina profondément et s'éloigna.

Tout en prenant place dans l'auto-taxi, Uko marmonnait :

— Ces Occidentaux sont inexplicables !… Quels barbares ! Et ils se targuent de leur civilisation !

Ce à quoi Sika répondit :

— Tiens ! Il était surpris de rencontrer une Japonaise blonde. Il ne pouvait deviner que je tiens mes cheveux de ma mère qui était Anglaise.

— On est plus maître de son étonnement quand on est poli.

— Mais il m'a semblé poli. Son salut exprimait le regret d'une faute involontaire… Une faute vénielle, en somme.

Uko fronça les sourcils mais ne répondit pas.

Il avait la perception confuse que la jeune fille subissait inconsciemment le charme de se savoir admirée.

Au surplus, l'auto démarrait, laissant en arrière l'importun.

Cependant, si les promeneurs avaient regardé dans le sillage du véhicule, ils eussent aperçu le passant, immobilisé au bord du trottoir, suivant d'un regard trouble la voiture qui s'éloignait.

Et l'inconnu murmurait, sans se rendre compte à coup sûr qu'il formulait sa pensée d'une voix perceptible :

— Adorable ! En vérité, adorable !

Il eut un geste rageur.

— Ah ! te voilà bien, mon bravo Marcel Tibérade ! Incorrigible rêveur, qui, avec des titres de docteur ès sciences physiques, de docteur en droit et ès lettres, as tant de peine à gagner ta vie et celle de ta mignonne cousine Emmie. Monsieur possède un dernier louis, et monsieur pense encore à regarder une inconnue qu'il aperçoit sans doute pour la première et la dernière fois. Stupide bonhomme ! Docteur idiot ! Ah ! il est joli, ton sens pratique de la vie.

D'un mouvement brusque, il pivota sur lui-même, et se mit en marche à grands pas dans une direction opposée à celle qu'avait suivie l'automobile.

Ainsi, il ne vit par M. le conseiller Arakiri sortir de la légation coréenne.

Celui-ci, la porte à peine refermée sur le général, s'était frotté joyeusement les mains.

— Par le Soleil Levant ! s'écria-t-il, ce brave général Uko me tire une rude épine du pied ! Ah ! ce pantalon ! Ce pantalon ! Par quelles transes il m'a fait passer ! Enfin, j'en suis délivré. Finie l'effroyable responsabilité que je devine enclose en cet ajustement. Mon reçu bien en règle dans ma poche, je suis tranquille, et ma foi, je me mets en vacances. Allons terminer une journée si bien remplie dans ma petite maison du Vésinet

Il riait, découvrant ses dents blanches. Sa main s'appuya sur la sonnerie électrique et, l'huissier aussitôt apparu, il dit, affectant une gravité bien éloignée de son esprit :

— Imo, je pars ! Les affaires ne m'accordent pas un instant de répit. Leur grand nombre, leur importance, leur multiplicité m'accablent. Si l'on me demande, vous ferez repasser demain. Aujourd'hui, un service… commandé m'absorbera, je ne sais jusqu'à quelle heure…

— Soyez assuré, monsieur le conseiller…

— Je suis assuré de votre zèle, Imo ; ne nous dépensons pas en affirmations oiseuses. Le temps vole sans avoir besoin d'aéroplane, ce vieux temps. Ma canne, mon chapeau… Je n'oublie rien ? Non. À demain, Imo.

Sur ce, M. Arakiri s'élança hors de son bureau, absolument comme s'il courait à un devoir dont dépendît la grandeur nippone.

L'huissier attendit que le bruit de ses pas se fût éteint, puis hochant la tête, avec un sourire narquois :

— Moi, je ne suis qu'un modeste huissier. On ne me met pas au courant des manigances politiques. Aussi n'ai-je qu'un devoir : conserver en bonne santé un père aux enfants que j'aurai un jour ou l'autre, et pour cela me reposer toutes les fois que j'en trouve l'occasion. M. Arakiri absent, je ne sers à rien ici, je rentre chez moi.

À son tour il sortit, apparemment ravi de sa détermination.

Le cabinet d'Arakiri demeura un instant désert et silencieux. Soudain, un craquement se produisit. Un des panneaux de la vaste armoire de chêne, cachant une des murailles, tourna lentement sur ses gonds, démasquant un homme. Celui qui se montrait ainsi, regarda autour de lui, puis prit pied sur le tapis. De haute taille, le visage anguleux, complètement rasé à l'américaine et troué par de petits yeux bleu faïence aux regards mobiles, l'homme eût été certainement reconnu par le personnel du Mirific-Hôtel, comme le client du second étage, répondant au nom de Midoulet.

Celui-ci plaisanta :

— M. le secrétaire est charmant ! Il me laisse le champ libre. Profitons-en… Ah ! petit Japon ! Tu seras donc toujours gourmand ! Attends un peu : entre la coupe et les lèvres se dresse Midoulet, Célestin Midoulet, du service des Renseignements, de la République française.

Tiens, tiens, il prononçait Midoulet. Son nom du Mirific n'était donc pas un déguisement. Il continuait cependant :

— Ah ! on prétend jouer la diplomatie avec un pantalon, façon originale d'indiquer qu'on la traite par-dessous la jambe ! Eh bien, Midoulet se met de la partie. J'y perdrai mon nom, ou, avant peu, le Japon sera sans culotte.

Très gai, en homme qui savoure le sel de ses plaisanteries, Midoulet, puisque lui-même se donnait ce nom, referma soigneusement le panneau de l'armoire, ouvrit à l'aide d'un rossignol les tiroirs du bureau de M. le conseiller Arakiri, prit connaissance des papiers qu'ils renfermaient, traça quelques notes rapides sur un carnet et remettant toutes choses en ordre, effaçant toute trace de son passage, il grommela entre ses dents :

— Ce conseiller a dit la vérité. Pas d'autres instructions que celles dont il a réjoui les oreilles du général Uko. Bah ! celui-ci ne doit quitter Paris que sous quatre jours. Quatre jours, c'est-à-dire quatre fols quatorze cent quarante minutes. Une seule suffit pour enlever le pantalon mystérieux. Donc, en route !

— À son tour, il quitta la salle, parcourut le couloir avec la tranquillité d'un visiteur certain de ne rencontrer aucun indiscret, et gagna la rue.

Sur le trottoir, il parut hésiter, mais son indécision fut de courte durée. Il eut un sourire et prononça ces étranges paroles :

— Ils sont évidemment rentrés à l'hôtel. Ils n'en ressortiront qu'après le déjeuner. Donc rien à faire jusque-là. Je puis m'accorder le charme de la promenade à pied.

De fait, il se mit en marche à une allure de flâneur, parcourut plusieurs voies et déboucha enfin sur l'avenue des Champs-Élysées qu'il remonta, le nez au vent, semblant s'intéresser au mouvement des voitures et des piétons.

À le voir, on l'eût pris pour un étranger prenant contact avec Paris.

Quelques instants, il se planta devant l'Arc de Triomphe, comme s'il déchiffrait les noms glorieux qui tapissent les massifs piliers, puis il reprit son chemin.

Bientôt, il entrait au Mirific-Hôtel. Consultant sa, montre, il murmura :

— Midi vingt. À table, ami Midoulet.

La spacieuse salle à manger s'ouvrait à l'extrémité de la large galerie bordée par la succession des petits salons de conversation.

L'agent y parvint et s'assit à une table sise très près de l'orchestre tzigane, chargé de distribuer la nourriture musicale aux oreilles des clients dont les cuisines se réservent de satisfaire l'estomac.

Et, tout en attaquant les hors-d'œuvre, il promena autour de lui un regard investigateur.

À l'autre extrémité de la salle, le général Uko et sa fille Sika déjeunaient. Ils devisaient gaiement sans soupçonner la surveillance dont ils étaient l'objet.

— Tiens, se confia Midoulet. Ils ont dû déposer leur paquet dans leur appartement. J'aurais dû y faire un tour.

Mais il secoua la tête.

— Non : Leur nouvelle domestique doit être là. Le premier jour de son engagement, une fille de chambre est toujours zélée. Elle ne se promènera certainement que cet après-midi, alors qu'elle saura ses maîtres dehors jusqu'au dîner.

Sur ce, sans s'occuper davantage de ses… adversaires, ainsi les nommait-il en son for intérieur, il se prit à dévorer avec l'appétit d'un homme qui a eu une matinée mouvementée.

De toute évidence, les Japonais étaient moins affamés que lui, car ils se levèrent de table avant que lui-même fût arrivé au dessert. Il ne s'en émut pas, et les laissa quitter la salle, avec cette réflexion :

— Il leur faut une demi-heure pour se préparer à déambuler comme à l'ordinaire. J'ai le temps.

En dépit de l'affirmation, il expédia la fin du repas, puis au serveur, il dit :

— Vous m'apporterez le café dans le hall, la table à l'intersection de la galerie en T.

Après quoi, parcourant la galerie des salons de conversation en sens inverse, il s'en fut s'asseoir à la table indiquée et sembla s'enfoncer dans la lecture d'un journal.

Le moka servi, il le dégusta à petites gorgées, consultant de temps à autre l'horloge artistique, soutenue par une Cariatide et un Télamon, qui décore le hall, où les milliardaires cosmopolites se donnent rendez-vous au *five o'clock tea*.

Son calcul se justifia. Trente-trois minutes exactement après leur sortie de la salle à manger, le général Uko et sa fille parurent. Il les entendit commander à un boy de service :

— Faites avancer une auto, je vous prie.

Et le gamin s'élançant vers la porte, au tambour rotatif, Midoulet murmura :

— Bien… Les voici en route. J'aurai mes coudées franches.

Il attendit que les Japonais fussent sortis, que le ronronnement du moteur l'eût averti de leur départ.

Alors, il huma d'une lampée le contenu de sa tasse, puis lentement, de l'allure indifférente d'un personnage se déplaçant sans but déterminé, il s'engagea dans l'escalier à double évolution qui dessert les étages, concurremment avec les ascenseurs, le gravit sans hâte et ayant atteint enfin sa chambre, portant le numéro 106, il s'y enferma.

À l'abri des regards, son attitude changea tout à coup. Ses mouvements s'accélérèrent.

De sa poche, il tira une feuille, de papier teinté en jaune et portant ces lignes :

« Note de service.

« Le mikado, après une longue conférence avec les bonzes du monastère de Fusi-Yama, a expédié un messager en Europe. Les instructions de ce courrier ont pour destinataire le général comte Uko, lequel villégiature à Paris avec sa fille Sika, tous deux descendus au Mirific-Hôtel. Le mystère qui entoure la nature de ces instructions en démontre l'importance. Tout acte du gouvernement japonais doit inquiéter les États européens. Il faut donc à tout prix savoir de quoi il est question. Ne ménager ni temps, ni argent. Charger un agent de première valeur de l'affaire. »

Au-dessous, d'une autre écriture, on lisait :

« Ordre à l'agent 14, Célestin Midoulet, de s'occuper de ceci, toute affaire cessante. »

Le locataire du 106 eut un sourire narquois :

— Je m'en occupe. Je me suis installé ou Mirific, obtenant la chambre 106, voisine de l'appartement du général comte. Je sais que le flair de mes chefs ne les avait pas trompés ; l'entretien à la légation de Corée fut plutôt suggestif. Maintenant, il s'agit de cueillir le message baroque.

Tout en parlant, il s'approchait d'une porte se découpant dans la cloison, séparative de son logis et de celui des Japonais.

Des pattes de fer, maintenues par des vis, condamnaient cette ouverture.

Mais au-dessous de la serrure, un trou minuscule avait été foré ; Midoulet y appliqua l'œil.

Ainsi il voyait parfaitement chez ses voisins. Il marqua un geste mécontent.

— Allons bon, cette Véronique est là. Est-ce qu'elle va y passer son après-midi !

Comme pour répondre à son exclamation, un maître d'hôtel pénétra dans la pièce où se tenait la pseudo-fille de chambre, et à travers le léger obstacle le séparant des causeurs, l'agent perçut ces répliques :

— Mademoiselle Véronique, vos nouveaux maîtres ont oublié de donner des ordres pour vos repas. Alors, si vous le voulez bien, vous déjeunerez encore une fois avec le personnel.

— Très volontiers, monsieur Édouard. Ce me sera une occasion de remercier nos camarades de leurs bons procédés à mon égard.

— Trop aimable, alors vous descendez, on se met à table.

— Je vous suis.

Midoulet se frotta les mains. Les circonstances étaient pour lui. Durant un laps de temps appréciable, l'appartement du général Uko serait désert. Il aurait le temps de perquisitionner et de s'emparer du pantalon mystérieux.

Véronique sortit avec le maître d'hôtel.

Sans perdre une minute, l'agent dévissa les pattes, maintenant la porte de communication ; la voie libre désormais, il courut à sa valise, s'affubla d'une perruque noire, se grima en un tour de main, puis d'un pas délibéré se glissa chez ses voisins.

Armoires, malles, valises furent fouillées méticuleusement. Un rossignol passe-partout, manié avec une dextérité qu'eût enviée maint cambrioleur, permettait à Célestin Midoulet de se rire des serrures les plus compliquées.

Mais, hélas ! son habileté s'exerça en pure perte.

Aucune trace du pantalon gris de fer décrit par M. Arakiri. Sans doute, le général avait des vêtements analogues, mais nul ne répondait au signalement.

À mesure que se prolongeait l'infructueuse perquisition, l'agent s'énervait.

Il recommençait ses fouilles inutiles, bouleversait le contenu des bagages.

Au plus fort de ce… travail, il bondit brusquement sur ses pieds.

Un cri avait retenti derrière lui :

— Ciel ! Un voleur.

Il fit face à la personne qui le surprenait ainsi, sans qu'il l'eût entendue venir, et reconnut Véronique Hardy, du moins la personne qu'il décorait de ce nom.

La cameriste d'emprunt courait déjà vers la porte, afin d'appeler du secours. Si elle atteignait le corridor, l'agent serait *brûlé* comme on dit aux renseignements. Sa filature se trouverait terminée, et tout ce qu'il avait appris, adroitement, il se rendait cette justice, bénéficierait à un successeur que le « Service » désignerait incontinent.

La pensée le galvanisa. En deux bonds, il rejoignit Véronique, l'empoigna, la jeta sur un fauteuil, en grondant les dents serrées, jetant l'épouvante dans l'âme timide du doux Pierre :

— Si tu te tais, tu n'as rien à craindre ; mais au moindre appel, tu es morte, ma fille.

Et comme son… interlocutrice demeurait immobile, terrifiée par l'aventure, Midoulet, reconquérant son sang-froid, se déclara *in petto* :

— Une domestique a toujours quelque chose à cacher. En la traitant en coupable, on ne risque pas de se tromper.

Puis à haute voix, grave autant qu'un juge :

— Je sais tout, ma belle, dit-il ; si tu n'obéis pas, tant pis pour toi.

Je sais tout ! Ces trois mots pétrifièrent la fausse Véronique. Pour elle, ils signifiaient fausse monnaie, assassinat, travaux forcés, échafaud.

Aussi Midoulet, parfaitement ignorant de ces choses, car il avait simplement parlé, en visant la grivèlerie, ce vol qui sévit sur les gens de maison, fut-il surpris de l'effet produit.

La fille de chambre était devenue livide, ses dents claquaient, et ses yeux exprimaient l'angoisse.

— Oh ! oh ! grommela Midoulet, il parait que l'on en a pour une somme sur la conscience.

Puis avec un sourire :

— Tant mieux. Cela te démontre la nécessité de plier et me dispense de tout préambule. Es-tu disposée à obéir ?

Pierre affirma de tout son être.

— Parfait ! En ce cas, nous serons bons amis, je ne me souviendrai pas de ce que je sais sur ton compte.

La cameriste travestie respira. Cet inconnu, évidemment attaché à la police, semblait décidé à l'épargner. Qu'exigeait-il en échange ?

La curiosité lui donna la force de questionner.

— Que faut-il faire ?

Ce qui lui valut un geste d'approbation de son interlocuteur.

— À la bonne heure, mon enfant ; vous êtes une personne sensée. Ce qu'il faut faire ? Bien simple. Demeurer tranquillement au service de Mlle Sika, après m'avoir donné un renseignement dont j'ai besoin.

Ouf ! Ce policier était un homme pondéré, modéré dans ses exigences.

Dans sa joie, Véronique murmura :

— Tous les renseignements qu'il vous plaira.

— Eh bien, ma chère, je vais droit au but. Ce matin, le général et sa fille sont sortis.

— C'est vrai.

— Où sont-ils allés ?

— Je l'ignore ; mais si cela vous intéresse, je tâcherai de le savoir.

Midoulet plaisanta :

— Inutile, je le sais.

Puis sans prêter attention à l'ahurissement peint sur les traits de son interlocutrice :

— Ils sont revenus avec un paquet…

— Ah ! s'exclama Pierre, enchanté de pouvoir affirmer quelque chose. Un paquet, parfaitement… l'enjeu d'un pari énorme, que le général regrette bien de s'être laissé entraîner à engager.

— Un pari ?

C'était au tour de Midoulet d'être étonné ; mais il se frappa le front.

— C'est Mlle Sika qui vous a dit cela.

— En effet.

— Bien. Très bien. Va pour le pari. Et où ont-ils fourré le paquet ?

— Dans le coffre-fort de l'hôtel, car ils craignaient, paraît-il, qu'il ne leur fût dérobé.

À cette réponse, l'agent étouffa avec peine une exclamation de colère.

Le pantalon diplomatique était hors de sa portée.

À la rigueur, on peut cambrioler le coffre-fort d'un particulier. Mais celui du Mirific, incessamment gardé par des surveillants éprouvés, il n'y fallait pas songer.

Un hôtel de cette importance est tenu de porter au maximum les précautions contre les voleurs.

Fréquentée en effet par la plus riche clientèle, la maison est responsable de toutes les valeurs et bijoux qui lui sont confiés. Combien d'élégantes clientes déposent leurs parures dans le coffre-fort, quitte à les reprendre pour se rendre au théâtre, aux réceptions, et à les replacer ensuite dans cet asile inviolable.

Le coffre-fort contient généralement pour plusieurs millions de valeurs et de joyaux.

— Cela vous ennuie, murmura Pierre, qui, nonobstant son trouble, ne put s'empêcher de remarquer le mécontentement de son interlocuteur.

La question rappela l'agent à lui-même.

— Non, cela n'a aucune importance. Je vous reverrai quand je le jugerai convenable. Vous me tiendrez au courant de tout ce que feront ou se proposeront de faire vos maîtres.

— Oui, monsieur.

— Et, retenez bien ceci : Ils doivent ignorer notre entente, sans cela…

Pierre l'interrompit vivement :

— Ne menacez pas, c'est inutile. Je comprends bien la nécessité de vous contenter.

L'autre inclina la tête. Il fut sur le point d'interroger, la pseudo-soubrette, afin d'apprendre quelle lourde faute fendait sa conscience si maniable. Heureusement, il se rappela à temps qu'il avait ouvert l'entretien par cette affirmation : « Je sais tout. » Il fallait avoir l'air de ne rien ignorer, sous peine de perdre son prestige.

Il se dirigea donc vers la porte de communication, ouverte par lui une demi-heure plus tôt, adressa un dernier geste impératif à Véronique, qui le suivait obséquieusement, puis rentra dans la chambre 106 dont il referma la communication.

Et, séparés par le panneau de bois, les deux personnages s'abandonnèrent aux douceurs du monologue.

Celui de Midoulet aboutit, à cette conclusion :

— Ce satané Japonais pourrait m'échapper en route. Ici, ma filature est plus commode que partout ailleurs. Il faut donc l'empêcher de quitter Paris et le contraindre à reprendre ce damné vêtement qu'il a si malignement mis hors d'atteinte.

Pierre, de son côté, gémissait :

— Me voilà à présent avec deux maîtres, qui ne me semblent pas du tout amis. Je vais trahir Mlle Sika, qui a été si bonne pour moi.

« Cela m'attriste, et cependant je ne saurais faire autrement.

Dans son émoi, la camériste quitta la chambre 105 dans laquelle elle modulait ces réflexions, passa dans la salle 104 et ouvrit la porte du numéro 103, sans réfléchir, traversant l'appartement des Japonais en un mouvement de fuite.

Il y a de ces gestes irraisonnés que guide un instinct obscur.

Le philosophe explique ces choses inexplicables, en termes incompréhensibles ; c'est là le caractère admirable de la philosophie. En réalité, on ne sait à quoi attribuer certaines manifestations impulsives. Il faut se borner à les constater.

Pierre obéissait à une impulsion.

Or, sur le seuil de la chambre 103, il s'arrêta avec une clameur d'étonnement.

La salle qui logiquement devait être vide, était occupée par une jeune dame blonde, au teint rosé, élégante et maniérée, au demeurant tout à fait charmante.

— La dame du 102, bégaya la fausse camériste : mistress Honeymoon.

Et apercevant la porte de communication, ouverte comme tout à l'heure celle de Midoulet, elle reprit :

— Ah çà ! tous les voisins se sont donc donné le mot pour se promener chez mes patrons.

Elle avait prononcé la phrase à haute voix. Mistress Honeymoon eut un délicieux sourire, et, avec un imperceptible accent anglais, qui assurait à son langage un charme de plus, elle expliqua d'une voix douce, musicale :

— Non, non, pas donné le mot. Le monsieur de l'autre côté, il doit ignorer notre entente.

— Notre entente ? répéta Véronique au comble de l'ahurissement.

— Oui, j'ai entendu votre conversation avec lui.

— Ah bah !

— Et vous me direz toutes les actions du général et de sa fille, avant de les dire à l'autre personnage.

— Avant, avant… ça ne sera pas toujours facile.

— Il faut que cela soit. Lui ne sait pas l'histoire que votre ami vous a contée l'autre soir dans le couloir. Moi je sais, de ma chambre avec un microphone, je n'ai pas perdu un mot : fausse monnaie, assassinat de Véronique…

Pierre poussa un gémissement de détresse.

Mais son interlocutrice posa sur son bras sa main fine, aux ongles roses :

— Ne vous jetez pas dans l'émotion. Je sais aussi votre innocence. Et je la proclamerai le jour où je n'aurai plus besoin de vos services.

— Oh ! madame.

— Alors renseignez-moi… pour l'Angleterre.

Sur ce, elle rentra au 102, tandis que le jeune homme se prenait la tête à deux mains en gémissant :

— Trois patrons ! J'ai trois patrons à satisfaire !

CHAPITRE III
LA FORTUNE SE PRÉSENTE À TIBÉRADE

— Comment, Emmie, s'écria Marcel Tibérade, il ne reste plus rien de notre dernier louis !

— Eh ! non, mon cousin. Nous l'avons *cassé* lundi, et nous sommes au jeudi à présent.

— Lundi, fit le jeune homme d'un ton rêveur. Lundi, où m'apparut cette belle aux cheveux d'or.

— Cheveux d'or, répéta Emmie qui n'avait perçu que ces derniers mots. On pourrait les porter au mont-de-piété.

— Qui te parle de cela ?

— Toi, cousin.

— Pas du tout.

Emmie regarda son interlocuteur, remarqua qu'il avait rougi légèrement, mais n'insista pas.

— Pardon, dit-elle, j'avais cru.

Ces répliques s'échangèrent entre le jeune homme, entrevu à la porte de la légation de Corée, et une fillette de quatorze ans environ, dont le visage présentait, avec celui de son interlocuteur, ce que l'on est convenu d'appeler *un air de famille*.

Elle était mince, nerveuse ; ses yeux vifs, son allure preste, justifiaient le sobriquet que lui appliquait familièrement son cousin Tibérade.

« Emmie, petite souris. »

Cousins, ils l'étaient.

Le brave garçon, qui, en dépit de trois doctorats, vivait une vie si difficile, n'avait pas hésité, deux ans auparavant, à recueillir sa mignonne parente devenue orpheline.

Il avait été pour elle un père, ou mieux un frère aîné, tâchant de lui épargner les duretés de l'existence, n'y réussissant pas toujours, ce dont il se lamentait, ce dont la gamine, elle, s'amusait avec l'heureuse insouciance faisant le fond de son caractère.

Un instant, le silence régna dans la petite chambre meublée pauvrement, mais si proprette que l'on comprenait de suite qu'ici logeaient des vaillants, auxquels la pauvreté ne communiquait pas le découragement.

— Enfin, reprit la fillette, un louis en quatre jours c'est peut-être beaucoup ; mais nous avons eu des dépenses exceptionnelles : un franc quatre-vingt-quinze à la teinturière pour ma casaque ; un franc vingt-cinq de ruban pour rafraîchir mon chapeau et deux francs quinze pour le stoppage de ta jaquette déchirée. Total : cinq francs trente-cinq à la toilette. Reste quatorze francs soixante-quinze de nourriture, soit à peu près trois francs soixante-quinze par jour. C'est là un bilan qui n'admet pas de critique. Mon honneur de ménagère est sauf.

— Je ne critique pas la ménagère, murmura Tibérade avec un sourire mélancolique ; seulement le dîner de ce soir m'apparaît problématique.

— Bah ! le pain et le fromage, c'est ce que je préfère ; et, cela, on pourra le trouver à crédit.

Toute la confiance de la petite Parisienne vibrait dans ces paroles. Il secoua la tête.

— C'est égal, la guigne s'acharne après moi. Si j'ai un emploi, la maison tombe en déconfiture. C'est-à-dire que j'ai le mauvais œil, comme disent les Napolitains.

Il se leva brusquement, décrocha son chapeau.

— N'importe, on m'a promis une place dans une société financière, capital : trois cents millions ! Si ma présence la ruine, celle-là, je me considérerai comme un danger public ; il est vrai qu'on ne me donnera peut-être pas le poste ; enfin, j'y vais.

— Et tu rentreras avec une bonne nouvelle. Mon petit doigt me le dit.

Il serra la fillette sur son cœur.

— Chère petite souris, ton affection confiante me réconforte. C'est toi, vois-tu, qui rends le courage au grand diable que je suis.

— Pas diable, cousin Marcel…

— Tu ne vas pas m'appeler ange, j'imagine ?

— Non, non… Ils ont des ailes dans le dos, il faudrait faire des trous dans ton habit pour qu'elles passent. Encore des dépenses somptuaires ! Mais tu es le meilleur des bons garçons. En t'appelant cousin, je te fais tort d'un grade. Dans mon cœur, tu es le frère dévoué qui a recueilli l'enfant sans papa, sans maman, et il y a une justice, vois-tu… la récompense de ton dévouement viendra.

— La récompense, c'est ton affection.

— Ta, ta, ta… Une affection qui a les dents longues et l'appétit constant qui t'oblige à doubler tes dépenses sans apporter le moindre supplément de recettes. Tu n'as pas voulu me mettre en apprentissage.

— Mais, mignonne, tu as à peine quatorze ans.

— Dans la maison, il y a une petite fille du même âge qui gagne déjà trente sous par jour.

— Possible, mais elle ne sait pas l'histoire, la géographie, les mathématiques, la littérature, tout ce que je t'ai appris.

— Elle sait coudre, cousin, et c'est pour cela qu'on lui donne trente sous.

Tous deux se considérèrent en silence.

Enfin, Marcel eut un mouvement d'épaules, comme s'il rejetait un fardeau trop pesant et, d'un ton abaissé :

— Je m'en vais. Attends-moi… J'espère. Il faut bien espérer.

Il dégringola en hâte l'escalier de l'humble maison de la rue Lepic, qu'habitaient les deux causeurs.

D'un pas rapide, il gagna la rue Blanche, la parcourut, traversa la place de la Trinité et s'engagea dans la chaussée d'Antin.

Sur la place de l'Opéra, ses yeux furent attirés par la devanture appétissante de la maison Ferrari.

Les victuailles exercèrent un véritable hypnotisme sur le jeune homme, dont le dîner était problématique.

— Sardines à la Rossini, déchiffra-t-il machinalement sur la pancarte dominant une pyramide de boîtes historiées : un franc vingt. Les voilà, les injustices sociales ; à cette heure, une sardine vaut plus que le docteur que je suis.

La réflexion le fit sourire, mais il s'éloigna de la devanture, tournant le dos à l'étalage tentateur.

Ce mouvement lui fit apercevoir la balustrade du Métropolitain, coupant le refuge ménagé au centre de la place.

Et soudain, il demeura figé, les yeux désorbités, stupéfait et frissonnant.

Au bord du trottoir qui lui faisait face, il reconnaissait la jolie personne blonde, remarquée quatre jours auparavant, près de la légation de Corée.

— C'est elle, bredouilla-t-il, elle !

Inconsciente de l'émoi qu'elle provoquait, Sika, car c'était la gracieuse Japonaise, s'était arrêtée au bord du trottoir avec sa compagne, en qui Midoulet et mistress Honeymoon eussent sans peine reconnu Véronique Hardy.

Elle trahissait la jeune fille, et celle-ci lui marquait une confiance grandissante, l'élevant du rang de fille de chambre à celui de demoiselle de compagnie.

De là leur apparition côte à côte. Soudain, Sika descendit le trottoir et se prit à traverser la chaussée avec cette hâte des piétons qui profitent d'une éclaircie parmi les voitures.

Surprise par son mouvement, Véronique la suivit à trois pas de distance.

Tibérade les regardait approcher, les yeux troubles, avec l'impression de vivre une minute de rêve.

Et tout à coup, il eut un cri étouffé.

Une automobile, lancée à toute vitesse, a débouché de la rue Meyerbeer ; le chauffeur, qui parle à un personnage assis à l'intérieur de la voiture, ne regarde pas en avant. Le véhicule arrive droit sur Sika. Il va la renverser, l'écraser. Dans un éclair, Tibérade la voit blessée, morte, sanglante. Et emporté par un désir irrésistible de la sauver, il s'élance, atteint l'automobile, bondit sur le marche-pied, repousse le wattman ahuri, et, imprimant un brusque mouvement au volant, provoque une embardée qui fait entrer la voiture en collision avec un camion lourdement chargé.

Mais le jeune homme n'a cure de l'*accident* qu'il vient de provoquer. Il ne songe qu'à celui qu'il a empêché.

Il a sauté à terre. Il a saisi la Japonaise, l'a presque portée sur le trottoir, sur lequel la fausse Véronique, toute blême, les rejoint.

Il veut s'excuser de la brutalité de son acte, brutalité commandée par les circonstances.

Il n'en a pas le temps.

Sika lui a pris la main ; elle l'entraîne de l'autre côté du refuge. Elle bredouille des phrases entrecoupées :

— Merci… merci… encore une tentative criminelle… À aucun prix, je ne dois être mêlée à tout cela. Excusez ma précipitation, monsieur, je vous suis profondément reconnaissante, croyez-le.

Un auto-fiacre passe à ce moment.

Elle arrête le cocher d'un geste, pousse sa compagne dans la voiture, y prend place et le véhicule s'éloigne, laissant Tibérade seul, tout étourdi de l'aventure inattendue.

Il se demande ce qu'il fait là. Un coup d'œil vers l'endroit où il était tout à l'heure, lui montre un rassemblement dont les voitures en collision occupent le centre. Diable ! si on l'apercevait, son intervention lui créerait des ennuis de toute nature.

— Disparaissons, se conseille-t-il.

Et il se jette dans la rue Auber, bientôt masqué au groupe qu'il fuit par les bâtiments de l'Opéra.

Il est hors de danger. Il peut prendre une allure indifférente, les mains dans les poches, souriant à son « moi » intérieur qui lui répète en modulations triomphantes :

— Elle, sauvée par moi… Quelle chance ! Quelle joie !

Il remonte machinalement vers Montmartre, insensible à ce qui se passe autour de lui, absorbé par la pensée de l'exquise vision qui emplit son souvenir. Il heurte les passants, sans daigner prêter aucune attention à leurs récriminations. Il est si loin de la réalité, si enfoncé dans son rêve qu'un gros homme qu'il bouscule et qui lui crie : « Pourriez faire attention, espèce d'abruti ! » il réplique de l'air le plus gracieux : « Trop aimable, monsieur. » Ce qui méduse l'insulteur.

Elle, sauvée ! La phrase incessamment répétée chantait en lui. Cependant ses jambes arpentaient le terrain. Son corps, abandonné à lui-même, se dirigeait instinctivement vers la rue Lepic, tel que le cheval regagnant l'écurie à l'insu du charretier endormi.

Sans être sorti de son rêve, il se trouva dans son logement. Une exclamation de la petite Emmie le rappela brusquement au sentiment de la réalité.

— Déjà de retour ! s'exclamait la fillette ; tu n'as pas perdu de temps. Et tu es content, cela se voit de suite.

— Content ? Dis ravi, transporté.

— Donc tu as réussi, bravo… On va mettre les petits plats dans les grands. Pour commencer, je cours chercher le dîner.

Une douche glacée n'eût pas surpris davantage le pauvre Tibérade.

— Le… dîner ? Sapristi ! Mais je l'ai totalement Oublié.

— Oui, mais moi j'y pense, et on va le soigner, puisque tu as une place à présent.

— Une place ! Hélas ! non.

— Non, quoi ?

— Je ne me suis pas même présenté. Petite Emmie, une aventure incroyable !… L'automobile emballée… ses deux grands yeux noirs ne la voyaient pas.

— Les yeux de l'automobile ? prononça la fillette, ahurie.

— Mais non, de la jeune fille.

— Quelle jeune fille ? Ah ! tu as une façon de raconter.

Tibérade sourit. Il se mettait en devoir d'expliquer, de narrer l'incident. Il n'en eut pas le temps.

Deux coups frappés à la porte lui coupèrent la parole. Et Emmie ayant ouvert, son cousin recula avec un cri sourd. Sur le seuil, il venait de reconnaître Sika elle-même, avec, auprès d'elle, le personnage qui l'accompagnait quatre jours auparavant à la légation de Corée.

Ce dernier salua courtoisement, puis désignant Marcel du geste :

— Monsieur Marcel Tibérade, je pense ?

— Vous savez mon nom ? s'écria le jeune homme stupéfait de cette entrée en matière.

— Il sied donc que je vous apprenne le mien, acheva le visiteur.

L'index pointé sur sa propre poitrine, l'inconnu annonça d'une voix nette :

— Général Uko.

Puis, appuyant la main sur l'épaule de sa compagne, il ajouta doucement :

— Ma fille Sika !

Après quoi, il s'assit tranquillement sur la chaise que lui avançait Emmie, bouleversée, elle aussi, par là présence inattendue de ce général dans l'humble logis.

Il y eut un silence. Marcel se taisait, parce que son cœur battait à grands coups dans sa poitrine. De son côté, Emmie se sentait quelque peu intimidée, et cette impression, peu ordinaire chez elle, la réduisait au mutisme.

Le général, lui, examinait les deux cousins. Il murmura, les yeux fixés sur la fillette :

— Votre sœur, sans doute ?

Pour répliquer, Tibérade retrouva la voix :

— Non, ma petite cousine.

— Une cousine pour qui il se dévoue autant que pour une sœur, fit impétueusement Emmie.

Et comme il suppliait : « Emmie, ne dis pas cela », elle reprit :

— En bien, quoi ? M. le général ne sera pas fâché de savoir que tu as recueilli une orpheline, que tu l'instruis, que tu te mets en quatre pour qu'elle ne manque de rien, que tu es un cœur d'or… C'est, du reste, la seule chose en or dans notre maison, conclut la fantasque petite créature d'un ton ironique, comme si elle défiait au sort.

Tibérade essayant encore de l'arrêter, le visiteur protesta sans dissimuler une incompréhensible satisfaction.

— Mademoiselle a raison. Ces détails, que je connaissais d'ailleurs, me font plaisir à entendre.

— Comment, vous saviez ?…

— Mais oui. Avant de me présenter chez vous, j'ai fait dans le voisinage une enquête rapide.

— Une enquête, maintenant ?

— Très sympathique. Je désirais me documenter sur le sauveur de ma fille.

— Oh ! le sauveur !…

— Si, si. Elle m'a conté la chose. Elle est courageuse ; elle ne s'est donc pas exagéré le péril. Donc, je maintiendrai ma résolution, quoi que vous puissiez dire.

— Ah ! vous avez pris une résolution, balbutia Marcel de plus en plus interloqué par l'étrangeté de l'entretien.

— Vous m'avez conservé mon enfant, dont la perte m'eût certainement invité à renoncer à vivre ; en échange, je veux vous assurer ce qui vous manque…

— N'allez pas plus loin, monsieur, mon acte était trop naturel !

Le général se prit à rire, et d'un ton narquois :

— Ah ! vous trouvez naturel de risquer votre existence ?…

— Certes, je recommencerais avec joie,

— La manie du dévouement, alors ? Tout pour l'humanité !

— Non, mais pour Mlle Sika…

Tibérade s'arrêta net, une rougeur ardente embrasant son visage. L'accent, les mots, il l'avait senti, étaient l'aveu de l'attraction irrésistible exercée sur lui par la fille du général. Il comprenait le ridicule de cette confidence involontaire du pauvre diable qu'il était.

À sa grande surprise, l'officier japonais répéta avec une bonne humeur cordiale, à laquelle se mêlait une imperceptible pointe d'ironie :

— Ah ! ah ! pour ma chère Sika ?

— Pour elle, oui… ; pour vous aussi, général, bredouilla le jeune homme, totalement démonté. La sympathie, cela ne se discute, ni ne se raisonne. Je vous avais aperçus lundi dernier…

— À la légation de Corée ?

— Précisément… Eh bien, à votre vue j'ai senti, je ne sais pourquoi : c'est fou, ridicule, inexplicable, ce que l'on éprouve en face d'amis, je dirais même de parents…

— Une espèce de coup de foudre ? plaisanta M. Uko. enfin.

— Très respectueux à votre égard, général, et à celui de Mademoiselle, croyez-le bien…

Lentement, l'officier hocha la tête ; un fugitif sourire contracta ses lèvres minces, et avec une rondeur soudaine :

— Cela me met à l'aise pour vous demander un service.

— Un service ! clama Tibérade. Ah ! général, je vous en serais bien reconnaissant.

— Il n'y a pas de quoi, car il vous fera courir quelque danger.

— Surtout alors, monsieur, je serais heureux, car je pourrais prouver que j'exprimais la vérité tout à l'heure.

Cette fois, le général tendit la main à son interlocuteur ; il emprisonna dans les siens les doigts de Tibérade et, les gardant un instant prisonniers :

— Je pense décidément que notre rencontre doit me réjouir. Vous êtes tout à fait l'homme que je cherchais.

— Que vous cherchiez ?

— Ma foi, oui : je vous crois fidèle, dévoué ; j'ai besoin de cela. Vous, vous avez besoin de gagner la forte somme. Un échange dans ce double sens nous sera agréable à tous deux.

— Voilà qui est bien parlé. S'écria Emmie, à qui il coûtait d'être restée si longtemps en marge de l'entretien.

— Voulez-vous être riche ? reprit Uko avec un geste aimable à l'adresse de la fillette.

— Cela ne se demande pas, affirma-t-elle sans hésiter.

— Et vous, monsieur Tibérade ?

Le cousin de la « petite souris » marqua une hésitation.

— Cela dépend…

Mais son interlocuteur lui serra la main de nouveau, en murmurant :

— À la bonne heure. Voilà l'hésitation d'un honnête homme… Cela dépend, alliez-vous dire, de ce qu'il faut faire.

— En effet. Non que je doute, monsieur…

— Bien, bien ; vous ne doutez pas, seulement vous seriez ravi d'être renseigné. Ceci est trop naturel, et si vous consentez à m'accorder quelques instants d'attention…

— Je ne perdrai pas une de vos paroles.

Le général approuva du geste, il se recueillit une minute, qu'Emmie mit à profit pour aller s'asseoir auprès de Sika, qui écoutait, une buée rose répandue sur son visage ambré disant avec quelle émotion elle suivait la conversation.

La jeune fille et la fillette échangèrent un regard. Elles se sourirent, et Emmie murmura, si bas que seule l'intéressée put l'entendre :

— Vous êtes gentille tout plein.

Mais toutes deux se figèrent en une attitude attentive. Le général parlait de nouveau.

— J'ai parié avec un compatriote. L'enjeu est énorme, énorme à ce point que la situation du perdant peut être tout à fait changée.

Et, d'un ton persuasif :

— N'est-ce pas, à certaines heures, on se laisse entraîner. Il semble que l'on obéisse à une fièvre… On déplore ensuite… trop tard… Donc le pari existe… Mon adversaire a compris que, s'il perdait, il voisinerait avec la misère. Aussi est-il capable de tout. C'est un descendant des guerriers samouraï, et il a l'âme terrible de ses ancêtres. Bref, je suis en danger de mort.

— De mort !… Pour un pari ? s'écria Tibérade, stupéfait.

— Je démontre. Ce pari remonte à quelques jours ; nous avions fait un succulent dîner. C'est toujours en semblables moments que l'on fait des sottises. Or, depuis, je suis en butte aux plus effroyables tentatives. À l'hôtel que l'habite, des gens à la solde de mon adversaire, ont cambriolé ma chambre, bouleversé mes armoires, fouillé mes malles, mes valises. Des accidents, auxquels nous avons échappé jusqu'ici par miracle, se multiplient autour de ma fille et de moi. Je suis moralement sûr que l'automobile, à laquelle vous avez arraché Sika, était dirigée par la volonté de mon adversaire.

— Mais alors, c'est un assassin ! rugit Marcel avec colère.

— Non, c'est un noble guerrier. Au Japon, nous ne voyons pas les choses du même œil que vous autres, Français.

— Ma foi, déclara Emmie, sans façon, je préfère notre œil.

Puis conciliante :

— Soit dit sans vous offenser, monsieur le général.

— Enfin, pourquoi toutes ces menaces ? interrogea Tibérade, dont les regards troublés ne quittaient plus le doux vissage de Sika…

— Pour m'empêcher de gagner le pari.

— Quel est-il ?

— Un long voyage à accomplir.

— Je ne saurais pourtant voyager pour vous, grommela le jeune homme, tout désappointé.

— Non, mais vous pouvez voyager en même temps que moi, et vous charger d'un objet qui doit effectuer tout le parcours, objet que mon terrible Samouraï cherche à m'enlever, car le gain du pari dépend de son arrivée à destination définitive.

— Et cet objet précieux ?…

— Est ce pantalon.

Ce disant, Uko ouvrit la serviette de maroquin qu'il maintenait serrée sous son bras et en tira une culotte touriste gris de fer.

— Un pantalon ? bégaya Tibérade, absolument ahuri par cette conclusion inattendue.

— Un pantalon ? répéta sa cousine. Ah bien ? pour une idée baroque !… Pardon du mot, il m'a échappé.

Avec une expression mélancolique, le Japonais rassura la fillette :

— Oh ! vous n'avez pas à vous excuser… Ne vous ai-je pas annoncé un pari absurde ? Si je me laisse enlever ce sot vêtement, je perds la gageure et je ruine ma fille. Stupide, je vous dis, c'est stupide ; mais le mal est fait. Si je dois périr dans les embûches de mon adversaire, je souhaite au moins conserver à Sika un avenir doré.

— Je ne demande qu'à vous aider, déclara bravement Tibérade entièrement gagné à une cause, dont dépendait l'existence de la blanche Sika.

— Vous vous chargeriez donc de l'encombrant vêtement ?

— Donnez, général.

L'officier nippon leva la main pour appeler l'attention de son interlocuteur.

— Un instant. Personne ne soupçonnera qu'il est en votre possession.

— Je ne suis pas bavard, et puis de mon silence dépend la fortune de Mademoiselle, — il se reprit vivement : votre fortune...

Uko ne parut pas remarquer les termes employés. Il poursuivit :

— Vous serez obligé de me suivre partout, sans avoir l'air de me connaître.

— Au bout du monde, s'il vous plaît... Mais j'y songe, je ne puis abandonner ma petite cousine.

— Emmenez-la.

À cette proposition, Emmie bondit sur ses pieds en battant des mains.

— Vive le général !

Souriant, ce dernier, très amusé de sa pétulance, lui adressa un signe approbateur, puis revenant à Tibérade :

— Nous partirons ce soir pour Marseille, par le train de neuf heures vingt.

— Ce soir, diable ?

— Des valises suffisent. Nous achèterons le nécessaire en route.

— Ce sera très cher.

— Peu importe. Prenez ceci pour les premiers frais.

Tout en parlant, le Japonais tendait à son interlocuteur un portefeuille gonflé de billets de banque.

Et comme le jeune nomme marquait une hésitation, Uko reprit avec force :

— Vous sauvegardez la fortune de ma fille. Il est juste que je vous défraie de tout. De plus, nous ne devons pas nous connaître ; il convient donc que vous puissiez, sur un simple avis, solder les dépenses imprévues.

L'argument était irréfutable. Il décida Tibérade. Le portefeuille passa de la main du général dans les siennes. Le Japonais se leva aussitôt :

— Et maintenant, monsieur Tibérade, le crois que nous aurons lieu de nous réjouir de notre entente ; seulement le temps nous presse, je vais vous dire adieu… ou plutôt au revoir. Au train de neuf heures vingt. Nous ne nous connaîtrons pas en apparence, mais nous nous verrons.

Sika s'était levée en même temps que son père.

Elle tendit à Tibérade sa main fine, en murmurant avec un léger tremblement dont il ne pouvait deviner la cause :

— Merci, monsieur. Croyez à ma gratitude.

Puis elle se dirigea vers la porte, laissant le jeune homme délicieusement impressionné par ces simples paroles. Le général la suivit. Tous deux sortirent.

Et tout pensif, Marcel demeura sur le palier, appuyé à la rampe, cherchant à apercevoir encore la fine silhouette de la ravissante étrangère. Emmie vint s'accouder auprès de lui.

— Hein, fit-elle entre ses dents ; cette fois, tu as une bonne place : porte-pantalon d'un général.

Il se tourna vers elle, mi-rieur, mi-fâché.

— L'emploi est un brin ridicule, je le sais bien, mais il est payé…

Il brandissait le portefeuille pansu. Elle secoua sa tête mutine.

— Oh ! tu sais, je ne plaisante pas… Je crois sérieusement que tu tiens la fortune…

Elle prit un temps avant d'achever :

— La fortune et la tendresse.

— Emmie, murmura-t-il d'un ton de reproche bouleversé par l'affirmation de la petite.

Mais elle l'interrompit :

— Elle est jolie, jolie… ; ton goût est indiscutable. Si je parle de cela, c'est qu'il m'a semblé…

— Il t'a semblé quoi ?

— Que Mlle Sika a une reconnaissance infinie pour son sauveur. Tu as sauvé toute sa personne ; elle pourrait bien t'offrir une petite commission, sa main, par exemple.

— Oh ! balbutia-t-il, tais-toi, petite folle, tais-toi.

Cependant le général Uko et sa fille avaient gagné la rue Lepic.

— Allons au télégraphe, proposa l'officier.

— Au télégraphe ?

— Oui. Je pense que tous les accidents qui nous assaillent depuis quatre jours sont dus à un espion.

— Je le pense aussi, père.

— Et un espion ayant ses entrées à l'ambassade japonaise.

— Tout à fait probable. Mais je ne vois pas le rapport du télégraphe avec ce personnage inconnu.

— Direct le rapport, ma chérie. Il me permettra de renseigner le curieux, de façon à nous assurer un peu de sécurité.

— Je ne comprends pas.

— Suis-moi, et tout te deviendra clair.

En cinq minutes, le père et la fille parvenaient au bureau de poste, et le Japonais rédigeait la dépêche suivante :

« Monsieur Arakiri,

« Attaché à l'ambassade du Japon.

« Je pars ce soir pour Marseille suivant ordres reçus. J'ai trouvé une combinaison heureuse pour l'objet en question. Il me suit sans être avec moi.

« Général Uko. »

Et à Sika qui lisait par-dessus son épaule :

— Comprends-tu maintenant ; notre ennemi cherchera le maudit vêtement en dehors de nous. Peut-être nous laissera-t-il dormir tranquillement et s'acharnera-t-il sur nos bagages, sans soupçonner l'aide de ce digne M. Tibérade.

Elle hocha la tête en personne peu convaincue, mais elle ne répliqua pas ; son émoi, né en elle, de la résonance des syllabes formant le nom de son sauveur, la rendant incapable de proférer un son.

Quoi qu'il en soit, une voiture les conduisit au Mirific-Hôtel, où ils procédèrent à leurs ultimes préparatifs de départ.

Aucun ne soupçonna quels ennuis allaient fondre sur celle qu'ils s'obstinaient à prendre pour la fille de chambre Véronique, qui les attendait dans leurs appartements.

Sika, en effet, une fois en voiture avec la soubrette, après avoir quitté ostensiblement son sauveur sur la place de l'Opéra, l'avait suivi sans se montrer, et, son adresse connue, elle s'était fait reconduire à toute bride au Mirific.

Là, laissant sa servante à la préparation des valises en vue du départ du soir, elle avait parlé mystérieusement à son père. Après quoi, elle était descendue à la caisse, s'était fait remettre le paquet confié au coffre-fort, en avait donné décharge, et enfin, empruntant la serviette de maroquin de l'un des employés, elle y avait glissé le précieux colis.

Le général l'avait rejointe dans le hall ; tous deux, hélant une automobile, s'étaient aussitôt mis en route vers le logis de Tibérade, non sans que le Japonais eût clamé :

— Au bazar du voyage. Il me faut une valise.

Ces mots, surpris par un homme flânant dans le hall et par une jolie femme blonde, qui, pelotonnée dans un fauteuil, lisait attentivement le journal, avaient déterminé chez les deux personnages un même sursaut.

Était-ce sympathie ? L'adresse, lancée par le général, les fit sourire également tous deux sans qu'ils parussent toutefois remarquer cette simultanéité d'intempestive gaieté.

L'homme s'en fut prendre place à une table et se fit servir un cocktail, en murmurant :

— Surveillons la caisse. Avant de partir, il faudra bien qu'ils reprennent possession du pantalon. Attention, Midoulet.

Quant à la jeune femme, elle gagna le deuxième étage et frappa à la porte de l'appartement des Japonais.

Sur le seuil, Véronique se montra aussitôt.

— Ah ! Madame Honeymoon, fit-elle avec déférence.

— C'est moi, en effet. Je n'ai pu vous aborder depuis ce matin. Avez-vous suivi mes instructions ?

— Oui, madame. En retenant les compartiments-lits pour Monsieur et Mademoiselle, j'en ai loué un pour vous.

— Voisin des leurs ?

— J'ai eu le bonheur d'obtenir cela, voici le ticket treize. Ils ont, eux, les onze et douze.

— Bien, merci. Vous me direz, à la gare, dans quelle valise ils auront serré le paquet, qui est toujours dans le coffre-fort, n'est-ce pas ?

— Oh ! toujours. S'ils l'avaient remonté, je l'aurais vu. C'est moi qui ai fait les valises, vous pensez bien.

— Parfait. Veillez, et à la gare.

La jolie Anglaise parut hésiter un moment, puis elle tendit la main à son interlocutrice.

— Je vous prie de secouer la main avec moi… Sans le comprendre, vous rendez un service à l'Europe ; un service tel qu'il effacerait les fautes les plus graves, et vous n'êtes pas fautif, monsieur Pierre.

Ces mots firent rougir l'interpellé. Il saisit la main potelée qu'on lui offrait, la porta à ses lèvres en bredouillant avec une inexprimable émotion :

— Merci de me parler ainsi ; merci, madame.

— Non, ne me remerciez pas de cela. La chose est juste, donc elle ne mérite pas mention. Souvenez-vous seulement à la gare…

— Soyez tranquille, je n'oublierai rien de ce qui semble vous être agréable. Sur ce, la gracieuse Anglaise regagna sa chambre, tandis que Pierre-Véronique, reprenant la confection des valises, murmurait à part lui :

— C'est drôle ; avec l'homme du 106, cela m'ennuie de trahir la mignonne Mlle Sika ; et avec cette petite dame-là, ça ne me déplaît pas du tout. Est-ce que l'amertume de la trahison, dont parlent les poètes, dépendrait uniquement de la nature de la personne au bénéfice de qui on la commet ?

La discussion de ce problème philosophique ne lui sembla pas opportune sans doute, car il se remit à boucler les bagages.

Après quoi, il fit le tour des chambres lentement, s'assurant qu'il n'avait rien oublié ; puis souriant, il ferma les valises à clef et glissa le trousseau dans sa poche.

— Comme cela, se confia-t-il, le général, pour enfermer le paquet dans un sac quelconque, sera obligé de me demander les clefs et je serai averti.

Il eut un haussement d'épaules.

— Si j'étais seul, comme cela me serait égal ; mais il faut que je renseigne les autres.

Et serrant les poings d'un mouvement rageur :

— Il n'y a pas à dire : le bonhomme, je suis horripilé de lui obéir ; la petite dame, c'est juste le contraire…

Un instant, il demeura pensif, semblant chercher dans le vague la suite de sa phrase suspendue. Enfin, il hocha la tête à plusieurs reprises, et grommela :

— Ce qui est certain, c'est que je suis une Véronique pas ordinaire.

Le général Uko et sa fille rentrèrent seulement pour le dîner.

Ils félicitèrent la pseudo-fille de chambre d'avoir préparé les bagages ; mais à sa grande stupéfaction, ni l'un ni l'autre ne parut songer au paquet qui donnait tant de tablature à lui, Pierre Cruisacq.

Les valises et la mallette de Véronique furent enlevés par un chasseur, qui se rendait à la gare pour leur enregistrement.

Ah ça ! le général avait-il l'intention de porter le colis mystérieux à la main ?

L'heure du départ sonna sans que la camériste eût élucidé ce point. Les Japonais quittèrent leurs chambres.

Véronique suivit ses maîtres. Incompréhensible ! Ils ne se dirigent pas vers la caisse. Ils oublient donc le paquet enfermé dans le coffre-fort ?

Avec un tremblement dans la voix, que ses interlocuteurs ne remarquent pas, la fausse servante demande :

— Monsieur et Mademoiselle n'avaient-ils rien dans le coffre-fort de la maison ?

— Non, mon enfant.

C'est le général qui a répondu d'un ton détaché, dont est médusé Pierre.

Qu'est-ce que cela signifie ? La suppléante de la défunte Hardy sait bien pourtant que les Japonais ont usé de l'asile inviolable du coffre-fort de l'hôtel.

Ils ont donc repris possession de leur bien, sans en rien dire à personne. Où l'ont-ils caché ?

Pas une seconde, Pierre ne se figure que l'objet cherché se promène loin de là, au fond de la valise d'un jeune homme qui, dans la journée, sauva l'existence de la mignonne Sika.

Midoulet doit partager son étonnement. L'agent, installé près de la caisse, y a passé la soirée. Et il s'est dressé, le cou tendu, regardant l'ambassadeur s'éloigner, gagner la porte.

C'est trop fort. Il a escompté ce moment. Il a préparé tout une suite de manœuvres habiles pour s'emparer du pantalon du Mikado. Dans sa certitude de réussir, il a jugé inutile de retenir une place dans le rapide de neuf heures vingt du soir, et maintenant…

Il se rue en tempête au dehors, saute dans un taxi-auto, promet au chauffeur un pourboire exceptionnel, et arrive à la gare de P.-L.-M. une demi-heure avant le départ du train.

Toujours courant, il se case dans un compartiment de première classe.

À travers la vitre, il voit arriver les trois voyageurs. Ceux-ci montent dans l'un des wagons-lits, mais l'agent a pu adresser à Véronique un signe d'appel, auquel celle qu'il considère comme une soubrette a répondu d'un mouvement de tête.

Elle viendra tout à l'heure et le renseignera. Impossible qu'en route, elle n'ait pas découvert comment ses « patrons » ont mis sa surveillance en défaut.

Cependant, Véronique, il faut bien lui conserver ce nom, installait les Japonais dans leurs compartiments-lits ; deux compartiments voisins, communiquant au moyen d'un simple déplacement de la cloison mitoyenne.

Et tandis qu'elle disposait l'un, le père et la fille, réunis dans l'autre, échangeaient à voix basse les répliques suivantes, qui eussent donné la clef de l'énigme aux agents français et anglais attachés à leur poursuite.

— Pourvu que ce M. Tibérade ne manque pas le train, susurra Uko.

Sika secoua la tête.

— Il est avec sa petite cousine dans le wagon suivant le nôtre.

— Tu es sûre ?

— En arrivant sur le quai, je les ai aperçus dans le couloir du véhicule. Ils nous guettaient. La petite Emmie m'a même saluée légèrement.

— En ce cas, tout est pour le mieux.

Véronique avait terminé. Elle souhaita le bonsoir à ceux qu'elle trahissait non par goût, mais par nécessité, et les portes donnant sur le couloir dûment closes, elle se préparait à regagner le wagon de seconde classe, où sa place était retenue, quand du compartiment voisin de celui du général, sortit la charmante mistress Honeymoon.

— Eh bien, interrogea-t-elle curieusement, dans quelle valise ?

Là pseudo-soubrette eut un geste désolé.

— Je ne sais pas. Il faut qu'ils aient repris leur fameux colis dans l'après-midi, car au moment du départ, ils ne sont même pas entrés à la caisse du Mirific.

— Ils se défieraient donc ?

— C'est bien possible, quoique je ne puisse l'affirmer.

— Possible, non, mais certain, — et entre ses dents, la sémillante Anglaise soupira : — Les entreprises stupides du sieur Midoulet leur ont donné l'éveil. Ah ! le maladroit !

Mais le sourire reparut sur sa physionomie gracieuse :

— Bah ! fit-elle, je suis leur voisine. La nuit est longue et le chloroforme rapide. Je vérifierai leur bagage.

Elle conclut d'un ton de bonne humeur :

— Allez dans votre place, monsieur Pierre, et dormez confortablement. Tout ceci n'est point de votre faute.

Elle avait disparu dans son compartiment. Pierre demeurait sur place, agréablement impressionné encore par la voix harmonieuse de la charmante Anglaise.

Soudain, une voix assourdie prononça à son oreille :

— Savez-vous ce qu'ils ont fait du paquet ?

Il sursauta. Midoulet était devant lui.

Ah ! celui-là lui faisait peur. Avec Mrs. Honeymoon, il se sentait en confiance ; tandis que l'agent français lui était tout à fait antipathique.

Seulement, sa situation fausse l'obligeait à cacher ses sentiments. Aussi mit-il Célestin Midoulet au courant du résultat négatif de sa surveillance.

L'agent gronda des menaces, puis rudement :

— Va te coucher, ma fille. Je saurai cette nuit ce que tu ne peux m'apprendre. Ah ! on prétend que les domestiques savent espionner leurs maîtres. Pauvres espions, qui ne découvriraient pas le soleil au milieu du jour.

Il est certain que ses imprécations contre les gens de maison n'étaient pas de nature à émouvoir Pierre.

Il n'y prêta donc qu'une attention médiocre et s'empressa d'obtempérer à l'ordre de Midoulet. Se tournant le dos, chacun regagna sa place, sans s'inquiéter de l'autre.

CHAPITRE IV
EMMIE CONTRE MIDOULET

Le rapide Côte-d'Azur file dans la nuit noire, ainsi qu'un bolide parcourant un tunnel d'ombre. Un bolide emportant un peuple privé de sentiment.

Il est une heure du matin.

Tous les voyageurs dorment, les lampes électriques sont encapuchonnées. Les agents du train profitent du calme absolu du milieu de la nuit pour se reposer un peu. Leur sommeil durera trois heures, quatre peut-être, et de nouveau, ils devront circuler d'un bout à l'autre du train, afin d'être partout à la fois à la disposition de la clientèle exigeante.

Les compartiments sont clos, les couloirs déserts. Et dans le halètement de la machine, le tintinnabulement des chaînes d'attelage, le tac tac rythmé des roues sur les rails, personne ne veille, en dehors du mécanicien et du chauffeur, debout devant le foyer de la machine, pilotes de ce convoi dont ils ont assumé, la charge.

Personne ne veille ; cela n'est pas exact. Dans le wagon de première classe, sans couchettes, précédant celui où dormaient profondément les Japonais, un homme sortit d'un compartiment.

— Heureusement, je suis seul, maugréa-t-il. Des compagnons auraient gêné mes mouvements.

Sous la clarté vague des ampoules du couloir, vêtues de leurs « veilleuses » de bure, les traits caractérisés de Célestin Midoulet se précisèrent.

Il s'étira, en homme engourdi par une longue immobilité, puis à mi-voix :

— Passons-nous des renseignements de cette satanée Véronique. Pauvre fille, ça ne connaît pas les premiers principes d'une filature.

Et, avec un haussement d'épaules, une dédaigneuse indulgence :

— Après tout, on ne saurait exiger qu'elle possède toutes les vertus. Elle est gentille, douce, disciplinée… Voilà déjà trois vertus que je qualifierais presque de théologales.

Il eut un sourire :

— Eh ! Eh ! Je m'occupe beaucoup des charmes périssables de cette jeune fille. Midoulet, mon ami, n'oublions pas que c'est l'agent du service des renseignements qui doit opérer.

Son attitude se modifia brusquement ; d'un pas nonchalant, il se dirigea vers le « soufflet », faisant communiquer sa voiture avec le wagon-lit suivant.

Un instant après, il était debout devant la porte que Véronique lui avait désignée comme celle du général Uko.

Il s'adossa à la cloison, semblant se perdre dans la contemplation de la nuit, à travers laquelle le train perçait sa route. De temps à autre, le bruit du convoi en marche s'amplifiait soudain, grossi par la répercussion des bâtiments d'une gare que l'on franchissait en éclair.

Des lumières brillaient au passage, et puis, de nouveau c'étaient les ténèbres.

Certes, le paysage ne justifiait pas l'intérêt que l'agent paraissait lui prêter ; mais un observateur attentif, s'il s'en était trouvé à proximité, eût bientôt discerné l'occupation réelle de Midoulet.

Ses mains, croisées derrière son dos, s'agitaient imperceptiblement, communiquant un mouvement rythmé à ses bras, et un grincement léger trahissait la percée d'une spire d'acier s'enfonçant dans le bois.

À l'aide d'une vrille, l'agent trouait la cloison.

Cela demanda cinq minutes ; il retira sa vrille, la coula dans sa poche, et en tira un tube, analogue à ceux qui contiennent la pommade hongroise, ou la crème de rosée pour le blanchiment des teints en détresse.

Seulement, le tube se terminait par un petit tuyau effilé que Midoulet introduisit à tâtons dans le trou minuscule qu'il venait de forer.

— Cinq minutes encore, monologua-t-il, et le chloroforme vaporisé m'assurera toute tranquillité pour la perquisition.

Comme on le voit, sans s'en douter, l'agent français avait la même idée que la charmante Anglaise, mistress Honeymoon.

Par exemple, celle-ci occupant le compartiment limitrophe aurait des facilités plus grandes s'il lui convenait également de chloroformer les Japonais.

Quoi qu'il en soit Midoulet laissa passer le temps qu'il avait fixé, nuis avec des précautions inusitées, il ouvrit, se faufila dans le compartiment et referma derrière lui.

Maintenant, on pouvait parcourir le couloir. Rien ne décèlerait l'expédition en cours.

Et cependant Célestin ne pouvait réprimer une sourde exclamation.

— La vitre est ouverte.

En effet, la vitre abaissée laissait pénétrer à l'intérieur du compartiment l'air frais de la nuit. Un instant, l'agent demeura interloqué par cette constatation.

— Cependant l'odeur caractéristique du chloroforme se distingue nettement. Bon, les vapeurs auront suffi à transformer le sommeil naturel du général en anesthésie. Allons-y. Et s'il bouge, j'ai mon revolver.

Remis d'aplomb par cette pensée, il débarrassa la lampe de son voile. Uko, allongé sur le lit-couchette, ne fit pas un mouvement. Il s'était dévêtu et ronflait religieusement sous sa couverture.

— J'enlève tous ses pantalons, se confia l'agent avec un sourire. Je choisirai le bon dans mon compartiment, où je serai plus tranquille.

Dans le wagon-lit venant immédiatement après celui où l'agent se livrait à cette perquisition domiciliaire, Tibérade et Emmie occupaient deux compartiments disposés comme ceux des Japonais.

Ils avaient soupé au wagon-restaurant. Ensuite ; ils avaient quelque peu causé de leur nouvelle et bizarre situation, du général, de Sika, qu'ils avaient entrevus au départ à la gare de Lyon, bien qu'ils eussent feint de ne pas les connaître.

Ce sujet épuisé, tous deux, avaient ressenti la fatigue d'une journée si fertile en péripéties, et avaient réintégré leurs compartiments respectifs, avec un plaisir mêle de fierté ; car, pour la première fois de leur vie, ils voyageaient dans une de ces voitures luxueuses, que la Compagnie des Wagons-Lits met à la disposition des riches clients des trains de luxe.

Deux cabines, séparées par une cloison, percée d'une porte de communication, leur étaient affectées. Ces compartiments, que l'on peut à volonté réunir ou rendre indépendants, avaient chacun sortie sur le couloir.

Les cousins se donnèrent le bonsoir, fermèrent la communication et s'étendirent sur les couchettes qui permettent de dormir dans le train rapide aussi commodément que dans son logis.

On avait quitté Paris à neuf heures vingt. Vers une heure et demie, Emmie se réveilla.

Était-ce le mouvement du wagon, ou l'énervement consécutif de la journée ? la fillette ne trancha pas la question.

Elle se déclara simplement qu'elle ne se sentait aucune velléité de reprendre son somme.

Oui, mais que faire ?

À ce moment de la nuit, elle ne pouvait songer à imposer à son cousin l'ennui de la conversation.

Il dormait, lui. Elle écouta à la porte. Aucun bruit. Il fallait le laisser se reposer. « Ma foi, se dit-elle, un tour dans les environs me calmera les nerfs, et je serais heureuse de me recoucher. »

Sur ce, elle ouvrit doucement la porte du couloir et se glissa dehors. Tout était silencieux. Les lampes, voilées par les vélums de nuit ne répandaient qu'une clarté incertaine. Le train, filant à grande allure à travers la campagne, projetait la promeneuse d'une paroi à l'autre. Elle s'obstina, poussée en avant par une pensée obscure, gagna le fond du couloir, franchit le soufflet et passa dans le wagon suivant. Le même silence y régnait. Ici, comme dans le véhicule que venait de quitter la fillette, tous les voyageurs dormaient.

— Le général et Sika doivent être installés là ! se confia Emmie en s'arrêtant… Oui, quatrième et cinquième portes ; celle-ci au papa, celle-là à la fille.

Brusquement, elle interrompit son monologue ; la porte placée la cinquième tournait lentement sur ses gonds.

— Quelle chance ! reprit-elle. Le général veille comme moi ! On pourra faire un brin de causette.

Déjà elle se portait en avant, mais son mouvement ne continua pas. Une haute silhouette se dressa dans l'encadrement de la porte désignée, et celle-ci se referma sans bruit sur un personnage qui ne rappelait en rien le général Uko.

Dans la pénombre, la fillette distingua vaguement des traits angu-leux, une face glabre, des yeux ardents. Il lui sembla que l'énigma-tique voyageur portait sur le bras un paquet d'étoffes ; on eût dit des vêtements. La vision, d'ailleurs, ne dura qu'une seconde.

L'inconnu s'était arrêté net, surpris d'apercevoir une personne devant lui, puis d'un pas rapide, courant presque, il s'élança vers l'avant de la voiture et disparut. Sans doute, il avait gagné le wagon voisin.

— Curieux ! balbutia Emmie songeuse. J'aurais parié que là était le compartiment au général… Je me suis trompée, à moins que ce digne Japonais ait organisé une réception, une petite fête de nuit.

La réflexion lui rendit le sourire, et n'attachant aucune importance à l'incident, ses nerfs calmés lui rendant la perception de la fatigue, elle revint a son wagon, réintégra sa couchette, et cette fois tomba dans un profond sommeil.

Combien de temps dormit-elle ? Il lui eût été impossible de le dire quand elle reprit conscience des choses. Elle se frotta énergique-ment les yeux, regarda autour d'elle, étonnée de se trouver en cet endroit, si différent de sa modeste chambrette de la rue Lepic ; puis ses idées se clarifièrent. Le souvenir lui revint.

Dans sa pensée, les événements des dernières vingt-quatre heures défilèrent. Elle revécut la soudaine intrusion du général dans le pauvre intérieur de Marcel Tibérade, son absurde pari, sa propo-sition si étrange, la fortune pour la garde d'un pantalon. Quelle garde d'honneur, en vérité !

Et puis le départ.

Soudain une angoisse s'empara d'elle. Si on l'avait oubliée dans ce train qui roulait toujours avec un bourdonnement métallique.

Cela encore lui fit hausser les épaules.

Est-ce que son cousin Marcel était capable d'une aussi énorme distraction ? Évidemment, on n'était pas arrivé à destination. Cependant l'inquiétude inexplicable continua de peser sur elle, si bien qu'elle se dressa d'abord sur sa couchette, puis se leva, et pour la seconde fois, s'aventura dans le couloir aussi désert, aussi silencieux que lors de sa promenade antérieure. Un instant, elle s'amusa à regarder à travers les vitres. Le paysage, maintenant, apparaissait confusément sous les lueurs imprécises de l'aube naissante. Peu à peu, les détails se faisaient plus nets ; les champs, les bois, tout à l'heure plaqués dans un même plan d'ombre, prenaient leur relief du jour.

Alors, nouvelle question. Combien de temps allait-on encore rouler ainsi ?

Des pas glissent derrière elle. Elle se retourne et a un mouvement joyeux.

Un surveillant des wagons-lits parcourt le couloir. Elle l'arrête :

— Pardon. Serons-nous bientôt à Marseille ?

— Nous entrerons en gare dans dix minutes, mademoiselle.

— Parfait ! Mille fois merci.

Et l'employé continuant sa tournée, elle court tambouriner à la porte de son cousin.

— Marcel ! Marcel ! Dans dix minutes, on est à Marseille ; hé, pitchoun, réveille-toi pour voir la Cannebière.

Au bruit, une voix, où l'on sent l'hésitation du sommeil, gronde :

— Qui diable fait ce vacarme ?

— Ce n'est pas un diable, c'est ta charmante cousine Emmie, riposte la fillette en se pâmant.

— Mais enfin qu'arrive-t-il ?

— C'est nous qui arrivons ?

— Où ? à Marseille ?

— Tu l'as dit, cousin. Cependant je ne suis pas fière de ta perspicacité ; enfin, dépêche-toi. Tu n'as que quelques minutes.

Et elle-même, s'enfermant dans son compartiment procéda à une toilette rapide, boucla sa valise, et se retrouva dans le couloir avec son cousin Marcel, au moment où, dans un grand bruit de ferraille, le rapide entrait sous le hall de la gare Saint-Charles, à Marseille. Tous deux sautent sur le quai.

À peine descendus, un attroupement attire leur attention. Des voyageurs se pressaient devant l'un des wagons de tête, d'où partaient des cris, des jurons, où le nom de Bouddha, peu accoutumé à résonner sur des lignes françaises, se mêlait aux syllabes d'une langue inconnue.

— Je ne sais pas ce qu'elle dit, s'exclama Emmie, mais je jurerais que c'est la voix du général.

Tibérade s'empressa de questionner ses voisins.

— Que se passe-t-il ?

— Oh ! une chose bouffonne au possible, répondit l'interpellé en riant. Un monsieur à qui l'on a voulu jouer un tour sans aucun doute. On l'a débarrassé de tous ses pantalons.

— Comment ?…

— Il dormait comme tout le monde, n'est-ce pas ; je dis tout le monde, en exceptant celui qui a subtilisé les objets.

— Hein ? murmura Emmie. Ce fut un éclair de génie que de te confier le pantalon du pari.

— Tu penses que c'est là un nouveau coup de son adversaire ?

— Naturellement.

Puis, soudain, la lumière se faisant en son cerveau, la fillette reprit :

— Oh ! mais j'ai été stupide !

— Pourquoi stupide ?

— J'aurais pu faire arrêter le voleur.

— Toi ?

— Moi en personne, car je l'ai vu cette nuit, comme je te vois en ce moment.

— Dans ton compartiment ?

— Eh ! non… Dans le couloir.

— Ah çà ! que me chantes-tu ?… Tu étais dans le couloir, cette nuit ?

— Mais oui, une promenade de santé entre deux sommes. Or, arrivée près du compartiment du général, j'en ai vu sortir un homme qui n'était pas le général, et qui m'a paru grand, sec, le visage rasé. Et ce gaillard portait sur le bras des choses en étoffe, les vêtements disparus probablement.

Tout en parlant, les cousins étaient parvenus à se faufiler devant la portière, où le général Uko se démenait comiquement, menaçait, tempêtait, réclamait ses vêtements, apostrophait les employés, le chef de gare, accourus, sans s'apercevoir qu'il se montrait dans une tenue incorrecte au suprême degré ! Le digne Japonais était en caleçon.

Près de lui, Sika, désolée du bruit et de la situation ridicule de son père, la pseudo-Véronique, bouleversée d'apparence, s'efforçaient à le calmer.

Elles finirent sans doute par lui faire entendre raison, car la portière se referma, cachant les voyageurs aux badauds.

Une fois encore, le visage de Véronique reparut par une vitre abaissée.

— Combien d'arrêt ? demanda-t-elle.

— Vingt minutes.

— Alors nous aurons le temps de descendre, si l'on veut bien prêter un pantalon à Monsieur.

La clientèle des trains de luxe est riche et généreuse. Un employé se précipita, et revint bientôt avec une « toile bleue » d'uniforme qu'il tendait à la jeune fille.

Celle-ci le prit, laissa tomber une bourse dans la main de l'homme et elle disparut. La glace fut remontée.

Évidemment, le général allait revêtir, toilette inattendue, le pantalon d'un homme d'équipe du chemin de fer.

Il descendrait dans un instant.

Tranquillisés de ce côté, Emmie et Tibérade se dirigèrent vers la sortie. Comme ils allaient l'atteindre, la fillette tira brusquement son cousin par la manche :

— Regarde ce voyageur en costume vert, là, devant nous, murmura-t-elle, d'une voix à peine perceptible.

— Je le regarde. Après ?

— Eh bien ! C'est lui !

— Lui ? Qui, lui ?

— L'homme de cette huit ; le voleur du pauvre général… Si, si, je le reconnais, je te dis.

L'homme tourna les yeux de leur côté.

Vite, Marcel entraîna sa petite cousine qui résistait vainement.

— Voyons, nous ne pouvons le faire arrêter, nous.

— Pourquoi donc ?

— Parce que ce serait avouer notre accord avec le général Uko.

— C'est vrai, au fait !

Puis, avec sa mobilité habituelle d'impression, la fillette prononça, toute sa gaîté revenue :

— Après tout, c'est un voleur volé. Le vrai pantalon, celui qu'il cherche, devant son nez, passe dans ta valise.

Les voici dans la cour de la gare ; ils prennent une des voitures en station, et se font conduire à l'hôtel Cannebière, désigné naguère par le général.

Cet hôtel, confort moderne, chauffage central, électricité, ascenseur (lift), etc., est situé à l'extrémité de la voie célèbre, à laquelle il a emprunté son nom, et a vue sur le vieux port, si pittoresque, avec ses navires de toutes nationalités, ses quais bordés de hautes maisons, aux physionomies originales, et sillonnés d'innombrables tramways, emportant les voyageurs aux quatre coins de la grande cité commerçante.

Le chef de réception, très correct, les reçut avec tous les égards dus à des voyageurs de marque.

Et c'était justice, car à l'énoncé de leurs noms, il s'écria :

— Vos chambres ont été réservées sur télégramme de Paris. Premier étage : numéros 4 et 6.

— Bien ! dit Marcel, comprenant que le général s'était, en cette occurrence, transformé en fourrier.

— Nous avons également réservé, continua le chef de réception, les chambres 1 et 3, sises en face de celles qui vous sont destinées.

— Bon, murmura Emmie pour elle-même, le général et sa charmante fille seront nos vis-à-vis. Commode si l'on a à échanger quelques paroles, à l'insu des curieux.

Un garçon d'étage voulut prendre la valise des mains de Tibérade. Mais celui-ci lui fit signe qu'il désirait la porter lui-même.

— Ah ! plaisanta encore Emmie… Ne pas se séparer de l'objet précieux, ce célèbre vêtement.

Puis, par réflexion :

— On voit bien que les Japonais sont les Anglais de l'Asie. A-t-on idée d'un pari semblable ! Se promener, autour du monde avec un pantalon que l'on fait porter par un autre.

Mais ses réflexions furent interrompues. Le garçon avait sonné l'ascenseur, et le chef de réception exigeait que les voyageurs y prissent place, encore qu'ils n'eussent à atteindre que le premier étage.

Un instant après, ils se trouvaient sur le palier du *first floor*.

Le garçon les avait devancés. Il ouvrit les portes des chambres 4 et 6, s'assura que la communication n'était point close, et enfin consentit à laisser seuls les voyageurs, dont il espérait évidemment un pourboire abondant.

Tibérade entra. Emmie, restée en arrière, tourna la tête au bruit d'une porte s'ouvrant au fond du couloir, et aussitôt elle s'exclama :

— Cette fois, c'est trop fort !

— Qu'as-tu encore, petite Emmie ? questionna Tibérade, revenant vivement auprès d'elle.

— Tu ne devinerais jamais ce que je viens de voir.

— Inutile de deviner ce que tu brûles de me dire, mignonne.

— C'est juste. Eh bien, le voleur, tu sais, je l'ai vu, là-bas ! Descendu au même hôtel que nous ! Donc, il nous suit, ou plutôt il suit le pauvre général ; il n'y a plus de doute.

— Oh ! es-tu certaine ?…

— Si je suis certaine… Attends, je vais relever le numéro de la chambre de ce cambrioleur-là.

En quelques bonds, elle fut à hauteur de la porte dont le grincement avait appelé son attention, puis revenant à son cousin en sautillant.

— Chambre 15, susurra-t-elle. Chambre 15. La signaler au général et avoir l'œil.

Elle se tut brusquement. Un groom venait de s'approcher d'eux, la casquette galonnée à la main :

— Vous cherchez ? demanda Marcel d'un ton sec.

— M. Marcel Tibérade, chambre 4 ?

— C'est moi ! Que voulez-vous ?

— Remettre une lettre à Monsieur.

Le gamin tendait à son interlocuteur un pli cacheté. Le Jeune homme l'ayant pris, le groom tourna sur ses talons et s'éloigna avec l'insouciance d'un employé qui s'est acquitté de sa tâche.

Rompre le cachet, déplier le papier, fut pour Tibérade l'affaire d'une seconde.

Mais à peine eut-il parcouru d'un coup d'œil les quelques lignes tracées sur la feuille, qu'il murmura :

— Allons, il paraît que nous ne prendrons pas racine ici.

— Tu sais quand nous partirons ? fit curieusement sa jeune compagne.

— Parfaitement. Demain, nous quitterons Marseille.

— Pour aller où ?

— Écoute, ma chérie ; tu le sauras.

Dressée sur la pointe des pieds, comme pour lire par-dessus l'épaule de son cousin, Emmie, entendit celui-ci prononcer lentement :

« Vous embarquer demain matin, six heures ; vos cabines sont retenues sur le *Shanghaï*, des Messageries maritimes, à destination de Brindisi, Port-Saïd, Obock-Tadjourah. Là, quitter le steamer et descendre au Danakil-Palace. Civilités.

« Signé : UKO. »

— D'ici à demain, continua Marcel ; nous avons le loisir de visiter Marseille. Petite Emmie, un brin de toilette et en route. En ce jour, nous sommes touristes.

On peut supposer que la promenade plaisait à la fillette, car cinq minutes s'étaient à peine écoulées qu'elle faisait irruption dans la chambre de son cousin.

Elle avait pu, en ce bref laps de temps, se brosser et changer de chapeau.

— Descends devant conseilla Marcel. Je finis à l'instant.

— Et l'on prétend que les femmes ont accaparé toute la coquetterie humaine, soupira comiquement la fillette, en obéissant à l'injonction de son cousin.

Toutefois, elle descendait lentement l'escalier, comme pour réduire la durée de son attente en bas. Ainsi elle parvint sous le vestibule principal. Mais là, elle se rejeta vivement en arrière.

Causant avec le *portier*, elle venait d'apercevoir devant le bureau de l'hôtel, auprès du *tableau des réveils* appliqué au mur, le voyageur mystérieux du train, de la chambre n° 15, lequel, on l'a deviné, n'était autre que Midoulet, l'agent du service des renseignements que l'on a vu opérer à la légation de Corée, au Mirific, dans le rapide.

Depuis le moment où l'ambassade étrange du général comte Uko lui avait été révélée, l'agent n'avait plus quitté la piste du général. Durant quatre jours à Paris, il avait tout tenté, d'abord pour s'emparer du vêtement en cause, ensuite pour retarder le départ du Japonais.

De là, le cambriolage et les accidents dont Uko s'était plaint à Tibérade, lorsqu'il l'avait engagé comme voyageur garde-robe, sous le prétexte d'un pari imaginaire.

L'insuccès de sa dernière expédition avait mis l'agent hors de lui.

Dérober tous les pantalons du Japonais, et ne pas trouver, parmi eux, l'*inexpressible* diplomatique, il y avait de quoi devenir enragé.

De plus, le digne Célestin commençait à ne plus rien comprendre à l'aventure.

Il était bien certain de n'avoir laissé aucun étui à jambes, comme dit Bernard Shaw, à sa victime. L'achat par Véronique du vêtement d'uniforme d'un agent du chemin de fer le démontrait péremptoirement. Alors, où le général dissimulait-il l'introuvable et grotesque ajustement choisi comme message par S. N. J. le souverain nippon ?

Où cachait-il l'affolant vêtement du Mikado ?

De là, la nécessité de l'apprendre, et pour cela, de ne pas perdre de vue l'ambassadeur ; de là la conférence de Midoulet avec le portier de l'hôtel, conférence qu'Emmie, dissimulée par l'angle de la muraille, surprenait à cette heure.

— Le *Shanghaï* part bien demain matin à sept heures ? disait Célestin.

— Oui, monsieur, à marée haute, répliquait l'employé.

— Oh ! marée haute. Dans la Méditerranée, vous n'avez pas de marée.

— Pardon, pardon, monsieur, il y a un écart de près d'un mètre.

— Enfin, soit, la chose n'a pas d'importance. Veuillez seulement m'inscrire au tableau de réveil pour cinq heures et demie.

— Chambre n° 15, n'est-ce pas, monsieur ?

— Oui ! Chambre 15.

— Que Monsieur soit tranquille, cinq heures et demie.

Lorsque Marcel Tibérade rejoignit Emmie, il la trouva en face du tableau de réveil, sur lequel le portier inscrivait gravement la mention : 15 — 5,30.

Il lui fallut arracher la fillette à sa contemplation par un énergique :

— Oui ou non, m'accompagnes-tu, petite souris ?

— Voilà ! voila !

Du coup, elle se suspendit à son bras, et tous deux s'engagèrent dans les rues grouillantes de Marseille.

Le temps était propice à la flânerie. Tantôt à pied, tantôt en voiture ou en tramway, ils visitèrent le port de la Joliette, le Vieux-Port. Ils firent le tour de la Corniche, d'où le regard embrasse la côte accidentée et les îles roses dans le poudroiement doré du soleil, stoppèrent un instant sous l'ombrage des superbes platanes du Prado, traversèrent le parc Borely.

Pour finir, une rapide visite au jardin zoologique et au château de Longchamps les conduisit à l'heure opportune pour réintégrer l'hôtel Cannebière. Mais, dès la porte, ils comprirent qu'un événement extraordinaire avait dû se produire ! Une animation soudaine avait remplacé le calme qui régnait au moment de leur sortie. Maîtres d'hôtel, serveurs, chasseurs, garçons d'étage, filles de chambre allaient, venaient, affairés, avec des gestes frénétiques. Des têtes inquiètes se penchaient sur la rampe de l'escalier. Une voix de colère, dans laquelle Marcel et Emmie reconnurent incontinent l'organe du général Uko, emplissait le vestibule de rugissements.

— Il n'y a pas de bon ordre qui tienne, monsieur. On s'est introduit dans ma chambre !

— Mais, monsieur le général, répondait le chef de réception tout ému, je vous certifie que notre personnel est au-dessus de tout soupçon !

— On m'a cependant cambriolé, monsieur !

— Nos voyageurs sont gens honorables.

— Moi, je suis volé, voilà ce que je sais !

— Mais quand, comment ?

— Les voleurs ont négligé de m'en informer.

— Enfin, le vol est-il important ; vous concevez ce que j'entends par ce mot important.

— Jugez-en vous-même, sans m'astreindre à l'étude du sens que vous appliquez aux mots ! Tous mes pantalons ont disparu, des pantalons que j'ai achetés aujourd'hui même dans cette ville pour en remplacer un lot précédemment volé.

Emmie et Tibérade ne purent réprimer un sourire.

Le général avait renouvelé les vêtements à lui dérobés dans le rapide, et aussitôt le voleur avait recommencé son exploit.

— Tous vos pantalons. Ah ! voilà qui est particulier, s'exclama l'employé.

Les assistants répétèrent en écho :

— Voilà qui est particulier !

Et le chef de réception reprit :

— Mais ce voleur est un maniaque… S'attaquer à des pantalons. Qui a jamais entendu parler d'un délit semblable ?

L'officier grinça des dents :

— Peu me chaut que vous ayez des précédents ou non. Ce qui m'intéresse, moi, c'est que je n'ai plus de vêtements de jambes, en dehors de celui qui me couvre en ce moment.

— Je crois, monsieur le général, fit gravement l'interpellé, que, dans l'espèce, c'est plutôt un mauvais plaisant qu'un escroc, qui s'est escrimé à votre détriment ; néanmoins, nous allons mener une enquête sérieuse. Le bon renom de notre maison exige qu'un de nos honorables clients ne soit pas déshabillé en dehors de sa volonté.

Emmie, jouant savamment des coudes, s'était faufilée au premier rang du groupe qui entourait les causeurs.

Profitant de ce que l'attention générale se concentrait sur un personnage qui plaisantait agréablement de l'aventure, elle passa sa main sous le bras de Sika, s'efforçant vainement d'apaiser son père, et entraînant à l'écart la jolie Japonaise, dont le visage exprimait à la fois l'anxiété et une gaieté contenue, elle murmura, assez bas pour qu'aucune oreille indiscrète ne pût intercepter sa confidence :

— C'est la suite du cambriolage du train.

— La suite. Que prétendez-vous dire ? s'exclama son interlocutrice.

— Chut ! Plus bas, je vous en prie.

— On croirait que vous supposez le voleur près de nous ?

— C'est presque cela. Je connais le larron, rat du train de luxe et rat d'hôtel.

— Vous le connaissez, dites-vous ? balbutia son interlocutrice, stupéfaite.

— Je l'ai vu cette nuit et aussi ce matin. Cette nuit, comme il sortait du compartiment du général ; ce matin, ici même.

— Ici, dans cet hôtel ?

— Où il est encore. Il occupe la chambre 15... C'est là qu'il faut chercher les objets volés et faire arrêter le voleur.

À cette proposition, si normale cependant, Sika frissonna, Emmie sentit son bras potelé trembler sous sa main.

— Quoi ? Vous n'approuveriez pas l'arrestation ?

D'une voix assourdie, la jeune fille chuchota :

— Elle est impossible, chère petite amie.

— Impossible... Je vous affirme qu'il a la chambre 15.

— Je vous crois, seulement...

Sika cherchait ses mots ; on sentait qu'elle forgeait un mensonge.

— Seulement pour le pari, il vaut mieux nous taire, avoir l'air d'ignorer le coupable ; car un adversaire démasqué, démasqué par vous, chère mignonne, est plus, à redouter, qu'un agent tout à fait inconnu de nous...

— Vous croyez donc ?

— Que, celui-ci écarté, un autre surgirait.

— Alors, on le laissera s'embarquer demain matin sur le paquebot *Shanghaï* ?

— Il ne se doute probablement pas que nos cabines sont retenues.

— Je vous demande pardon. La sienne l'est aussi.

— Vous en avez la certitude ?...

— Il me l'a donnée lui-même, sans se douter que je l'entendais.

Du coup, Sika se prit la tête à deux mains, dans un grand geste désolé qui disait son désarroi et l'oubli du souci de l'édifice gracieux de sa coiffure.

— C'est un démon, gémit-elle. Il a retenu sa cabine, alors que nous pensions notre départ ignoré de tous. Et ici, ici même, comment a-t-il pu voler mon père ? Ma servante Véronique affirme qu'elle n'a pas quitté notre appartement de la journée.

— Oh ! à l'heure des repas...

— Elle a déjeuné dans ma chambre, et les domestiques, d'étage déclarent qu'elle ne s'est pas absentée.

Sika s'arrêta. Emmie secouait la tête d'un air mécontent.

— Vous ne me croyez pas, Emmie ?

— Si, si, seulement je désirerais vous adresser une question.

— Faites, je vous prie.

— Je profite donc de la permission. Êtes-vous sûre de votre camériste ?

— Sans doute. Pourquoi la suspecterais-je ?

— Parce que, si elle dit vrai, et qu'elle n'ait pas bougé de vos chambres, il est matériellement impossible qu'elle n'ait pas vu le voleur.

À cette affirmation d'une irréfutable logique, Sika eut un sursaut, mais se ressaisissant aussitôt :

— La nuit dernière, mon père n'a pas vu son voleur, et cependant il est demeuré dans son compartiment-lit.

Et comme les deux jeunes filles gardaient le silence, impressionnées par l'habileté déconcertante du voleur, la blonde Japonaise reprit, comme se parlant à elle-même :

— Ah ! si l'on avait pu partir sans lui ; l'océan nous eût protégés, c'eût été la délivrance.

Ce fut avec une douceur caressante qu'Emmie la considéra ; bien plus, la fillette eut un sourire énigmatique en murmurant doucement :

— Mon cousin vous est tout dévoué, mademoiselle Sika, et moi aussi par conséquent. Il vous serait donc agréable que l'homme en question manquât le paquebot ?

— Mais ce serait la quiétude, au moins pendant la traversée.

— Eh bien ! soyez paisible. Mon cousin Marcel est malin comme un écureuil ; il nous trouvera le moyen de brûler la politesse à ce voleur de pantalons.

Et saluant la jeune fille stupéfaite de cette conclusion inattendue, Emmie s'enfuit légère ainsi qu'un oiselet.

Au premier détour des couloirs, elle s'arrêta, et appuyant l'index sur son front, à la façon popularisée par une revue connue, elle murmura :

— L'empêcher de partir, il faut y arriver, pour que Mlle Sika soit une fois de plus l'obligée de Marcel... Lui, il est trop timide. Si je ne m'en mêle pas, il ne l'épousera jamais.

Très grave, elle rejoignit Tibérade, ne lui souffla pas mot de son entretien avec la fille du général, mais de l'air le plus indifférent, elle proposa :

— Si nous faisions encore une petite promenade avant le dîner ? Ce sera notre ultime flânerie dans la patrie des galéjades.

Indifférent, il se laissa entraîner, sans soupçonner le plan qui venait de s'élaborer dans la cervelle fantasque de la fillette. Dehors, elle s'arrêta devant les boutiques. Les bocaux jaunes et rouges d'un pharmacien parurent l'attirer invinciblement.

— Attends-moi ! fit-elle brusquement... J'achète des boules de gomme.

En coup de vent, elle entra dans le magasin pour en ressortir un instant après.

Elle rayonnait mais ses boules de gommes étaient d'une espèce très particulière, car ce fut un petit flacon qu'elle dissimula prestement dans son sac à main.

— Qu'as-tu donc acheté ? demanda Tibérade qui avait surpris le mouvement sans en deviner la cause.

— Des boules et de l'eau dentifrice.

Remontant la Cannebière, tous deux regagnèrent l'hôtel.

Tibérade, lui, monta à sa chambre, laissant Emmie libre de ses mouvements. À peine seule, la fillette se prit à rôder dans les couloirs du rez-de-chaussée. Ainsi elle parvint à la salle à manger. Le personnel, occupé ailleurs à cette heure, la salle lui apparut déserte. Les ombres du soir atténuaient la crudité blanche des nappes et l'éclat des cristaux. Dans cette demi-obscurité, que la petite sembla considérer comme favorable, si l'on en jugeait à son sourire, Emmie se glissa jusqu'à une table dressée près de l'une des fenêtres. C'était précisément à cet endroit que Midoulet détenteur de la chambre 15, avait été placé au déjeuner.

Sa serviette roulée, sa bouteille d'Evian à peine entamée, indiquaient qu'il avait encore retenu sa table pour le soir.

En mouvements prestes, hâtifs, Emmie tira le flacon caché naguère dans son sac à main.

Un craquement du plancher la fit frissonner. Elle se retourna brusquement. Fausse alerte. Personne !

— Allons, murmura-t-elle, pressons-nous, car, en vérité, ces manœuvres me donnent des palpitations de cœur.

Et débouchant le flacon, elle en versa le contenu dans la bouteille d'eau d'Evian. Ce geste achevé, les lèvres distendues par un sourire mystérieux, une joie maligne illuminant ses yeux vifs, elle se glissa dehors, remonta en courant à sa chambre, déposa son chapeau, et, se jetant dans un fauteuil, parut attendre sans impatience l'heure du dîner.

La cloche appela bientôt les voyageurs ; quelques minutes écoulées, et, les dîneurs, obéissant au signal, se sont installés aux mêmes places qu'ils ont occupées au repas du matin. Midoulet, notamment s'est assis en face de la bouteille d'Evian, à laquelle Emmie vient d'ajouter un ingrédient inconnu. Paisible, l'agent se plongea dans la lecture d'un journal du soir.

Assise à l'extrémité d'une grande table occupant le milieu de la salle, Emmie pouvait ainsi observer tous les assistants, sans, paraître les examiner. De toute évidence, Midoulet ne soupçonnait pas la surveillance dont il était l'objet. Il lisait tout en mangeant avec flegme, donnant l'impression d'un Américain, avec son visage glabre. Il eut soif et se versa un verre de cette eau d'Evian, assaisonnée tout à l'heure par la jeune ennemie, à laquelle, certes, il ne songeait pas.

Ce geste détermina chez celle-ci un rire silencieux que surprit Tibérade, assis, auprès d'elle.

— Pourquoi ce rire ? demanda-t-il. Je ne vois pas ce qui peut t'amuser ici.

Il ne prit pas attention au ton narquois de la fillette répondant :

— Oh ! je suis gaie, raison suffisante pour plisser les muscles zygomatiques, comme les savants en *us* appellent ceux qui commandent l'hilarité.

— Ah ! bien.

Marcel n'insista pas. Absorbé par la contemplation de Sika, dînant à une petite table voisine, en face de son père, il ne s'étonna aucunement de la riposte.

Et le repas se poursuivit. Emmie ne perdait pas de vue Midoulet. Celui-ci avait abandonné son journal. Ses paupières clignotaient et, par moments, sa tête vacillait sur ses épaules comme si elle avait été trop lourde. La mimique était claire ; l'agent luttait contre le sommeil. Soudain, il se dressa et quitta la salle, salué par un ricanement étouffé de la fillette, qui grommela entre ses dents ces paroles incompréhensibles :

— Et d'un. Il ne reste plus que le tableau.

Successivement les voyageurs se retirèrent se rendant au salon, dans leurs chambres, ou encore aux plaisirs, aux spectacles qu'offre aux touristes la grande cité maritime.

— Ma foi, déclara Marcel, je crois que nous ferons sagement de nous reposer. Il faudra se lever tôt demain pour embarquer.

— En effet. Seulement, je n'ai pas la moindre envie de dormir.

— En vérité, petite souris ?

— Tout à fait vrai. Aussi je vais en profiter pour envoyer quelques cartes postales aux rares amis que nous avons laissés à Paris.

— Je t'attendrai… commença son cousin.

Mais elle se récria :

— Pas du tout. Tu es las, tu l'as avoué. Va te reposer.

— Je le veux bien, mais toi, ne veille pas trop tard.

— Tu m'entendras rentrer dans ma chambre, Marcel, et je te crierai bonsoir.

— Entendu.

Un baiser fraternel sur le front de la mignonne, et Tibérade la laissa à la porte du salon.

Elle y pénétra après s'être assurée qu'il s'éloignait, griffonna une demi-douzaine de cartes postales, feuilleta une revue illustrée, puis, de l'air le plus naturel, elle se rendit dans le vestibule de l'hôtel, jeta ses cartes dans la boîte *ad hoc* disposée auprès de la porte d'entrée, et parut se complaire à la vue de la foule bruyante qui remplissait la Cannebière.

C'était l'heure de la promenade du soir, et l'avenue, dont les citoyens de Marseille sont justement fiers regorgeait de monde.

Pourtant un observateur eût constaté que la fillette s'intéressait au moins autant à ce qui se passait sous le vestibule. Quelques minutes après, celui-ci fut complètement désert. Sans doute, Emmie attendait cela, car elle rentra vivement, courut au tableau où étaient inscrits les « réveils » et le parcourant des yeux :

— Chambres 4 et 6 : c'est nous ; 1 et 3 : Sika et le général !… Ah ! voici le 15 ! Réveil à cinq heures et demie.

Tout en parlant, elle effaçait cette dernière indication et la remplaçait par celle-ci : « huit », reculant de deux heures et demie l'instant où l'on tirerait l'agent du sommeil.

Puis, comme un employé paraissait, elle se dirigea posément vers l'escalier, avec la mine indifférente d'une personne préoccupée seulement de s'aller reposer.

Nul n'aurait pu soupçonner, en la voyant, qu'elle venait de jeter, la perturbation dans le tableau des réveils.

CHAPITRE V
MIDOULET RESTE EN ARRIÈRE

Midoulet s'étira dans son lit. Il bâilla ; enfin, il murmura d'une voix ensommeillée :

— Quelle heure est-il ?

Comme pour répondre à la question, la pendule se mit à sonner.

— Une, deux, trois, quatre, compta l'agent… Cinq, c'est le réveil.

Mais il s'arrêta stupéfait. La pendule sonnait toujours : six, sept, huit…

Il sauta à bas de son lit effaré, puis une réflexion le calma :

— Les pendules d'hôtel, ça ne marche jamais.

Celle-ci dit huit heures, et il n'en est pas cinq et demie ; j'ai fait marquer mon réveil, donc…

On frappait à sa porte.

— Monsieur ?… Monsieur ?…

— Il est l'heure, n'est-ce pas ?

— Oui, monsieur.

— Bien, bien ! fit Midoulet tirant les rideaux.

Une grande clarté tomba de la fenêtre et envahit la chambre. L'inquiétude le reprit. Il courut à la porte, l'entr'ouvrit :

— Garçon ! clama-t-il dans le couloir.

L'interpellé, qui s'éloignait déjà, revint vivement sur ses pas.

— Monsieur désire quelque chose ?… Le petit déjeuner, peut-être ?

— Oui, et un, renseignement : quelle heure est-il ?

— Huit heures précises, monsieur, déclara l'homme d'un ton triomphant. J'ai été exact comme un chronomètre.

Mais il ne poursuivit pas son éloge. La porte s'était refermée avec un claquement retentissant, et derrière le panneau, on percevait les vociférations de Midoulet, absolument fou de rage.

Il y avait de quoi, du reste. Être réveillé à huit heures, alors que le paquebot sur lequel on compte embarquer, a dû quitter le port une heure plus tôt, c'est, on en conviendra, une aventure exaspérante.

En quelques minutes, l'agent était habillé, avait bouclé sa valise.

Il dégringola l'escalier ainsi qu'une trombe, fit irruption dans le bureau en rugissant :

— Ma note ! Par votre faute, je manquerai le paquebot !

— Permettez, monsieur, protesta l'employé auquel il s'adressait.

— On n'a pas idée d'un pareil service ! Je fais marquer mon réveil pour cinq heures et demie et il en est huit !

— Mais, monsieur, je ne comprends rien à vos reproches. Moi-même j'ai porté l'inscription au tableau.

— Où vous avez marqué huit heures, je vous crois.

— Pardon ! Cinq heures et demie… Je tiens à ce que vous vous en assuriez par vous-même, monsieur !

Et l'employé entraînait Midoulet devant le tableau. Mais là son ahurissement fut sans, bornes. En regard de la chambre n° 15, s'étalait un 8 superbe.

— Ah çà ! balbutia-t-il, c'est de la prestidigitation.

Midoulet riposta par un ricanement rageur, solda la note, sans vouloir écouter, l'homme qui cherchait vainement à s'expliquer comment, pensant cinq heures et demie, il avait pu écrire huit ; puis, à toutes jambes, l'agent se précipita dans la rue, bondit à l'intérieur d'une voiture qui passait, et terrifia le cocher en lui hurlant à l'oreille :

— Embarcadère des Messageries maritimes… Bon pourboire !

Mais le brave automédon ne pouvait rattraper les heures écoulées.

Grondant, soufflant, hérissé, hagard, Midoulet parvint à l'embarcadère pour apercevoir, de loin, le panache de fumée que le steamer *Shanghaï*, parti réglementairement laissait traîner sur l'horizon.

Du coup, sa valise roula à terre, et, sur le quai empierré, l'agent se croisa les bras ; anéanti, les yeux rivés sur le vapeur qui, peu à peu, s'enfonçait sous la ligne d'horizon, là-bas, au bout de l'immense plaine liquide, il murmura :

— Je suis roulé !

Ses ruses, la stratégie savante qu'il avait déployée depuis cinq jours, ses plans, ses espérances de succès, tout s'écroulait d'un coup. La mer, barrière infranchissable, s'étalait maintenant entre lui et le général Uko, emportant son secret pantalonesque.

Dans un grand geste désespéré, l'agent leva les bras vers le ciel, semblant le prendre à témoin de son infortune.

Et probablement le ciel eut pitié de sa déconvenue, car une main se posa familièrement sur son épaule, tandis qu'une voix amicale prononçait :

— Ah ! ce brave Midoulet ! Qu'est-ce que tu fais ici ?

L'agent reconnut incontinent un de ses collègues du service des Renseignements.

— Blondeau ! murmura-t-il.

— Parfaitement, Blondeau ! Blondeau qui se demande ce qui parvient à te bouleverser ainsi.

— Ah ! mon cher ! Une chose inouïe ! Depuis cinq jours je file un général japonais chargé d'un secret d'État inscrit, du moins je le suppose, sur l'étoffe d'un pantalon…

— un secret à l'allemande, reprit Blondeau sans manifester la moindre surprise.

C'est, en effet, un procédé classique de l'espionnage allemand de transmettre des renseignements, à l'aide de vêtements : robes, manteaux, vestons ou autres.

— Comme tu le dis ; naturellement, je n'ai qu'une idée : capturer ce pantalon. J'ai dérobé une demi-douzaine de culottes au Japonais, sans mettre la main sur la bonne, celle que je cherche. Mais je me connais tenace ; donc j'aurais fini par l'avoir, quand, patatras ! voilà le paquebot qui part avec lui, et sans moi !… Ces crétins à l'hôtel m'ont réveillé trop tard !

— Quel paquebot ?

— Le *Shanghaï*, des Messageries maritimes, qui a quitté le port il y a exactement deux heures maintenant.

— Pour Brindisi, Port-Saïd, Obock et Extrême-Orient.

— Tu connais bien l'itinéraire !

— Ce qui va me permettre de t'aider, estimable Midoulet…

— M'aider ?… À quoi ?

— À rattraper ton général Japonais.

Midoulet ne put dissimuler une grimace.

— Tu sais, Blondeau, je ne la trouve pas drôle, ta plaisanterie.

— Mais je ne plaisante pas.

— Encore !

— Tu peux rejoindre le Shanghai à Brindisi ; même y arriver cinq ou six heures avant lui.

— Tu as un aéroplane à me proposer ?

— Plus simple que cela : le modeste chemin de fer. Le rapide de dix heures ; tu as le temps de le prendre ; il te conduit à Gênes avec correspondance vers le Sud-Italien.

— Et il va plus vite que le *Shanghaï* ?

— Il lui amène les passagers venus d'Allemagne par le Saint-Gothard.

Transporté de joie, Midoulet secoua les mains de son collègue si vigoureusement que l'on eût pu craindre qu'il les désarticulât.

— Ah ! mon cher Blondeau, je te revaudrai cela ! Adieu… merci… au revoir ! Je file à la gare.

Tout en jetant ces paroles, Midoulet s'éloignait déjà, à la recherche d'un véhicule pouvant le conduire rapidement à la gare de Marseille-Saint-Charles.

Il avait une demi-heure devant lui ; ce qui eût suffi largement pour effectuer la route à pied. Mais il venait de manquer un paquebot et, tremblant de manquer un train, il lui semblait indispensable d'user des moyens les plus rapides.

Le *Shanghaï*, cependant, avait gagné la haute mer.

Sur le pont, les passagers se promenaient, ou bien, étendus sur des rocking-chairs, se formaient par groupes sympathiques, préludant ainsi à ces amitiés, souvent durables, qui se nouent pendant les traversées.

Il semble que, perdu entre le ciel et l'eau, l'homme si présomptueux sur la terre ferme, reprend conscience de sa faiblesse. Il recherche alors l'appui de son semblable et donne plus facilement l'essor à ses facultés émotives.

Certaine que Midoulet ne se trouvait pas à bord, Emmie s'était approchée de Sika, et avec cette familiarité spéciale, admise à bord des paquebots, elle était entrée en matière par quelques aperçus sans originalité sur l'état de la mer.

En bateau, comme en chemin de fer, la pluie et le beau temps sont questions à l'ordre du jour, ce qui démontre bien la pauvreté des ressources dialoguées de l'humanité.

Puis, le bris de la glace ainsi résolu, pour la satisfaction des oreilles indiscrètes, la petite Parisienne, faisant signe à son interlocutrice de la suivre, avait entraîné celle-ci à distance respectueuse des autres voyageurs.

— Mademoiselle, dit-elle alors, vous êtes une jeune fille ; moi je suis sur la frontière qui sépare la fillette de la demoiselle. Rien de plus naturel que nous nous recherchions.

— Et, ajouta gaiement Sika, la traversée nous venant en aide…

— Le voleur de pantalons étant d'ailleurs *semé*, rien ne nous oblige à nous ignorer, comme depuis notre départ de Paris.

Elles se tendirent la main et s'oublièrent un instant dans une étreinte confiante.

De fait, elles étaient attirées l'une vers l'autre. Pourquoi ? Elles n'eussent su l'expliquer. Au vrai, elles subissaient l'attraction inconsciente de deux natures droites, se reconnaissant loyales.

— Ce sera bien plus gentil comme cela, reprit Emmie. De plus, si le général veut avertir mon cousin d'une chose imprévue, ce sera aussi beaucoup plus commode.

— Et nous serons amies, miss Emmie ?

— Pour, ma part, c'est déjà fait, mademoiselle Sika.

La Japonaise se prit à rire, mais son visage revint tout doucement à. une expression grave :

— Très curieux, prononça-t-elle comme se parlant à elle-même ; je crois que chez moi, c'est fait également… Jamais je n'aurais supposé que l'affection pût naître si rapidement.

— Oh ! déclara doctoralement Emmie, Kant l'a écrit : « Le processus des affections vraies, en dépit des protestations du vulgaire, est foudroyant. »

Et Sika la couvrant d'un regard, décelant sa surprise de voir Kant apparaître en cette affaire, la petite Parisienne reprit vivement :

— Mon cousin m'a enseigné la philosophie, je lui en ai une vive gratitude à cette heure, car elle me permet d'expliquer ce qui vous paraissait inexplicable.

Mais, changeant de ton :

— Voulez-vous faire accepter notre résolution par M. le général ?... Moi, je me charge de Marcel.

Un signe de tête, une nouvelle étreinte des mains, le pacte était conclu.

Les deux nouvelles amies se séparèrent, chacune se mettant à la recherche de son parent.

Emmie se dirigea vers l'escalier des cabines de première. Elle avait laissé Tibérade enfoncé dans la lecture d'un livre attachant, et elle comptait le retrouver ainsi.

Seulement comme elle posait la main sur la rampe de cuivre, elle s'arrêta net.

Un petit jeune homme blond, joli comme une femme (une femme qui serait jolie, bien entendu), vêtu d'un élégant complet de voyage, les pieds menus, le chef coiffé d'une casquette-béret, ayant dans toute son allure un je ne sais quoi qui étonnait, un jeune homme, disons-nous, jaillit de l'escalier des premières, ainsi qu'un lutin sortant d'une boite.

Il passa auprès d'Emmie, la frôlant presque.

La fillette le suivit machinalement des yeux. L'adolescent marcha droit à une personne accoudée au bastingage, et qui, vraisemblablement l'attendait, car les deux personnages se serrèrent la main et se prirent à causer à voix trop basse, pour que leurs paroles n'arrivassent pas à là cousine de Tibérade.

Celle-ci ne songea pas à s'en plaindre.

Non, elle était médusée. Dans l'interlocutrice du jeune gentleman, elle venait de reconnaître Véronique Hardy, la femme de chambre de Sika.

Et les questions se pressaient dans sa tête mutine.

Que signifiait la familiarité du passager de première classe et de la servante, familiarité soulignée par le shake-hand ?

De toute évidence, leur rencontre était à la fois préméditée et secrète, car la cameriste promenait sans cesse autour d'elle des regards inquiets.

Un moment ses yeux rencontrèrent ceux d'Emmie. Elle tressaillit, parla bas à son compagnon, et tous deux se séparèrent brusquement : lui, se dirigeant vers le « salon », elle se hâtant vers l'avant du steamer.

— Tiens, tiens, monologua la fillette. Il faudra que je signale cela à Mlle Sika. Quand on a à redouter les espions, il convient de surveiller ses domestiques. Ceci est d'un grand poète, lequel, durant quelques secondes, pensa avec le bon sens d'un bourgeois.

Et la raillerie distendit ses lèvres spirituelles :

— Que de gens prétendent connaître Lamartine et ignorent cela !

Elle secoua sa tête mutine :

— Allons, allons, assez de littérature. Décidons Marcel à accepter le *modus vivendi* que nous avons décidé Mlle Sika et moi. Elle est charmante, Sika ; Marcel est le plus brave cœur du monde. Seulement, si je ne m'en mêlais pas un peu, ils continueraient à se regarder en chiens de faïence. Or, moi, je veux que ces chiens deviennent des tourtereaux. Hé donc ! chacun comprend la zoologie à sa façon.

Et pfuit ! elle se laissa glisser sur la rampe, jusque dans le couloir des cabines.

Cinq minutes après, elle ramenait triomphalement sur le pont son cousin Tibérade, et apercevant à l'arrière Sika, qui s'entretenait avec le général, elle entraînait le jeune homme vers eux.

Une présentation en règle suivit. Véritablement, le passager le plus méticuleux n'eut pu en conclure que les intéressés se connaissaient avant cet instant.

Par exemple, quand on se fut mis en règle avec les précautions nécessaires, la fillette prit le bras de sa « nouvelle amie », et déambulant sur le pont, tandis que les deux hommes s'entretenaient ensemble, elle murmura :

— Sika, êtes-vous sûre de votre fille de chambre ?

La Japonaise marqua un geste surpris.

— De Véronique ?

— Oui, c'est bien d'elle qu'il s'agit.

— Pourquoi votre question ?

— Parce que, tout à l'heure, je l'ai surprise en grande conversation avec un jeune gentleman, passager de première.

— Elle ?

— Et ajouta la petite souris, ce gentleman est tellement gracieux et charmant que…

— Achevez, je vous prie, demanda la fille du général, impressionnée par la suspension de la phrase de son interlocutrice.

Celle-ci plaisanta :

— Après cela, je n'affirme rien ; mais j'ai pensé que « ce monsieur » pourrait devenir une « madame » sans difficulté.

Et les jeunes filles, s'étant considérées un moment, la Japonaise reprit :

— Je vais interroger Véronique.

— Ceci m'apparaît sage, car, dans votre situation, il convient de se défier de tout et de tous.

La réflexion amena un imperceptible sourire sur les lèvres de Sika. La situation, cette brave petite Emmie croyait la connaître. Qu'eût-elle dit si elle avait soupçonné que ce n'était pas un simple individu qui poursuivait le général Uko, mais bien un peuple tout entier.

Pourtant, Sika conclut sérieusement :

— Cherchons Véronique ; car je suis de votre avis. Bien d'obscur ne doit exister autour de nous.

Elles descendirent au pont des secondes. La camériste ne se trouvait pas dans sa cabine. Elles remontèrent ; mais ce ne fut qu'après une demi-heure de recherches, qu'elles découvrirent la fille de chambre, tout à l'avant du steamer, accoudée juste au-dessus de l'étrave et absorbée en apparence par la contemplation de l'horizon, sans cesse reculé par la marche du navire.

Sans doute, Pierre-Véronique avait mis à profit le temps écoulé, car il ne manifesta aucune surprise en voyant les jeunes filles réunies.

Et Sika lui disant à brûle-pourpoint, avec la pensée de le troubler par la brusquerie de l'attaque :

— Véronique, vous ne m'avez pas appris que vous aviez rencontré à bord un ami…

Il répliqua sans hésitation :

— Je me proposais de le confier à Mademoiselle en la revoyant.

Puis, avec une nuance de respect fort bien joué d'ailleurs, il poursuivit :

— Seulement, ce n'est pas un ami. L'héritier d'un grand nom et d'une immense fortune ne saurait être l'ami d'une humble fille de chambre.

— Qu'est-ce donc alors ?

— Mon frère de lait, mademoiselle, qui veut bien se souvenir que ma mère nous fut nourricière à tous deux, et qui consent à me marquer une bienveillance dont je lui suis profondément reconnaissante.

La pseudo-Véronique acheva d'un ton pudique :

— Mademoiselle pense bien que je n'aurais eu aucune raison de lui cacher cela. Bien plus, même si le devoir de parler n'existait pas, je lui aurais conté la chose, car une pauvre, fille doit aller au-devant des suppositions de nature à friper sa réputation.

Emmie, Sika écoutaient sans un geste.

Elles éprouvaient une sorte de honte des soupçons qui les avaient lancées à la recherche de la soubrette. Ce sentiment fut si fort que la blonde Japonaise éprouva le besoin de s'excuser discrètement.

— Croyez, Véronique, que je ne vous ai pas suspectée. J'ai obéi à la curiosité, rien de plus.

Véronique remercia en termes choisis. Mais Emmie eût senti renaître tous ses doutes, si elle avait pu la voir un peu plus tard, causant de façon animée avec mistress Honeymoon, toujours vêtue en jeune garçon.

— Eh bien ? prononçait celle-ci.

— Eh bien, mistress, j'ai suivi votre conseil. Malgré ma timidité, je ne m'en suis pas trop mal tiré, et ces demoiselles, j'en jurerais, croient que j'ai le grand honneur d'être votre sœur de lait.

Une buée rose monta aux joues de l'Anglaise. Pourquoi ? Aucun des causeurs n'eût été à même de l'expliquer.

Toutefois, elle surmonta ce trouble passager et reprit :

— Tout est bien ainsi. Maintenant, il faudrait savoir quelles sont ces personnes, avec lesquelles le général et sa fille se sont liées à bord.

Véronique secoua la tête.

— Non, non, mistress, pas à bord.

— Que voulez-vous dire par là ?

— Qu'ils se sont connus à Paris.

— À Paris ?

— Oui. Le jeune homme a empêché Mlle Sika d'être renversée par une automobile.

La stupéfaction se peignit sur les traits de mistress Honeymoon.

— Vous êtes certaine ?... commença-t-elle.

— Certaine. J'accompagnais mademoiselle. Ensuite ; elle m'a fait prendre un fiacre, nous avons suivi son sauveur jusqu'à son domicile, sans qu'il s'en doutât...

L'Anglaise eut un hochement de tête pensif.

— Bizarre. Je les surveillais ce matin. Ils se sont abordés comme s'ils ne s'étaient jamais vus.

Puis, d'un ton décidé :

— Tâcher de savoir quelle est la nature de leurs relations. Éviter de nous rencontrer durant le jour, sauf le matin de très bonne heure.

— Bien, mistress.

— Nous serons à Brindisi après-demain. Six heures d'escale. Ils descendront vraisemblablement à terre.

— Oui, en effet. Après deux jours de paquebot, on est heureux de fouler le sol ferme.

— Vous ne le foulerez pas, monsieur Pierre.

La fausse Véronique tressaillit, regarda autour d'elle avec inquiétude, puis, rassurée par l'absence de tout être humain à proximité, elle murmura :

— Si l'on m'ordonne cependant ?

— On ne vous ordonnera pas.

— Vous l'affirmez...

— Et je le prouve. La mer ne vous réussit pas. Vous allez jouer la malade. À Brindisi, vous resterez à bord afin de vous reposer. Et comme j'y resterai moi-même, nous profiterons de leur promenade à terre pour avoir le long et tranquille entretien, où nous conviendrons de notre conduite dans l'avenir. Maintenant, prudence... prudence ! La réussite de mes projets, que je vous confierai à Brindisi sera pour vous la délivrance de la terrible accusation qui pèse sur vous.

CHAPITRE VI
UNE JEUNE FILLE QUI S'ÉVAPORE

Brindisi, sur la terre d'Otrante, est certes la ville la plus cosmopolite de la péninsule italienne. Anglais, Américains, Allemands, Français, Maltais, Grecs, Ottomans, etc…, s'y coudoient, mêlent leurs idiomes.

Dans le port affluent d'une part, les bateaux venant d'Angleterre, d'Allemagne, de France ; d'autres part tous les trains du service *malle de l'Inde* allemande, empruntant la voie du Saint-Gothard ; on trouve là un mélange, une confusion de types, de costumes, de langues, un perpétuel va-et-vient de races, tels que la vie et le caractère italiens se trouvent presque entièrement effacés.

Sous un soleil de plomb, le général Uko, sa fille Sika, Tibérade et son espiègle cousine débarquèrent.

La traversée depuis Marseille avait été fort agréable. Beau temps, une mer paisible ; puis, dans la joie d'être délivrés de l'individu acharné à leur poursuite, les voyageurs, on l'a vu, avaient cru qu'ils pouvaient sans crainte renouer connaissance.

On avait bien entendu, félicité Emmie sur l'ingéniosité des procédés grâce auxquels, selon son expression, *le monsieur trop curieux* s'était trouvé *semé* à Marseille.

Sika, rejetant le voile d'ennui qui assombrissait son joli visage, se montrait presque aussi enjouée que la fillette, vers qui la sympathie la portait irrésistiblement.

Or, le *Shanghaï* faisant une escale de six heures à Brindisi, tous laissèrent les bagages dans leurs cabines et descendirent à terre, avec la joie de pensionnaires délivrés de la surveillance des maîtres scolaires.

Dans l'espèce, celui qu'ils assimilaient à ces maîtres, n'était autre que Midoulet, dont l'heureuse initiative d'Emmie les avait débarrassés au départ du chef-lieu des Bouches-du-Rhône.

Véronique, éprouvée par le mal de mer, avait été laissée à la garde des cabines. Aucune individualité étrangère ne se trouverait donc entre les Japonais et leurs amis.

Et enchantés de cette solitude à quatre, incapables de deviner qu'à bord restaient deux adversaires qui allaient comploter contre leur tranquillité, les passagers avaient joyeusement débarqué sur la terre italienne.

Le général proposa de fêter la liberté conquise, par un bon dîner. La motion adoptée d'enthousiasme, tous se rendirent à l'hôtel Cavour, l'un des meilleurs de Brindisi.

Et tandis qu'il s'absorbait dans la confection d'un menu digne de la circonstance, Sika jugea opportun d'entraîner Emmie au lavabo.

La coquetterie des jeunes personnes trouvait là l'occasion de bavarder un peu en tête à tête.

Le maître d'hôtel avait reçu le menu du général avec un respect qui promettait une addition de premier ordre.

Marcel pensa pouvoir risquer une question. Au demeurant, toute l'aventure qui l'emportait, ne lui apparaissait point très claire.

— Voyons, général, maintenant nous pouvons causer franchement, n'étant plus obsédés par un ennemi insupportable. Serai-je indiscret en vous demandant de m'expliquer la psychologie et l'acharnement de cet importun, car enfin un pari…

Uko eut un mouvement dépité. Cependant, il répliqua d'un ton très calme :

— Pourtant comme je vous l'ai dit, il s'agit d'un pari.

— Considérable, alors ?

— Vous dites le mot juste.

— Une fortune ?

Ces cinq syllabes semblèrent mettre le Japonais à l'aise.

— Oui, répéta-t-il gravement, une fortune, une grande fortune !

Et, allant au-devant de nouvelles interrogations :

— Ne me demandez pas de détail. Je rougis de m'être engagé, à mon âge, en pareille affaire. Qu'il vous suffise de savoir que, multimillionnaire, je serais sensiblement ruiné si je perdais.

— Diable !

— Et la ruine serait le moindre malheur. Ma vie, celle de Sika, seraient en péril.

— Votre vie, celle de Mlle Sika ?

— Oui.

— Mais c'est donc un pari de sauvages, s'exclama le cousin d'Emmie, incapable de contenir sa stupéfaction.

Un instant, l'interlocuteur du jeune homme le considéra avec une expression étrange, faite de gravité et d'ironie, puis lentement :

— C'est presque cela. Vous avez entendu parler de la vieille caste guerrière du Japon : les Samouraï. Courage à toute épreuve, cruauté sans nom. Supposez que mon adversaire est un Samouraï, qui a conservé intactes toutes les violences et toutes les grandeurs des ancêtres, et qui considère que le gain de notre pari consacre une affaire engageant son honneur.

— Diable de diable, grommela Tibérade, un père de famille ne devrait pas s'aventurer dans pareille galère.

Le général secoua la tête ; Marcel interpréta ce geste comme un acquiescement, et désireux de ne pas persévérer dans une critique qu'il comprenait pénible à son compagnon, il s'évertuait à changer de conversation, quand Emmie reparut et demanda à son cousin :

— Qu'est-ce que tu me veux ?

Il la regarda d'un air ahuri :

— Comment ? Ce que je te veux ?

— Oui ! Oh ! ne feins pas l'étonnement. La femme de chambre, que tu m'as envoyée, m'a dit tout bas : « Ce monsieur vous prie de venir vite, sans prévenir votre amie. » Je me suis dit : « C'est une surprise. » Donc… quelle est la surprise ?

La surprise fut dans l'explication. Marcel n'avait envoyé personne à Emmie. Sans nul doute possible, une servante s'était adressée à elle par erreur. Bref, la fillette sortit en grommelant avec humeur :

— C'est ridicule des erreurs comme celle-ci. Mlle Sika doit s'étonner de ma disparition. Je vais la rejoindre.

Les deux hommes approuvèrent du geste et reprirent leur conversation. Mais, quelques minutes s'étaient à peine écoulées que, de nouveau, Emmie faisait irruption dans la pièce et s'exclamait :

— Sika n'est pas avec vous ?

— Non, tu devais la ramener… commença Tibérade.

La fillette l'interrompit impétueusement :

— Justement. C'est à croire que tout le monde s'est «donné le mot pour me mystifier !

— Où prends-tu que l'on se livre à cet exercice de mauvais goût ?

— Où ? Comprends autrement une plaisanterie aussi stupide. Je retourne au lavabo ; je trouve la femme de garde qui me dit : « Votre amie vous a cherchée ; elle est allée vous rejoindre. » Je réponds : C'est bizarre que je ne l'aie pas rencontrée. » — « Oh ! me dit la femme, l'hôtel est grand. Il y a beaucoup de mouvement en ce moment. » — Bon, je reviens auprès de vous. Pas plus de Mlle Sika que sur ma main. C'est exaspérant à la fin !

— Exaspérant, mais explicable, intervint le général. Elle est curieuse, ma Sika. Elle a dû visiter le salon de lecture, le restaurant, que sais-je… Asseyez-vous ! Elle n'ignore pas où nous sommes ! Nous la verrons arriver bientôt.

Cela semblait évident. Toutefois, cinq minutes, puis dix, se passèrent… Sika ne se montra pas. Une vague inquiétude commença de peser sur ses trois compagnons.

— Bizarre ! grommela enfin le général. Que peut-elle faire ?

— Si nous nous renseignions, proposa Marcel avec empressement

— Ma foi, j'accepte. Excusez un père…

— Dont je partage le désir… Du reste, nous éviterons ainsi l'ennui de l'attente. Il n'y a pas lieu de s'émouvoir, certainement ; cependant…

— Il sera bon de se *mouvoir*, cousin ; mettons-nous donc en mouvement sans discourir davantage.

La proposition d'Emmie ne pouvait soulever d'objection.

Tous se rendirent au lavabo, afin de prendre la piste de la jeune Japonaise à l'origine.

La femme de garde, Italienne épaisse aux yeux noirs, au teint basané, sursauta en les voyant.

Elle fut affolée quand tous trois lui demandèrent à la fois :

— Mon amie ?

— Ma fille ?

— La gracieuse demoiselle blonde ?

— Par la Madone, la signorina s'est éloignée depuis un bon moment.

— Sans me chercher ? insista Emmie avec une nuance de dépit.

— La *povera* n'a pu songer à cela. Une fille de chambre de l'hôtel est venue la prendre.

— Une fille de chambre !… s'exclamèrent les compagnons de Sika.

Ils se regardèrent avec une surprise anxieuse.

— Mais, s'écria enfin Marcel, vous connaissez cette servante ?

— Non, signor, non.

— Non ?

— Dame, le personnel se renouvelle souvent, dans les hôtels de Brindisi ; à chaque instant, des voyageurs, en bisbille avec leurs serviteurs, nous enlèvent des domestiques pour remplacer ceux dont ils se séparent…

L'Italienne allait se lancer dans des considérations variées sur ce thème ; Marcel coupa court à cette dissertation menaçante :

— Enfin, vous ne la connaissez pas ?

— Je répète au signor qu'en effet…

— Alors, comment affirmez-vous qu'elle fait partie du personnel de l'hôtel ?

— À la coiffure, au costume, j'en ai jugé ainsi, signor. Mais vous concevez, les employés changent, continua la femme, enfourchant de nouveau son dada ; c'est un va-et-vient sans arrêt. Il faudrait une tête d'archange pour s'y reconnaître. Et moi, Mathilde Caspriconi, je ne suis qu'une pécheresse qui attend le salut de la seule bonté de la Madone.

Il était évident que l'on ne tirerait rien de cette bavarde insipide.

Uko, suivi de Tibérade et d'Emmie, l'inquiétude de tous croissant de minute en minute, devenant de l'angoisse, passa au salon de lecture, au fumoir, dans les salles à manger.

Sika demeurait invisible.

Alors, il fallut avoir recours au personnel. Mais une nouvelle surprise attendait les voyageurs.

Aucune fille de chambre n'avait appelé Sika. Du reste, Emmie déclarait que celle qui lui avait, à elle-même, fait quitter le lavabo, ne se trouvait pas parmi les servantes défilant sous ses yeux.

Bientôt, la rumeur d'un drame mystérieux emplit l'hôtel.

Voyageurs et employés se trouvèrent rassemblés sous le vestibule, discutant, prononçant des mots inintelligibles pour les intéressés, frémissant d'impatience et d'anxiété.

Deux de ces vocables surtout revenaient souvent.

— Camorra, Camorillo, répétaient tantôt les uns, tantôt les autres.

À la fin, Tibérade impatienté interrogea rudement :

— Qu'entendez-vous par Camorra ?

Un officier de bersaglieri, ces zouaves de l'armée italienne, qui, en petite tenue, substituent à leur chapeau à plumes la chéchia de nos chacals, un officier présent répondit :

— La Camorra est une association puissante, dont la main est dans tout événement inexplicable.

— Une association de bandits, rugit le général.

Son interlocuteur secoua la tête.

— Ils emploient parfois des procédés de bandits, les Camorillos ; mais leur but est surtout politique, et dans l'espèce, je pense qu'ils ne sauraient être incriminés.

— Parce que ?

— Parce que vous êtes étrangers, et que vous n'avez rien à voir dans les affaires publiques de ce pays.

Puis, avec cette facilité d'élocution, si remarquable chez les Italiens, le bersaglieri continua :

— Ah ! si vous n'étiez pas étrangers, je serais moins affirmatif. Un habitant de la province peut être en discussion avec un camorriste, et alors l'association prend en mains les intérêts de son affilié…

Mais vous, descendus à terre pendant une escale du paquebot, la Camorra vous ignore.

— Et moi, j'ignore ce qu'est devenue ma fille.

D'une voix frémissante, le général avait lancé la phrase douloureuse. Tibérade le regardait, les yeux troubles, sentant son cœur battre à grands coups dans sa poitrine.

Emmie piétinait, examinant les assistants avec défiance, espérant à chaque instant reconnaître la femme, dont les propos mensongers l'avaient séparée de Sika, dans le but évident de livrer celle-ci, sans défense, aux ennemis inconnus qui la tenaient prisonnière à cette heure, car telle était l'explication que la fillette en arriverait à admettre comme l'expression de la réalité.

Et tout à coup, tous ont un sursaut.

Le chef de la réception s'est approché. Il tient une lettre entre ses doigts.

— Le signer général Uko ! prononce-t-il.

— Que me voulez-vous ? clame le Japonais repoussant les curieux qui le séparent de l'employé.

Ce dernier salue et, tendant le papier qu'il tient délicatement entre le pouce et l'index :

— Une lettre, signor général. Elle a été déposée sur le bureau de l'hôtel.

— Par qui ?

— Cela je l'ignore. On n'a vu personne.

Rageusement, le Japonais, exaspéré par ce nouveau mystère, déchira l'enveloppe et lut à haute voix cette étrange missive :

« Illustrissime guerrier, honorabilissime signor.

« La fleur de votre foyer est parmi nous. Les fleurs, vous le savez, s'étiolent vite, lorsque les jardiniers négligents ne les arrosent point. Soucieux de son éclat, nous vous convions à l'arrosage.

« Il vous sera facile. Vous portez sur vous un carnet de chèques, auxquels votre signature donne une valeur illimitée.

« Conservez-le dans votre poche, et ce soir même, frétez une voiture. Faites-vous conduire sur la route du Nord, jusqu'à la colonne Pompéïana. Là, nous causerons de l'adorable signorina, la bellissima.

« Notre salut balaie la terre devant vous, illustre guerrier.

« P.-S. — Évitez de mêler la police à tout cela. Notre modestie nous interdit de nous présenter à des gens policiers, et la fleur périrait de notre défaut d'entente.

« Signé : LES 3 S... [1] »

— La Camorra ! C'est la Camorra, bégayèrent les assistants de voix tremblantes, qui en disaient long sur le respect qu'inspire la terrible association.

Et chacun, élevant le ton, comme s'il pensait être entendu par un agent inconnu de la Camorra, conseillait :

— Partez ! Ne perdez pas une minute ! Acceptez toutes les conditions. La Camorra ne menace jamais en vain.

Devant cette unanimité, le général se décida sur-le-champ. Aussi bien, n'avait-il pas besoin des encouragements des indifférents.

— Je pars, s'écria-t-il.

— Je vous accompagne, déclara aussitôt Tibérade, dont les yeux humides trahissaient une émotion dont il se fût cru incapable, huit jours plus tôt.

— Et moi aussi, protesta Emmie en s'accrochant au bras de son cousin. Si tu t'en vas, je suis de la partie.

— Mais tu n'y songes pas, ma pauvre petite.

— Je ne songe qu'à cela au contraire.

— Envisage le danger.

— Il est pour le carnet de chèques du général, le danger ! Moi, je ne risque que de m'amuser ; je ne paierai pas ma place et je verrai les bandits, des vrais.

— Tu es folle…

— De spectacle, cousin, c'est vrai. Toi, ta folie est plus grave. Veux-tu que je t'en dise la nature, en t'obligeant à te déclarer le plus insane des deux ?

Marcel devint écarlate. Peut-être allait-il se fâcher ; moyen de cacher son embarras fréquemment employé, quand une voiture qu'avait été quérir l'un des assistants, s'arrêta devant l'hôtel.

— Voici un équipage pour le signor général.

— Venez, venez, monsieur Tibérade ! clama Uko en se précipitant vers le véhicule.

Et tandis que Marcel et Emmie, subitement réconciliés, prenaient place, le Japonais jetait au cocher :

— Route du Nord, colonne Pompéïana.

Ce à quoi l'automédon répliqua avec le flegme adulateur des Italiens du Sud :

— Aux ordres de son Excellence.

La voiture se mit aussitôt en marcha. On sortit de la ville et l'on s'engagea sur la voie du Nord, laquelle se raccorde à peu de distance avec la grande route royale de Naples.

La nuit était venue.

À présent, le carrosse roulait en pleine campagne, entre les plantations de lauriers-roses, qui sont la spécialité de la région, et dont on extrait un parfum très violent, peu goûté des Européens, mais recherché par les Orientaux.

Puis les plantations s'espacèrent, disparurent complètement.

La campagne se dénuda. Des rochers percèrent le sol ; les rampes succédèrent aux rampes, annonçant que l'on escaladait les premiers contreforts de la chaîne montagneuse de l'Apennin.

Sur un plateau, le véhicule fit halte.

Les voyageurs regardèrent autour d'eux. Pas un arbre, pas un buisson.

À droite de la route, une colonne de pierre se dressait seule au-dessus du sol.

— La colonne Pompéïana ? demanda le général.

— Oui, Excellence, répliqua le cocher qui, philosophiquement, alluma une cigarette.

— Vous ne voyez personne ?

— Non… mais mon cheval préfère cela. La route est dure et il a besoin de souffler.

Le calme de l'automédon réagit sur les voyageurs. Ils descendirent de voiture et se promenèrent de long en large.

Il n'y avait qu'à attendre, en effet, les inconnus qui, par leur lettre, avaient désigné le lieu du rendez-vous.

Seulement les minutes se succédèrent. Une demi-heure s'écoula, lente, interminable.

Le général se montait peu à peu, grommelant entre ses dents des propos peu flatteurs pour la Camorra et les camorristes.

Sa voix s'élevait graduellement, et soudain, sa colère faisant explosion, il rugit avec une rage douloureuse dont sa voix se faussait :

— Ah ! ces bandits jouent avec mon cœur !

Ceci eut un effet inattendu. Le cocher, se dressa brusquement sur son siège :

— Le temps fixé par le Commandant de la Montagne est écoulé. Que les signori et la signorina remontent, en voiture ; je vais les conduire au rendez-vous réel.

Et tous, stupéfaits, questionnant :

— Vous le connaissez, donc ?

— Oui, Excellences.

— Alors, pourquoi cette attente inutile ?

— Inutile, non pas ! Il fallait bien m'assurer que les signori n'avaient pas prévenu la police. Elle est subtile, la police, moins pourtant que nous. Je rends hommage à la loyauté des Excellences. Les carabiniers ignorent leur promenade.

L'impertinence du banditisme italien tenait tout entière dans ces paroles. Mais les voyageurs n'étaient pas en posture de discuter. Peu importait d'être nargués par les camorristes, si l'on délivrait Sika.

Aussi, sans murmurer, reprirent-ils place dans le véhicule, qui se remit aussitôt en route.

Où donc était Sika ? Comment avait-elle été entraînée si loin de l'hôtel Cavour ? Aucun de ses amis n'eût pensé que tout cela était l'œuvre d'un simple commissionnaire, ou du moins d'un homme affublé de la tenue spéciale à ces travailleurs.

Oui, un commissionnaire spécial, un camorriste fantaisiste, et Français par-dessus le marché. Pour tout dire d'un mot, l'enlèvement de la jeune fille était la revanche de Midoulet.

L'agent, berné à Marseille, gagnait la seconde manche à Brindisi.

Et de la façon la plus simple, la plus ingénieuse, la plus audacieuse en même temps.

Le chemin de fer l'avait amené à Brindisi avec six heures d'avance sur le paquebot *Shanghaï*, ainsi que le lui avait indiqué son camarade du service des Renseignements, si opportunément rencontré sur le quai massiliote.

Au sortir de la gare, il s'était tenu ce raisonnement : « Pourquoi chercher à dérober le pantalon diplomatique et risquer ainsi de le poursuivre jusqu'aux confins du monde. Il serait plus rapide et plus habile de me le faire donner en présent, ou plus exactement en échange. En échange de quoi ? Mais d'un objet de valeur équivalente aux yeux de ce brave général Uko.

Il s'était frotté les mains d'un geste satisfait et avait repris, toujours pour lui-même :

— Voilà un problème magistralement posé. Midoulet, je te marque un bon point, et je poursuis. Pour amener l'échange, que faut-il ? Que le Japonais croie sa chère enfant en danger. Quel danger ? Sur cette terre classique du banditisme, le danger est facile à simuler, *car il existe déjà dans l'imagination des voyageurs*. Donc, je deviens bandit de circonstance.

Sur ce, moyennant finances (les fonds secrets ne sont pas une fumée pour les agents tels que Midoulet), il s'était assuré, après un examen méticuleux, le concours d'un cocher, d'une alerte bouquetière et de deux de ces coquins nombreux dans toutes les villes du sud de l'Italie, pratiquant le jour le *farniente* au soleil, et utilisant les ombres propices de la nuit pour trouver, dans les poches ou les tiroirs des autres, les ressources nécessaires à l'entretien de leur paresse. C'était en somme, sur une faible échelle, le procédé de recrutement usité par la Maffia ou la Camorra elles-mêmes.

Ayant indiqué son rôle à chacun de ces comparses, Midoulet acheta une grande malle ; sous les apparences d'un commissionnaire, il guetta l'arrivée du *Shanghaï*. Il reconnut sans peine le général et Sika, quand ils descendirent à terre. Il s'inquiéta bien un peu de les voir en compagnie de Tibérade et d'Emmie ; mais sachant la facilité des relations à bord entre passagers, il n'en prit pas ombrage et continua l'exécution du plan qu'il avait conçu.

Les voyageurs dîneraient à terre sans aucun doute (comment ne pas profiter de l'escale pour varier le menu du bord). Et lui, Midoulet, serait de la partie, d'une façon au moins inattendue.

Il hissa donc sa malle vide sur le crochet *ad hoc* fixé à ses épaules, s'attacha aux pas de ceux qu'il poursuivait. Il pénétra derrière eux dans l'hôtel Cavour. Là, pour expliquer sa présence, il se prétendit chargé de remettre son fardeau à un certain M. Stephenwill, descendu au Cavour-Hôtel.

Ledit Stephenwill, bien entendu, n'existait que dans l'imagination de l'agent.

Ce qui n'empêcha pas celui-ci de jouer le dépit quand on lui déclara que le voyageur était inconnu.

— Pas possible ! Il m'a bien dit le Cavour. Permettez-moi de l'attendre un peu. Cela me donnera le temps de souffler. Il arrivera peut-être ; je préférerais cela à faire le tour des hôtels pour rejoindre le propriétaire de cette satanée malle.

Bref, le gérant, étourdi par ses lamentations, lui octroya la licence demandée.

Dès lors, l'exécution du plan de l'agent devenait un simple jeu.

La bouquetière engagée emprunta subrepticement le tablier et la coiffure d'une fille d'étage, éloigna Emmie du lavabo ; puis, Sika isolée, elle vint lui annoncer que son père l'attendait au salon, désert à cette heure du jour.

Or, à peine la jeune fille y fut-elle entrée, qu'un voile imbibé de chloroforme fut jeté sur sa tête, l'anesthésia complètement, la transmuant en une statue inanimée, que le faux commissionnaire enferma aisément dans sa malle. Il rechargea l'encombrant colis sur son dos et l'emporta au dehors, sans que, au milieu du brouhaha des allées et venues de cet hôtel fréquenté, personne soupçonnât le rapt audacieux qui s'accomplissait.

À cinquante pas, une voiture attendait.

Midoulet y déposa son fardeau, y prit place, et le véhicule fila vers la montagne. L'enlèvement était réalisé ; l'agent détenait l'enfant bien-aimée du général.

L'un des coquins, aux gages de Midoulet, avait suivi l'opération de loin. Il choisit le moment opportun pour déposer, sans être aperçu, dans le bureau de l'hôtel, la lettre toute préparée, destinée à amener le général Uko en présence du ravisseur de sa fille.

En reprenant conscience, Sika se trouva étendue sur un plateau rocheux, bordant un ravin, dont les flancs abrupts apparaissaient hérissés d'une végétation étrange. En arrière, les montagnes calabraises dressaient, ainsi qu'un puissant rempart, leurs cimes capricieuses vers le ciel nocturne constellé d'étoiles d'or.

Stupéfaite, elle promena autour d'elle des regards effarés, croyant rêver d'abord ; mais cette pensée dura peu. Elle était bien éveillée, il lui fallut le reconnaître à regret.

Éveillée ! Que signifiait son aventure ? Où était-elle ?

Comment se trouvait-elle en ce lieu ? Elle se souvenait d'être entrée dans le salon de l'hôtel Cavour, et maintenant elle se voyait au milieu d'une solitude ! Et la nuit l'environnait ; des rochers déchiquetés arrêtaient ses regards !

Bien que naturellement brave, la jeune fille se sentit prise d'épouvante.

Un instant, elle eut l'impression douloureuse que sa raison sombrait.

Et sans en avoir conscience, elle poussa un cri angoissé que les échos de la montagne répétèrent lugubrement.

Ce cri fit apparaître une nouvelle cause de terreur. La vibration n'en était pas éteinte, qu'une ombre humaine se détachait d'un rocher et s'approchait à grands pas.

Elle discerna dans l'obscurité un homme de haute taille, vêtu en paysan, mais portant une carabine sur l'épaule.

— La signorina désire quelque chose ? fit-il d'un ton paisible et obséquieux.

— Savoir où je suis, balbutia Sika, surprise par l'étrangeté de la situation autant que par l'attitude de l'inconnu.

— Facile. Vous êtes chez le Seigneur de la Montagne ; mais que la signorina ne s'effraie pas, continua-t-il en réponse à un geste d'effroi de la prisonnière. Ambrosini, le camorriste, chef du district a ordonné le respect et la douceur. La signorina doit représenter une belle rançon.

— Une rançon, répéta Sika soudainement rassurée, ce n'est que cela ! Mon père est-il averti ?

— Il l'est et je l'attends. Reprenez confiance, signorina ; votre captivité sera, j'imagine, de courte durée ! Nous vous avons privée de dîner, sans mauvaise intention, j'en fais serment, nous n'avions pas le choix du moment d'agir, n'est-ce pas… Vous voudrez bien accepter le repas que je vais vous faire servir. Vous excuserez le menu de la montagne d'être moins copieux que celui des hôtels.

Il salua et disparut pour revenir quelques instants après, suivi d'un second bandit porteur d'une torche et d'un panier. L'homme planta la torche dans une anfractuosité, étala devant Sika une nappe blanche et y déposa les victuailles extraites du panier. À mesure que ces préparatifs s'accomplissaient, le chef Ambrosini annonçait ainsi qu'un maître d'hôtel :

— Coquillages de la côte d'Otrante ! Perdreau rouge ! Fromage de chèvre ! Vin d'Agrigente !

Son énumération achevée, il conclut d'un ton à la fois familier et respectueux :

— Bon appétit signorina.

Les bandits s'éloignèrent, semblant se dissoudre dans les ténèbres.

Tranquillisée de ne les avoir plus sous les yeux, la prisonnière se contraignit à attaquer les aliments mis à sa disposition : mais elle grignota du bout des délits, son appétit chassé par l'anxiété de sa situation présente.

Le décor qui l'entourait versait d'ailleurs la mélancolie. La lune drapait de rayons bleutés les sommets aux formes fantastiques, et le cri des oiseaux de nuit en chasse semblait une plainte exhalée par la montagne.

Pour échapper à l'oppression des choses, machinalement, Sika consulta sa montre, elle eut une exclamation :

— Neuf heures ! Le *Shanghaï* devait reprendre la mer à cette heure !

Sa voix vibrait encore, qu'Ambrosini se dressait devant elle, demandant :

— La signorina manquerait-elle de quelque chose que nous puissions lui procurer ?

Elle secoua la tête :

— Ce n'est pas cela. Je songeais que notre paquebot, le *Shanghaï*, quitte le port de Brindisi à neuf heures !

La déclaration n'émut pas le bandit. Il se prit à rire et lança philosophiquement :

— Eh bien ! il partira sans vous, voilà tout ! Un malheur pour lui ; un bonheur pour nous autres, pauvres bandits, qui avons si rarement l'occasion d'admirer la beauté.

Midoulet-Ambrosini souriait agréablement à l'idée du *Shanghaï* gagnant le large sans emporter le général Uko et sa fille. Mais une résonance, lointaine encore, monta du fond du ravin. Le pseudo-camorriste se pencha en avant, prêta l'oreille, et Sika, comprenant qu'il advenait un fait devant l'intéresser, écouta avec attention. Le bruit s'accusait peu à peu. Au bout d'un instant, le doute ne fut plus possible. Une voiture roulait sur le fond rocailleux du ravin.

Le bandit... d'occasion, comme il se qualifiait lui-même en aparté, modula un léger sifflement. C'était un signal, car l'homme qui, tout à l'heure, avait apporté le dîner de la captive, bondit hors d'un amoncellement de roches et, la carabine à la main, se planta devant son chef, attendant évidemment ses ordres.

— Je vais à la rencontre de qui arrive, prononça gravement celui-ci. Batisto, veille sur la jeune fille.

— Jusqu'à la mort, capitaine, répliqua l'interpellé d'un ton dont frissonna la gentille Japonaise.

Elle était d'ailleurs en proie à une émotion violente. Était-ce son père qui occupait la voiture entendue ? Venait-il, chargé de la rançon exigée par les ravisseurs et dont elle-même ignorait l'importance ? Et puis non, elle était captive depuis trop peu de temps pour que le général eût pu déjà joindre le campement du Seigneur de la Montagne.

Cependant Ambrosini s'était enfoncé dans les ténèbres, allant à la rencontre d'Uko, car lui savait que le général seul pouvait se présenter en cet instant. Le Japonais, flanqué de Tibérade et d'Emmie, venait en effet de quitter sa voiture auprès d'un bouquet d'arbres, occupant le fond de la coupure rocheuse, et gravissait péniblement la pente raide, guidé par le cocher, sans l'aide duquel les voyageurs n'eussent pu reconnaître, de nuit, le sentier de chèvres courant à flanc d'abîme.

Ainsi, les amis de Sika s'élevèrent jusqu'au sommet, suivirent la sente bordée de pins et de lentisques, et atteignirent une plate-forme étroite, environnée de rocs éboulés. Là, le faux bandit attendait, appuyé sur sa carabine, dans une attitude empruntée par Midoulet à ses souvenirs d'opéra-comique. L'agent copiait Fra Diavolo.

La lune, sortant à cet instant même des nuées qui l'avaient voilée jusque-là, éclaira en plein la face glabre du personnage.

Et Emmie, stupéfiée par cette apparition d'un homme qu'elle pensait être resté à Marseille, s'écria :

— Encore le voleur !

À cette apostrophe inattendue, Midoulet sursauta. Il toisa la fillette avec une vague inquiétude, mais se rendant compte de l'impossibilité de provoquer une explication, il salua le général et désignant Tibérade et sa cousine :

— Je vous attendais seul, signor général. Quels sont les gens qui vous accompagnent ?

— Des passagers avec lesquels je me suis lié à bord du *Shanghaï*. Mais ceci importe peu. Parlons de ce qui m'amène. Quelle rançon désirez-vous ?

— Vous êtes pressé, général. Pas si vite, je vous en prie.. Laissez-moi d'abord résumer la situation : mademoiselle votre fille est ma prisonnière. Je puis, à ma convenance, lui donner la liberté… ou la mort. Ce fut la devise des volontaires de la Révolution française, à laquelle les événements m'ont conduit à donner un sens, un peu spécial, conforme aux usages des Abbruzzes. Toutefois, ne vous bouleversez pas. J'ai fixé de façon définitive, il est vrai, la rançon de la signorina ; mais je ne doute pas que vous renonciez à discuter. De la discussion ne pourrait naître entre nous que la mésentente, et le poignard n'est pas une solution de nature à satisfaire le tendre père que vous êtes.

Uko frissonna à ces menaçantes paroles.

La rage au cœur, horrifié par son impuissance, Tibérade considérait celui qu'il prenait pour un bandit avec l'envie folle de lui sauter a la gorge, de l'étrangler.

Emmie, en proie à une exaspération aussi grande, bien que d'une nature autre, grommelait, assourdissant sa voix grêle de fillette :

— Encore ce brigand !… Encore ce brigand ! Comment nous a-t-il rejoints ?

Le fait est que pour une petite Parisienne, ignorante des horaires des chemins de fer, la présence de Midoulet, abandonné à Marseille, avait quelque chose de fantastique !

Mais le général répétait d'un accent impérieux et suppliant :

— Quelle rançon ? Vous avez dit vrai, je suis un tendre père. Vous pouvez abuser de la situation. Ma fortune pour ma fille.

— Vous me croyez trop gourmand ! plaisanta Midoulet.

— Enfin, combien ?

— Votre question m'embarrasse, général !

— En quoi ? ne l'attendiez-vous pas ?

— Si, si, mais ce que je veux, que je veux absolument, ne saurait s'évaluer en espèces.

Et se penchant vers son interlocuteur stupéfié par l'affirmation, il continua :

— L'on nous juge mal. La Camorra n'est point une société de pillards. Elle contient des gens distingués. Certains mêmes sont affiliés au seul titre de fervents collectionneurs. Je suis de ce nombre. Mon but est de réunir chez moi certaines choses, sans valeur aux yeux des ignorants, mais ayant pour moi, moi qui sais (il appuya sur ces deux mots), un attrait irrésistible.

— Où voulez-vous en venir ?

— À ceci. Vous détenez une page d'histoire.

— Moi ?

— Page, poursuivit Midoulet sans tenir compte de l'interruption, qui fut tracée par une main auguste.

— Je ne comprends pas.

— Je suis là pour vous éclairer, signor général. Et parlant clair, je vous dis : Sa Grandeur le mikado vous a fait remettre par l'ambassade nippons à Paris un pantalon…

— Vous prétendez ?

— Que ce vêtement ultra-diplomatique sera remis à moi parlant à votre personne… Je lui réserve une place d'honneur dans mes vitrines.

Le persiflage de l'agent fut coupé court par cette exclamation d'Emmie :

— Je ne me trompais donc pas… C'est bien le voleur de pantalons.

Le pseudo-Ambrosini esquissa un sourire. Cette fois, le sens de l'intervention de la fillette lui apparaissait.

Seulement, le général rappela son attention. Uko bredouillait :

— Le… le pantalon ? Vous voulez… Vous prétendez…

— Le recevoir en échange de la liberté de la signorina. Avouez que l'on ne saurait trouver bandits, plus accommodants que nous.

— Impossible ! balbutia Uko, au front de qui perlaient de grosses gouttes de sueur.

À l'audition de ce mot, Tibérade bondit :

— Comment ! clama-t-il. Vous préférez garder le vêtement et condamner Mlle Sika ?

— Hélas ! cet homme réclame la seule chose que je ne puisse lut donner !

— Mais la vie de vôtre fille est plus précieuse que le gain d'un pari…

— Non !

La négation tomba douloureuse, tragique, s'enfonçant dans le crâne de Marcel ainsi qu'un jet de plomb fondu.

— Vous dites : non ?

— Je le dis, le cœur déchiré…

— Mais vous offriez votre fortune à l'instant.

— Sans doute.

— Eh bien, perdre votre pari, n'est-ce pas tout simplement renoncer à la richesse ?

Le généra) courba la tête, et vaincu par la logique du jeune homme, il murmura :

— C'est aussi perdre l'honneur.

Du coup, Emmie s'exclama :

— Ça, c'est trop fort !

Tandis que son cousin trépignait, rugissant :

— L'honneur ! Vous pensez que je me contenterai de cela. L'honneur, pour un pari absurde ! Non, non, je ne vous laisserai pas sacrifier Mlle Sika à un amour-propre inqualifiable ? Vous vous trompez. Seigneur bandit, c'est moi qui vous remettrai le vêtement en question.

Uko se redressa avec une majesté soudaine :

— Ce serait plus qu'un vol. Vous abuseriez d'un dépôt confié à votre probité !

— Voilà qui m'est égal ! J'abuserai du dépôt, et avec enthousiasme encore.

— Vous me tuerez auparavant !

Tibérade se prit la tête à deux mains, totalement hébété, par la résistance du Japonais, inexplicable. Et sans en avoir conscience, il prononça, exprimant ainsi le tréfonds de sa pensée :

— Mais cet homme est fou !

Ce à quoi Midoulet, qui avait suivi la scène avec un intérêt non dissimulé, répliqua en écho :

— Je comprends, je comprends tout… Le vêtement introuvable. Parfaitement ! Il avait quitté les valises du général pour passer dans celle de Monsieur !…

Il parut chercher un nom. Sans hésiter, le jeune homme répondit :

— Marcel Tibérade, docteur en médecine, ès sciences physiques et droit, lequel donnerait sa vie pour Mlle Sika, et qui, à plus forte raison, donnera ce pantalon, bien qu'il ne lui appartienne pas.

— Je vous l'interdis absolument gronda Uko avec une rage désespérée.

Marcel ne parut même pas l'avoir entendu. Il reprit, s'adressant toujours à Midoulet :

— Il est à bord, dans ma valise. Je rejoins la voiture qui nous attend, je me fais conduire au port, et je reviens avec l'objet, il me faut environ une heure à l'aller, autant au retour. Je serai ici à…

Le jeune homme tira sa montre de sa poche, afin de se livrer au calcul du temps nécessaire à la course projetée. Mais à peine y eut-il jeté les yeux qu'il poussa un cri étranglé :

— Fatalité !

— Qu'est-ce que tu chantes, avec ta fatalité ? s'exclama Emmie avec un petit rire.

Sa gaîté s'évanouit aussitôt, son cousin répliquant d'une voix sourde :

— Il est dix heures !

— Eh bien ?

— Eh bien, le *Shanghaï* est parti depuis une heure. Le pantalon est actuellement au large avec le navire, la cabine et la valise, où je l'ai serré.

Et tous se regardant, déconcertés par ce malencontreux incident, un juron retentit, éveillant les échos des ravins.

— Mille tonnerres !

C'était Midoulet qui exprimait aussi son opinion sur l'aventure.

À cette minute, le pantalon que, par ordre de son gouvernement, le général ne devait pas quitter d'un instant, voguait tout seul, abandonné, sans son gardien diplomatique, vers Port-Saïd, la ville européenne-orientale, qui garde l'entrée du canal de Suez.

1. Les 3 S correspondent aux trois mots stileto, scopietta, strada, synthétiques de l'état des bandits : Stylet escopette, fuite.

CHAPITRE VII
OÙ LE SECRET JAPONAIS S'ÉBRUITE

Le jour commençait à poindre. Tibérade s'éveilla dans sa chambre de l'hôtel Cavour.

Par suite de quels incidents, le jeune homme, demeuré la veille, au soir, en pleine montagne, avait-il réintégré la pièce confortable ?

Oh ! l'affaire s'était arrangée d'elle-même.

Ambrosini-Midoulet, après de bruyantes manifestations de mécontentement, s'était calmé et avait rendu la captive Sika sans conditions, au père, aux amis qui tremblaient pour elle.

Emmie, elle, avait expliqué la chose sans hésiter.

— Oh ! avait-elle déclaré, c'est tout simple : le pantalon étant parti en voyage, le coup se trouve manqué ! Mlle Sika ne pouvant plus servir les desseins du voleur, il se débarrasse de sa garde à notre profit.

Une fois, de plus, la « petite souris » avait raison.

Les voyageurs avaient donc réintégré l'hôtel Cavour, où les clients, qui veillaient pour les attendre, les avaient félicités de l'heureuse issue de l'aventure. Bien entendu, on leur laissa croire que les bandits avaient relâché Sika contre rançon. Il était inutile, en effet, d'ébruiter l'existence du message mystérieux, qui faisait naître une Camorra inédite.

Donc, Tibérade ouvrit les yeux, jugea au peu d'éclat du jour qu'il serait trop tôt pour se lever, et commençait à refermer ses paupières, quand on frappa à sa porte.

— Qui va là ? gronda-t-il, furieux contre l'importun qui mettait son doux rêve en fuite.

— Général Uko, lui répondit une voix assourdie.

— Vous, général ? reprit le jeune homme retrouvant le sourire, à l'audition de l'organe du père de la jolie Sika.

— Oui. Habillez-vous prestement, je vous prie.

— Je me hâte sans vous demander le pourquoi de ma précipitation.

— Oh ! vous le pourriez sans indiscrétion.

Tout en parlant, Marcel avait sauté du lit, revêtu un pyjama et dans cette tenue sommaire, il ouvrit :

— Entrez, mon général, entrez.

— Non. Je tenais seulement à vous prévenir, afin que nous sortions, le plus tôt possible.

— Pour ?...

— Mais pour câbler à Port-Saïd.

— Câbler ? à quel propos ?

À propos de nos valises, donc ! Il est inutile qu'elles s'en aillent en Chine sans notre compagnie.

— C'est juste ! pardonnez-moi mon étourderie.

— Nous télégraphierons au capitaine du *Shanghaï*, pour qu'il dépose nos bagages au bureau des Messageries Maritimes, à l'escale de Port-Saïd, où nous les trouverons à notre arrivée.

Sur ce, Uko se retira discrètement, afin de permettre à Tibérade de procéder à sa toilette ; un quart d'heure à peine écoulé, le cousin d'Emmie rejoignit le Japonais, faisant les cent pas sur le trottoir portant la façade de l'hôtel.

Toutefois, avant de descendre, Marcel avait entr'ouvert la porte de communication reliant sa chambre à celle de la petite Emmie, et s'était ainsi assuré que là fillette dormait à poings fermés.

La poste de Brindisi est située dans l'une des ruelles aboutissant au port, tout près de l'Hôtel Internacional, qui fait face au débarcadère.

Marcel et son compagnon y parvinrent bientôt, sur les renseignements d'un *facchino* (commissionnaire) paresseusement étendu sur le perron d'une maison.

Tibérade prit une formule télégraphique et libelle la dépêche suivante :

« Capitaine *Shanghaï* — Port-Saïd — Égypte. Déposez valises cabines 14, 16, 20 et 22, tente Messageries Maritimes, Port-Saïd.

« Signé : Tibérade. »

Ayant achevé et passé ladite missive au guichet, il regarda autour de lui. Sur une tablette voisine, le général remplissait également des formules de l'administration des télégraphes.

— Vous n'avez pas fini ? interrogea Marcel.

— Non, j'en ai pour un instant encore.

— Oh ! à votre convenance.

Le jeune homme s'éloigna par discrétion, s'absorbant dans la lecture des affiches, dont les administrations publiques de tous pays se montrent si prodigues.

Pendant ce temps, le Japonais avait confectionné deux dépêches : l'une, adressée au capitaine du *Shanghaï* pour les bagages ; l'autre, rédigée en langage convenu, provoqua l'ahurissement du préposé au guichet.

L'étonnement s'expliquait, le câble étant ainsi conçu :

« Achetez douze canards cochinchinois, belle venue, pour duchesse. Petit habit bleu viendra sans retard prendre livraison ; sinon, prévenez Fantin. »

Ce qui, il faut bien traduire pour le lecteur, signifiait en langage ordinaire :

« Le pantalon voyage seul par la faute d'un passager du bateau qui a surpris le secret. Expédiez ordres à Port-Saïd. »

Puis, la bizarre missive transmise, le Japonais rejoignit Marcel, et avec une apparence de rondeur :

— Cher monsieur, je vais vous laisser retourner seul à l'hôtel.

— Ah bah !

— Oui. Je veux m'enquérir des moyens de gagner Port-Saïd, sans perdre quinze jours à attendre le prochain courrier des Messageries Maritimes.

— Ne puis-je vous aider au moins ?

— Vous m'aiderez en vous rendant au Cavour, et en vous chargeant de dire à ma fille de ne pas s'inquiéter si je tarde quelque peu.

— À vos ordres, consentit le jeune homme, préférant de beaucoup la recherche de Sika à celle d'un steamer quelconque.

Et tous deux se dirigèrent vers la sortie. Ils allaient franchir le seuil, quand un gentleman les croisa, les frôlant au passage, et se précipita vers une tablette de correspondance. Marcel et le général eurent une sourde exclamation, et ayant dépassé la porte, ils s'arrêtèrent sur le trottoir, une incroyable surprise dans les yeux.

Chacun semblait hésiter à parler. Enfin, le Japonais se décida :

— Vous avez vu ce gentleman, monsieur Marcel Tibérade ?

— Oui ! je puis affirmer que je l'ai vu… et que j'ai cru le reconnaître.

— Moi, également.

— Vrai ! Alors, vous pensez comme moi que c'est… Ils prononcèrent ensemble, en un duo stupéfait :

— Ambrosini ! Le Seigneur de la Montagne. Le bandit qui nous a fait passer, hier soir, un si mauvais moment.

Midoulet, lui, tout en faisant courir sa plume sur une formule télégraphique, grommelait avec un sourire narquois :

— Mes précautions d'abord. Ensuite, je tâcherai de faire un brin de conversation avec ce monsieur, que le général a chargé du pantalon, sous couleur d'un pari. Eh ! eh ! subtil Japonais, un mensonge constitue un défaut sérieux à la cuirasse, même d'un Samouraï. Je crois bien que je vais vous toucher.

Mais secouant la tête, comme pour chasser une idée importune :

— Chaque chose à son tour. Pour l'instant, ne songeons qu'à mon câble.

D'une « anglaise » impeccable, il traça ces mots, dont ses adversaires eussent été désagréablement émus, s'ils avaient pu les lire :

« Chef, police anglo-égyptienne — Port-Saïd — Égypte. Prière mettre sous séquestre, tente des Messageries Maritimes, bagages des cabines 14, 16, 20 et 22, qui seront déposés à terre par capitaine *Shanghaï*, passagers ayant manqué départ Brindisi.

                                          « Signé : MIDOULET. »

Il relut, parut satisfait du libellé, passa la dépêche au guichet.

Cependant le général avait quitté Tibérade, pour se rendre sur le port, et le jeune homme reprenait le chemin de l'hôtel Cavour, tout en se remémorant les aventures de la veille. Les paroles de cet Ambrosini, qu'il veinait de croiser, se représentaient à sa mémoire. Le vêtement mystérieux harcelait sa pensée.

N'avait-il pas été naïf de croire à un pari ?

Car enfin, le bandit l'avait dit. Ce vêtement venait d'un haut personnage : il avait été remis au général Uko par l'entremise de l'ambassade japonaise à Paris. Quelle apparence qu'un ambassadeur se commit dans un pari… absurde, entre deux particuliers ?

La logique de la déduction ainsi conduite l'impressionnait ; mais, à son imagination ne se présentait aucune explication plausible.

Et il répétait inutilement les termes du problème posé devant sa perspicacité :

— Ambassade… Culotte… pari… Vérité… Mensonge.

Il ne parvenait pas à jeter la moindre lumière sur le mystère. Ce qui, d'ailleurs, n'avait rien d'étonnant.

Ainsi, il arriva à l'hôtel, chargea une fille d'étage d'avertir Mlle Sika que le général, retenu en ville, ne rentrerait peut-être qu'un peu tard dans la matinée.

Ce soin pris, il s'enferma dans sa chambre, se renversa dans un fauteuil, et les yeux mi-clos, le front barré des rides de la réflexion, il recommença à agiter les *connues* et *inconnues* du théorème pantalonesque soumis a son intellect.

Il se perdait dans un labyrinthe de suppositions, où le vêtement lui apparaissait tout autrement qu'un fil d'Ariane, quand la porte de communication s'ouvrit brusquement, et Emmie parut, toute habillée, déjà :

— Coucou !… Ah ! le voilà !

Elle traduisit de la sorte sa satisfaction de voir Marcel, en tenue de ville également. Elle vint à lui, l'embrassa affectueusement. :

— Bonjour, cousin.

— Bonjour, petite souris.

— Tu t'es levé bien matin. Tu as mal dormi sans doute. Moi-même, je n'ai trouvé le sommeil que vers deux heures.

— Ce n'est pas cela… mais le général m'a emmené au télégraphe.

— Comment ?

— Parfaitement. Pour que nous retrouvions nos valises à Port-Saïd. Autrement, elles auraient continué jusqu'en Chine.

La fillette éclata de rire :

— Ah ! quelle promenade… dangereuse, car le Céleste Empire est en pleine révolution. Les fils de Han veulent aussi connaître les douceurs du système représentatif. Au fait, maintenant que tu as assuré le sort de ces pauvres petites valises abandonnées, tu peux songer à promener un tantinet ta cousine.

— Certes, à moins que tu ne veuilles attendre Mlle Sika. La petite secoua la tête.

— Oh ! elle se lèvera tard. Elle a eu plus peur que nous, et la peur fatigue, tu sais ; elle fatigue horriblement.

— Tu as toujours raison, petite Emmie. Nous partirons quand tu le voudras.

— De suite, en ce cas… Une minute, je mets mon chapeau et je suis à toi.

Derechef, elle embrassa son cousin, lui ébouriffa les cheveux d'un revers de main, et ravie de cette espièglerie, elle se précipitait en courant vers la communication, lorsque deux coups secs résonnèrent à la porte du couloir.

— Encore, maugréa Tibérade, et plus haut : qui frappe ?

— Celui que vous appelez Ambrosini, répondit un organe assourdi par le panneau de bois.

Les cousins s'entre-regardèrent avec saisissement.

Mais Emmie, prenant aussitôt une décision, chuchota :

— Il faut le recevoir… Je file dans ma chambre ; mais je t'en préviens, j'écoute.

Sans attendre de réponse, elle se glissa dehors, sur la pointe des pieds.

Et elle disparut Marcel, obéissant à son impulsion, cria :

— Entrez !

Le panneau tourna lentement, démasquant Midoulet debout sur le seuil.

— Entrez, entrez, Ambrosini, plaisanta Marcel. J'avoue que je ne m'attendais pas à votre visite. Mais vous me la faites ; vous devez avoir vos raisons… et, entre nous, je ne serai pas fâché de les connaître.

L'agent ne se fit pas répéter l'invitation. Il pénétra, dans la chambre, en refermant soigneusement la porte sur lui.

— Excusez-moi, cher monsieur, commença le pseudo-bandit ; mais la Providence m'a placé sur votre chemin…

— Ah ! balbutia Tibérade interloqué par cette entrée en matière, vous croyez vraiment que c'est la Providence… Enfin, je ne veux pas vous contrarier ; mais j'ignorais jusqu'à ce jour l'alliance de la Providence et de la Camorra…

— Il n'y a pas de Camorra, cher monsieur ; c'est un, mythe, au moins, dans l'espèce.

— Comment, pas de Camorra. Ah ça ! monsieur Ambrosini ?…

— Pas d'Ambrosini non plus. Je me présente sous mon véritable nom : Célestin Midoulet, agent du service des Renseignements de la République française, qui vous sait engagé dans une affaire épineuse, et souhaite vous éviter un impair… dont vous seriez inconsolable.

Du coup, la surprise de Marcel tourna à l'ahurissement.

— Une affaire épineuse ? Un impair ? se redit-il d'une voix hésitante.

L'agent inclina, affirmativement la tête :

— Vous allez en juger, si vous consentez à m'accorder l'entretien que je sollicite de votre courtoisie.

— Vous n'en doutez pas, monsieur… ?

— Midoulet, pour vous servir…

— Parfaitement. En ce cas obtempérez à mon invitation très sincère : Monsieur Midoulet, prenez donc la peine de vous asseoir. Peut-être votre conversation me fera-t-elle comprendre le but de mes actions.

— Vous ne comprenez pas ? Je note l'aveu et je me félicite de ma démarche.

L'agent s'installa sur une chaise, et gravement semblant s'appliquer à scander ses paroles, comme pour leur donner plus de poids :

— Si je ne m'abuse, vous ignorez la valeur réelle du vêtement dont vous avez bénévolement consenti à être le tiers porteur.

— Il a une valeur ?…

— Tragique monsieur.

— Tragique ? Vous plaisantez ?

— Hélas ! non. Ce haut-de-chausses moderne et ridicule contient peut-être, en germe, une guerre d'extermination.

— Que me dites-vous là ?

— Je dis et je répète : l'objet est tragique… tragiquement diplomatique.

Du coup, Tibérade se prit le crâne à deux mains, positivement ahuri, et par les vocables, et par l'accent de son interlocuteur :

— Diplomatique, gémit-il enfin. Alors le prétendu pari serait ?…

— Un aimable leurre, monsieur Tibérade.

— Vous ne seriez pas un agent de la partie adverse, comme on me l'a affirmé.

— Pardon, je représente bien une partie adverse.

— Pas dans un pari.

— Il n'y a pas pari, monsieur ; mais serment, juré par moi, Célestin Midoulet, de percer ce haut-de-chausses à jour.

— Que gagnerez-vous à y faire des trous ?

— Je parle au figuré… Ce pantalon contient un secret d'État.

Du coup, le jeune homme crut pouvoir souligner le mot d'un éclat de rire incrédule.

— Un secret d'État… Dans les Jambes, la ceinture ?

Mais la gravité de l'agent figea l'hilarité sur ses lèvres.

— Ne riez pas. Rien n'est plus sérieux, malheureusement.

— Alors, sérieusement, vous ne me faites pas poser ?

— Jamais de la vie !

— Votre discours n'est pas un *bateau*, une *colonne* comme nous disions à Paris, une *galéjade* de Marseille, un *humbug* de Londres ou de New-York ?

— Hélas ! non, sur l'honneur.

— Vous le regrettez ?

— par la raison que cet ajustement serait alors inoffensif. Tandis qu'à cette heure, s'il parvient à son destinataire, c'est la domination du Pacifique et de l'Océan Indien qui échappe peut-être à l'Europe pour passer au Japon.

— La domination du Pacifique, de l'Océan Indien… Jamais culotte ne contint une aussi grosse question.

Midoulet ne parut pas remarquée l'ironie. Il continua, les sourcils froncés :

— Qui est plus particulièrement menacé ? La France, l'Angleterre, une autre nation ? Je n'en sais rien ; mais je suis certain que toutes celles dont les intérêts rayonnent sur ces mers doivent trembler devant ce signal de drap gris fer.

— Ah ça ! vous parlez de ce couvre-tibias comme s'il devait déchaîner un Homère nouveau, une Iliade, une Odyssée modernes.

— Vous croyez plaisanter. C'est cela même cependant.

— De quelle façon ? En quoi ? Pourquoi ?

— J'ignore le détail. Ce que je puis vous apprendre, le voici.

Et se penchant vers son auditeur médusé, l'agent poursuivit en faisant sonner les syllabes :

— Le général Uko est un ambassadeur extraordinaire du Japon.

— Lui ?

— En personne.

— Et sa fille ?…

— Est au courant.

— Mais j'y songe, le pantalon d'un ambassadeur n'est pas forcément chargé de secrets d'État.

— Celui-ci l'est.

— Vous en avez la preuve.

— Il a été adressé à l'ambassade par le mikado lui-même.

— Singulier moyen de correspondance ?

— Le général doit le remettre à une personne qui lui sera désignée ultérieurement. Il ignore le sens de ce geste ; hein ! la ruse japonaise ! Le moyen d'assurer le secret en ne le confiant pas même à celui qui en est porteur ; mais je sais, moi, qui l'ai entendu, ce qui s'appelle entendu, que le résultat cherché est d'évincer l'Europe des océans extrême-orientaux.

Le ton de Midoulet était trop net pour laisser subsister un doute, en dépit de l'étrangeté de ses affirmations.

Marcel murmura :

— Alors, votre poursuite incessante ?…

— Est le devoir d'un agent des Renseignements, qui travaille pour la France, et qui considérerait comme une trahison de ne pas empêcher, par tous les moyens, la réalisation des projets du souverain astucieux de l'empire du Soleil-Levant !

Tibérade bondit sur ses pieds :

— Mais vous m'y faites penser, en acceptant de convoyer cet objet dangereux…

— En bien ?

— Je deviens moi-même traître à mon pays.

— Jusqu'ici vous ne l'étiez pas, prononça Midoulet d'un ton conciliant, mais à présent que vous êtes renseigné, le crime de haute trahison serait nettement caractérisé.

Dans un geste éloquent de ses bras levés, le jeune homme parut prendre le plafond à témoin de sa malchance !

— Ah ! voilà bien ma déveine accoutumée qui se manifeste.

— Si vous m'écoutez, vous n'aurez rien à redouter.

— Si, la misère qui se cramponne à moi, comme l'huître à son rocher : aussitôt qu'une chose agréable s'avise de poindre à mon horizon… patatras ! la guigne l'éteint. Je suis comme la princesse de la fable : mes roses se transmuent en vipères, mes diamants en cailloux.

— Vous exagérez.

— Vous trouvez, vous ? Écoutez et jugez ; je crois accomplir un beau voyage, avec la fortune au bout de mon rêve ? Vous paraissez… Que reste-t-il ?

— La satisfaction du devoir accompli.

— C'est de la viande de carême, cela ; excellente pour jeûner. Ne pensez pas que j'hésite. Seulement, je trouve l'aventure ruineuse.

— Le service des Renseignements sait récompenser…

— Ne parlez pas de ça. J'ai des scrupules, c'est inepte peut-être, mais c'est ainsi. Sans le sou je resterai, car je n'admettrais pas d'être payé pour n'avoir pas trahi.

Doucement, la porte d'Emmie s'était entre-bâillée. La frimousse mutine de la fillette se montra une seconde, juste assez pour que la mignonne eût le temps d'adresser du bout des doigts un baiser discret à son cousin. Évidemment, elle partageait sa manière de voir.

— Ce qui me semble acquis, fit-il, c'est que vous ne doutez plus de mes paroles ?

— Non, en effet…

— Voilà qui est bien répondu. Dès lors, nous agirons d'accord.

— Que prétendez-vous exprimer ainsi ?

— Procédons avec ordre, reprit l'agent sans répondre directement à la question. Le vêtement incriminé est enfermé dans votre valise…

— Laquelle est elle-même dans mon ex-cabine, à bord du *Shanghaï.*

— Très bien ! Or, vous avez télégraphié au capitaine de la déposer à Port-Saïd, à la tente des Messageries Maritimes.

— Vous le savez, s'exclama Tibérade avec stupeur.

— Cela tombe sous le sens ! Je vous ai rencontré tout à l'heure au télégraphe. Vous ne pouviez pas y être pour autre chose.

— C'est vrai, au fait.

— Eh bien, quand vous serez rentrée en possession du pantalon, remettez-le-moi !

— Il faut aller à Port-Saïd ?

— Je vous y accompagnerai.

— Et puis…

Marcel hésita une seconde, mais prenant son parti, il continua :

— Il y a autre chose.

— Ce vêtement ne m'appartient pas…

— Service de la République Française, commença l'agent d'un ton emphatique…

— Ta, ta, ta… Il n'y a pas de république qui tienne. Dans mes mains, ce vêtement est un dépôt. Je suis décidé à ne pas le conserver, mais je ne puis le rendre qu'à celui qui me l'a confié.

— Très bien, murmura Emmie, si légèrement que les causeurs ne l'entendirent point.

— Alors, vous refusez ? fit presque violemment Midoulet, surpris de la résistance imprévue de son interlocuteur.

Mais Tibérade ne s'émut pas le moins du monde de sa mauvaise humeur.

— Monsieur, prononça-t-il avec une dignité dont l'agent se sentit impressionné, conserver le pantalon serait une trahison ; mais le donner à un autre que mon commettant deviendrait une malhonnêteté. Ni traître, ni malhonnête, voilà ma devise. Donc, je vais à Port-Saïd. Je retire ma valise de la consigne, le pantalon de la valise et je la restitue au général Uko.

« Ceci fait, vous vous arrangerez tous deux comme vous l'entendrez. Je m'en lave les mains avec une pierre ponce... Pilate ; un point c'est tout.

À ces mots, Midoulet retrouva le sourire.

— Je n'en demande pas davantage, monsieur Marcel Tibérade ; et je serai heureux de signaler à mon service la façon délicate dont vous savez interpréter une obligation d'honneur.

Il salua courtoisement, gagna la porte, accompagné par le jeune homme, et sortit sur cette dernière phrase, politesse d'habitude qu'il prononça machinalement :

— Enchanté d'avoir fait votre connaissance.

À peine le battant était-il retombé, qu'Emmie faisait irruption dans la chambre de son cousin.

Et comme il la regardait, surpris de lui voir un air grave auquel la rieuse créature ne l'avait pas accoutumé, elle prononça :

— Marcel, je suis fière de toi ; tu es un homme.

— Parce que ?

— Parce que tu as trouvé la vraie solution.

Il plaisanta :

— Alors la petite souris approuve ?

— Complètement, fit-elle sans relever l'ironie enclose dans la question.

— Et elle ne regrettera pas le voyage en wagons de luxe, avec séjour dans les meilleurs hôtels ?

Elle secoua sa tête expressive.

— Ce n'est pas là ce que je regretterai ; toi non plus, du reste.

— Qu'est-ce donc ?

— Qui est-ce, devrais-tu dire ? Et je réponds : Sika.

Les deux syllabes sonnèrent dans le silence de la chambre, comme la modulation mélancolique d'une plainte. On eût cru qu'une âme de cristal pleurait.

Du moins, telle fut l'impression de Marcel, car il resta là, une pâleur subite épandue sur ses traits, les yeux troubles, et il répéta inconsciemment :

— Sika !

Le nom de douceur signifiait l'aveu au rêve ébauché.

— Oui, reprit Emmie, ne plus voir Sika, voilà le pire pour toi, mon pauvre Marcel. Enfin, en tout cas, il nous faut aller chercher le maudit pantalon en Égypte, et d'ici là… qui sait !

Tibérade tressaillit au ton dont ces deux monosyllabes du doute et de l'espérance furent prononcés.

Il voulut demander à sa jeune cousine quel sens s'abritait sous cette phrase suspendue.

Il n'en eut pas le loisir. On heurta à la porte et avant même qu'il eût répondu, le vantail s'ouvrit au large, livrant passage au général Uko.

— Vous, général, s'exclama Marcel, vous arrivez à point. J'ai justement à vous parler très sérieusement.

— Vous voudrez bien me laisser commencer, fit le Japonais en riant. Je viens tout exprès pour converser avec vous.

— Je vous écouterai donc.

— Eh bien, mon cher monsieur, j'ai trouvé ce que je cherchais. Nous pourrons quitter Brindisi à destination de Port-Saïd, sous trois jours.

— Trois jours ? tant mieux.

— Attendez donc ; je ne tenais pas à perdre de temps. Or, sur le port de commerce, j'ai découvert devinez quoi ?

— Pas de rébus, général, je vous en prie.

— Soit. Eh bien, je découvre un constructeur d'embarcations, ayant en garage cinq canots automobiles, qui viennent d'effectuer la traversée de la Méditerranée, de Tripoli à Brindisi.

— Des canots de haute mer ?

— Juste. J'ai fait prix aussitôt pour que l'un d'eux, le numéro 4, nous transporte à Port-Saïd.

— Bravo !

— Vérification, mise en état, rappel du mécanicien-chauffeur et du mousse composant l'équipage ; achat et arrimage de huit jours de provisions pour le moteur et pour les passagers, exigent le délai indiqué. Bref, nous embarquerons dans trois fois vingt-quatre heures… Environ pareil laps de traversée. Dans une semaine, nous, rejoindrons, à Port-Saïd, le vêtement, dont l'absence me rend le plus malheureux, le plus nerveux des hommes.

Avec une ironie pleine de reproches, Tibérade répondit doucement :

— Je le conçois.

Les mots n'étaient rien, mais l'accent dont ils avaient été énoncés inquiéta l'interlocuteur du jeune homme.

Il le considéra avec une curiosité ardente, et lentement :

— Qu'avez-vous donc ?

— J'ai… qu'à Port-Saïd, général, je vous restituerai l'objet que vous m'avez confié.

— Vous me res… ti… tuerez, répéta lentement le Japonais.

Ses regards noirs rivés sur Marcel augmentèrent le trouble de ce dernier, qui expliqua d'une voix hésitante :

— Ce qui vient d'arriver a modifié mes résolutions… Vous comprenez… ce pantalon qui s'évade… ; la responsabilité est trop grande… Votre fortune, votre existence en jeu… Je ne veux plus supporter le poids de semblables pensées.

— Mais j'ai confiance en vous, moi, se récria Uko.

— Je vous en suis reconnaissant, général ; mais, moi, je n'ai plus confiance.

Il y eut on silence. Les deux hommes s'examinaient. Le Japonais avait l'intuition que son compagnon ne lui dévoilait pas le fond de sa pensée.

Il se préparait à l'interroger. Une exclamation d'Emmie lui coupa la parole.

— Eurêka ! clamait la fillette.

— Qu'as-tu trouvé ? demanda Tibérade, heureux de la diversion.

Elle eut ce sourire énigmatique qui fleurit sur les lèvres de toute fille d'Eve, sur le point de voiler la vérité, ce sourire fugitif, que le génie fixa sur la toile non moins fugitive de la *Joconde*, et légèrement :

— Rien, cousin. Je pensais à mes leçons de physique ; à la quatrième, tu sais, l'anecdote d'Archimède. Étant au bain, c'est-à-dire à un moment où nul agent n'eût pu le poursuivre pour port illégal d'uniforme, ce savant découvrit qu'un corps plongé dans l'eau perd un poids égal à celui du volume d'eau déplacé. Et alors, dans sa joie, il oublia son costume, ou plutôt son absence de costume, et se prit à courir dans les rues de Syracuse en criant : « Eurêka ! Eurêka ! » Voilà pourquoi j'ai répété Eurêka après lui.

Le général marqua un geste d'impatience.

— Laissons Mlle Emmie rêver au… décolletage d'Archimède, et poursuivons notre conversation beaucoup plus utile.

Mais ce fut la fillette qui reprit la parole :

— Vous voulez que mon cousin vous dise qu'il est trop courageux pour fuir une responsabilité, si lourde soit-elle ?

— J'avoue que c'est à peu près cela, grommela l'interpellé.

— Et que du même coup, il reconnaisse que ce n'est pas pour ce motif qu'il désire renoncer à être le chaperon du vêtement voyageur.

— Emmie ! supplia Tibérade sentant que la petite allait tout apprendre à l'officier japonais.

Mais l'appel demeura sans résultat.

La fillette répéta, imitant son cousin :

— Emmie ! Eh bien quoi, Emmie ? Emmie a horreur des situations obscures, et elle allume l'électricité. Général, je tourne le commutateur… Vous avez deviné juste. Marcel a un motif grave pour vous restituer un vêtement… compromettant.

— Compromettant, glapit le général.

Elle arrêta net la récrimination :

— Ce que je dis ne saurait atteindre cet objet dans son honneur, ni vous dans le vôtre !

— C'est heureux !

— Tout à fait heureux, car je puis dès lors parler sans réticences. Marcel continuerait à se dévouer, s'il croyait travailler au gain d'un pari.

— Comment, s'il croyait, il me semble que ma parole…

— Est l'esclave du devoir diplomatique, général. J'ai appris cela dans la vie de M. le cardinal de Richelieu : « Un ambassadeur, dit cet homme d'État, doit tout sacrifier à la réussite de sa mission ; un faux serment qui coopère à ce résultat devient de ce fait une action louable. » Je suis certaine que vous pensez de cette façon.

— Qui vous fait supposer ? bredouilla l'officier désarçonné par le coup droit que lui portait la fillette, avec une opportune application des auteurs étudiés sous la direction de son cousin.

Elle répondit du tac au tac :

— Célestin Midoulet, du service des Renseignements de France, un homme qui accomplit son devoir et que nous avons pris pour un bandit.

— Ambrosini ?

— Oui… Vous comprenez, général, que mon cousin renonce ; car il se trouverait pris dans la pince d'un dilemme : Être traître à son pays, ou déloyal à votre égard.

Cette fois, Uko resta muet. Il baissa la tête, parut réfléchir, puis d'une voix sourde :

— Alors, nous nous quitterons à Port-Saïd ?

Une angoisse contracta le visage de Tibérade. Pourtant, il répliqua avec fermeté :

— Oui, ma valise reprise aux Messageries, le vêtement entre vos mains, je retournerai en France.

Sans discuter davantage, le Japonais approuva de la tête.

— Qu'il soit fait selon votre volonté.

D'un pas lent, il se dirigea vers la porte et sortit, laissant les deux cousins seuls, en face l'un de l'autre.

Alors Marcel se jeta sur une chaise et se cachant le visage dans ses mains, il gémit :

— Adieu le rêve !

Mais deux bras entourèrent son cou, la joue fraîche de sa petite cousine s'appuya contre sa joue, et la gamine prononça avec toute l'autorité d'un pédagogue :

— Il ne faut jamais dire adieu au rêve.

— Pourtant, il me semble…

— Il te semble mal, voilà tout.

Son assurance éveilla l'attention de son interlocuteur.

— Ah çà ! petite, qu'espères-tu donc ?

Il y eut sur le visage de la fillette comme une indécision rapide, mais ce fut si fugitif qu'aucun observateur n'eût osé affirmer la réalité de l'impression.

— J'espère, j'espère, fit-elle... Est-ce que je sais ? Rien de précis. Seulement, quand une jeune Sika vient tout exprès du Japon à Paris, pour ligoter de ses cheveux blonds le cœur d'un honnête garçon comme toi... Eh bien... là... Eh bien, il n'est pas possible que cela ne finisse pas par un mariage.

— Tais-toi, tais-toi. C'est de la folie. La riche héritière, la fille d'un ambassadeur, épouser le pauvre hère que je suis ; c'est fou !

— Ce que tu racontes est fou, la fortune, l'ambassadeur, qu'est-ce que cela fait ?

Il secoua tristement la tête :

— Ah ! petite souris, comme on voit que tu as seulement quatorze ans.

— Ah ! ça se voit tant que ça. Eh bien, moi, je vois que tu raisonnes comme un vieux bonze ; vieux, vieux, comme les carpes de Fontainebleau.

La boutade le fit sourire.

— Si vieux que les carpes ?

— Oui, monsieur mon cousin. Car si vous étiez jeune, ainsi que je vous croyais encore tout à l'heure, vous vous diriez ceci : Pour se marier, il faut être deux ; deux qui se plaisent. Or, pour moi, il n'y a pas de doute ; Mlle Sika me plaît infiniment. Reste donc à savoir si elle me rencontre avec plaisir.

— Voilà le hic, soupira Tibérade dont le sourire s'effaça.

Mais vite, la fillette reprit :

— Tu es dans ton rôle d'homme modeste. Tu ne saurais répondre à la question.

— Alors ?

— Alors, je répondrai pour toi.

— Et tu diras ?

— Ah ! ah ! plaisanta la petite, ceci vous intéresse, monsieur mon cousin ; je suis sûre qu'à cette heure j'avance en âge ; j'ai plus de quatorze ans, n'est-ce pas ?

— Tu as surtout la manie des parenthèses. Je te ramène dans la voie. Que diras-tu ?

— Je suis bonne fille, je ne te ferai pas *droguer* davantage, je dirai donc…

La phrase commencée demeura suspendue.

Des coups timides venaient d'être frappés à la porte de la chambre voisine, réservée à Emmie.

— On frappe chez moi, dit-elle, je vais voir. Ne t'impatiente pas, je viens.

Elle avait disparu par la porte de communication, laissée entr'ouverte lors de son arrivée. Machinalement, Tibérade prêta l'oreille. Il entendit les pas légers de la fillette traversant la chambre, le claquement de la serrure, le glissement du battant tournant sur ses gonds.

Et soudain son cœur cessa de battre, un nuage s'épandit sur ses yeux. La voix assourdie d'Emmie arrivait à son oreille, et cette voix disait :

— Mademoiselle Sika ! Vous ?

Un chuchotement non perceptible suivit et de nouveau l'organe cristallin de la fillette :

— Vous avez pleuré. Si, si. À quoi bon le nier, vos yeux sont rouges…

Nouveau chuchotement auquel la petite répliqua :

— Vous pensez ! J'ai pleuré dans ma vie ; pas souvent ; je crois que les pauvres sont pauvres de larmes comme d'argent ; mais enfin je sais ce que je dis, et vous avez bien tort d'essayer des cachotteries inutiles. Du reste, si vous êtes venue à moi, c'était pour me raconter quelque chose.

Cette voix, la voix de Sika s'éleva un peu, et Tibérade perçut ces mots :

— Mon père m'a dit qu'à Port-Saïd…

— Nous nous séparerions ?

— Oui.

— Eh bien, mademoiselle Sika, cela m'aurait fait pleurer comme vous, si je n'étais persuadée que la séparation n'aura pas lieu.

— Vrai !

Il n'y avait pas à se méprendre sur le sentiment joyeux qui pétillait dans ce monosyllabe.

Mais Tibérade frissonna de tout son être. Sa cousine reprenait :

— Vous avouez donc. C'est pour cela que vous aviez gros cœur.

Un court silence, et Sika répliqua :

— Je vous aime beaucoup, Emmie. Vous êtes si gentille ; et puis hier, votre courage, venir chez des bandits. À ce moment-là, vous ne saviez pas que…

— Mon cousin aussi a accompagné votre père.

— Oui, mais la bravoure est plus naturelle chez un homme…

— Alors, vous ne lui avez aucune gratitude ?

— Mais si, mais si, s'écria la jeune fille qui s'arrêta net et devint écarlate.

Tibérade l'écoutait toujours, sa vie lui semblant suspendue à ces répliques qui s'échangeaient dans la pièce voisine.

Un bruit de baisers, un murmure de rires étouffés, buis le son de la porte refermée. Presque aussitôt, Emmie reparut.

Elle vint à son cousin et avec une gravité comique :

— Quand J'ai été dérangée par une visite… blonde, j'étais sur le point de te dire…

— Oui, oui, petite souris, tu allais prononcer des paroles…

— Inoubliables, acheva-t-elle gaiement. À présent, j'espère que tu m'en dispenseras.

— Pourquoi ?

— Parce que la voix de Sika est plus jolie que la mienne, et que jamais je n'aurais osé être aussi affirmative qu'elle.

— Comment, affirmative ?

— Dame, pleurer à l'idée de ne plus nous voir.

— Petite masque. C'était toi qu'elle regrettait. Elle l'a dit assez clairement.

— Donc, ce n'est pas vrai.

— Pas vrai ?

— Naturellement ; une jeune fille ne peut pas s'écrier : Je pleure le départ de M. Marcel. Alors, c'est moi qu'elle charge de tous ses regrets.

— une supposition.

— Une certitude, cousin.

Et d'un ton doctoral véritablement réjouissant, la fillette ajouta :

— Je n'ai que quatorze ans, comme tu dis ; seulement, je comprends la psychologie féminine mieux que toi.

Elle leva son index fuselé en l'air pour achever :

— Toi-même devrais te souvenir de cette phrase du peu galant philosophe Shopenhauer que tu m'as fait étudier de façon générale.

« La femme, par une fausse croyance, une délicatesse morbide, se complaît seulement à côté de la vérité. »

Ou encore celle-ci du si ennuyeux Nietzsche :

« Avouer du geste, du regard, de l'attitude, et nier en même temps par la parole, constitue l'antinomie caractéristique de l'entité féminine. »

Laissant là son cousin, stupéfié par ce déluge de citations, qui démontraient à tout le moins qu'Emmie avait bien profité de ses leçons, celle-ci se dirigea vers la porte à cloche-pied, l'ouvrit et s'inclinant cérémonieusement :

— Si monsieur mon cousin veut me conduire à la promenade, j'en serai charmée.

Il obéit à l'appel, souriant à la fillette, qui déjà descendait l'escalier. Il eût été ahuri de ce qui se passait dans la jeune cervelle de sa cousine, s'il avait pu l'entendre murmurer, avec la conviction d'une aïeule s'occupant du bonheur de ses petits-enfants :

— Ces pauvres petits, on ne les séparera pas... Si Marcel remet l'odieux pantalon au général, tout est rompu. Il ne faut donc pas qu'il puisse le lui rendre.

Elle secoua la tête avec énergie ayant de conclure :

— Et il ne le lui rendra pas !

CHAPITRE VIII
IDYLLE ENTRE DEUX TRAVESTIS

— J'ai parcouru tout le navire.

— Moi aussi.

— Et personne, personne ?

Ainsi la pseudo-Véronique et mistress Honeymoon, toujours sous l'apparence d'un jeune touriste, s'abordaient à cet instant même, sur le pont du *Shanghaï*.

La veille au soir, la gracieuse Anglaise avait été souffrante, et Pierre, usant des facilités que lui donnait son déguisement de fille de chambre, n'avait voulu laisser à personne le souci de soigner la malade.

Mistress Honeymoon, encore qu'elle dissimulât ses sentiments, avait paru fort touchée des attentions de son compagnon de voyage. Elle tenta même une expérience qui réussît pleinement.

Pas une parole d'elle ne rappela à Pierre que les Japonais devaient rentrer à bord le soir même, que la jeune servante aurait pour devoir strict de se mettre à leur disposition.

Et le jeune homme oublia totalement ses « patrons ». Neuf heures sonnèrent, le steamer se mit en marche, le frémissement de l'arbre de couche indiqua que l'hélice se vissait dans l'élément liquide avec une vitesse croissante. Pierre ne s'en émut pas une seconde, tout entier accaparé par la confection d'une boisson chaude pour la dolente et enchantée Anglaise.

Bref, la jolie malade s'endormit vers onze heures, sous l'œil vigilant de la pseudo-cameriste, assise au pied de la couchette de la cabine.

Elle entra de suite dans un doux rêve, sans doute, car son visage marqua un sourire heureux. Ceci, accompagné d'une respiration régulière, dénotant le repos paisible, rendit à Pierre la faculté de penser aux réalités de la vie.

Il se souvint de l'emploi que les circonstances l'avaient obligé de prendre ; du même coup, l'image des Japonais se présenta à son esprit. En toute équité, il jugea qu'il était tenu de s'enquérir d'eux, pour la vraisemblance de sa situation.

Aussi, à pas *feutrés*, comme disent les Extrêmes-Orientaux, il quitta la cabine de mistress Honeymoon et se dirigea vers celles qu'occupaient le général Uko et sa fille Sika.

Aux portes closes, il appuya l'oreille. Aucun bruit ne lui parvint naturellement, puisque les propriétaires des chambres rentraient à cette heure a l'hôtel Cavour, sur la terre italienne.

Mais, ignorant ce détail important, Pierre conclut que les Japonais dormaient profondément. Tranquille de ce côté comme de celui de mistress Honeymoon, il regagna la cabine de seconde, à lui réservée, et se coucha en murmurant :

— C'est un ange !

De qui parlait-il, et comment cette évocation d'un génie ailé hanta-t-elle sa nuit ? Il n'est pas besoin de la clef des songes pour le deviner et juger que l'âme du voyageur involontaire ne jouissait plus du calme, que Pierre avait cru trouver dans le service du Mirific-Hôtel.

Le brave garçon, sous le coup des poursuites de la justice française, pour des crimes et délits qu'il n'avait pas commis, possédait une conscience si pure, qu'il ne retrouva le sentiment de la réalité des choses que vers dix heures du matin.

— Sapristi ! gémit-il après un regard à sa montre, la cameriste Véronique va certainement être grondée.

Il se vêtit aussi vite que possible, assura sa perruque, son tablier, et se précipita vers les cabines de ses maîtres.

Là, une surprise l'attendait :

Les portes closes ne s'ouvrirent point sous ses coups discrets.

Il frappa plus fort sans meilleur résultat. Pris d'une vague inquiétude, il tira de sa poche les clefs, qui lui avaient été remises, afin qu'il pût faire le ménage du logis nautique des Japonais.

Il entra et demeura bouche bée.

L'état des couchettes indiquait qu'elles n'avaient pas été occupées la nuit précédente. Ah çà ! Uko et sa fille ne s'étaient donc point enfermés dans leurs cabines respectives ?

Que signifiait pareille irrégularité ?

Dans l'impossibilité de répondre à la question, Pierre courut chez mistress Honeymoon.

Celle-ci, à qui le repos avait rendu ses fraîches couleurs, sursauta aux premiers mots de la fausse Véronique.

Elle lui intima l'ordre de se mettre à la recherche des disparus. Elle-même prendrait à peine le temps de se vêtir, et se livrerait à une perquisition semblable.

À onze heures, tous deux se retrouvaient sur le pont et se renvoyaient les répliques stupéfaites et désolées.

— Personne ?

— Personne.

La jolie mistress britannique ajouta aussitôt :

— Cela n'a rien de surprenant, car les canots ne les ont pas ramenés à bord hier soir.

— Pas ramenés, gémit Pierre ; voulez-vous dire qu'ils ont manqué le départ ?

— Je ne dis pas autre chose.

— Alors, ils sont restés à Brindisi.

— Cela m'apparaît certain. Au surplus, nous allons nous en assurer auprès du commandant.

— Idée géniale, s'écria le jeune homme en s'élançant vers la passerelle.

Mais la main mignonne de son interlocutrice s'appuya sur son bras, brisant son élan.

— Vous m'arrêtez ?

— Eh oui ! Afin de convenir ce que vous confierez à l'estimable officier.

— Ce que... Je porterai donc la parole ?

— Vous seule êtes qualifiée. Une femme de chambre s'inquiète de la disparition de ses maîtres. Quoi de plus naturel ?

Pierre répondit avec conviction :

— Rien, vous avez raison. J'y vais.

Elle le retint encore.

— Attendez.

— Quoi encore ?

— Mes instructions.

Et avec un délicieux sourire qui découvrit ses petites dents blanches, mistress Honeymoon reprit :

— Vous êtes, ne l'oubliez pas, à mon service, autant au moins qu'à celui de Mlle Sika.

— Bien davantage, déclara le jeune homme avec feu.

— Je n'en demande pas tant.

— Mais moi, j'offre cela. Mon service est volontaire auprès de vous, tandis qu'auprès d'elle, il est obligé.

Il avait mis un sentiment inexplicable dans cette explication. Il se tut subitement, un trouble se manifestant sur ses traits ; sa compagne, elle, avait rougi légèrement ; ses paupières papillotaient, et sa respiration précipitée trahissait les battements plus pressés d'un cœur palpitant.

Sa voix s'assourdit pour dire :

— Je vous remercie de vos bonnes paroles… Voici donc mes instructions.

Et reprenant le calme souriant qui lui était habituel, elle continua :

— Vous irez trouver le commandant.

— J'irai.

— Vous lui exposerez la situation, vos maîtres n'ayant pas reparu à bord, pour une raison que vous ignorez.

— Jusqu'à présent, je n'affirmerai là que des vérités incontestables.

Mistress Honeymoon fronça ses jolis sourcils.

— Vous ne pensez pas que je voudrais vous inciter au mensonge, n'est-ce pas ? Puis, vous rappellerez que Port-Saïd était le but du voyage, et vous demanderez à débarquer en ce point… avec les bagages de M. et de Mlle Uko.

— Tout cela, murmura la jeune Véronique, ne souffrira, je crois, aucune difficulté.

Elle lui imposa silence du geste :

— Attendez.

— À vos ordres !

— De même que vos maîtres, leurs nouveaux amis : ce M. Tibérade et cette jeune fille que l'on nomme Emmie manquent à l'appel.

— Ah oui ! c'est vrai. Eux aussi ?

— J'ai consulté le livre des passagers. Ainsi que les Japonais, ils se rendaient à Port-Saïd.

— Vous êtes certaine, mistress ?

— Totalement, monsieur Pierre. Aussi pourriez-vous vous charger de leurs valises en même temps.

Ceci sera mis sur le compte de votre complaisance.

La pseudo-camériste inclina la tête en signe d'obéissance.

— Il sera fait ponctuellement comme vous avez décidé.

Déjà il s'éloignait. La gentille Anglaise le rappela une dernière fois :

— Vous n'êtes donc pas curieux, monsieur Pierre ?

Et lui, l'interrogeant du regard, du geste, demandant :

— À quel propos me dites-vous ceci ?

— Vous ne me questionnez pas sur les raisons des ordres…

— Que vous me donnez, acheva-t-il vivement. Les raisons me sont indifférentes. Je ne vois qu'une chose digne de mon attention. Il vous plaît qu'il en soit ainsi. Agir comme il vous plaît me parait la meilleure raison possible.

De nouveau, ils gardèrent le silence, pris d'un trouble qu'ils ne s'expliquaient pas.

Mistress Honeymoon prononça enfin d'une voix indistincte :

— Je veux vous expliquer…

Il eut un geste d'énergique dénégation.

— Inutile.

— Si, si, insista-t-elle. J'y tiens absolument. Vous ne me refuserez pas de vous accorder une marque de confiance. Cela aussi me plaît.

— Oh ! à moi aussi en ce cas.

— Bien. Alors, prêtez-moi votre attention.

Pourquoi l'organe cristallin de la mignonne lady accusait-il un tremblement léger, comme si les battements précipités de son cœur se fussent répercutés sur ses cordes vocales ? Mystère des trémolos ! Le certain est que son accent n'était rien moins qu'assuré. Elle poursuivit :

— Je me trouvai orpheline et dénuée de toute ressource, à dix-huit ans, avec une de ces solides instructions qui mènent à tout dans le monde, mais sont absolument inutiles dans la lutte pour gagner sa vie. Le désespoir planait sur moi, et je ne sais ce qui serait advenu de mon personnage, si le commodore Honeymoon ne s'était rencontré sur mon chemin.

— Le commodore, votre mari ? balbutia le jeune homme soudainement ému.

Elle inclina la tête :

— Oui. Un brave officier de marine, chargé de soixante ans et de pareil nombre de mille livres de rentes. Il vint à moi et me dit : « Mon enfant vous êtes pauvre, seule au monde. Je ne puis vous ouvrir ma maison que comme à mon épouse. Soyez ma femme. Vous aurez en moi un père. Ainsi je pourrai vous laisser ma fortune quand la mort me conviera au grand voyage. J'espère ne pas vous faire attendre trop longtemps. »

— Brave homme ! prononça Pierre, sans avoir conscience de parler à haute voix.

— Oui, un brave homme, répéta la charmante femme d'un ton pénétré. Il fut pour moi le père le plus tendre, et deux ans après, il décédait de la fièvre jaune durant une croisière sur les côtes brésiliennes.

Et avec une sorte de recueillement :

— Il avait tenu sa promesse, cette promesse que je n'avais jamais prise au sérieux. Il avait cherché la mort en soignant lui-même des malades atteints du terrible fléau, et cela alors que rien dans sa situation ne l'y obligeait.

— Vous supposez qu'il avait voulu vous rendre votre liberté ?

— Tous les renseignements que j'ai recueillis le prouvent. J'ai conservé un culte pour sa mémoire, et comme il aimait passionnément l'Angleterre, j'ai voulu la servir, en souvenir de lui. Voilà pourquoi je suis une espionne du Royaume-Uni, lancée sur la trace d'un document diplomatique.

Pierre demeurait silencieux. Il avait échappé à l'espion français pour passer au service de cette jeune femme, qui s'intitulait espionne britannique.

Avec une timidité subite, elle balbutia :

— Vous me mépriserez peut-être...

Il ne la laissa pas achever :

— Moi ! Jamais de la vie. Je vous remercie de cette confidence.

J'étais votre esclave sans rien savoir de vous. Je continuerai en le sachant.

— Sans regret ?

— Bien sûr que je n'aurai pas de regret. Le moyen d'en sentir quand on est heureux, oh ! tout à fait heureux de son sort.

Instinctivement leurs mains se cherchèrent, et doucement Pierre reprit :

— Je vais parler au commandant.

Vingt minutes plus tard, il revenait. L'officier avait consenti à déposer la pseudo-Véronique, à Port-Saïd, avec les bagages des quatre passagers manquants.

Et mistress Honeymoon expliquait à son… associé l'importance probable du secret caché vraisemblablement dans la doublure du vêtement du mikado, secret qu'elle se flattait de percer, dans l'hôtel de Port-Saïd, où elle descendrait en compagnie de Pierre.

CHAPITRE IX
UN MATCH INVOLONTAIRE MARITIME ET TERRESTRE

Trois jours ont passé. Sur le quai del Commercio, à Brindisi, le général et ses amis vont embarquer. Ils se sont arrêtés près d'un escalier taillé dans le « molo » (le môle), au bas duquel se balance un long canot automobile.

À l'avant, le mousse, à la physionomie malicieuse, est debout, pour aider les passagers à prendre pied dans l'embarcation.

Auprès des voyageurs, un gaillard très brun, râblé, exubérant, parle sans cesse.

C'est le constructeur, auquel Uko a loué le bateau, et qui a tenu à venir en personne assister au départ.

Il parle sans arrêt faisant demandes et réponses.

— Vous vous rendez compte, Excellence général, que tout est paré… Le mécanicien Tomaso, un praticien réputé, je l'affirme par tous les saints del Paradiso, est à la machine ; le mousse Picciolo, vous le voyez là sous vos yeux. Quant aux vivres et essence… huit jours assurés. J'ai tenu à surveiller moi-même l'arrimage.

— Alors embarquons, prononça Emmie, qui, en petite Parisienne impatiente, s'énervait visiblement du bavardage de l'Italien.

Mais celui-ci retint encore le général.

— Dans la cabine, vous trouverez couvertures, oreillers, et cæte-ra. J'ai voulu assurer toute satisfaction à Votre Excellence, tout le confort moderne, ainsi que disent les milords anglais.

Pourtant Uko réussit à se débarrasser du personnage ; Sika sauta légèrement dans le canot, suivie par Emmie, Marcel et enfin par son père.

— En avant, commanda, dès que le mousse Picciolo eut repris sa place au gouvernail, le général qui craignait évidemment quelque supplément de conversation du disert constructeur d'embarcations.

Et tandis que la chaloupe se mettait en marche, avec le ronronnement rythmé du moteur, ledit constructeur, sans rancune pour la façon un peu cavalière dont ses clients se séparaient de lui, leur criait en agitant un superbe mouchoir, grand comme une voile de misaine et historié d'écussons, de vues du pays :

— Bon voyage ! Traversée dolcissima à vos seigneuries. À la faveur de vous revoir à Brindisi et de faire de nouvelles affaires avec vous.

Heureusement, l'hélice tourne avec une vitesse uniformément accélérée ; le bouillonnement de l'eau à l'arrière augmente. Le petit navire file entre les bateaux amarrés dans le bassin, rase les tartanes aux voiles triangulaires, se glisse entre les feux marquant l'entrée du port.

On est en mer ; on pousse au large, laissant en arrière de la côte, dont les découpures s'atténuent en un brouillard imprécis teinté de mauve.

Les jeunes filles, Emmie surtout qui voyageait, on le sait, pour la première fois, regardaient, intéressées par les barques de pêche que l'on croisait à chaque instant.

Soudain, la fillette désigna un point lointain à peine perceptible, et s'écria :

— Qu'est-ce que cela ?

D'un mouvement précipité, elle porta à ses yeux la jumelle marine de sa compagne, regarda un instant et reprit :

— Mais c'est un canot. Pas de voiles, pas d'avirons. Ah ça ! ce serait donc un automobile comme le nôtre ?

Tibérade et le Japonais, intrigués par les exclamations de la fillette, observèrent à leur tour l'embarcation signalée.

Seulement cet examen leur procura une surprise qu'ils traduisirent par ces répliques quelque peu inquiètes :

— Monsieur Tibérade.

— Général ?

— Ai-je la berlue ? Il me semble que ce canot suit rigoureusement le même chemin que le nôtre.

— Oh ! au sortir d'un port, c'est chose normale. Tous les bateaux circulent sensiblement suivant une même ligne.

— Vous avez sans doute raison, attendons pour nous faire une opinion.

À dater de ce moment, les lorgnettes ne quittèrent plus l'embarcation suspecte, et au bout d'une demi-heure, il fallut bien constater que sa route se confondait d'étonnante façon, avec celle du n° 4 que les voyageurs occupaient.

— Par les dix mille bouddhas bienfaisants, gronda le Japonais, ce canot a l'air de nous chasser à vue.

Comme Marcel hochait la tête d'un air de doute, l'officier grommela :

— Nous allons bien le voir.

Sur ces mots, il rejoignit le mousse Picciolo, qui, tout à son gouvernail, ne paraissait pas avoir remarqué l'incident.

— Changez de direction, lui dit-il ; je veux m'assurer des intentions d'un bateau dont les manœuvres m'inquiètent.

Picciolo donna un coup de barre à bâbord, mais l'abattée du n° 4 s'était à peine indiquée, que l'embarcation inquiétante exécutait à son tour le même mouvement

— Cette fois, pas de doute, reconnut Tibérade ; on nous poursuit.

— Droit sur ce canot, ordonna le général d'une voix rageuse.

Sous l'impulsion du mousse, le n° 4 vira de bord.

Aussitôt le canot mystérieux tourna sur lui-même et prit chasse, maintenant imperturbablement la distance qui séparait les deux esquifs.

Ceci devenait vraiment trop fort

Marcel, Sika, Emmie applaudirent le Japonais lorsque s'adressant au mécanicien Tomaso, il clama :

— Forcez de vitesse.

Mais sans doute l'autre bateau força également, car le n° 4, dont la membrure tremblait sous la rotation accélérée de l'arbre de l'hélice, le poursuivit durant vingt minutes sans le gagner d'une brasse.

Chez tous, l'impuissance à joindre le fuyard se traduisait par une irritation grandissante, la belle indifférence des subalternes, déclara :

— Il est bien inutile de continuer, nous perdons notre temps à vouloir rattraper ce gaillard-là.

— Vous croyez. Nous ne pouvons donc marcher plus vite ?

— Eh non, signor ; et le canot là-bas le pourrait, lui !

La déclaration de Tomaso stupéfia ses auditeurs.

— Ah çà ! vous le connaissez donc ? gronda le général, traduisant la pensée de tous.

— Bien sûr… Il était du raid Tripoli-Brindisi, comme celui-ci.

— Hein ? Du raid également ?

— Comme vous dites. C'est le n° 2. Si j'avais été au chantier quand vous avez loué, c'est lui que je vous aurais conseillé de choisir. Il tient la mer mieux que les autres, et a une supériorité de marche indiscutable.

— Mais pourquoi nous suit-il ?

— Ça, je n'en sais rien. Seulement, quand le client qui le monte, a fait sa location, il devait avoir son idée ; car il a essayé toutes les embarcations, et a jeté son dévolu sur le n° 2, le plus véloce, a-t-il dit.

Les voyageurs s'entre-regardèrent avec inquiétude.

Dans l'esprit de chacun, l'image de leur persécuteur Midoulet s'était dessinée.

— Quel aspect a ce « client » ? murmura enfin le général.

— C'est un bonhomme de haute taille, imberbe, les yeux bleu d'acier, la face maigre.

— C'est lui ! s'écrièrent les passagers d'une seule voix.

Et se tournant vers le mousse Picciolo, Uko, convaincu de l'impossibilité de distancer son adversaire, commanda :

— Reprends notre direction première, petit.

Puis s'adressant à ses compagnons :

— Tant qu'il nous verra, il ne faut pas songer à lui brûler la politesse.

— Alors ?

— Alors, je compte sur la nuit, qui nous sera une alliée propice,

— Sur la nuit ? Quel avantage nous donnera-t-elle ?

— Celui de changer de route, sans qu'il soit à même de s'en apercevoir. À l'aube, quand la lumière reparaîtra, nous serons hors de vue.

— Bravo ! Voilà ce qu'on peut appeler une idée !

L'approbation, jaillie des lèvres d'Emmie, de cette gamine de Paris si prime-sautière, dérida ses compagnons. Tous oublièrent leur méchante humeur.

Évidemment, il convenait de ne plus s'occuper du canot 2, tant que la lumière se ferait la complice de l'agent.

Les ténèbres venues, rien de plus simple que de lui fausser compagnie.

À lui, l'appui du soleil : à eux, le secours de la nuit favorable aux fugitifs.

Bref, l'espoir du succès mit tout le monde en joie, et certes, si le dicton populaire correspond à une réalité, les oreilles de l'agent durent tinter, car les plaisanteries à son adresse ne furent pas épargnées.

Le jour s'écoula, le crépuscule sema sur la mer sa cendre grise qui, se fonçant peu à peu, se transforma en nuit opaque.

On avait interdit à Picciolo d'allumer le feu de position.

Sans doute, on risquait ainsi d'être abordé par une autre barque ; mais il importait, avant tout, d'éviter quoi que ce soit qui eût pu renseigner l'agent sur la direction suivie par le canot fugitif.

Donc, la nuit complète enveloppait le n° 4 ainsi qu'une cloche d'ombre. Le moment d'agir était venu.

— Barre à tribord, commanda le général.

Vivement, le mousse exécuta l'ordre donné ; le canot, abandonnant la route de l'Est, pointa son avant vers la côte africaine de Tripoli, dont les plages sablonneuses arrêtaient le flot à six cents kilomètres dans le sud.

Une acclamation salua le virage, mais elle s'acheva en un murmure désappointé.

Une soudaine clarté s'était allumée au loin ; un rayon lumineux s'en détachait, courant à la surface des eaux, tel un bras géant tendu à la recherche d'une proie.

— Au diable, gémit Tibérade, il possède un projecteur. Il a donc tout prévu, ce satané agent.

En dépit de l'exclamation, il faut bien avouer qu'au fond, le jeune homme n'éprouvait qu'une contrariété mitigée. Après tout, il s'agissait d'empêcher une trahison dirigée, peut-être, contre une autre nation d'Europe.

Le rayon d'ailleurs, dans sa course circulaire, avait rencontré le canot n° 4, et désormais, il l'accompagnait avec une obstination agaçante.

Le bateau le plus rapide n'eût pas été capable de lutter contre cet adversaire lumineux, la lumière parcourant quatre-vingt mille lieues par seconde. Personne n'y songea d'ailleurs.

D'un ton découragé, Uko bégaya :

— Remettez le cap à l'Est. Il n'y a rien à faire contre cela.

Désormais, il fallait se résigner. Le canot automobile 2 resterait dans le sillage du n° 4, autant qu'il lut plairait.

Et la nuit s'écoula. Le soleil reparut, décrivit son orbe circulaire d'un horizon à l'autre. Les ténèbres s'épandirent de nouveau sur la mer. Toujours le canot poursuivant signalait sa présence, tantôt point noir mobile à la surface des houles bleues de la Méditerranée, tantôt foyer lumineux glissant au sommet des vagues, ainsi qu'un œil rivé sur les fugitifs. La légende de Caïn, poursuivi par le regard vengeur, devenait une réalité.

La soixantième heure de navigation sonnait. Silencieux, énervés par le sentiment de la lutte impossible, les deux Japonais, leurs compagnons français considéraient distraitement les rivages découpés de la grande île de Crète, dont les montagnes tourmentées se découpaient sur l'horizon méridional, à moins de deux milles.

À voix basse, Tibérade esquissait pour Emmie un résumé rapide de l'histoire de cette terre héroïque, grecque de tendresse, turque par la force, maintenue dans une situation hybride, par l'incessante rivalité des grandes nations européennes.

Soudain, une légère explosion se produisit ! Le moteur cessa de faire entendre son ronflement caractéristique, et l'hélice, qui se tordait naguère sous les eaux, s'immobilisa. Le canot continua un instant à courir sur son erre, puis stoppa bientôt, demeura sur place, mollement balancé au gré des flots.

— Un cylindre brûlé ! cria le mécanicien Tomaso après une rapide vérification.

Tous firent la grimace. Seule Emmie s'esclaffa :

— Alors, c'est la fâcheuse panne. Midoulet va être obligé de stationner aussi, à moins qu'il ne vienne nous prendre à la remorque.

Elle se tut. Le mécanicien disait :

— La réparation est trop compliquée pour être effectuée en pleine mer. Gagnons le port de La Canée, qui heureusement n'est pas très éloigné. J'établis une voile de fortune, grâce à laquelle on arrivera tout de même.

Ceci dit, sans s'inquiéter du général ni de ses compagnons, dont le mécontentement se traduisait par des gestes, des exclamations véritablement peu tendres pour le destin persécuteur, Tomaso, aidé par Picciolo, dressa la voile, et lentement poussé par un vent du nord-ouest, le canot se rapprocha de la côte.

Qu'eussent dit les voyageurs s'ils avaient su que cette avarie de machine avait été voulue par Midoulet, concertée par lui avec leur mécanicien.

Tout en effectuant la location du canot automobile de haute mer n° 2, l'agent avait acheté la conscience de Tomaso. Quelques *lires* (francs) aidant, la panne, qui arrêtait le canot n° 4 en vue de La Canée, avait été virtuellement décidée à Brindisi.

Lentement, l'embarcation se glissa entre les jetées du port crétois, pénétra dans l'un des bassins et vint accoster à quai.

— Combien de temps devrons-nous rester ici ? demanda l'officier au mécanicien, qui se livrait à une inspection plus minutieuse de son moteur.

D'un accent innocent, l'interpellé répliqua :

— Je ne pourrais vous fixer de suite, Excellence général ; quelques heures ou quelques jours, cela dépendra des moyens dont je vais disposer ici.

L'agacement du Japonais prit des proportions si inquiétantes que Tibérade proposa :

— Général, je vous en prie, distrayez-vous. Allez parcourir la ville avec Mlle Sika.

— Et notre homme, non surveillé, ne fera rien pendant ce temps.

— Je resterai pour veiller à cela.

— Avec moi, déclara gravement Emmie. Si cet Italien trompe nos quatre-z-yeux, je renonce à voyager !

Comme toujours, la gaieté de la fillette réagit sur ses interlocuteurs, si bien que l'officier japonais, après avoir résisté un instant, consentit à céder aux instances des Parisiens.

Au demeurant, il sentait lui-même la nécessité de chercher dans la distraction un dérivatif à son irritation.

Il s'éloignait déjà avec Sika, quand un appel de Marcel les fit se retourner brusquement.

— Le canot n° 2 !

La main du jeune, homme, tendue vers rentrée du bassin, expliquait les paroles.

L'embarcation de Midoulet, trop reconnaissable, hélas ! pour ceux que sa poursuite tracassait depuis tant d'heures, pénétrait entre les jetées, se dirigeant vers le n° 4, avec l'intention évidente de prendre l'amarrage dans son voisinage immédiat.

— Il fallait bien s'y attendre ! rugit le général en serrant les poings.

Puis, obéissant à une impulsion irraisonnée, il saisit sa fille par le poignet et l'entraîna vers une des ruelles, conduisant du port au centre de la cité, juste au moment où l'agent du service des Renseignements sautait sur le quai.

Midoulet éclata de rire. Il eut un salut amical de la main à l'adresse de Tibérade, puis désignant les Japonais qui s'éloignaient précipitamment, il s'élança à leur poursuite.

— Il se donne une peine inutile, fit doucement Emmie. Nos amis se promènent sans arrière-pensée.

— Bah ! laissons-le faire et occupons-nous de mettre notre Tomaso en mouvement.

Un instant plus tard, le mécanicien Tomaso s'était abouché avec celui du canot 2, qu'il connaissait comme employé de la même administration, et ce dernier ayant affirmé qu'il existait une maison, où l'on trouverait toutes les pièces nécessaires à la réparation du moteur, les deux hommes gagnèrent la ville, laissant Tibérade et sa cousine à la garde des embarcations.

Ceux-ci déambulèrent de long en large sur le quai ; on sait que l'attente ambulatoire parait moins pénible que l'immobilité. Pourquoi est-ce ainsi ? Les philosophes l'expliqueront peut-être un jour. Cela est, voilà le fait certain.

Parfois, ils s'arrêtaient au bord du quai, cherchant à fixer leur attention sur les barques, les bateaux de pêche, les canots des navires de guerre, des croiseurs ancrés sur rade ; ces croiseurs dont l'Europe se charge de maintenir le *statu quo* en Crète.

Ils se trouvaient ainsi, plantés tels des dieux termes, en face du bateau de l'agent, quand une voix résonna à leurs oreilles :

— Monsieur Midoulet ? disait-elle.

D'un mouvement ils firent face à celui qui venait de parler et reconnurent un télégraphiste de la Société anglaise des Câbles de la Méditerranée...

Marcel ouvrait la bouche pour affirmer l'absence de l'agent, mais plus prompte que lui-même, sa petite cousine Emmie ne lui en laissa pas le temps. D'un geste net, elle le désigna à l'employé, et avec une conviction qui médusa l'intéressé, elle prononça :

— C'est monsieur.

Avant que Tibérade eût songé à protester, la fillette saisissait la dépêche que le télégraphiste tenait à la main, et la tendant à son compagnon :

— Lisez, monsieur Midoulet ; ceci doit être intéressant !

L'employé, sa mission remplie, à sa croyance du moins, avait pivoté sur ses talons et reprenait le chemin de son administration, sans hâte intempestive. Marcel regarda sévèrement sa cousine :

— Emmie ! commença-t-il d'un ton grondeur…

Il ne continua pas. La petite, le défiant du regard, s'écriait :

— Veux-tu lire, oui ou non ?

— Mais le secret de la correspondance, tenta-t-il de répondre.

Elle haussa les épaules, fit sauter la bande gommée, et avec un aplomb déconcertant :

— Alors, je lis moi-même ; la correspondance d'un ennemi est toujours remplie d'enseignements.

D'un bond, elle se mit hors de la portée du jeune homme, bouleversé par son incroyable sans-gêne ; puis, tranquillement, elle parcourut la missive d'un regard attentif.

Après quoi, revenant à son cousin, elle lui glissa le papier dans la main :

— Lis à ton tour. Cela t'intéressera, je te le dis… Pour te décider, apprends que ceci émane du chef de la police anglo-égyptienne de Port-Saïd.

— Hein ? Le chef de la police anglo-égyptienne. Que veut-il ?

— Il répond au sieur Midoulet des choses très instructives.

— Il répond ? Midoulet lui aurait donc câblé ?

— Probablement. Mais lis, je t'en prie. Tu ne le regretteras pas, en dépit de tes scrupules.

Dominé par le ton de son interlocutrice, Marcel abaissa ses regards sur la feuille. Il déchiffra ces lignes :

« Monsieur Célestin Midoulet agent français.

« Mesures demandées sont prises. Valides signalées seront mises en séquestre, tente des Messageries Maritimes.

« *Signé :* Chef police anglo-égyptienne. »

— Tu vois, reprit Emmie.

Et preste, elle lui arracha le télégramme, le déchira en morceaux qu'elle lança dans l'eau. Puis :

— Tu vois, M. Midoulet semblait accepter ta promesse de remettre le pantalon au général.

— Il semblait !… Il semblait !…

— Sans doute, il semblait seulement ; car il te met dans l'impossibilité de procéder à cette restitution, en plaçant l'objet sous séquestre.

— C'est vrai, au fait.

— Tu le reconnais : ce n'est pas trop tôt.

— Et même je le déplore, car ma situation vis-à-vis du général redeviendra horriblement fausse.

— très juste ; il s'agit donc de passer à travers les mailles du filet tendu par cet insupportable et indélicat personnage.

— Passer à travers ; et comment grand Dieu ?

— Je n'en sais rien, mais en cherchant, on trouvera, ne t'inquiète pas.

Le retour du mécanicien mit fin à la conversation, au moins pour l'instant.

Avec une profusion de grands gestes, Tomaso expliqua que la ville était mal outillée, que la réparation demanderait trente-six ou quarante-huit heures ; Il parut du reste stupéfait de la satisfaction non dissimulée du cousin d'Emmie.

Tibérade était enchanté.

Dans l'espèce, le retard assurait à Marcel deux journées de plus à réjouir ses yeux de la vue de Sika.

Et comme Emmie semblait aussi réjouie que lui-même, il murmura :

— Tu es gentille, petite souris ; tu comprends mon chagrin de me séparer de nos compagnons ; quelques jours de répit sont un cadeau du hasard bienveillant.

Elle eut un sourire énigmatique :

— Ah ! oui, je te comprends, mon pauvre Marcel. Je te comprends si bien que je ne crois pas le ciel assez cruel pour permettre une chose aussi douloureuse.

Il voulut interroger, secoué par l'énigme de ces paroles, mais elle mit un doigt sur ses lèvres et chuchota :

— Silence ; voici la jolie Sika avec son père !

Elle disait vrai. À ce moment même, les Japonais débouchaient d'une rue latérale et s'avançaient le long du quai. Leur venue détourna les pensées de Marcel, car le général s'emporta jusqu'à la fureur pour conter que Midoulet s'était attaché à ses pas, sans le moindre répit. Seulement, tandis que Tibérade s'efforçait de le calmer, Emmie saisit la main de Sika et l'entraîna à quelque distance, sans répondre aux questions de la jeune fille intriguée par cette manœuvre inattendue.

Quelques minutes passèrent. Uko, ayant épanché sa colère, remarqua l'éloignement des jeunes filles.

— Que font-elles là ? dit-il. Ces jeunes filles auront donc toujours des mystères à se confier…

— Si mystères il y a, repartit Tibérade, ce sont des mystères gais, en tout cas.

— Vous reconnaissez cela d'ici ?

— Sans magie. Voyez leurs visages rayonnants. À les considérer, général, je vous mets au défi de ne pas penser comme moi.

On eût cru que les causeuses avaient perçu les réflexions de leurs compagnons de voyage, car elles se rapprochèrent lentement. Toutefois, avant d'arriver à l'amarrage des canots, Emmie prononça rapidement, ainsi qu'une conclusion de l'entretien :

— De la sorte, ma chère amie Sika, votre père et mon cousin n'auront plus la possibilité de se séparer, et vous aurez le sourire à jet continu, ce que mon amitié souhaite.

Une buée rose aux joues, la blonde Japonaise bredouilla :

— Ah ! vous êtes extraordinaires, vous autres, Parisiennes.

Il y avait dans ces mots de banalité courante une reconnaissance infinie.

Emmie le sentit. Elle se jeta au cou de sa compagne, et, tout en la couvrant de baisers, s'égrenant tels un chant d'oiseau :

— Le bonheur de tout le monde, voilà ma marotte… Même celui du sieur Midoulet. Lui non plus ne veut pas quitter votre père. Eh bien, voyez comme je suis bonne. Je vais lui assurer sa compagnie.

L'affirmation amena un rire perlé sur les lèvres de Sika. Mais, se calmant aussitôt la jeune fille reprit :

— Comment pourrai-je jamais m'acquitter envers vous, Emmie ?

— Oh ! bien aisé… Je vous appellerai ma cousine et je serai payée.

D'une pirouette, elle se mit hors de la portée d'une réplique, et interpellant le général :

— Vous savez que nous sommes immobilisés ici pour deux jours au moins.

— Comment cela ? gronda le Japonais, fronçant de nouveau les sourcils.

— Le mécanicien estime ce laps de temps nécessaire pour la réparation.

Et, avec une gravité imperturbable, les yeux fixés sur les mains de son interlocuteur qui se crispaient furieusement, la fillette ajouta :

— On partirait aujourd'hui si le canot n° 2 nous prenait à son bord.

Tibérade et Uko sursautèrent.

— Mais c'est le canot de cet assommant Midoulet !

Elle riposta, avec son habituelle-gaieté :

— Dame, il faut se servir au mieux des ennuis qui ne sauraient être empêchés.

— Cette petite est vraiment extraordinaire, s'exclama le général ; et s'apaisant comme par enchantement :

Qu'entendez-vous par nous servir de... ?

— J'entends, que le canot 2 marche plus vite que le nôtre ; qu'il nous escortera, bon gré, mal gré, jusqu'à Port-Saïd, et que si nous réussissons à lui échapper, ce ne sera que sur la terre égyptienne.

— D'accord, cela ne m'explique pas...

— C'est clair, pourtant, que le sieur Midoulet en personne soit dans le sillage ou dans le bateau, qu'est-ce que cela peut vous faire ?

L'officier eut un geste vague. La logique de la fillette le déconcertait. Il hésitait encore ; Emmie assura sa victoire.

— Ce fâcheux nous serait agréable pour une fois, en nous faisant gagner quarante-huit heures.

— Mais qui lui porterait une proposition pareille ? murmura Uko, avouant ainsi qu'il se rendait aux raisons de sa jeune interlocutrice.

— Est-ce que je ne suis pas là, général ?

Emmie était prompte de décision. Ni Tibérade, démonté par la combinaison devant écourter son séjour, auprès de Sika, ni le général encore hésitant, n'eurent le loisir de formuler une nouvelle objection.

Au pas gymnastique, la fillette s'élança sur le quai.

Où allait-elle ?

Pas bien loin. Elle avait aperçu Midoulet assis d'un air indifférent sur une borne d'amarrage, et qui feignait de s'absorber dans la confection d'une cigarette.

Elle le rejoignit. Surpris par son mouvement, l'agent s'était levé. Elle commença gaiement :

— Non, ne vous dérangez pas… Je viens en solliciteuse ; oui, je viens vous demander un service.

— Un service ? répéta-t-il interloqué. Un service à moi…

— Il n'y a que vous qui soyez en posture de nous le rendre.

Et convaincue :

— Vous comprenez que mon cousin a hâte d'être débarrassé de sa responsabilité, maintenant qu'il considère le vêtement du Mikado comme de mauvaise compagnie.

— Ça, je le conçois, plaisanta l'agent sans défiance.

— Aussi, l'idée de perdre deux jours dans ce pays crétois, pour que l'on remette notre moteur en état lui est insupportable.

— Qu'y puis-je ? Je ne saurais réduire le retard causé par un travail…

— Mais si, vous le pouvez.

— Moi ? s'exclama Célestin stupéfait, je puis raccourcir le délai en question ?

— Naturellement Prenez-nous tous dans votre canot et quittons La Canée dès ce soir.

Une seconde, Midoulet demeura sans voix. L'idée de la fillette le pétrifiait littéralement.

— Votre surveillance en sera facilitée, reprit Emmie d'un ton insinuant, mon cousin vous aura de l'obligation… Et le général lui-même sera satisfait, car la perspective de séjourner dans cette cité de La Canée ne le réjouit aucunement.

Midoulet se passa la main sur le front et d'un accent soupçonneux :

— Ils veulent me jouer un tour…

Mais Emmie l'arrêta net :

— Mon cousin a promis. Dès qu'il aura le pantalon entre les mains il le remettra au général. Il pense que, vous présent, votre tâche sera plus aisée…

— Vous me certifiez son entière bonne foi ?

Du coup, la fillette éclata de rire :

— Ne dites pas de bêtises ; voyons, monsieur Midoulet vous qui êtes intelligent. Si je voulais vous tromper, mon certificat ne prouverait rien.

— Je reconnais que vous avez raison.

— À la bonne heure !

— Alors, pourquoi me prêterais-je à la combinaison, puisque je ne saurais être assuré des sentiments de votre cousin ?

— Oh ! monsieur Midoulet, fit-elle, le menaçant du doigt ; dites-vous donc que Marcel a fait son service militaire, qu'il est bon Français, incapable de pactiser avec ceux que vous lui avez désignés comme ennemis possibles de son pays.

Ma foi, l'argument porta, et l'agent se laissa persuader.

Il voulut en personne offrir le passage à ses adversaires d'antan ; si bien que, le soir même, tous s'embarquaient sur le canot n° 2, chacun se félicitant en son for intérieur de la tournure des événements, chacun qualifiant de sommet d'intelligence la mutine Emmie, qui n'en était pas plus fière pour cela.

Sans aucun doute, la fillette tenait en réserve une formidable espièglerie, car Sika, lui ayant demandé à voix basse :

— Vous êtes sûre de réussir ?

Elle répondit avec une gaieté si communicative, que son interlocutrice fut prise de fou rire :

— J'ai dans ma poche le gage de la victoire, miss Sika.

— Dans votre poche ?

— Oui… Avant le départ, j'ai fait un saut en ville, pour acheter du fil, dit-elle en montrant sa manche décousue.

— Et après ?

— Eh bien, j'ai acheté le fil… C'est un fil *à couper la piste d'un fugitif.*

Riant toujours, Sika l'interrogea encore ; mais Emmie secoua la tête :

— Vous saurez tout, le moment venu ; je veux vous donner le

plaisir de la surprise.

Il fut impossible à la Japonaise d'amener sa compagne à s'expliquer davantage.

Nul vent ne soufflait. Le vieux Neptune, comme disaient jadis les Hellènes, se montrait un amour de dieu marin.

La mer, suivant l'expression des matelots, était *d'huile*. Aussi la nuit fut-elle paisible. Les passagers dormirent à poings fermés, laissant à Orregui, le mécanicien, et à Batistillo, le mousse du canot n° 2, le soin de diriger l'embarcation.

Tomaso et Picciolo étaient restés à La Canée afin de remettre le n° 4 en état de retourner à Brindisi, son port d'attache.

Tout le jour suivant, on navigua. Midoulet causait agréablement.

Un personnage non prévenu n'aurait jamais cru qu'il tenait le général en filature.

Emmie se multipliait, heureuse en apparence, de préparer elle-même le thé parfumé dont tous s'abreuvaient.

Et en petite Française, grandie au sein d'une démocratie, elle n'oubliait jamais, dans sa distribution, Orregui et Batistillo, qui, dans leur langue sonore de Calabre, la comparaient aux plus illustres saintes du calendrier italien.

Et puis le soir tomba de nouveau. De nouveau le sommeil abaissa les paupières alourdies des passagers.

Cette fois, ceux-ci furent réveillés en sursaut par un cri de Batistillo :

— Terre ! Port-Saïd ! clamait le mousse.

Loin encore, dans la brume matinale, on devinait la côte basse d'Égypte.

— Dans combien de temps aborderons-nous ? questionna curieusement Emmie en se frottant les yeux.

— Deux heures, deux heures et demie environ.

— Votre moteur est garni suffisamment ?

— Oui… Il irait bien deux fois plus longtemps sans recharge.

— Bien, alors nous aurons le temps de déjeuner.

Elle rejoignit ses compagnons réunis dans la cabine-salon édifiée au centre du canot.

— Orregui m'a dit que nous n'atterrirons pas avant deux heures…
Je propose de déjeuner. Sitôt arrivés, nous n'aurons qu'à nous diriger vers la tente des Messageries Maritimes.

— Excellente idée, approuva aussitôt l'agent du service des renseignements.

Mais le général hocha la tête d'un air pensif, un peu mélancolique même :

— Voilà qui prouve combien Mlle Emmie a hâte de se séparer de nous.

— Non pas de vous, général, plaisanta la fillette, mais d'un vêtement qui ne m'inspire aucune sympathie.

Déjà elle s'était portée à l'arrière, où un réchaud à l'alcool soutenait la théière métallique, dans laquelle s'élaborait la mixture parfumée.

Du thé, du lait stérilisé, des rôties, devaient constituer le déjeuner. En dix minutes, Emmie, aidée de Sika, avait servi tout le monde, jusques et y compris le mécanicien Orregui et le mousse Batistillo.

La petite cuisinière fut félicitée. Chacun déclara le thé excellent, les toasts succulents. La modestie probablement coupait l'appétit à la fillette, car elle se préoccupait de tous et ne mangeait pas elle-même.

Au surplus, les assistants n'eurent pas le loisir de manifester leur surprise de cette réserve, car brusquement Midoulet se renversa sur son siège, lâchant la tasse qu'il tenait à la main. Tibérade voulut s'approcher de lui, s'informer de la cause de ce geste maladroit. Mais l'effort commencé ne s'acheva pas. À son tour, il s'étendit mollement sur le canapé courant le long de la paroi de la cabine.

— Ah ça ! ils dorment, prononça le général d'une voix pâteuse en essayant un mouvement vers eux.

Mais ses yeux se fermèrent sans qu'il pût achever le geste commencé.

Et, chose étrange, Emmie, sans manifester le moindre étonnement, vint à eux, les secoua vigoureusement puis d'un ton joyeux :

— À la bonne heure, s'écria-t-elle, après avoir, adroitement relevé les tasses des dormeurs. Maintenant, nous sommes libres de nos mouvements ! Sika, au moteur pendant que je m'habille. Hier, je vous ai fait montrer par Orregui les manettes à mouvoir en cas de besoin.

— Oui, cependant, ma chère, vous m'entraînez à des exploits inattendus… Il est vrai qu'après vous avoir laissé verser de l'opium soporifique dans la boisson de mon père, de votre cousin…

— De tout le monde, soyez juste… Au surplus, je l'ai acheté à La Canée uniquement pour vous assurer, à Marcel et à vous, le plaisir de poursuivre le voyage ensemble. Cela vous déplairait-il maintenant ?

La vive rougeur qui embrasa son visage fut la seule réponse de la jolie Sika.

Emmie eut un rire malicieux :

— Compris ! Cela ne vous déplaît pas. En ce cas, au moteur : je vous nomme mécanicienne en chef.

Tout en parlant, la rusée petite créature poussait sa compagne au poste de manœuvre, auprès duquel Orregui, terrassé comme les passagers par l'invincible sommeil, gisait sur le plancher. De l'index, elle désigna le moussa Batistillo également endormi à la barre.

Et, assurée que personne ne troublerait désormais ses opérations, elle rentra dans la cabine, dépouilla Uko et Tibérade des clefs de leurs valises, puis revint sur le pont.

— Soyez paisible, fit-elle en repassant auprès de Sika immobile an moteur, j'ai les clefs… Je vais endosser mon déguisement. Le bal masqué, ma jolie future cousine.

Sika était au courant du but de sa jeune amie, car elle accueillit l'annonce par un rire silencieux.

Cependant, la fillette gagnait l'arrière, tirait sans façon le mousse Batistillo sur le plancher du bateau, débarrassant ainsi le coffre qui contenait les vêtements de rechange des deux hommes d'équipage.

Elle l'ouvrit, y choisit une vareuse, un pantalon, un béret (tenue de parade du mousse), puis, chargée de ces trophées, elle regagna la cabine en courant et s'y enferma.

Le moteur ronflait toujours. Le cahot filait vers la terre qui peu à peu se précisait, sous la clarté d'or du soleil.

Soudain, Sika tressaillit. La porte de la cabine venait de se rouvrir, et sur le seuil paraissait un mousse coquet, à la frimousse éveillée, ayant l'allure, le geste de ces apprentis matelots, de ces « pages » de la marine, comme les a si justement appelés l'amiral Gervais, graine de héros qui renouvellent incessamment les fastes glorieux de la flotte.

— Emmie, vous êtes renversante, ne put s'empêcher de s'écrier Sika, stupéfiée par l'aisance de la petite Parisienne.

— Que votre admiration ne renverse pas la vapeur, plaisanta Emmie, c'est tout ce que je lui demande !

Vraiment, avec cette faculté d'assimilation innée chez l'enfant de Paris, la cousine de Marcel semblait trouver tout naturel de donner l'illusion d'un moussaillon.

Mais, s'approchent de la jeune fille, non sans avoir refermé soigneusement la cabine, elle lança cette réflexion gouailleuse :

— Évitons les courants d'air à nos petits amis qui dorment !

Et doucement, déposant auprès d'elle un paquet enveloppé, d'une toile, elle continua :

— Ceci, c'est mon uniforme de fille. Je l'emporte pour revenir à bord. Si quelqu'un se réveille en notre absence, inutile que l'on me voie en mousse, ce qui appellerait les soupçons. Donc, je récapitule votre rôle. Une fois dans le port, nous sautons à terre. Vous ne vous occupez pas de moi. Je me charge de ne pas vous perdre de vue, soyez tranquille.

La Japonaise l'interrompit :

— Je sais. Je vous ai écoutée avec tant d'attention. Je louerai, en déposant des arrhes, une voiturette automobile ; je désire conduire moi-même, désir naturel. Je prends des lunettes de tourisme, qui me rendent méconnaissable, et ainsi équipée…

— Ce sera votre tour de me suivre à distance. Je me serai renseignée de mon côté. Ainsi j'irai droit à la tente des Messageries Maritimes, où nous rirons…

— Rire ! Vous me faites trembler. C'est à partir de là que j'ai peur…

Du coup, Emmie enlaça Sika ; avec une inflexion tendre, elle susurra :

— Ma jolie cousine, ou presque, faites ce que je vous ai dit et ne vous inquiétez de rien. Tout marchera comme sur des roulettes.

Gentiment ironique, elle conclut :

— Marcel sera empêché de rendre à votre père le couvre-tibias qui vous séparerait à jamais. L'idée doit vous rendre le courage.

Elles se sourirent, échangèrent un baiser non exempt d'émotion ; après quoi, Emmie, se dégageant de l'affectueuse étreinte, reprit, exécutant le geste à mesure qu'elle l'indiquait :

— Je me place au moteur. C'est plus rationnel pour entrer dans le port, n'est-ce pas ?

Une heure puis tard, le canot n° 2 accostait au pier 21, sans que le général, Tibérade, Midoulet, les matelots, eussent conscience de cet heureux achèvement du voyage.

CHAPITRE X
L'IDÉE DE LA PETITE SOURIS

Un vaste hangar, encombré de ballots, de caisses, de colis de toute nature, de toutes formes, de toutes dimensions, tel est le dock que les compagnies de navigation désignent sous le nom de « tente ».

La tente des Messageries Maritimes, à Port-Saïd, ne fait pas exception à la règle générale.

Ses ouvertures se découpent sur le quai, face à l'endroit où abordent les paquebots de la compagnie, desservant l'Inde et pays extrême-orientaux.

Quelques détails seulement lui sont particuliers, détails d'aménagement bien entendu.

Ainsi, les bureaux des commis aux écritures occupent un des côtés étroits du parallélogramme du hangar.

Pour y pénétrer, il faut d'abord entrer dans la *tente* ; puis, sur la gauche, on découvre un escalier de bois, raide et étroit, accédant au premier étage où sont lesdits bureaux. Le rez-de-chaussée sert au dépôt des objets en consignation. L'escalier, unique issue des employés, facilite la surveillance des chefs du personnel.

C'était donc au premier, dans une pièce dont la fenêtre ouverte au large donnait sur le quai, que M. Dolgran, chef du service, écrivait d'une belle anglaise, une lettre administrative.

Il leva la tête, interrompant son labeur calligraphique.

On venait de frapper à la porte, située au haut de l'escalier d'accès. Il fronça le sourcil, en homme qui maudit l'importun inconnu, puis avec une vigueur quinteuse.

— Entrez ! fit-il.

Il ajouta d'un ton dolent cette expression de son mécontentement :

— On ne peut pas travailler une minute en paix.

L'huis s'ouvrit. Dans l'encadrement béant parut un petit mousse, tout jeune, tout fluet mais doué d'une figure agréable, prodigieusement futée, par exemple.

Au même moment, un ronflement d'automobile retentit sur le quai pour cesser presque aussitôt. La coïncidence n'attira pas l'attention du fonctionnaire, entièrement captivée par l'aspect du visiteur.

M. Dolgran le toisa, se déclara être en présence d'un personnage de mince importance. Aussi prit-il l'accent impérieux dont les employés, supérieurs ou non, ont le secret :

— Vous désirez, mon garçon ?

Le gamin répliqua sans se troubler.

— Dites-moi, monsieur… À qui dois-je m'adresser ? Il s'agit de valises déposées en consigne.

— À moi-même.

Le mousse se frotta joyeusement les mains.

— En voilà une chance. Les valises en question ont été amenées de Marseille ici ; elles sont arrivées seules, les voyageurs ayant manqué le bateau à l'escale de Brindisi, ceux-ci ont câblé pour qu'elles fussent remises à la tente, à Port-Saïd, afin de les retrouver à l'arrivée.

M. Dolgran cligna les paupières d'un air malin.

— N'étaient-elles pas à bord du *Shanghaï*, à destination de l'Extrême-Orient ?

— Si, monsieur. On voit bien que vous êtes un grand chef. Vous devinez tout de suite.

Grand chef ! Le bureaucrate se rengorgea et il adoucit son organe pour répondre :

— Rien de ce qui concerne mon service ne m'est étranger. Pour ce qui concerne votre affaire, jeune homme, les valises en question ne sauraient être délivrées à leurs propriétaires, attendu qu'elles sont sous séquestre, par ordre de la police locale.

Le fonctionnaire, jugeant probablement que l'argument était sans réplique, désigna la porte au visiteur, et reprit sa plume avec l'intention évidente de se replonger dans sa rédaction interrompue.

Mais le mousse ne partageait évidemment pas sa manière de voir, car il reprit respectueusement :

— Un seul mot encore, monsieur… Je suis chargé d'une commission, et je pourrais peut-être m'en acquitter tout de même, si c'était un effet de votre bonté.

— Ah bah ! bredouilla M. Dolgran, stupéfié par l'insistance du gamin. Puis, prenant son parti : Enfin… que voulez-vous ? Et d'abord, qui vous envoie ?

— Mes patrons bien sûr, monsieur ! mes patrons : le général Uko, sa fille et leurs amis.

— Cabines 14, 16, 21 et 22, n'est-ce pas ?

— Ce sont les numéros qu'ils m'ont donnés, en effet, en me chargeant…

— Il n'y a donc pas erreur, c'est bien de leurs bagages, visés par la police, qu'il s'agit Eh bien ! je ne dois pas vous les remettre.

— Mais je ne vous demande pas cela, monsieur. Ils savent l'erreur policière et ils attendront l'enquête du consul, en bons citoyens qu'ils sont.

L'interlocuteur du gamin le considéra avec ahurissement. Il traduisit son étonnement par ces mots :

— Alors que demandez-vous ? Le diable me fauche, ai je conçois le sens de votre démarche.

— Mes patrons espèrent que vous me permettrez de m'assurer qu'aucun objet leur appartenant ne manque dans leurs valises.

— Rien ne s'égare ici, mon garçon, sachez-le…, gronda sévèrement le chef de service.

— Ils en sont sûrs, monsieur, s'empressa d'affirmer le mousse. Mais durant la traversée de Brindisi à Port-Saïd… C'est différent vous comprenez ! Les valises ont voyagé toutes seules… Aussi, j'ai une liste détaillée de tout ce qu'elles doivent contenir. Si vous vouliez m'y autoriser, je vérifierais simplement devant vous.

M. Dolgran se gratta le nez, le menton, appliqua la main sur son front, comme pour en faire jaillir l'idée.

Il grommela :

— Pas de précédents analogues… Cette requête constitue une espèce entièrement nouvelle.

Mais progressivement son visage s'éclaira.

Il reprit avec une satisfaction évidente :

— Visite de colis dans l'enceinte de la tente, cela constitue une manutention supplémentaire, voilà tout. Donc rien ne s'oppose…

Et avec une bienveillance soudaine :

— Vous vérifierez ici, en ma présence.

— Oui, monsieur.

— Eh bien ! si ce n'est que cela ! Je ne prétends pas vous empêcher d'obéir à vos maîtres.

— Je vous remercie… Ils sont inquiets, et, dame, j'aurais été mal reçu si je n'avais pas accompli ma mission.

— Je le déplorerais, persifla le fonctionnaire. Donc, combien y a-t-il de colis ?

— Trois valises.

M. Dolgran actionna un timbre. Un facteur se présenta aussitôt.

— Jules ! Apportez les trois valises déposées par le *Shanghaï* à la consigne.

L'employé s'élança au dehors, et le chef de service se remît à écrire, sans plus s'occuper du jeune visiteur.

Celui-ci s'approcha de la baie largement ouverte sur le quai. Il se pencha comme pour examiner le mouvement de l'extérieur. Or, une automobile stationnait à quelque distance. À l'apparition du gamin, une femme, méconnaissable sous d'énormes lunettes de tourisme, qui tenait le volant, mit le véhicule en marche et stoppa juste sous la fenêtre du bureau.

— Tout va bien ! se confia le mousse… Sika est à son poste.

À ce moment, le facteur reparaissait, chargé des valises réclamées.

— Posez-les devant la fenêtre, s'il vous plaît, susurra le jeune garçon, en qui l'on a dû reconnaître Emmie. J'y verrai plus clair pour en vérifier le contenu,

Il s'agenouillait en même temps devant les colis, tirait des clefs de sa poche et, tandis que M. Dolgran venait par devoir professionnel, se placer derrière lui, il ouvrait la première valise.

— C'est celle de la demoiselle, au moins, s'exclama le pseudo-gamin. Ça sent bon l'odeur là dedans !

Et, consultant gravement sa liste :

— Deux douzaines de mouchoirs de batiste… voilà ! Douze flacons de parfums !… Un… deux… trois… six… neuf… douze ! Le compte y est. Six paires de gants !… Un vaporisateur ! Quelle odeur ! Je ne sais pas pourquoi ma famille ne m'a pas embarqué dans la parfumerie… J'aurais aimé ça… Vous riez, monsieur le chef ; dame, tous les mousses ne sont pas friands de goudron.

Tout en bavardant sous le sourire amusé du chef, il avait retourné le contenu de la première valise.

— Et d'une, fit-il. À une autre !

La seconde ouverte, il s'exclama :

— Celle du jeune patron ! Par ici la liste. Nous disons : caleçons… flanelles… pantalons ! Combien de pantalons ? le chiffre est à demi effacé, je ne puis pas lire. Regardez donc, monsieur le chef ; vous qui avez l'habitude des chiffres…

M. Dolgran prit obligeamment la feuille et s'efforça de discerner le nombre qu'un pâté malencontreux avait voilé en partie.

Le petit, du reste, très aimablement, lui décochait, pour l'encourager, des phrases flatteuses :

— Monsieur, vous qui avez le grand courant des écritures, vous allez lire sûrement Est-ce un 3 ? Car voilà trois pantalons ! Un, deux et trois…

Le chef poussa un véritable rugissement.

En prononçant le dernier monosyllabe, le faux mousse s'était brusquement dressé, et avait projeté par la fenêtre un pantalon gris fer, genre touriste, qu'il tenait précisément en mains.

M. Dolgran parut hésiter un instant. Corrigerait-il le gamin ? Mais le sentiment du devoir lui souffla que le plus pressé était de rattraper le vêtement envolé par la croisée.

Il bondit vers l'ouverture. Il se pencha en dehors.

Trop tard. L'automobile, pilotée par Sika, démarrait en vitesse, emportant la blonde Japonaise, dont les larges lunettes de tourisme masquaient le joli visage.

Mais si le chef de service ne pouvait identifier la mécanicienne improvisée, il eut la joie douloureuse d'apercevoir sur la banquette le vêtement gris fer qui s'éloignait en quatrième vitesse. L'enlèvement était accompli. Ah ! du moins, le mousse paierait pour tout le monde.

— Petit bandit hurla-t-il, exaspéré par la certitude le l'impossibilité de rattraper l'ajustement fugitif... Ah ! tu viens jeter la perturbation dans mon service... Eh bien, mon garçon, la prison t'attend...

Hélas ! ses mains tendues vers le gamin retombèrent flasquement à ses côtés.

Emmie brandissait un revolver dernier modèle ; elle le braquait sur la poitrine du fonctionnaire, et sa voix narquoise prononçait de menaçante façon :

— Un pas, un cri, et vous êtes mort !

Diriger une consigne de bagages ne prédispose pas forcément à affronter les armes à feu. Aussi le chef recula-t-il si précipitamment qu'il vint donner contre un fauteuil, qu'il s'y renversa et y demeura affalé, les yeux clos, ne donnant plus signe de vie.

— Évanoui ! s'écria la fillette. Quel à propos... Je ne plaisante plus cet homme rempli de tact. La syncope simplifie ma tâche.

En riant, elle bondit vers la porte et s'élança dans l'escalier tournant conduisant au hall. Elle se croyait Sauvée ! Surprise terrible, elle n'était pas à moitié de la descente que des cris furieux retentirent partant du bureau qu'elle venait de quitter.

Dans un éclair, la fugitive comprit que M. Dolgran avait simulé l'évanouissement. C'était une ruse de guerre à laquelle elle avait été prise. Mais elle n'avait pas le loisir d'épiloguer sur la duplicité du fonctionnaire... Aux clameurs de celui-ci, des employés accouraient, faisant retentir le pavage des quais sous leurs chaussures ferrées, lançant des appels qui attiraient de toutes parts leurs camarades.

Que faire ?

Emmie avait bien atteint le sol du hangar ; mais toute retraite lui était coupée. Impossible de paraître sur le quai sans être aussitôt désignée par M. Dolgran qui accentuait ses clameurs.

Maintenant, à toutes les portes se montraient des employés : c'était autant d'ennemis. D'instinct, la fillette se glissa parmi les caisses, les ballots amoncelés, obéissant au désir instinctif de se dissimuler aux regards des poursuivants.

Manœuvre vaine qui retardera sa capture de bien peu.

Déjà des équipes de facteurs ont envahi le hall encombré, et méthodiquement se livrent à une perquisition en règle.

Dans quelques minutes au plus, la mignonne Parisienne sera acculée contre la paroi opposée. Elle est engagée dans une impasse dont l'unique issue est gardée par ses adversaires. Il semble certain qu'elle sera prise et pourtant, elle ne s'abandonne pas, elle lutte. Elle rampe, se faufile péniblement au milieu des colis, se heurte aux angles des caisses. Qu'espère-t-elle ? Rien… Elle agit comme la biche poursuivie par la meute ; elle cherche à reculer l'instant de l'hallali.

Mais hélas ! elle se rapproche peu à peu de la paroi fatale qui arrêtera sa fuite. Elle l'atteint, elle a traversé tout le hall, fouettée par les appels de ses ennemis acharnés à la recherche d'un malfaiteur inconnu.

Elle évolue à cette minute entre d'énormes emballages, sur lesquels se détache en noir l'inscription bizarre :

Cirque des Enfants ailés.

Elle va toujours.

À présent, ce sont des emballages plus petits, portant les mentions : *Fragile. Instruments de musique.* Dans son cerveau bourdonnant passe l'explication.

— C'est la fanfare du cirque.

Et, suprême ironie, une grande boite, non encore fermée, se dresse ainsi qu'une guérite, avec, à l'intérieur, reposant sur son support en X, une grosse caisse, ornée des disques de cuivre des cymbales.

Que se passe-t-il dans la pensée fantasque de la petite cousine de Tibérade ? Personne ne saurait le dire ; elle, moins que personne.

Une inspiration baroque l'a traversée. Le temps d'hésiter, de raisonner, est refusé à la fillette. Aussi, elle n'a pas d'hésitation.

Elle tire un canif de sa poche. Elle ouvre la lame affilée et se glisse auprès de la grosse caisse, derrière laquelle elle disparaît

Que va-t-elle faire ? Se cacher là. Impossible. Sous le cercle de l'instrument bruyant, on aperçoit les jambes du pseudo-mousse.

Mais l'on discerne comme un grincement léger ; on dirait le passage d'un instrument d'acier dans une peau d'âne. Emmie vient tout tranquillement de découper la peau tendue face au fond de l'emballage.

Le côté intact est tourné vers les poursuivants qui vont arriver. Pourront-ils soupçonner que celle qu'ils pourchassent est blottie, recroquevillée sur elle-même, dans la grosse caisse juchée sur son support ?

Cependant, Sika, le pantalon dûment empaqueté dans un journal, avait ramené l'automobile de louage à son garage, puis s'était dirigée vers le canot, où son père, Tibérade, Midoulet et l'équipage, lui étaient apparus, toujours plongés dans le sommeil ; pas plus que son départ, son retour ne leur fut perceptible. Ceci la satisfit apparemment, car elle se retira au fond de la cabine, enroula le pantalon gris-fer autour de ses hanches, sous sa jupe. L'objet en litige caché ainsi à tous les yeux, elle reprit tranquillement la place qu'elle occupait au moment du petit déjeuner. Elle ferma les paupières, feignant de dormir comme ses compagnons de voyage. Ceci lui avait été conseillé par Emmie, avant que cette dernière entrât en conflit avec M. Dolgran.

Absente, l'esprit de la petite Parisienne réglait encore la conduite de son amie.

Celle-ci, donc, feignit de dormir.

Seulement, quiconque se fût penché vers elle, eût vu ses lèvres s'agiter et aurait perçu ces paroles, chuchotées doucement :

— Pour nous séparer, il faut que M. Marcel rende à mon père le vêtement mystérieux. Pour qu'il le rende désormais, il faudra que je le lui remette… Je suis donc assurée qu'il ne le rendra jamais, chère et malicieuse Emmie, à moins que…

Elle coupa là sa phrase et elle entreprenait, à part elle-même, l'éloge de la fillette en mille points, quand Midoulet s'agita, bâilla, puis bredouilla d'une voix indistincte :

— Ah ça ! Où sommes-nous ?

Du coup, la jolie Japonaise crut pouvoir simuler un réveil pénible.

— Toujours en mer, je pense… et cependant le bateau est immobile.

— C'est exact, reconnut l'agent sans méfiance.

Tous deux regardèrent à travers les vitres de la cabine. Tous deux dirent ensemble, mais avec des étonnements différents :

— Un port !

Le mot sembla tirer les autres dormeurs de leur immobilité.

Uko ouvrit les yeux à son tour et entra dans la conversation

— Ah çà ! J'ai dormi ; c'est inconcevable !

— Moi aussi, moi aussi !

— Voilà qui est étrange ! Nous dormions donc tous !

Tibérade, l'air décontenancé, avait formulé cette judicieuse réflexion.

Nul ne la releva, d'ailleurs. Une question primait toutes les autres.

— En quel endroit se réveillaient les voyageurs ?

Pour y trouver une réponse, tous sortirent de la cabine avec une hâte curieuse.

Dehors, une nouvelle surprise les attendait.

Le mécanicien et le mousse, allongés au fond du bateau, dormaient, eux aussi, à poings fermés.

En face de ce tableau, les passagers s'entre-regardèrent, envahis par une vague inquiétude. Cette épidémie somnifère, les frappant tous au même instant, était bien pour les surprendre. Mais, quant à l'expliquer, c'était une autre affaire.

— Je me souviens, dit tout à coup le général. Nous prenions le thé.

— Parfaitement, le thé… appuya Midoulet.

— Le thé, oui, le thé, répétèrent Marcel et Sika.

Cette dernière, il faut l'avouer, s'amusait énormément de l'aventure.

On eût pensé que la « petite souris » lui avait infusé un peu de son âme de gavroche.

On prenait le thé… d'accord ! Mais ensuite, pourquoi ce sommeil général ?

— Où est donc Emmie ?

La question, formulée par Marcel, aiguilla ses compagnons sur une nouvelle recherche.

Sika avait tressailli. Une angoisse la prit brusquement. Une question troublante se dressa devant elle. Pourquoi sa jeune amie n'avait-elle pas encore rallié le bord ? Lui serait-il arrivé quelque malheur ? Étant donnée sa présence dans le bureau des Messageries, l'éventualité était à redouter. Tout à l'heure, Sika s'amusait de l'inquiétude de ses compagnons ; à son tour maintenant, elle subissait l'inquiétude d'autant plus pénible qu'elle ne la pouvait confier à personne.

— Bah ! déclara le général, Mlle Emmie se promène sans doute sur le port... Elle ne dormait certainement pas ; elle est toujours si éveillée, et notre société a dû lui paraître peu récréative.

— C'est égal, grommela Tibérade, je vais me mettre à sa recherche.

— Je vous accompagne et je parie, riposta Uko, que nous la trouverons à la tente des Messageries, là où nos valises ont été déposées par le *Shanghaï* !

La supposition apparut à tous comme une lueur.

Mais certainement, Emmie, s'ennuyant à bord, avait dû partir en avant. Certaine qu'aussitôt éveillés ses compagnons accourraient à la consigne, elle flânait de ce côté, en les attendant

Poussés par cette conviction, les passagers du canot n° 2 passèrent sur le quai, sans s'arrêter à l'effarement d'Orregui et du mousse, qui, libérés à leur tour de l'étreinte du soporifique, constataient, avec de grands gestes, que la fée Morgane avait, bien sûr, pris la barre pour amener le canot au port puisque eux-mêmes, endormis par les philtres de la mer, étaient devenus incapables de le diriger.

Dix minutes de marche conduisirent les voyageurs à l'entrée de la tente des Messageries Maritimes.

Mais ils eurent beau promener leurs regards dans toutes les directions. Emmie demeura invisible.

Du coup, l'anxiété de Sika s'aiguisa. La jeune fille en souffrit d'autant plus qu'elle ne pouvait la révéler à ses compagnons. L'absence de la petite Parisienne ne pouvait provenir que d'une mésaventure. De quel genre ? Et la blonde Japonaise frissonnait, à la pensée confuse que sa compagne avait joué sa liberté, et que peut-être, ayant perdu la partie, elle gémissait à présent dans une prison.

Il fallait s'informer, tenter les démarches nécessaires, travailler au salut de celle qui, si courageusement, avait cherché à lui être agréable. Une idée se précisa dans son esprit.

— S'il s'est produit un incident quelconque, le chef de service, à la fenêtre de qui j'ai vu Emmie, doit le savoir.

Et, affectant un ton dégagé :

— Puisque nous sommes ici, pourquoi ne pas nous occuper de nos valises ? Ce serait une besogne faite…

La motion, acceptée d'enthousiasme par le général et par Midoulet, bien que les motifs de leur acquiescement furent totalement opposés, chacun se mit en marche sans tergiverser davantage. Il convient de remarquer que ni les uns ni les autres n'avaient compris la raison réelle des paroles de Sika.

Tibérade suivait le mouvement. Certes, la question qui divisait le général et l'agent lui était indifférente à cette heure.

Toute sa pensée se trouvait accaparée par le désir de rejoindre sa petite cousine disparue.

Ayant agi en père avec elle, il se sentait une âme paternelle pour la mignonne.

Tous quatre gravirent l'escalier accédant à l'administration, pénétrèrent dans le bureau de M. Dolgran qui, la face congestionnée, les cheveux ébouriffés, se promenait à grands pas dans la pièce.

— Qui encore ? rugit le fonctionnaire d'un ton vraiment peu parlementaire.

Sans un mot, Midoulet lui tendit sa carte.

À peine le chef de service y eût-il jeté les yeux, qu'il leva les bras en l'air dans un geste d'éloquent désespoir.

— Ah ! s'écria-t-il en même temps, vous venez pour…

— Pour les valises amenées de Brindisi par le *Shanghaï*.

— Vous ignorez donc l'incompréhensible incident qui s'est produit ?

— Quoi ? Qu'est-il advenu ?… s'écrièrent tous les voyageurs d'une seule voix.

L'Interpellé eut une aspiration profonde. Ses lèvres s'agitèrent sans proférer aucun son. Mais sa mimique embarrassée lança Uko sur la voie du désastre. Aussi d'un ton tragique et menaçant, il rugit :

— Vous n'avez plus nos valises ?

— Si ! Mais une aventure invraisemblable, dont je suis encore tout bouleversé !…

— Quelle aventure ? Expliquez-vous, au moins.

— Je ne demande pas mieux. Nous avons été volés ou plutôt vous l'avez été, ici, sous mes yeux.

— Volés ?

— Il y a une heure à peine, un mousse se présente, sous couleur de vérifier le contenu de vos valises…

— Mais nous n'avons envoyé personne !

— Je l'ai compris trop tard ; seulement pouvais-je supposer que ce galopin…

— Vous lui avez confié des valises consignées ? interrompit sévèrement Midoulet.

— Non pas confiées, monsieur. Cela je ne l'aurais fait à aucun prix. On connaît son devoir. Le drôle s'est borné à me demander licence de vérifier le contenu de vos bagages.

— Et vous l'y avez autorisé ?

— Rien dans nos règlements ne s'y opposait. Le fourbe, du reste, aurait inspiré confiance à tout autre. Il avait en mains une liste des objets vous appartenant…

— Mais vous nous contez là des choses fantastiques !

M. Dolgran secoua la tête d'un air lugubre :

— Plus encore que vous ne le croyez. Le drôle, je l'appelle le drôle, faute d'un autre nom à lui attribuer. Le drôle avait les clefs…

— Les clefs ? se récrièrent en chœur Uko et Tibérade, fouillant instinctivement dans leurs poches.

Et tous deux, avec un soupir de satisfaction, se tournèrent de nouveau vers le chef de service, affirmant d'un air triomphant :

— J'ai les miennes.

— Les miennes, les voici.

M. Dolgran empoigna sa tête à deux mains.

— Vous les possédez, je n'y contredis pas. Eh bien, le gamin les possédait, aussi… à tel point qu'il a ouvert les valises ; il les a laissées ouvertes même, après avoir jeté un vêtement par la fenêtre à un complice en automobile.

Commencée ainsi, l'explication s'embrouilla. Cinq minutes après, le général, Marcel, Midoulet, n'avaient pas encore compris que le pantalon gris de fer avait été enlevé, mais ils étaient arrivés à l'exaspération.

Ils hurlaient de colère. M. Dolgran, assourdi par leurs clameurs, finit par murmurer :

— Veuillez me suivre, je vous montrerai les bagages.

Au bas de l'escalier, le groupe enfiévré par le mystère dont il se sentait enveloppé, dut se ranger pour laisser passer, une équipe de facteurs qui, sous la conduite d'un personnage à l'allure théâtrale, transportaient sur le plan incliné d'embarquement d'un steamer amarré à quai, des caisses sur lesquelles s'étalait en grosses capitales noires l'indication :

CIRQUE DES ENFANTS AILÉS

Sur Beyrouth.

Mais porteurs et emballages s'éloignèrent, et M. Dolgran reprit sa marche, suivi par les voyageurs.

Sika comprenait, elle. Le mousse, elle le savait, s'appelait Emmie. Elle aurait voulu interroger, apprendre si la courageuse fillette était libre, et elle ne l'osait pas, de peur de révéler sa complicité.

Ainsi l'on parvint à la consigne, où les valises furent présentées à leurs légitimes possesseurs.

— Dans quelle valise manque le vêtement ? questionna aussitôt Midoulet

— Dans celle-ci, répliqua le chef, désignant de l'index le sac de voyage de Tibérade.

Le geste fit sursauter le cousin de la jeune Emmie.

— Dans la mienne ! Et qu'a pu prendre le voleur ?

— Oh ! peu de chose. J'étais présent et je gênais le coquin.

— Mais encore ?

— Un simple pantalon qu'il lança par la croisée à une dame… Je dis une dame à cause du costume, car je n'ai pas vu son visage…

M. Dolgran ne continua pas.

— Un pantalon ! Les quatre syllabes furent criées par les assistants avec une force telle que le fonctionnaire fit un saut en arrière, épouvanté par cette explosion de rage.

Mais Midoulet, Uko, Tibérade firent un saut en avant, l'entourèrent et la voix rauque, les gestes frénétiques :

— Pantalon de tourisme ?

— Oui.

— Gris fer ?

— Oui.

— Au diable !

Sika mêlait sa voix à celle de ses compagnons, encore qu'elle portât sur elle l'objet soi-disant volé par le faux mousse.

Elle voulut démontrer son intérêt de façon plus directe. Aussi, se rapprochant de M. Dolgran, tremblant de tous ses membres, au milieu des voyageurs qu'il qualifiait *in petto* d'énergumènes :

— vous avez certainement repris l'objet au cambrioleur ? fit la blonde et gracieuse Japonaise.

— Repris ?

— Le vêtement dérobé…

— Oh ! il est parti en automobile, à toute vitesse, sous la garde du complice dont je vous parlais à l'instant.

Le cœur de Sika battait violemment tandis qu'elle ajoutait :

— Nous ferons parler le voleur, vous l'avez arrêté sûrement, puisqu'il était dans votre bureau…

C'était la question que, depuis le début de l'entrevue, elle brûlait de poser ; la question qui lui apprendrait le sort de sa vaillante petite amie.

Elle fut pénétrée de joie en voyant le chef de bureau secouer désespérément la tête.

— Le voleur, le mousse, balbutia le pauvre fonctionnaire. Ah bien !… celui-là, c'est une fumée, un diable !

— Voulez-vous dire qu'il s'est échappé également ?

Aucune des personnes présentes ne pouvait soupçonner ce qu'il y avait de plaisir dans l'interrogation de la jeune fille.

Et M. Dolgran répondit d'un ton navré :

— Échappé, oui, mademoiselle. C'est bien ce que je prétends exprimer.

— Échappé ! C'est trop fort ! Comment ? Par où ?

— Je n'en sais rien. Le hall était cerné, complètement cerné, et cependant, le gaillard a disparu, pfuit ! La muscade de l'escamoteur. Enfin, par bonheur, le mal n'est pas grand ; un pantalon de plus ou de moins…

— De plus ou de moins, clamèrent Uko et Midoulet, affolés derechef par l'inconscience toute naturelle, cependant, du fonctionnaire ; vous êtes un imbécile !

— Messieurs, messieurs, bégaya d'une voix terrifiée Dolgran qu'ils secouaient furieusement, l'administration remboursera…

— Elle remboursera !

Ce mot malheureux redoubla la fureur des assistants, à la profonde stupéfaction du chef de service.

Uko piétinait, proférant d'une voix qui n'avait plus rien d'humain :

— Stupide ! Inepte ! Il croit que l'on peut rembourser. Je le tuerais, si je ne me tenais ; partons, partons ! Venez, monsieur Tibérade ; viens, Sika.

En monome, derrière le général, laissant le fonctionnaire abasourdi, tous reprirent le chemin du quai où leur canot était amarré.

— Et Emmie ? murmura Marcel, que la disparition de sa petite cousine tourmentait incomparablement plus que celle du pantalon gris fer.

— Je pense qu'elle nous attend à bord, répliqua Sika qui marchait auprès de lui.

Elle se sentait rassurée maintenant ; ne venait-elle pas d'acquérir la certitude que son amie conservait la liberté, et charitablement elle essayait d'apaiser l'émoi de son compagnon.

L'apaisement ne dura pas. Des transes nouvelles attendaient les voyageurs à l'amarrage du canot automobile.

En effet, au moment où elle allait sauter sur le pont avec la conviction de surprendre Emmie dans la cabine, un homme, portant la casquette des facteurs des Messageries Maritimes, l'aborda avec un salut obséquieux :

— Mademoiselle, je vois que vous allez monter dans ce canot ; seriez-vous mademoiselle Sika, passagère du dit ?

— Parfaitement, fit-elle, surprise quelque peu de la question.

— Alors cette lettre, ramassée près de l'embarcadère des paquebots, vous appartient. La suscription est à votre nom et au numéro de votre canot automobile.

Sika prit la missive d'une main tremblante.

Machinalement, elle remit une pièce blanche au porteur, qui s'éloigna avec un salut, dont le respect disait la satisfaction du pourboire reçu, et comme les compagnons de la jeune fille l'entouraient, questionnant :

— Qu'est-ce que signifie encore cette correspondance ?

Elle lut à haute voix, son organe faussé par une émotion soudaine :

« À Mlle Sika, à bord du canot automobile n° 2, amarré dans le port. « De ma cachette, que la prudence me défend de désigner autrement, je vous envoie ce billet. Je ne cours aucun danger ; mais c'est à Beyrouth seulement que je pourrai vous revoir. Je vous y attends, car vous seuls saurez me délivrez. Affections de votre

« EMMIE. »

C'était écrit au crayon, d'une écriture incertaine, comme si la fillette avait tracé ces lignes dans un lieu privé de lumière.

Interloqués, ahuris par cette nouvelle péripétie, aucun des voyageurs ne prit garde à un couple, qui s'était arrêté à quelques pas, et semblait s'intéresser vivement à la scène.

Et cependant les deux personnages qui le composaient eussent dû attirer les regards des intéressés.

Car ils n'étaient autres que la séduisante mistress Honeymoon et son *associé*, Pierre Cruisacq.

L'ex-Véronique avait repris ses vêtements masculins, ce qui explique la désinvolture avec laquelle il ou elle s'offrait aux yeux de ses anciens maîtres.

Comment se trouvaient-ils là ? Par quel concours de circonstances rejoignaient-ils si à propos ceux qu'ils poursuivaient à leur insu ?

Ceci était la conséquence logique du pacte conclu entre eux, à bord du *Shanghaï*, lorsque l'absence du groupe Uko leur fut démontrée.

La pseudo-Véronique, on s'en souvient, avait obtenu sans peine du commandant de descendre à Port-Saïd, avec les bagages du Japonais et de leurs amis.

Ce point acquis, mistress Honeymoon, Lydia de son prénom, déclara à Pierre, qu'une fois à terre, il redeviendrait le gentleman qu'il était avant son travestissement ; que tous deux descendraient dans l'hôtel le plus proche du débarcadère ; que la gracieuse Anglaise perquisitionnerait soigneusement dans les colis des voyageurs ; enfin que, ayant pris connaissance de ce que son gouvernement désirait savoir, on attendrait l'arrivée du général et de ses amis, pour leur remettre leurs *baggage* très honnêtement.

Après quoi, Pierre suivrait la gentille espionne en Angleterre, où elle le présenterait au Foreign-Office, lequel est une administration puissante, qui déciderait la justice française à ne pas inquiéter le citoyen Cruisacq, injustement accusé de complicité avec des faux monnayeurs assassins.

Il serait libre ensuite d'orienter sa vie à sa guise.

Cette conclusion lui avait arraché une exclamation dessolée :

— Libre ! Qu'en ferai-je de ma liberté ?

— Ce qu'il vous plaira, avait répliqué Lydia avec son plus doux sourire.

Ils saluèrent la terre avec ravissement en arrivant à Port-Saïd, jugeant qu'ils touchaient aux termes de leurs pérégrinations. Le destin moqueur étendait sur eux ses ailes décevantes, ils se montraient le léger cutter, qui amenait à bord le pilote chargé de guider le steamboat à travers le canal de Suez.

Ils allaient s'apercevoir que le petit navire portait en outre la fatalité.

Le pilote monta à bord, mais deux inconnus l'accompagnaient

L'un, tout de blanc vêtu, coiffé d'une calotte anglaise, sur laquelle des broderies d'or figuraient une guirlande de feuillages ; l'autre, raide, compassé, ayant l'apparence d'un employé supérieur d'administration.

Ces nouveaux venus se présentèrent au capitaine du *Shanghaï*, lequel, après quelques paroles échangées, les conduisit à sa cabine où tous trois s'enfermèrent.

Déjà, mistress Honeymoon avait perdu sa tranquillité.

— Vous avez vu l'homme en blanc, monsieur Pierre ? fit-elle d'une voix prudente. — Sans doute. Pourquoi la question ?

— Parce que, à sa coiffure, j'ai cru reconnaître un fonctionnaire de la police anglo-égyptienne.

L'annonce fit courir un frisson sur l'échine du jeune homme.

— Et vous pensez ? bégaya-t-il.

— Je ne pense rien, mais je suis inquiétée par la venue de ce personnage.

Les causeurs n'allaient pas tarder à se rendre compte de la justesse de l'impression de la jolie espionne. Un matelot s'approcha d'eux et s'adressant à la pseudo-femme de chambre.

— Mademoiselle Véronique, n'est-ce pas ?

— Oui. Que désirez-vous ?

— Que vous me suiviez chez le commandant, qui vous demande.

Pierre devint blême. Il jeta un regard éperdu sur l'Anglaise, sur la côte encore lointaine. Nul moyen de fuir une arrestation qu'il jugeait imminente.

— Je vous sauverai, chuchota mistress Honeymoon, très émue elle-même ; pour l'instant, il faut obéir à l'appel du capitaine.

D'un mouvement instinctif, leurs mains se joignirent. Puis avec un grand geste de résignation, Pierre-Véronique suivit le marin.

Il s'efforçait d'assurer sa contenance. Après tout, il se savait innocent du crime dont ses amis de Paris, choisis à la légère, il le reconnaissait, l'avaient chargé. Cette conviction, lui rendait une part de son courage. Mais ce qui le navrait, c'était la prison probable et la séparation forcée de la gentille veuve, dont la présence, il se l'avouait, lui était devenue indispensable.

Telles lui apparaissaient ses dispositions sentimentales, lorsqu'il pénétra dans la cabine du capitaine.

L'officier était assis sur son cadre, avec, auprès de lui, les deux inconnus arrivés par le cutter du pilote.

— Mademoiselle, commença le commandant.

Pierre ne put réprimer un mouvement de surprise. On continuait à le prendre pour une cameriste. Son déguisement demeurait donc impénétré. Mais alors que lui voulait-on ?

Il tendit son attention aux paroles qui allaient être prononcées.

— Mademoiselle, poursuivait le capitaine du *Shanghaï*, vous m'avez prié de vous déposer à Port-Saïd avec les bagages de vos maîtres et de leurs amis.

— En effet, commandant ; même vous avez reconnu l'opportunité de la mesure.

— Je la reconnais toujours, seulement…

— Seulement ?

— Les valises seront bien débarquées à Port-Saïd, mais non confiées à votre garde.

Du moment qu'il n'était pas soupçonné. Pierre retrouva son aplomb.

— Se défierait-on de moi ? s'écria-t-il. Je suis une simple servante, c'est vrai. Cependant personne ne saurait attaquer ma probité…

— On ne l'attaque pas, mademoiselle.

— Alors, je ne comprends pas.

— Je vous renseigne. Pour des motifs que j'ignore, monsieur le chef de la police de Port-Saïd — l'officier toucha de l'index l'épaule du personnage aux vêtements blancs — doit prendre livraison des colis en question et les déposer en consigne à la tente de la compagnie des Messageries Maritimes.

Il montra le second visiteur :

— M. Dolgran, chef du service, l'a accompagné à cet effet.

Puis se levant, afin d'indiquer que l'entretien était terminé :

— J'ai cru devoir vous informer, mademoiselle, et vous marquer ainsi la considération que votre conduite à bord vous a méritée.

Il n'y avait pas à insister. La fausse Véronique se retira, le cœur beaucoup plus léger qu'à son entrée.

Mais son récit ne fut pas accueilli aussi favorablement par mistress Honeymoon.

La petite Anglaise serra les poings, lançant d'un accent rageur des phrases entrecoupées :

— C'est un coup du Midoulet ! Il a câblé certainement. Notre perquisition est manquée, et tout au moins retardée ; et aussi notre départ pour l'Angleterre.

Il y eut une pointe de tristesse dans sa voix claire quand elle ajouta :

— Moi qui espérais la fin de cette existence errante !

Elle sembla se raffermir pour continuer :

— Enfin, ce sera dans quelque temps. Nous allons changer nos batteries. Monsieur Pierre, vous ne m'abandonnerez pas.

Et le sourire lui revint complètement sur la réponse que fit avec chaleur le jeune homme :

— Je n'en ai pas le moindre désir.

Bref, le paquebot ayant stoppé, Pierre et Lydia descendirent à terre, retinrent deux chambres dans Isthmus-Hôtel, deux chambres dont les larges croisées s'ouvraient sur l'embarcadère.

Après quoi, mistress Honeymoon se rendit chez l'officier de port ; de là, à la tente des Messageries Maritimes, distribua quelques pièces de monnaie à divers agents et rentra à l'hôtel dans les plus heureuses dispositions.

— Dès que les propriétaires des valises auront mis le pied sur le sol égyptien, dit-elle à Pierre, nous en serons avisés et nous prendrons les mesures nécessaires pour réparer notre échec momentané. D'ici là, nous n'avons qu'à nous promener. Un mot cependant. Tenez-vous beaucoup à votre emploi de femme de chambre ?

— Vous ne le croyez pas, répliqua son interlocuteur en riant.

— Bien. Alors, reprenez les vêtements de votre sexe.

— Je n'en possède pas.

— À deux pas existe un magasin de confections. J'y vais et vous fais envoyer le nécessaire.

Gravement, elle prit les mesures indispensables, les nota sur une feuille de son carnet et s'occupa des emplettes annoncées.

Deux heures plus tard, dans un complet beige, un chapeau mou sur le crâne, les pieds chaussés de brodequins fauves, Pierre avait reconquis son apparence habituelle d'entité masculine.

Et mistress Honeymoon lui déclarait qu'il était un garçon *very nice*, et que sans peine il ferait oublier la camériste dont il avait tenu l'emploi.

Le programme tracé par la gentille Lydia fut suivi à la lettre. Promenades en voitures, chevauchées à dos de mules syriennes, élégantes et fines autant que les plus beaux chevaux arabes, se succédèrent.

Le jeune homme avait bien essayé de protester ; ses ressources limitées ne lui permettant pas de contribuer à de telles dépenses. Mais Lydia lui avait répondu d'un ton péremptoire :

— C'est le Foreign-Office qui solde ces frais de voyage. Je vous ai enrôlé au service de l'Angleterre ; il ferait beau voir qu'un agent britannique lésinât.

Et Pierre s'abandonnait à la joie de vivre dans l'ombre de la petite personne fantasque et gracieuse, qui s'était intitulée elle-même : espionne du Royaume-Uni de Grande-Bretagne.

Un facteur des Messageries Maritimes les avait prévenus de la visite d'un mousse à M. Dolgran, de la disparition du gamin et d'un pantalon extrait de l'une des valises placées sous séquestre.

Tous deux s'étaient aussitôt rendus à la tente. Ils avaient suivi Midoulet et ses compagnons, acquérant la certitude que ni l'agent français, ni le général n'avaient trempé dans l'enlèvement du vêtement.

Il leur fut impossible de deviner la part de Sika dans l'aventure. La lecture de la missive mystérieuse d'Emmie, dont, on s'en souvient, ils ne perdirent pas un mot les aiguilla sur une fausse piste.

— C'est cette petite qui a dérobé le vêtement, murmura Lydia.

— Je le pense comme vous, appuya Pierre.

— Alors, nous filons sur Beyrouth.

— Où vous le voudrez, pourvu que je ne vous quitte pas.

Elle le menaça du doigt :

— Vous me semblez oublier le service de l'Angleterre, monsieur Pierre.

Il baissa la tête et doucement :

— Que voulez-vous ? Ce qui me fait comprendre les ordres anglais, c'est qu'ils sont prononcés par votre bouche. Vous avez une prononciation exquise.

On croirait qu'à certaines heures un sentiment flotte dans l'air, que chacun aspire sans s'en douter.

L'anxiété des séparations flottait certainement ce jour-là, car Sika, seule une minute auprès de Marcel, disait :

— Du courage, je vous en prie. Le billet de votre petite cousine indique qu'elle ne court aucun danger.

— Alors pourquoi ce départ pour Beyrouth ?

— Ceci, je n'en sais rien ; mais je crois que les bonnes fées des amitiés n'ont pas voulu que nous nous séparions à Port-Saïd.

Et Marcel la regardant, n'osant comprendre le sens affectueux de ces paroles, elle reprit doucement, voilant ses yeux de ses paupières nacrées :

— Et je leur en suis reconnaissante.

Puis elle sauta dans le canot n° 2 et s'enferma dans la cabine.

CHAPITRE XI
VÉRONIQUE TIRÉE PAR FRANCE ET ALBION

Mistress Honeymoon avait saisi le bras de Pierre.

— Il faut arriver à Beyrouth avant l'agent des Renseignements de France, lui coula-t-elle à l'oreille avec sa mine la plus délicieuse.

— Alors, rendons-nous à l'agence du service Égypte-Échelles du Levant-Mer Noire, répliqua son interlocuteur sans la moindre velléité de résistance.

Et tous deux s'éloignèrent.

Mais leur colloque avait attiré l'attention de Midoulet, d'autant plus soupçonneux à cette heure que tout étranger lui apparaissait comme le voleur possible du vêtement mikadonal, qui lui donnait tant de souci.

Et son regard scrutateur rivé sur eux, il reconnut aussitôt une ressemblance *bien curieuse* entre le gentleman, accompagnant la jeune Anglaise, et la camériste Véronique, actuellement disparue.

Bien plus, la gracieuse mistress lui rappela une voyageuse, croisée à diverses reprises au Mirific-Hôtel de Paris.

Un chien de chasse, qui flaire la piste d'un lièvre, s'élance d'instinct à sa poursuite. L'agent fit de même et il se précipita sur les traces des deux promeneurs.

Il allait les rejoindre, quand ceux-ci s'arrêtèrent pour questionner un fellah, lequel se prélassait au soleil.

— Boy, demanda Lydia, où est l'agence des bateaux Port-Saïd-Mer Noire ?

L'autre grommela sans se déranger :

— Tout au bout du quai, à l'amorce de la digue.

Puis, se soulevant sur le coude, à la pensée soudaine que peut-être il pourrait tirer un profit de la curiosité des voyageurs :

— C'est loin, près d'un mille. Si c'est pour retenir des places, vous pourriez économiser vos pas.

— En faisant-quoi ?

— En vous rendant chez l'officier de port... ; là... la maison rose, à jalousies bleues. Il a le téléphone avec les agences.

— Merci.

— Vous lui direz que c'est Hassan qui vous a donné l'indication. Vous comprenez, lady ; pour le pauvre fellah, cela vaut un pourboire.

Lydia lui jeta-une pièce de monnaie.

— Le voici de suite.

Et elle entraîna Pierre vers la maison rose, sans s'occuper des bénédictions de forme coranique que l'Égyptien ne lui marchandait pas.

Midoulet n'avait pas perdu une des paroles échangées ; ses soupçons vagues avaient pris la consistance d'une certitude. Ces gens-là s'occupaient du vêtement du mikado. Des rivaux peut-être ?

À tout prix, il fallait les empêcher de s'embarquer et s'embarquer lui-même. Aussi, négligeant les précautions qui eussent ralenti ses mouvements, il se rua, à toutes jambes, vers l'habitation indiquée par le fellah.

Une exclamation modulée britanniquement accéléra encore sa course.

Lydia l'avait vu, avait deviné le but de Célestin, et n'avait pu retenir un cri de colère.

— Vite, dit-elle à son compagnon. Cet Homme ne doit pas partir, il nous gênerait.

Pierre se mit aussitôt au pas gymnastique, la jeune femme se maintenant à sa hauteur, avec cette aisance que l'habitude des sports assure aux Anglo-Saxonnes.

Seulement, Midoulet courait bien. Malgré leurs efforts, Pierre et Lydia le virent disparaître avec dix mètres d'avance sur eux, dans la maison rose aux jalousies d'azur.

Quand ils y pénétrèrent à leur tour, l'agent français avait entamé la conversation avec un homme maigre, bronzé, tanné, que son casque colonial, orné de galons d'or, désignait comme le capitaine du port, c'est-à—dire le fonctionnaire assurant la police de surveillance du port soumis à son autorité indiscutable et indiscutée.

Célestin ne parut pas remarquer l'entrée de ses adversaires, et cependant un sourire narquois plissa sa physionomie. Il continuait d'ailleurs :

— Alors le premier départ pour Beyrouth ?

— Demain matin, dix heures, par le steamer *Parthénon*, de la Compagnie hellénique Tricolpis-Echelles.

— Et ensuite ?

— Ensuite, il faudrait attendre quatre jours.

— Bravo ! Cher monsieur, voulez-vous me donner la communication téléphonique avec l'agence Tricolpis-Echelles.

Le fonctionnaire s'empressa au téléphone, fixé au mur derrière, son bureau. L'agent profita de ce répit, pour se retourner vers Lydia et Pierre, qui l'avaient écouté avec une rage impuissante.

— Eh ! mais, persifla-t-il, comme on se retrouve. Voici une charmante lady que j'ai certainement rencontrée à Paris, au Mirific.

— En effet, riposta sèchement la jeune femme, dédaignant de nier, par la conviction que la dénégation serait inutile. Monsieur Célestin Midoulet je pense.

— Du service des Renseignements français, acheva complaisamment l'interpellé, lequel à l'honneur, n'est-ce pas, de saluer une représentante du service britannique. — Il toisa railleusement Pierre. — Une représentante accompagnée d'un gentleman, auquel je demanderai avec intérêt des nouvelles de Véronique.

Sous le coup droit, Pierre se troubla. Une peur irraisonnée poussa les paroles sur ses lèvres.

— Puisque vous savez tout, balbutia-t-il…

Lydia trancha impétueusement la phrase :

— Non, monsieur Midoulet ignore que vous appartenez à la surveillance extérieure britannique.

— Moi ?

— Je vous ai fait agréer, afin que vous n'ayez plus rien à craindre de personne et encore, pour que ma mission remplie, justice vous soit rendue.

Le jeune homme tendit les mains vers la jolie créature en un geste de gratitude éperdue.

Elle lui sourit tendrement :

— Pour vous rassurer, j'ai divulgué totalement notre incognito.

— Oh ! s'écria Midoulet je l'avais percé à jour.

— Je le reconnais. Seulement, percé par vous, divulgué par moi, il n'existe plus. Je reprends hautement ma qualité, et j'en use.

Elle s'adressa à l'officier du port qui, le parleur en main, venait de prononcer :

— Restez à l'appareil, on va vous parler.

Et nettement :

— Service de l'Angleterre, je dois téléphoner sans retard.

Elle salua ironiquement Célestin, puis ajouta :

— Le coupe-file téléphonique, cher monsieur. L'Égypte est administrée par l'Angleterre, j'en profite.

Un instant, Midoulet demeura sans voix. L'aplomb de la jeune femme le déconcertait. Elle lui enlevait toute action sur Pierre Cruisacq, désormais protégé par le Foreign-Office (lequel, entre parenthèses, protège bien ses serviteurs). Elle confisquait le téléphone, et elle se moquait de lui.

Puis une colère violente bouillonna dans son crâne. Un geste la traduisit toute. Il se précipita ers l'appareil, les mains tendues, comme pour arracher le *parleur* à l'officier de port.

Mais celui-ci empoigna sur le bureau un revolver, inaperçu jusqu'alors, et le braquant sur la poitrine de l'agent.

— un pas en avant et vous êtes mort, honorable gentleman. L'administration égyptienne est anglaise. Je dois donc obéir à toute réquisition émanant des agents en qui le Royaume-Uni de Grande-Bretagne a placé sa confiance.

Quel argument contient plus de persuasion qu'un revolver ?

Aucun. Les six cartouches, blindées ou non, ont une terrible éloquence. Il faudrait être un citoyen particulièrement obtus pour s'entêter dans la discussion avec pareil « joujou ».

Célestin reconnut sans peine que la sagesse consistait à s'incliner devant l'*inempêchable*. Dans son désarroi, il créa ce néologisme, et sa voix se refusant à prononcer les paroles de soumission, il les remplaça par un geste plus clair que les plus longues phrases.

Il se retira à l'autre extrémité de la salle, et s'assit en tournant le dos à ses interlocuteurs.

— Faites ce qu'il vous plaira. Je ne m'occupe plus de vos agissements.

Mistress Honeymoon le traduisit ainsi. Elle enjoignit à Pierre de veiller à ce que l'agent ne la troublât point, puis, s'emparant du parleur, elle lança dans le téléphone, de son organe le plus suave :

— Allô… Allô… Bien. Ah ! le capitaine du steam *Parthénon* se trouve dans votre bureau… Priez-le donc de se mettre à l'appareil… Remerciements.

Un silence, et elle, reprit :

— Allô… Oui, une passagère… plusieurs même… Quelle destination ?… Beyrouth. Allô… ; ne coupez pas, mademoiselle… Capitaine, combien vous reste-t-il de cabines disponibles… Vous dites ?… Sept… c'est bien sept. Je les prends… ; le prix m'importe peu… Je les prends… Dans une heure, mes bagages seront à bord. Vous refuserez tout passager désormais… Je pense bien, votre navire a son plein ; mais vous pourriez vous laisser aller à une complaisance… Je compte sur vous. À tout à l'heure.

Midoulet s'était dressé, maugréant :

— Mille diables ! Avez-vous l'intention d'empêcher mon embarquement ?

La jeune femme, se tourna vers lui, et avec une amabilité narquoise :

— Naturellement, monsieur Midoulet. Je déplore 0e vous contrarier, mais vous me concurrencez sans nécessité aucune. Je tiens à assurer à l'Angleterre le succès en cette affaire, et par suite…

Elle saisit le revolver que l'officier de port avait replacé sur la table. À son tour, elle visa Célestin, tout en prononçant de sa jolie petite voix cristalline :

— Monsieur le capitaine du port, veuillez requérir des agents de la police locale et faire conduire ce gentleman dans la prison de ville.

— Moi ! rugit l'agent exaspéré.

— C'est un maniaque qui prétend entraver les desseins britanniques. La solitude, jusqu'à demain soir, dans une cellule étroitement surveillée, suffira sans aucun doute à faire naître en lui les réflexions sages indispensables à sa sûreté.

Avant que son interlocuteur, médusé par cette conclusion inattendue, eût esquissé un mouvement de révolte, l'officier de port, obéissant à une injonction émanant à ses yeux de l'administration anglaise, tira un son strident d'un sifflet d'argent. Quatre policemen locaux bondirent dans la salle à ce signal, saisirent Midoulet, lui passèrent les menottes, et l'entraînèrent au dehors, sur cet ordre :

— À la prison. Ne le relâchez que demain soir. Vous en répondez corps pour corps.

Pierre s'était laissé aller sur un siège, riant de tout cœur, jetant parmi les spasmes de son hilarité des lambeaux de phrases :

— Admirable !… Quelle amazone vous êtes, chère mistress… Une amazone pour qui je me ferais tuer avec joie.

Elle le regarda longuement, ses yeux bleus, tout à l'heure flamboyants, redevenus tendres, et lentement

— Je préfère que vous vous conserviez en existence. Pour l'heure, rentrons à l'hôtel. Vous voudrez bien reprendre le vêtement de Véronique…

— Moi, pourquoi ?

— Pour vous présenter devant vos ex-maîtres japonais, leur dire qu'en les attendant ici, où vous ne les espériez pas avant une douzaine de journées, vous vous êtes engagé pour ce laps au service d'une Anglaise excentrique, que vous devez suivre demain matin à Beyrouth. Vous expliquerez que j'ai loué les sept dernières cabines du *Parthénon*. Eux, pressés de partir à la recherche de miss Emmie, diront leur déconvenue. Vous offrirez de me décider à céder quelques-unes de mes cabines.

— Je comprends… L'amazone se transforme en diplomate.

Elle menaça le jeune homme de son index effilé.

— Cessez ces appellations ; pour vous, je veux être Seulement mistress Honeymoon.

— Ce n'est point assez.

— Que prétendez-vous exprimer de la sorte ?

— Que guidé, sauvé par vous, chère mistress, le nom par lequel je vous désigne tout bas est celui-ci : Ma bonne fée Lydia.

Lydia murmura avec une timidité enjouée, tandis que des roses fleurissaient ses joues :

— Ami, une Anglaise pratique et raisonnable n'aime point l'illusion, qui est toujours une fausseté… Votre mot m'apparaît donc détestable. À présent, nous avons à mener à bien un devoir de loyalisme à l'égard de mon gouvernement, et par suite à l'égard de toute l'Europe. Nous reprendrons plus tard la discussion de votre illusion. Retournons à l'hôtel. En route, je vous répéterai mes instructions. À bord, je demeurerai dans ma cabine, car mes adversaires ne doivent pas m'apercevoir.

— Comment… prononça le jeune homme.

Elle ne le laissa pas continuer.

— Pour pénétrer les secrets des gens, il est bon de se masquer ; mieux encore, de ne se point montrer.

— Sans doute.

— Donc, vous seul, sous les espèces de Véronique, aurez accès dans la cabine de votre « patronne temporaire », mistress Robinson. De la sorte, je serai tenue au courant de tout incident.

— Mais vous vous ennuierez horriblement.

— Mais votre service vous appellera souvent auprès de moi…, et puis, et puis il s'agit d'une traversée de vingt-deux heures. Ce n'est pas la réclusion au long cours.

Et laissant une bank-note, *pour les marins du port*, à l'officier qui s'était lié si loyalement à ses volontés, elle passa sa main sous le bras de Pierre et l'entraîna sur le quai.

CHAPITRE XII
IL EST PLUS DIFFICILE D'ÊTRE VÉRONIQUE QUE PIERRE

Le *Parthénon*, joli vapeur de mille deux cents tonneaux, appartenant, comme on l'a vu, à la Compagnie hellénique Tricolpis-Echelles, avait quitté Port-Saïd, à destination de Beyrouth, Smyrne, Chypre, Côtes d'Asie Mineure sur les mers intérieures de l'Archipel, Marmara et Noire.

Le pilote, ayant guidé le steamer au large, avait réintégré son embarcation suivant à la voile, et avait remis le cap sur Port-Saïd.

Maintenant, le capitaine du *Parthénon* se retrouvait avoir la charge de conduire son navire, charge momentanément abandonnée au pilote. De nouveau le bâtiment obéissait à son habituel « maître après Dieu ».

La terre d'Égypte disparaissait à l'horizon. À peine une bande grise décelait encore la terre des Pharaons. De minute en minute, elle devenait plus imprécise, car le crépuscule enveloppait déjà toutes choses de son écharpe grise.

Le général Uko, Tibérade et Sika causaient sur le pont, surveillés, sans qu'ils s'en doutassent, par la fausse Véronique, laquelle, sous couleur d'être aux ordres de ses maîtres réels, quand le service de sa maîtresse temporaire lui en laissait la possibilité, s'était accoudée au bastingage, assez loin pour n'être pas taxée d'indiscrétion, assez près pour ne pas perdre un mot de l'entretien.

Car tout s'était passé selon les prévisions de la jolie Lydia.

Celle-ci, la nouvelle toilette féminine de Pierre achevée, s'était transportée sur le *Parthénon* et dûment enfermée dans l'une des cabines louées par téléphone.

Pierre, en tenue de Véronique, avait couru au quai d'amarrage du canal n° 2, s'était fait reconnaître de Sika, du général, leur avait servi le récit fantaisiste imaginé par Lydia.

En psychologue distinguée, la jeune femme avait deviné que les Japonais et Tibérade, pressés de rejoindre Emmie à Beyrouth, accepteraient le passage sur le *Parthénon* pour ne pas attendre un départ plus éloigné.

À bord, les voyageurs avaient souhaité présenter leurs devoirs à la généreuse étrangère, qui leur permettait de ne pas séjourner longuement sur la terre égyptienne. Mais Véronique, déléguée à cet effet auprès de la pseudo-mistress Robinson, avait rapporté la réponse prévue :

— Mistress, très souffrante, regrette de ne pas voir ceux qu'elle a obligés avec grand plaisir. Elle se rend à Beyrouth elle-même ; aussi l'excusera-t-on de remettre la présentation après le débarquement. La mer ne lui réussit pas ; elle préfère les conversations sur la terre ferme.

Force fut au général et à ses compagnons de patienter. Après tout, la chose en elle-même n'avait aucune gravité.

Donc, ils causaient sur le pont, repris par leurs préoccupations accoutumées.

Pour la centième fois, depuis leur embarquement, Marcel murmura :

— Je me demande ce qui a pu décider Emmie à se diriger sur Beyrouth, car c'est vers ce port, établi à la base du Liban sourcilleux…

— Elle a voulu donner une fois au moins la direction du voyage, plaisanta Sika dans un sourire.

Tibérade secoua la tête, et avec une nuance de reproche :

— Vous riez, mademoiselle ; moi, je reste inquiet. Quelque chose l'a contrainte à nous quitter.

— N'aurait-elle pas entraîné M. Midoulet sur une fausse piste ? murmura le général.

— Elle ?

— Sans doute ! À peine avons-nous reçu son billet, que l'insupportable agent a disparu.

— C'est vrai, s'exclama Sika ; je n'y avais pas fait attention.

Tibérade secouait la tête d'un air dubitatif. Sika questionna avec un peu d'impatience. Évidemment, la blonde Japonaise souffrait de ne pouvoir diminuer l'anxiété de son compagnon de voyage.

— Vous n'acceptez pas cette explication ? Alors, que supposez-vous ?

— Je ne suppose rien… Est-ce que les circonstances permettent une supposition ?

— En ce cas, souhaitons la fin de la traversée. À Beyrouth, nous saurons…

— Nous saurons l'aventure de Mlle Emmie, s'écria le général dans une grimace ; mais cela ne nous renseignera pas sur la mystérieuse disparition du pantalon du mikado.

— Peut-être, souffla malicieusement Sika, ce qui fit sursauter Tibérade, ce qui incita Véronique à se départir de son attitude indifférente.

— Moi, je suis sûre, affirma-t-elle, que Mademoiselle a raison. Elle a bien voulu me raconter l'aventure. Sans aucun doute, le mousse et Mlle Emmie m'ont paru de suite deux alliés, peut-être même une seule personne en deux habits… Mlle Emmie a retiré le pantalon de la consigne pour l'arracher au vilain policier. Vous le retrouverez à Beyrouth avec elle.

Sika eut un imperceptible sourire, et, se tournant vers la fille de chambre, elle repartit, sa voix vibrant d'une ironie si légère que nul ne la remarqua :

— Vous parlez comme si vous aviez l'expérience de ces choses, Véronique ; et je suis contente que vous partagiez mon opinion.

D'un geste machinal d'apparence, elle arrangeait les plis de sa robe, sous laquelle elle sentait, la gênant fort, le vêtement que ses compagnons jugeaient bien plus éloigné d'eux.

— Eh ! reprit le général, si je ne me berçais d'un espoir identique, je vous affirme que je ne serais plus vivant.

— Que dis-tu, père ? balbutia sa fille, frissonnant à cette déclaration.

— Je dis que quiconque échoue dans une mission confiée par son prince doit, sans attendre l'ordre de se punir, sortir de la vie dont il est devenu indigne.

Mais, refusant de s'étendre sur ce sujet, il regarda Sika bien en face, et la voix assourdie :

— Sur quoi bases-tu ton opinion, toi, mon enfant ?

Elle rougit légèrement en répondant :

— Sur ce que Mlle Emmie avait promis, qu'une fois à Port-Saïd, elle mettrait l'agent à même d'examiner le pantalon en cause. Or, pour tenir sa promesse, il est indispensable qu'elle soit en sa présence. En s'éloignant avec le vêtement, elle est dans l'impossibilité de réaliser son engagement ; et cependant notre ennemi ne saurait l'accuser d'y avoir manqué.

Elle eût pu ajouter qu'elle ne regrettait pas d'avoir aidé la fillette dans sa supercherie. Seulement, elle ne jugea pas opportun de faire cette confidence à ses compagnons, auxquels la réserve d'une jeune fille bien élevée l'eût contrainte de cacher les motifs de son acte. Et puis, pourquoi abattre son jeu sur table, alors que l'on n'y est pas forcé ! Elle détourna la conversation, en se forçant à un rire qui sonna faux :

— Notre confiance, en tout cas, nous entraîne à un détour imprévu, à la suite de ma jeune amie.

— Un détour, hélas ! soupira le Japonais. L'incident nous conduit à remonter vers le Nord.

À Port-Saïd, cher père, tu devais recevoir des ordres nouveaux. Affirmerais-tu que la volonté de l'empereur n'est pas dans tout ceci ?

La question, triomphe de diplomatie féminine, troubla le général. Et comme rien ne froisse un papa comme de rester court devant sa fille, il rompit les chiens à son tour, consulta sa montre par contenance, et déclara :

— On a *piqué* sept heures. Allons dîner.

Personne ne fit d'objection. Tous gagnèrent la salle à manger.

Uko, Sika et Tibérade s'installèrent ensemble à l'extrémité de la table, tandis que celle qu'ils appelaient Véronique regagnait la cabine de Lydia, de cette mistress Robinson, jaillie de par la volonté de ruse de la jolie Anglaise. La fille de chambre supposée allait mettre son… associée au courant des conjectures échangées par les voyageurs, qu'ils suivaient en filature.

Cependant, Tibérade et le Japonais mangeaient du bout des dents, si absorbés par leurs pensées qu'ils ne s'aperçurent pas de l'appétit de la blonde et charmante Sika.

Évidemment, la jeune fille ne partageait pas leur anxiété, car son bon cœur ne faisait pas doute. Mais sa prudence naturelle fit que ses amis ne s'aperçurent de rien. Même avant que fussent servis les desserts, Uko s'était levé de table, sa fille l'imita aussitôt. Il voulut la faire rester :

— Je rentre dans ma cabine, expliqua-t-il.

— Moi aussi, fit-elle en écho.

— Une légère migraine.

— Moi aussi…

Peut-être le général allait-il s'étonner de cette concordance de névralgies. Mais une plainte de Tibérade aiguilla sa pensée dans une autre direction.

— Vous retirer aussitôt, murmura le jeune homme, très ennuyé de ce que la Japonaise, si agréable à contempler, fût sur le point de disparaître, le laissant seul pour la longue soirée.

Uko haussa les épaules.

— Qui dort oublie l'impatience. Une fois à Beyrouth, je m'engage à veiller toute une nuit, si cela vous peut agréer.

Et persuasif :

— Voyez-vous, cher monsieur Tibérade, chercher le sommeil est la sagesse même. Vous devriez dormir comme nous, ou tout au moins essayer.

— Non ! non ! je me connais ; je ne réussirais pas.

Il soulignait l'aveu d'un regard expressif à l'adresse de Sika.

Celle-ci baissa la tête, attristée de comprendre le désarroi moral du Français. Son père, d'ailleurs, prenant les mots à la lettre, grommelait :

— Veillez donc. Moi, je vous souhaite le bonsoir. Que demain arrive vite pour nous tous et nous rende votre fugace petite cousine !

Il serra la main du jeune homme, qui absorbait son dessert avec la rage du désespoir, donnant l'impression d'un convive sortant d'un jeûne de quinze jours, et il sortit, suivi de Sika, qui trouva le moyen de se retourner pour lancer un sourire consolateur à l'abandonné.

Privé de la compagnie qui lui paraissait la plus enviable du monde, Marcel se rendit au salon ; pour éviter la conversation oiseuse des autres passagers, il feignit de s'enfoncer dans la lecture d'un journal arabe, ce qui était, certes, d'autant plus méritoire, que le jeune homme ignorait même l'alphabet de cet idiome. C'est dire qu'il se plongea dans ses réflexions.

Durant une heure, il envisagea à tous les points de vue les événements qui avaient marqué son séjour à Port-Saïd.

Le sommeil général autant qu'inexplicable à l'arrivée. La disparition du vêtement diplomatique, compliquée de celle d'Emmie ; celle-ci se déclarant entraînée vers Beyrouth.

Mais à épiloguer en monologue sur ce sujet, il réussit seulement à se donner une véritable courbature cérébrale, sans parvenir à asseoir une opinion acceptable.

Si bien que, de guerre lasse, le cousin de la petite souris quitta le salon, gagna le pont, et se jetant sur un rocking-chair abandonné dans l'ombre de la passerelle, il se renfonça dans ses réflexions, qui se pouvaient résumer en cette unique phrase :

— Qu'a-t-il bien pu arriver à cette pauvre Emmie ?

Il tressaillit, tout à coup. Sur les voix *intérieures* qu'il écoutait des voix *extérieures* avaient jeté leur timbre.

Oh ! les organes s'exerçaient prudemment. C'étaient des répliques chuchotées dans la nuit mais elles avaient mis son rêve en fuite.

Quoi qu'il en soit, une curiosité instinctive, irraisonnée, l'invita à chercher à voir les causeurs dissimulés à ses yeux par la passerelle elle-même.

Sans réfléchir à l'enfantillage de son acte, il se leva, fit quelques pas sur la pointe des pieds, atteignit l'angle derrière lequel les sons se faisaient plus perceptibles. Et se penchant tout doucement pour ne pas trahir sa présence, il distingua deux silhouettes d'hommes, deux passagers évidemment, leur costume ne permettant pas de les confondre avec les matelots. Ces silhouettes causaient avec la tranquillité confiante de silhouettes certaines de n'être pas troublées par un importun. De fait à cette heure, tous les passagers se trouvaient réunis au salon.

Peut-être Tibérade se fût-il éloigné, étant discret de nature, si des paroles, et surtout le ton dont elles furent prononcées, ne lui avaient paru étranges.

— Cher Ahmed, disait l'un des causeurs, tes veines ne charrient pas ainsi que les miennes le sang des Druses du Liban ; la Perse est ta douce patrie ; mais je sais pouvoir compter sur toi, sur ton dévouement, si absolu que je le considère comme celui d'un frère.

— Mon cher Yousouf, tu juges vrai ; mon affection pour toi est fraternelle... Merci de n'en pas douter.

— J'en doute si peu que je veux t'expliquer pourquoi nous avons quitté Port-Saïd aussi brusquement, et pourquoi nous voguons à cette minute vers Beyrouth.

— Nos étranges mouvements m'avaient intrigué ; mais un ami véritable n'interroge pas son ami.

— L'interrogation est inutile à qui brûle de confier son secret... Ahmed, tu le sais, le Maître de la Montagne, le chef suprême des Druses du Liban...

— Mohamed, acheva l'interlocuteur du Druse. Il est mort, je crois, et l'on doit procéder prochainement à l'incendie de sa demeure, ce qui, selon la coutume des montagnards, est censé honorer sa mémoire.

— Tel est l'usage druse, tu l'as dit. Eh bien, Ahmed, c'est cet incendie qui motive notre voyage.

Le Persan eut un geste surpris :

— Tu veux y assister, je le conçois, bien que…

— Tu erres, ami. Je veux qu'une jeune fille, qui a mon cœur, n'y assiste pas.

Et comme son interlocuteur répondait par une sourde exclamation, Yousouf reprit d'un ton sombre :

— Il y a six mois environ, Mohamed, le vieillard, eut la fantaisie d'unir son hiver au plus radieux des printemps. Ce barbon songea à épouser Alissa, la perle du bourg de Téfilelt. La douce créature aux yeux de velours, noirs autant que la nuit, sous la chevelure blonde, tissée de rayons de soleil, Alissa Périkiadès, refusa…

Le Persan hocha soucieusement la tête.

— Voilà un refus motivé, mais dangereux… Repousser le chef suprême des Druses ! Elle est audacieuse, cette jeune Alissa.

— La tendresse lui donna le courage…

— Ah ! ah ! son cœur…

— S'est donné à moi ; à moi, qui lui appartiens tout entier, mon cher Ahmed.

— Eh bien, fit légèrement le Persan, la solution est simple. Mariez-vous.

Mais la main de son interlocuteur se posa rudement sur son bras :

— Ne plaisante pas, Ahmed ; je viens de vivre une agonie. Tu le sais, tout ce qui a appartenu au maître, femmes, armes, chevaux, chiens, doit être brûlé avec son palais, pour le suivre dans les territoires divins de l'au-delà. Or, le Conseil des Anciens, ce conseil tout-puissant parmi les Druses, a décidé qu'Alissa Périkiadès, *ayant appartenu au regard du défunt* [1], doit périr dans les flammes.

— Cela est monstrueux, inique, stupide… s'il suffit de regarder pour être réputé propriétaire… Voilà un axiome de voleurs !

— Tu es de mon avis, ami. Seulement, la mignonne habite Beyrouth. Sa chevelure blonde la rend reconnaissable entre toutes les femmes de la région, dont les tresses, brunes ou noires, ne rappellent en rien cette auréole de fils d'or. On la surveille, on l'épie... J'avais réuni ma fortune en Égypte ; elle devait me rejoindre. Je désespérais en voyant qu'elle ne réussirait pas à tromper la surveillance des espions druses.

— Pauvre ami !

Tibérade écoutait, pris de pitié pour ce drame de tendresse qu'il surprenait, sous les étoiles scintillant au manteau noir de la nuit tiède. Pour un peu, il aurait offert son concours au jeune Druse. Mais, celui-ci, ignorant d'avoir deux auditeurs au lieu d'un, reprenait d'une voix ardente :

— Ne me plains plus... Le Maître du Ciel Bleu, plus puissant que les Maîtres de la Montagne, m'a rendu l'espérance...

— L'espérance de...

— D'arracher Alissa au trépas.

— Mais tu seras voué à l'exécration de toute ta race si tu te fais prendre, sans compter les supplices que l'on ne te marchandera pas.

— Non. Ils ne se douteront pas de la substitution.

— Tu prétends substituer une victime à ta fiancée. Idée de désespéré ; idée odieuse !

— Non. Ahmed, car la... substituée sera une Européenne.

Tout le mépris des Asiates pour les Occidentaux sonnait dans cette réplique. Sans doute, le Persan partageait cet état d'esprit, car il inclina la tête en un mouvement d'approbation.

Tibérade, lui, sentit diminuer sa pitié pour le fiancé rêvant de procédés aussi blâmables. Il écouta avec plus de soin encore, mordu au cœur par le désir de sauver la victime inconnue.

Cependant, Yousouf développait son plan, d'un ton paisible, disant l'inconscience de l'horrible projet :

— La victime est conduite là-bas, voilée du litham, la grande pièce d'étoffe qui cache le visage et le corps... Seuls les cheveux apparaissent. Il nous suffit donc de montrer des cheveux blonds dorés, et nul ne devinera la supercherie.

— Où en trouveras-tu dans ce pays des brunes ?

— J'en ai trouvé :

— Où donc ?

— La question m'étonne. Tu ne t'es pas demandé pourquoi nous avions quitté l'Égypte, pourquoi nous allions à Beyrouth ?

— Ils y sont donc, tes cheveux d'or ?

— Ils y seront à l'heure marquée par le destin, qui veut qu'Alissa soit sauvée pour devenir mon épouse.

Sans que Marcel pût s'expliquer pourquoi, son cœur se serra à ces paroles.

Mais après un silence qui augmenta le trouble du jeune homme, désolé maintenant d'être le confident d'un secret de sang, Yousouf conclut :

— Et j'ai compté sur toi, frère. Tandis que je conduirai Alissa libre sur un yacht, qui l'attend dans le port de Beyrouth, tu entraîneras l'autre au ravin d'El-Gargarah, au fond duquel se dresse le palais du défunt. Me suis-je trompé en espérant ton concours ?

Le Persan marqua une légère hésitation, puis avec un roulis des épaules :

— Le blâme qui arrête l'action indique une amitié tiède. Je ne blâmerai donc pas et je ferai ce que tu désires.

Tibérade n'en entendit pas davantage : les causeurs s'éloignèrent. Alors, frémissant, il sortit de l'ombre qui l'avait dissimulé jusque-là. Il maugréait sourdement :

— Partis ? Trop tôt ! J'aurais voulu connaître la victime désignée... Les blondes m'intéressent particulièrement... Et, par égard pour Sika, je me ferais volontiers le chevalier de celle que Yousouf condamne si cavalièrement. Ils vont bien, les Druses ; ils parlent de rôtir les jeunes files comme de simples mauviettes.

Tout en regagnant sa cabine, il continuait à soliloquer :

— Une jeune fille blonde... Elle sera à Beyrouth... Donc, elle n'y est pas en ce moment... Alors, où est-elle ? Je connais bien une charmante blonde qui se trouve sur ce navire... Mais Sika n'a rien à voir dans cette aventure... brûlante. Je vais me mettre à la recherche de mes deux conspirateurs, et quand je les aurai identifiés, je les surveillerai. Au fond, je serais ravi qu'aucune blonde ne fût grillée. Nous disons donc : Ahmed, Yousouf ; un Persan, un Druse.

Au surplus, le récit surpris valut à Marcel une nuit agitée de cauchemars, se développant dans des rougeoiements d'incendie.

Il se réveilla de bonne heure, les muscles meurtris par une courbature douloureuse. Son premier soin fut de consulter le livre de bord, où sont inscrits les passagers avec la désignation des cabines qu'ils occupent. Sans peine, il trouva les deux personnages dénommés Yousouf et Ahmed.

Ces passagers étaient l'objet de ces mentions très claires :

« Yousouf Argar, couchette inférieure, cabine 7. Destination : Beyrouth.

« Prince Ahmed Stidiri, couchette supérieure, même cabine et même destination. »

Pourquoi ces amis avaient-ils jugé bon d'échanger leurs résolutions sur le pont ? Peut-être s'étaient-ils méfiés des minces cloisons séparatives des cabines, si propices aux opérations fâcheuses des écouteurs indiscrets. En tout cas, ils avaient à présent un confident sur lequel ils n'avaient pas compté, et ils durent s'étonner de la persistance que mit Tibérade à les examiner durant le repas du matin, qui réunit tous les passagers dans la salle à manger.

Le jeune homme se les était fait indiquer par un serveur, un *steward* comme l'on dit habituellement à l'instar des Anglais ; et à présent, il les identifiait de façon à les reconnaître, en quelque endroit qu'il les rencontrât

— Que faire ? murmura-t-il en remontant sur le pont. Le paquebot touchera à Beyrouth avant une heure. Bah ! je veux assister au débarquement de ces deux gaillards. Peut-être leur victime sera-t-elle là… Si je vois une blonde, je la préviendrai à tout hasard ; et si besoin en est, je la défendrai !

On dit qu'une bonne action est toujours récompensée. Cela est souvent vrai, peut-être ; mais *toujours* constitue sûrement une allégation hasardée.

Dans l'espèce notamment, alors que Marcel prenait sa chevaleresque résolution de protéger une inconnue, un personnage *trop connu*, dont il espérait être enfin débarrassé, allait se manifester de nouveau, et cela, dans des conditions bien plus dangereuses que par le passé.

La fausse Véronique s'approcha du jeune homme ; avec la politesse cauteleuse des domestiques, elle lui demanda :

— Pardonnez, monsieur : mais il parait que nous allons atteindre Beyrouth dans une petite heure.

— Oui, il paraît.

— Bien. M. le général Uko, ni Mlle Sika n'ont encore paru ce matin.

— Je le constate comme vous, Véronique.

— Et je voudrais vous prier de les avertir du prochain débarquement Ainsi ils sortiront de leurs cabines, et je pourrai rapporter leur réponse à ma patronne actuelle, mistress Robinson.

Tibérade leva les sourcils en accents circonflexes, ce qui, nul ne l'ignore, constitue la mimique de l'interrogation mélangée de surprise.

La camériste sourit d'un air gêné, puis avec un effort que les paroles ne justifiaient point :

— Oui, mistress Robinson, au moment de descendre à terre, où vraisemblablement elle perdra de vue ses… obligés, ne veut pas leur infliger le déplaisir de ne pas accepter leurs remerciements. Elle m'a envoyée pour leur demander s'ils jugeaient le moment propice à la présentation.

— Ah bon ! je comprends, s'exclama Marcel sans prêter attention au trouble évident de son interlocutrice. Vous n'osez déranger mes amis, et vous pensez que j'aurais moins de timidité.

— C'est tout à fait cela ; j'en demande pardon à Monsieur.

— Je me rends à leurs cabines, assuré de leur être agréable en leur annonçant qu'ils pourront exprimer leur gratitude à l'excellente personne qui leur a permis de ne pas séjourner à Port-Saïd. Attendez-moi ici.

Avec un geste bienveillant il se dirigea vers l'escalier des cabines où il disparut.

Véronique n'avait pas bougé. Marcel éloigné, elle murmura :

— Le diable me larde de sa fourche, ma destinée est saugrenue ! Je passe mon temps à trahir tout le monde. Si encore j'y trouvais plaisir ; mais cela me désole, et il m'est interdit d'agir autrement.

Que signifiaient ces paroles ? Ah ! elles résultaient d'un de ces coups de partie qui désarçonnent les plus robustes jouteurs.

La veille au soir, tandis que Marcel surprenait sur le pont l'entretien mystérieux du Druse Yousouf et du Persan Ahmed, Véronique, rendue à la liberté par la retraite hâtive des Japonais, était entrée durant quelques instants dans la cabine occupée par la gentille Lydia Honeymoon, figurant au registre des passagers sous le nom supposé de mistress Robinson...

Elle avait trouvé la petite Anglaise toute dolente, tout endormie.

La jeune femme avait écouté d'une oreille distraite le rapport détaillé des faits et gestes des Japonais, et elle avait mis fin à la conversation par ces mots :

— Monsieur Pierre, je demande votre pardon, mais ce soir le sommeil est complètement sur mes yeux. Je vous donne le bonsoir. Demain, nous atteindrons Beyrouth et nous conviendrons de nos mouvements.

La fausse soubrette avait pris la main de Lydia, l'avait portée à ses lèvres, avec une dévotion tendre ; après quoi, obéissant au désir implicitement enfermé dans les derniers mots de mistress Honeymoon, elle s'était retirée discrètement et s'était enfermée dans sa propre cabine, attenante à celle de la mignonne espionne britannique.

La porte dûment close d'un double tour de clef, la soubrette de fantaisie avait dépouillé sa perruque, ses vêtements féminins, s'était revêtue d'un pyjama, puis, ouvrant le hublot de la cabine, Pierre, devenu homme, avait offert son front à l'air salin pénétrant par l'ouverture.

Machinalement il avait posé son pied sur une malle appuyée à la cloison séparative de son gîte et de celui de mistress Honeymoon, *alias* Robinson.

Cette malle représentait une précaution de la jeune femme. Louer sept cabines et ne montrer que des bagages à main lui avait paru devoir éveiller l'attention ; pour éviter cette fâcheuse conjoncture, elle s'était empressée d'acquérir, avant le départ, plusieurs *trunks* dans un bazar de voyage de Port-Saïd.

Les malles remplies de vieux journaux, c'est-à-dire représentant un poids normal, furent transportées sur le *Parthénon* par les soins de l'hôtel, où la jeune femme et son compagnon avaient séjourné.

On en avait placé dans la cabine de Lydia, dans celle de Pierre. Deux autres occupaient les deux cabines, demeurées veuves de passagers, après que l'obligeante Anglaise en eut gracieusement offert trois au général Uko, à Sika et à Marcel Tibérade.

Donc, Pierre avait posé le pied sur la malle qui encombrait son réduit exigu, avec le dédain d'un touriste pour un bagage fictif.

Il regardait au dehors le ciel constellé d'étoiles. Soudain, il se retourna, retira vivement son pied, alluma l'électricité et considéra la malle avec une évidente surprise.

— Voilà qui est bizarre, fit-il entre haut et bas. Il m'a semblé que le couvercle de ce coffre tentait de se soulever !

Cependant la malle ne manifestait aucune velléité de se mouvoir. Pierre haussa les épaules, continuant son soliloque :

— Je suis stupide. Un coup de roulis probablement mon équilibre modifié m'a procuré la même sensation que si mon point d'appui bougeait. En, vérité, c'est cela même, et d'ailleurs, là féerie étant défunte, cela ne saurait être autre chose.

Rasséréné par la réflexion, il se remit au hublot décidé à poursuivre son rêve, en attendant que le sommeil se décidât à peser sur ses paupières et l'incitât à se mettre au lit.

Il se replongeait dans une rêverie très douce, où sa pensée brodait des variations sur ce thème favorable : mistress Lydia est la plus exquise des mistress passées, présentes et à venir, quand, pour la seconde fois, il fut rappelé au sentiment des réalités.

Une main s'appuyait lourdement sur son épaule.

Une main, dans une cabine où l'on se sait absolument seul, il y a de quoi étonner un personnage même flegmatique.

Pierre ne put réprimer une sourde exclamation. Tout d'une pièce, il pivota sur ses talons et resta pétrifié, anéanti, médusé.

Midoulet, en chair et en os, se tenait debout devant lui, la main gauche encore posée sur l'épaule du jeune homme, la main droite serrant la crosse d'un revolver, dont le canon de bronze se dirigeait menaçant vers la poitrine du passager.

— Monsieur Midoulet !... Vous... Vous !... bégaya Pierre d'une voix indistincte.

Son Interlocuteur ricana avec une bonne humeur indiscutable :

— Moi, parfaitement... je n'ai aucune raison de le nier.

— Vous êtes donc sorti de prison ?

La question saugrenue accrut encore la gaieté de l'agent :

— C'est vraisemblable, vous le reconnaîtrez.

— Vous vous êtes évadé ?

— Inutile… Voyez-vous, monsieur Pierre, votre jeune et blonde amie a commis une faute. Quand on veut être assuré qu'un adversaire sera enfermé dans un cachot on l'y conduit soi-même, au lieu de confier ce soin à des subalternes.

— Vous avez acheté ces drôles ?…

— Pas même. Je me suis simplement réclamé du consul de France. Vingt minutes après mon arrestation, je fus remis en liberté sur l'expresse demande de ce fonctionnaire.

— Soit ! je comprends la liberté ; mais comment avez-vous pu entrer dans ma malle, en pleine mer ?

Un rire grinçant fusa entre les lèvres minces de l'interpellé :

— Décidément, jeune homme, vous êtes naïf. Je conçois que votre conversation plaise à la chère mistress Honeymoon. Les gentilles ladies sont attirées par la naïveté.

— Ceci n'est pas répondre.

— Petit curieux, fit ironiquement Célestin, vous voulez tout savoir. Eh bien ! j'y consens. Aussi bien, le récit sera-t-il un exorde convenable à notre entretien.

Et prenant un temps :

— Donc j'étais libre. J'allai rôder sans me montrer autour de l'amarrage du canot n° 2, certain que je vous retrouverais de ce côté. Mon pressentiment ne me trompait pas. Vous y vîntes. Au retour, vous me guidiez, sans vous en douter, vers l'hôtel qui abritait mistress Honeymoon, sur le point de se transformer en mistress Robinson.

Pierre esquissa un geste de désespoir. Célestin poursuivit d'un ton bienveillant :

— Ne vous désolez pas. Vous ne pouviez éviter la chose. À l'hôtel. Je pris une chambre voisine de celles que vous occupiez.

— Comme au Mirific, à Paris ?

— Dame ! Pour opérer une même surveillance, on emploie forcément les mêmes moyens. De mon logis, je ne perdis rien de ce qui se passait dans le vôtre, J'assistai à l'arrivée des malles achetées par la chère mistress. Très ingénieux, ces bagages ! La dame aux sept cabines ne pouvait arriver avec un sac à main. Je vous vis emplir les caisses de journaux.

— Vous m'avez vu ?

— Par un petit trou percé dans la cloison.

Du coup, Pierre se prit les cheveux à pleines mains ; mais son interlocuteur plaisanta avec un intérêt ironique :

— N'arrachez pas, jeune Pierre. La calvitie même n'empêcherait pas votre compagne d'être partie pour s'embarquer sur le *Parthénon* ; vous, d'être sorti afin d'aller chercher mes ex-compagnons de navigation sur le canot n° 2, et moi d'être entré dans votre chambre, et de jeter sous le lit tous les papiers remplissant une malle, et, nanti de quelques sandwiches et d'un flacon de vin, de m'être enfermé à leur place.

— Oh ! murmura Pierre, abasourdi par cette affirmation. Alors, depuis le départ ?...

— Je suis là. Pas malheureux, en somme, car vos fonctions multiples vous retiennent beaucoup au dehors... Cela me permet de sortir de ma cachette, de me dérouiller les articulations et d'assister à vos entretiens avec mistress Honeymoon.

Il eut un ricanement qui fit tressaillir son interlocuteur et l'incita à dire :

— Elle va nous entendre, grâce au ciel.

Mais l'espoir formulé accrut encore l'hilarité railleuse de l'agent.

— Rassurez-vous, monsieur Pierre-Véronique... la jolie Anglaise ne percevrait pas le bruit du canon. Ceci me sert de transition pour vous apprendre ce que j'ai fait et ce que j'attends de vous.

— Oh ! si vous comptez sur moi pour vous aider...

— J'y compte !

— Vous pensez que les menaces vous ont réussi au Mirific-Hôtel, et vous espérez qu'elles auront conservé leurs propriétés...

— Non, monsieur Pierre. La situation a changé. Vous êtes protégé par l'Angleterre. Donc je ne m'illusionne pas ; je ne puis rien contre vous.

— En ce cas... rien ne m'empêche d'appeler, de faire arrêter l'homme qui s'est introduit en fraude dans ma cabine, un évadé des prisons égyptiennes.

Pour toute réponse, Midoulet se renversa sur la couchette de la cabine et se laissa aller à une franche hilarité.

Quand il eut donné libre cours à sa joie, inexplicable pour son compagnon, il reprit :

— Allons, allons, monsieur Pierre, vous êtes un enfant. Croire que moi, un vieux routier du service des Renseignements, je vous révélerais ma présence sans être certain que vous vous tairez, bien plus : que vous obéirez avec un dévouement sans bornes !

Pierre haussa violemment les épaules :

— Je suis curieux de voir cela.

— Soyez donc satisfait !

Et, d'un ton de camaraderie, plus impressionnant que les pires menaces :

— Mistress Lydia avait grand sommeil, tout à l'heure…

— Oui, après ?

— Savez-vous pourquoi cette aimable femme sentait ses yeux se voiler ; pourquoi, à cette heure, elle dort si profondément que nulle puissance humaine ne lui pourrait rendre la conscience des choses ?

Incapable de prononcer une parole, Pierre secoua négativement la tête :

— Parce que je l'ai voulu ainsi, continua Célestin d'un air triomphant. Or, écoutez-moi bien… Le soporifique auquel elle a cédé est un produit gazeux que j'ai introduit dans sa cabine au moyen de ce conduit.

Il écartait un manteau de Pierre, accroché à la cloison et sous l'étoffe, il désignait une sorte d'entonnoir métallique hermétiquement clos, d'où sortait un tube de verre enfoncé dans la cloison.

— Le gaz en question amène la mort dans les douze heures qui suivent son usage. Donc, à l'arrivée en rade de Beyrouth, votre charmante amie sera défunte, si je ne lui administre pas l'antidote de la substance toxique.

Mais comme Pierre, s'appuyait au bordage, ses jambes flageolant sous lui, Midoulet reprit vivement :

— Non, non… pas de nervosité. Elle ne court aucun danger, si vous exécutez mes ordres, sans arrière-pensée. Donnez-moi votre parole d'honneur de m'obéir entièrement, et je vous remets l'antidote.

Il acheva, d'un ton détaché :

— Au surplus, l'Europe n'y perdra rien. Que ce soit un Français ou une Anglaise qui déjoue les desseins japonais. Le résultat mondial est le même. Seulement, j'ai un désir particulier d'assurer la victoire au service français. Eh bien ! Jurez-vous ?

Un lourd silence règne dans la cabine. Complètement démoralisé par la révélation du danger couru par la jeune femme, Pierre se passait machinalement la main sur le front, où perlaient des gouttelettes de sueur froide.

L'angoisse l'annihilait positivement. Il sursauta, en entendant Midoulet répéter sa question :

— Eh bien ! vous engagez-vous ?

Il lui fallut un effort violent pour desserrer ses mâchoires contractées, et il parvint à bégayer :

— Je vous donne ma parole d'honneur, mais sauvez-la !

La bouche de l'agent s'ouvrit en un rire silencieux et fugitif. Il fouilla dans sa poche, en retira une boule de substance blanche qui semblait avoir été taillée dans un bloc de craie, et la tendant à son interlocuteur :

— Allez placer ceci auprès de la dormeuse, ouvrez le hublot de sa cabine, et revenez. Je vous dirai ce que vous devez faire.

Jeter son manteau de voyage sur ses épaules, reprendre ainsi un aspect suffisamment féminin, la perruque de Véronique coiffée de nouveau, fut pour Pierre l'affaire d'un instant il s'élança dans le couloir.

Célestin prêta l'oreille. Il entendit s'ouvrir la porte de Lydia. À travers la cloison, le bruit des mouvements du jeune homme lui parvenait. Le claquement du hublot lui apprit que toutes les prescriptions étaient observées.

Alors, il se reprit à rire silencieusement, et se frottant les mains :

— Ce petit est un cornichon angélique, *angelicus cucurbitaceus*. Il a cru à ce gaz, digne des Borgia, dont j'ai régalé son entendement. Brave garçon, va. Ta mignonne compagne n'a jamais été en péril. Elle a simplement absorbé de la belladone dans son café. Elle se réveillera sans souffrance, dans une quinzaine d'heures. Seulement, à son réveil, le *Parthénon* aura quitté l'escale de Beyrouth, l'emportant vers Smyrne ; je resterai donc seul en face des Japonais.

Et d'un ton amical, il s'octroya des félicitations.

— Bien joué, Midoulet. Te voilà débarrassé de la concurrence anglaise ; tu vas te retrouver dans la société de tes adversaires, sous une forme qui te vaudra, non plus leur suspicion, mais leur reconnaissance.

Il se tut ; Pierre revenait.

Les traits du jeune homme exprimaient une joie débordante. À son avis, il venait de sauver la vie à Lydia ; rien au monde n'eût pu lui être plus agréable.

Le résultat de cet état d'esprit fut qu'il s'adressa presque cordialement à Célestin Midoulet :

— Me voici. Vous avez ma parole. Faites-moi connaître vos ordres.

C'est en suite de la longue conférence à voix basse qu'eurent les deux hommes, que, le lendemain matin, Pierre, redevenu Véronique, avait prié Marcel Tibérade de s'enquérir auprès du général Uko et de sa fille s'ils jugeaient bon de rencontrer mistress Robinson.

Notes

1. Le plus récent massacre de Maronites fut provoqué par une décision semblable.

DEUXIÈME PARTIE

CHAPITRE PREMIER
MISTRESS ROBINSON N° 2

— Non, ne remerciez pas, je suis totalement au plaisir d'avoir obligé des personnes aussi vraiment intéressantes.

Ainsi, mistress Robinson accueillit les expressions de la reconnaissance des trois voyageurs, à la disposition desquels elle avait mis quelques-unes des cabines louées par elle, à bord du *Parthénon*.

Mais quelle étrange mistress Robinson, et comme elle ressemblait peu à la gracieuse Lydia.

Cette mistress-là apparaissait grande, sèche, autant qu'on en pouvait juger sous son ample manteau de voyage. Un chapeau-capeline, renforcé d'un voile bleu, cachait la tête de la passagère.

Et comme si une pareille coiffure lui avait semblé insuffisante à masquer ses traits (elle devait être laide, assurément), des besicles de corne, à verres bleus, chevauchaient son nez et rendaient invisibles ses yeux.

Elle parlait cependant d'une voix aigrelette, acide, que ses interlocuteurs, s'ils avaient été portés à la méfiance, eussent jugée déguisée par un de ces procédés familiers aux agents policiers de tous les pays.

Mais ni le général, ni Tibérade, encore moins la tendre Sika, n'appartenaient au monde défiant qu'une éducation spéciale prédispose à semblables idées.

L'Anglaise disait :

— J'ai l'espoir de vous revoir à terre, et de nouer des relations charmantes. En ce moment, je suis en attente du capitaine. Je lui veux donner quelques instructions, touchant certains de mes bagages qui continueront sur Smyrne. Je demande le pardon de quitter si vite. Croyez à mon regret le plus grand.

Puis, d'un geste digne, appelant Véronique, qui attendait à quelques pas, avec, sur le visage, une expression d'inexplicable contrariété :

— Suivez, ma fille, suivez. Le port n'est plus éloigné, et nos dispositions ultimes nous réclament.

Un salut raide à ses interlocuteurs et elle s'engouffra dans l'escalier des cabines, entraînant Véronique qui, de toute évidence, eût préféré demeurer sur le pont.

Les voyageurs, réjouis par la pensée d'atteindre bientôt le terme de la traversée, plaisantèrent la camériste tirée par sa faute à deux « patronnes ». Ainsi qu'il arrive souvent pour les railleurs, ils ne soupçonnèrent pas l'inopportunité de leur gaieté.

L'Anglaise cependant était parvenue devant l'enfilade de cabines retenues à son nom.

— Véronique, dit-elle, toutes les malles, dans le seul compartiment occupé par mistress Lydia.

Sans répliquer, la pseudo-fille de chambre s'empressa de débarrasser les cabines voisines de leurs encombrants bagages, et les traînant le long du couloir, elle les empila devant la porte de Lydia.

La mistress Robinson actuelle introduisit une clef dans la serrure, ouvrit. Pierre-Véronique se précipita, poussant la première malle ; mais sur le seuil, il s'arrêta, stupéfait.

Lydia avait disparu. La cabine était vide.

— Où est-elle ? s'exclama-t-il, comme malgré lui.

La question parut réjouir prodigieusement Midoulet. Sous le voile bleu de mistress Robinson grinça son rire bizarre, puis lentement :

— En sûreté, ne vous inquiétez pas. Mais, désireux de confier ses malles à la garde du capitaine, jusqu'à Smyrne, j'ai dû prendre les mesures utiles pour que la charmante Lydia accompagnât ses bagages.

Et Pierre l'écoutant avec stupeur, il poursuivit :

— Nous à Beyrouth, elle à Smyrne. Il lui faudra quarante-huit heures pour revenir. Je n'en désire pas davantage. Remarquez d'ailleurs combien je suis honnête. Je pourrais m'approprier ses colis ; je ne profite pas de la situation.

D'un ton sec, l'agent conclut :

— Ceci dit, veuillez faire ce que j'ai commandé. Je ne souhaite point de mal à ma concurrente anglaise ; ne m'obligez pas à lui en faire.

Pierre courba la tête et se mit à la besogne. En quelques minutes, les *trunks* furent amoncelés dans la cabine où le jeune homme avait vu Lydia pour la dernière fois.

La porte refermée avec soin, Midoulet s'empara de la clef.

À ce moment, les mugissements de la sirène annonçaient que le *Parthénon* embouquait les passes du port de Beyrouth.

L'agent se frotta les mains.

— Nous allons débarquer, fit-il.

— Mais elle, elle ? murmura Pierre d'un ton suppliant.

— Elle doit continuer sur Smyrne. Une fois à terre et le *Parthénon* ayant repris sa route, je vous rendrai, avec la liberté, la possibilité de rejoindre cette espionne pour qui vous marquez un si grand intérêt.

— Vous m'assurez qu'elle ne souffre pas ?

— Elle dort cher monsieur. À son réveil, elle se trouvera en face du capitaine, qui lui expliquera comment elle a *brûlé* le port de Beyrouth.

Le jeune homme secoua la tête. Un découragement amer le prenait. Véritablement, la fatalité traitait ses sentiments ainsi qu'un volant tarabusté par les raquettes.

Lui, si loyal, si simple, devait à toute minute faire face à des situations compliquées. Bien plus, il était contraint de déguiser sans cesse la vérité, de trahir tous ceux qui l'rapprochaient. Le général, Sika, Midoulet, tous, il les avait trompés ; et maintenant, le plus douloureux des mensonges lui devenait forcé. Il lui fallait, sous peine de mettre la jeune femme en péril, aller à l'encontre des desseins de Lydia, pour laquelle il eût volontiers donné sa vie, si cela eût pu servir à quelque chose.

Mais la sirène meuglait de plus belle. Au léger roulis, qui tout à l'heure balançait le navire, avait succédé un glissement doux sur des eaux étales.

Sans doute possible, on entrait dans le port, abrité contre les clapotis du large.

— Venez, ordonna Midoulet.

Et Pierre le suivit.

Tous deux remontèrent, gagnèrent le pont, puis la passerelle sur laquelle le capitaine se tenait, auprès du pilote venu à bord pour faire entrer le steamer dans le bassin.

La fausse mistress Robinson s'approcha de l'officier.

— Capitaine, dit-elle, votre escale à Beyrouth est très courte : deux heures à peine.

— Oui, nous nous arrêtons seulement pour le service des passagers.

— Je le sais. J'ai pensé que vous seriez très occupé durant cet arrêt.

— Très…

— Et j'ai agi en conséquence. Voici la clef de la cabine que j'occupais personnellement. J'y ai enfermé tous mes bagages, qui continueront jusqu'à Smyrne.

— Jusqu'à Smyrne, se récria le commandant, mais…

— Le prix de location n'est plus le même ; je vous remets le supplément. De plus, voici une lettre que vous ouvrirez en mer. J'y ai résumé comment s'opérera le débarquement des colis que je rattraperai à Smyrne.

— Parfait !

— Et enfin, voici la clef de ma cabine que je vous confie.

Le capitaine avait pris lettre et clef, sans manifester aucune surprise de converser avec une mistress Robinson, si différente de Lydia.

Véronique s'en étonna. Mais aussitôt elle se souvint. Le capitaine était absent lors de l'embarquement de la jeune femme. C'était le second, couché maintenant après sa nuit de quart, qui avait installé la charmante Anglaise.

La supercherie ne pouvait donc être découverte.

Et, l'officier ayant glissé les objets dans sa poche, Midoulet regagna le pont tranquillement avec une démarche qui ne rappelait en rien la grâce de Lydia.

Justement le *Parthénon* entrait majestueusement dans le bassin du Commerce, évoluant parmi les navires battant pavillons de tous les peuples de l'Orient à l'Occident : grecs, français, anglais, ottomans, égyptiens… Il vint s'amarrer au débarcadère de la Compagnie Hellénique-Echelles, qui doit son nom à ce qu'elle dessert les ports ou Echelles du Levant.

La passerelle fut lancée. Des *hamals* (porteurs), des aboyeurs d'hôtels, des parents, des soldats se dressaient sur le quai, pour recevoir au débarqué des clients, des amis chers, ou des cambrioleurs en fuite.

Midoulet et Pierre se rapprochèrent des Japonais qui leur firent le plus aimable accueil.

Tibérade s'était glissé près de la coupée. Il voulait suivre des yeux Yousouf et Ahmed.

Mais à l'instant où ceux-ci allaient franchir la passerelle, un jeune garçon à la veste cannelle, au large pantalon flottant sur ses jambes nues, la tête coiffée d'un fez, se précipita sur l'étroit passage en glapissant :

— Shib (contraction de sahib ; seigneur) Tibérade ? Shib Tibérade ? Ouna cartolina.

— Tibérade, cria Uko, qui, ainsi que sa fille, suivait le jeune homme des yeux.

— Shib Tibérade ? répéta le boy, lequel n'était autre qu'un employé de la poste ottomane.

Marcel l'arrêta par le bras :

— C'est moi ! Tu as une lettre à me remettre ?

— La cartolina que voici.

— Donne ! En échange, prends ce *backchich* (pourboire).

Le gamin empoigna la pièce de monnaie, la considéra d'un œil attendri, puis hurla avec conviction :

— Evivva lou générou shib !

Ce bruyant hommage rendu, il bondit sur le quai, s'engouffrant dans la foule où il disparut.

Un coup d'œil sur l'enveloppe, et Tibérade pâlit, bredouillant :

— L'écriture d'Emmie !

— D'elle ?

Uko, Sika et aussi Midoulet et Pierre, qui escortaient les Japonais, sans défiance à l'égard des fausses mistress Robinson et Véronique, se pressèrent autour de Marcel d'un mouvement identique, encore que les sentiments qui le déterminaient fussent totalement différents.

Mais le moyen de reconnaître les mobiles des paroles prononcées par des voix également anxieuses ?

— Lisez ! Que dit-elle ? Lisez donc.

Et lui, obéissant à l'impulsion générale, lut la suscription ainsi libellée :

« Monsieur Tibérade, à bord du premier navire arrivant d'Égypte. »

Uko, Sika, Midoulet se montrèrent énervés par ce retard. L'adresse ne les intéressait pas. Ils étaient bien sûrs que la missive n'était pas destinée à l'empereur de Chine. Et avec un touchant ensemble, ils clamèrent :

— C'est à l'intérieur que vous trouverez les renseignements désirés par nous tous !

La pseudo-mistress Robinson profita même de la curiosité générale pour risquer une plaisanterie à froid avec un accent anglo-saxon suffisant pour tromper des Japonais et des Français :

— Bien sûr ! Ce n'est pas sur l'enveloppe que l'on porte de telles choses.

Personne ne la releva.

Tremblant, Tibérade faisait sauter la bande gommée. Il déplia le papier et poussa un cri dont tous sursautèrent :

— Quoi ? Qu'est-ce ? Qu'y a-t-il ? questionnèrent ses compagnons, affolés véritablement par le désir de savoir.

Le jeune homme prononça lentement, comme si le sens des paroles lui échappait :

« Le soir de ton arrivée, rends-toi à la représentation du *Cirque des Enfants ailés*. Là, tu sauras comment me tirer de captivité.

« EMMIE. »

— Un cirque, maintenant ! s'exclama-t-il en terminant. Elle a dû être enlevée durant notre sommeil général sur le canot n° 2 ; ces rapts sont plus fréquents que l'on ne pense…

— Cela peut être, consentit Midoulet avec le fausset bizarre adopté par la nouvelle mistress Robinson.

— Enfin, reprit Sika, elle est captive, il est vrai, mais elle recouvrera la liberté, si nous agissons ainsi qu'elle l'indique.

— Première question : où est le *Cirque des Enfants ailés* ? Qu'est-ce que c'est que cela ? interrogea insidieusement l'agent.

— Gagnons un Hôtel, on nous renseignera.

— Et du même coup, se confia Midoulet en aparté, en sachant où se trouve la demoiselle, nous apprendrons la cachette du pantalon japonais qui l'accompagne.

Chacun dut se faire une réflexion analogue.

Aussi tous, en hâte, Véronique suivant à cinq pas, en soubrette stylée, franchirent la passerelle. Seulement, à la faveur de la distraction causée par l'épître d'Emmie, Yousouf et Ahmed avaient disparu, et Marcel eut beau écarquiller les yeux, interroger les environs de regards aigus, il n'aperçut plus ceux qu'il s'était juré de ne pas perdre de vue.

Les meurtriers à venir d'une jeune fille blonde s'étaient perdus dans la foule, sans laisser de traces. Toujours flanqués de Midoulet, méconnaissable sous son déguisement, et de Pierre, maugréant contre la fatalité qui l'obligeait à reprendre son embarrassant costume féminin qu'il espérait naguère avoir dépouillé pour toujours, les voyageurs se rendirent à l'hôtel Ismaïl, situé au centre de la ville et réputé par son inconfort, moindre cependant que celui des établissements similaires.

Ils s'informèrent aussitôt auprès du gérant-manager.

— Un cirque est de passage à Beyrouth, n'est-ce pas ?

L'interpellé s'épanouit pour répondre :

— Oui, messieurs… oui, mesdames… Un grand ambulant. Depuis quinze jours, nos murs sont couverts d'affiches multicolores, très attrayantes, très attractives. Vous avez dû en voir des échantillons en venant du paquebot. Et ce soir Justement a lieu la première représentation. Elle promet d'être sensationnelle ; on annonce, en effet, des numéros tout à fait curieux.

— On le nomme bien le *Cirque des Enfants ailés ?* insista le général.

— Vous l'avez dit, seigneur, on le nomme ainsi, à cause précisément de l'un des numéros dont je parlais à l'instant.

Puis donnant carrière à la curiosité familière et bienveillante des hôteliers :

— Vous souhaitez sans doute assister au spectacle ?

Le groupe s'empressa de répliquer :

— Vous avez deviné.

— En ce cas, pressez-vous de dîner. C'est un bon conseil. Il y aura un monde fou. Les amateurs sont légion ; on est très friand de ce genre d'exhibition à Beyrouth.

— Hâtez-vous donc de faire servir. À propos, où s'est établie cette entreprise ?

— Oh ! à deux pas. Quand je dis deux pas, vous concevez, c'est une figure. En réalité, il faut faire des pas pendant dix minutes pour atteindre la place d'Aïa-Tarbouch, où les installations sont dressées.

— Et la place en question ?

— À la lisière de l'ancien et du nouveau Beyrouth. Il suffit de suivre l'avenue Ismaïl, à laquelle mon hôtel a emprunté son nom.

— Parfait. À quelle heure la représentation ?

— Les bureaux ouvrent à huit heures.

Quelques instants plus tard, les voyageurs prenaient place dans le « restaurant » de l'hôtel, et expédiaient un repas copieux, mais peu délicat. L'Orient, en dehors des pâtisseries, gelées et bonbons, ne connaît pas les recherches de la table. Par exception, mistress Robinson et Véronique avaient été conviées à s'asseoir à la même table que leurs compagnons de traversée.

Et, Sika s'amusait de voir en face d'elle, et sa femme de chambre, et celle qu'elle prenait pour une Anglaise excentrique et inconnue.

Tous mangèrent silencieusement.

Des préoccupations de même nature les éteignaient. Avec l'illogisme de tout être humain attendant l'explication d'un mystère, ils donnaient carrière à leur imagination pour se fournir des explications, dont le moindre défaut était de ne se baser sur aucun fait précis.

Midoulet, seul, se réjouissait à la pensée que chaque minute le rapprochait de la capture du pantalon diplomatique, que tous, Sika exceptée, supposaient entre les mains d'Emmie.

Marcel restait sombre. Le brave garçon se demandait dans quel état il allait retrouver sa petite cousine. Ah ! il l'aimait bien d'une tendresse paternelle.

Uko, lui, se sentait partagé entre le désir de mener sa mission au succès et celui de revoir la petite Parisienne, dont il aimait le courage, la décision, la bonne humeur inaltérable.

Enfin, avec une nuance de remords, la gentille Sika s'amusait de la prochaine déconvenue de ses compagnons, lancés à la poursuite d'un vêtement qu'elle continuait à porter sur elle. Elle se promettait d'ailleurs, de chercher, d'accord avec sa jeune amie retrouvée, une cachette moins incommode et moins aléatoire que celle occupée par le diplomatique gris fer autour de son corps gracieux.

En dépit des préoccupations, le dîner s'acheva sans encombre, et tous prirent le chemin de la place Aïa-Tarbouch. Nul ne s'étonna de ce que l'Anglaise et Véronique suivissent le mouvement.

À certaines heures, il n'existe plus d'étrangers, plus de serviteurs. L'acuité des sensations éprouvées fait naître l'illusion qu'elles sont partagées par toute l'humanité.

Marcel et Uko jugeaient normal que mistress Robinson, inconnue quarante-huit heures plus tôt, se passionnât pour la cause qui les entraînait en avant. Quant à Sika, elle crut devoir remercier Véronique de son dévouement.

Le mot faillit coûter des larmes à la fausse cameriste en soulignant son involontaire traîtrise.

Bien avant l'ouverture des portes, ils avaient atteint le *Cirque des Enfants ailés*, dont la tente énorme se dressait ainsi qu'une tour, dominant la longue file des luxueux hangars mobiles abritant les machines électriques chargées de distribuer l'éclairage dans l'hippodrome. La foule commençait à affluer. Les spectateurs débouchaient par groupes bruyants de toutes les rues adjacentes. Bientôt une cohue compacte fut réunie devant la façade polychrome du cirque, sous l'éclat aveuglant des lumières projetées par d'énormes globes électriques.

Se maintenant au premier rang, les voyageurs, encore plus avides du spectacle que tous ceux qui les entouraient, attendaient avec impatience le moment de pénétrer dans le théâtre forain. Ils piétinaient littéralement, énervés par le public qui se pressait derrière eux. Mais les musiciens, sur l'estrade, entamèrent un allégro brutal, dans lequel grondait le tonnerre des cymbales et de la grosse caisse ; puis un clown en habit, orné d'une flamboyante perruque à houppe, parut pour énumérer avec des contorsions baroques, en langue *sabir*, mélange de français, d'anglais et d'italien usité dans toutes les Echelles du Levant, les merveilles qui seraient présentées à l'Intérieur.

Ceci était pour gagner du temps, car le populaire n'avait pas besoin d'être excité.

Les portes s'ouvrirent enfin.

Les amis d'Emmie n'attendirent pas la fin du « boniment » pour escalader les degrés accédant au plateau de parade. Ils se ruèrent vers le contrôle placé au fond.

— Trois premières ! clama le Japonais.

— Deux premières, cria en écho Midoulet, qui marchait derrière lui.

Puis se tournant vers Pierre, la fausse Anglaise murmura :

— Véronique, je vous offre votre place. Dites que je ne suis pas bonne !

Mais le mouvement des voyageurs sembla un signal ; la foule les suivit. En quelques minutes, le cirque fut envahi, les gradins bondés, les couloirs encombrés. Plus une place assise ou debout qui n'eût son titulaire. Le Tout-Beyrouth des premières était certainement venu ce soir-là au *Cirque des Enfants allés*.

La représentation commença de suite, par un charivari diabolique exécuté par l'orchestre, et que le programme qualifiait modestement : « Ouverture en si bémol. » Puis, ce fut le défilé classique de clowns faisant des pirouettes, poussant des cris inarticulés, que les badauds croient anglais, se lançant des chapeaux pointus qu'ils recevaient adroitement sur la tête. Une écuyère, légère et vaporeuse en son maillot rose, leur succéda, évoluant sur un cheval richement caparaçonné ; le saut des cerceaux de papier, des obstacles, la voltige n'avaient point de secrets pour elle, et le public bénévole ne marchanda pas les applaudissements à l'artiste.

Marcel et ses compagnons seuls semblaient s'ennuyer. Ils avaient beau, tandis que les numéros se suivaient sans interruption, examiner la salle, la piste, l'entrée des écuries s'ouvrant eh face d'eux, nulle part, ils n'apercevaient Emmie. Et la venue d'Emmie était la seule chose susceptible de les intéresser.

Tantôt l'un, tantôt l'autre, murmurait :

— Où peut-elle être ?

Ce à quoi le voisin répliquait :

— Attendons ! Elle nous a fixé rendez-vous ici. Donc elle viendra.

Et Midoulet, ainsi qu'un leitmotiv, se répétait à lui-même à chacune de ces réparties :

— J'espère que le pantalon du Mikado viendra aussi.

Une fois même, il se laissa aller à plaisanter, toujours pour sa seule personne.

— Elle porte la jupe-culotte, cette enfant !

Cela le fit rire, mais le général, étonné de cette gaieté intempestive, regarda mistress Robinson de si interrogative façon, que l'agent jugea bon de se tenir tranquille.

La représentation se poursuivait cependant.

Gymnastes, équilibristes en maillots cerise galonnés d'or « travaillèrent ». Puis vinrent des chiens savants parfaitement dressés, lesquels précédaient un clown-musical, qui avait eu l'idée ingénieuse et patiente de se confectionner un piano aux touches de silex sonore. Ce singe-homme précédait des singes quadrumanes et cavaliers.

« Entr'acte ! »

L'affiche annonçait l'interruption momentanée du spectacle, fut plantée au bout d'une perche, sur la piste, donnant le signal d'un brouhaha général.

Marcel, qui bouillait d'impatience, se dressa d'un bond :

— Si Emmie ne profite pas de l'entr'acte pour nous joindre, elle nous manquera certainement à la sortie, grommela-t-il.

Sika tenta de l'apaiser.

— Elle n'a pas dit à quel moment elle viendrait à nous. Attendons et soyons certains qu'elle hâtera ce moment de tout son pouvoir.

— Vous supposez donc qu'elle n'est pas libre de ses mouvements, mademoiselle ?

— Sa lettre dit que vous la délivrerez de captivité ; une captive n'est jamais libre, par définition même.

— C'est vrai… Mais être captive et donner des rendez-vous au cirque m'apparaît tout à fait contradictoire.

Et sans doute pour faciliter à sa cousine les moyens de la rencontrer, Marcel entraîna ses compagnons dans les couloirs, les écuries, furetant partout avec l'espoir de rencontrer sa petite parente.

— Satané pantalon, soupirait Midoulet durant ces pérégrinations, qui de toute évidence, l'ennuyaient considérablement.

Mais Emmie, aussi bien que le vêtement demeurait invisible.

L'orchestre, dans sa loggia, annonça la reprise à grand fracas, conviant le public à la deuxième partie du programme. Les exercices des *Enfants ailés* allaient enfin être présentés aux spectateurs.

Le général et ses amis durent s'empresser de regagner leurs places. Un coup d'œil sur la piste leur montra que l'on y avait disposé une sorte d'estrade. Au-dessus se balançaient de légers fils d'acier, fixés au cintre.

Ils n'eurent pas le temps de s'interroger sur l'usage de cette installation ; la réponse à la question informulée leur fut apportée aussitôt par une bande de jeunes garçons et de fillettes qui bondirent sur l'estrade, avec les grâces particulières aux gymnasiarques.

C'étaient les enfants ailés. Et, pour justifier l'appellation, tous avaient des ailettes azurées, placées au dos des justaucorps ou des corsages.

Les boys, costumés en pages ou en quelque chose d'approchant, les fillettes, aux cheveux flottant sur les épaules, apparaissaient vêtues de gazes chatoyantes et nacrées. Les uns et les autres se rangèrent sur une ligne au milieu de l'estrade, puis ils saluèrent les mains aux lèvres avec un ensemble militaire.

— La voyez-vous parmi ceux-ci ? questionna Tibérade, hanté par la recherche d'Emmie.

Sika sursauta, et vivement, d'un ton de reproche :

— Vous n'y songez pas ? Emmie parmi des acrobates !

— Pourquoi pas ? Quand on appartient au personnel d'un cirque…

— Cela ne suffit pas. Il faut encore un entraînement spécial. Et je ne sache pas que l'éducation de votre cousine ait jamais comporté des leçons de voltige…

— Hélas ! la mienne comporte la logique.

— Que voulez-vous exprimer avec cette logique ?

— Que, d'après sa lettre, Emmie se trouve dans le cirque… Or, elle ne figure pas parmi les spectateurs ; donc, nous sommes tenus de la chercher dans le personnel de l'entreprise. Acrobate ou servante… Or, je penche pour le premier emploi ; une domestique, en effet eût pu, depuis le début de la représentation, abandonner son travail pour se manifester à nous.

Cette fois, Sika ne répondit pas.

Le général, mistress Robinson, et même Véronique, hochaient la tête d'un même balancement, approbateur de la conclusion de Tibérade.

Cependant, les enfants, suspendus aux fils d'acier fixés au cintre, avaient été hissés à mi-hauteur du dôme de toile du cirque.

Ils commençaient des évolutions compliquées, mimant une sorte de ballet aérien, qui produisait l'impression d'une farandole de ces amours ailés, si fort en faveur au dix-huitième siècle.

Le public, ravi par la grâce réelle du spectacle, applaudissait à tout rompre. Soudain un cri bizarre, incompréhensible, se fit entendre :

— Mavarçavel !

— La voix d'Emmie ! clama Tibérade, se dressant sur ses pieds, d'un bond si brusque qu'il faillit renverser son plus proche voisin.

Mais la voix reprenait, lançant, au profond ahurissement des spectateurs, les syllabes incompréhensibles d'un idiome inconnu.

— Mavarçavel ! C'avest mavoi !

— C'est elle ! répéta le jeune homme, le visage radieux. C'est elle.

Et il cherchait de tous côtés la fillette qui venait de lui révéler sa présence.

— Elle parle donc *javanais*, s'exclama Véronique, qui, elle aussi, s'était levée et considérait l'assistance.

Javanais ! Oh ! ce javanais-là est un article de fantaisie parisienne. Il n'a rien de commun avec le langage parlé par les indigènes de Java, de Sumatra et des îles malaises.

Il s'obtient en intercalant le vocable *av* dans chaque syllabe des mots.

Exemple : Marcel fera Mavarçavel.

— Évidemment, elle a choisi cette forme baroque, pour que ses paroles, soient comprises de moi seul, murmura le jeune homme ; seulement où se tient-elle ?

— Oui, oui, où est-elle ? répétèrent ses amis Uko et Sika.

— Où est-elle ? redirent mistress Robinson et même la soubrette Véronique.

Comme uns réplique à la question, la voix laissa tomber l'indication :

— En l'air, au bout d'un fil !

Tous levèrent les yeux et, soudain, ils remarquèrent que l'un des enfants ailés, tout en exécutant sa chorégraphie aérienne, se livrait à une télégraphie de gestes incontestablement dirigés vers la partie du cirque qu'ils occupaient. Sika prononça :

— La voici…, là…, la quatrième du troisième rang.

— En effet, nous la voyons à présent.

— Mais comment figure-t-elle parmi ces enfants ? Par suite de quels événements ?…

La question fut interrompue.

Sans doute, la fillette avait compris que ses amis l'avaient reconnue, car son organe clair résonna de nouveau :

— Tout à l'heure, disait-il toujours dans cet incroyable javanais de Paris, après la représentation, venez au bureau de la direction ! Il suffira de payer la *casse* !

À présent, le public se figurait que la conversation, inintelligible pour lui, faisait partie du programme, et le javanais obtenait une salve de bravos d'autant plus enthousiastes que personne n'y comprenait rien.

La méprise évidente de la foule rendit le sourire aux voyageurs.

Emmie se balançait bien encore au bout d'un fil d'acier ; mais elle était retrouvée. Dans quelques instants, Marcel, Sika la presseraient dans leurs bras. Elle reprendrait sa place dans le groupe des voyageurs, poussés vers un but ignoré par la volonté mystérieuse du maître de l'empire du Soleil Levant.

Et puis, la bonne humeur de la petite cousine prouvait qu'elle n'avait point souffert. Donc à quoi bon se montrer plus morose qu'elle-même ?

Le général se frottait les mains, disant à haute voix la grandeur de sa satisfaction, sans soupçonner que Midoulet et mistress Robinson ne faisaient qu'une seule et même personne :

— Heureusement que nous avons égaré cet insupportable M. Midoulet. Sans cela, il eût fallu lutter encore pour la possession du message impérial.

Le *message impérial* provoqua le rire de Sika, de Marcel, voire de Véronique. Et l'on peut supposer que, sous son voile, la fausse Anglaise adressa de son côté un sourire fort ironique au Japonais.

Malgré tout, les regards ne quittaient pas le groupe volant qui s'agitait en l'air.

Les exercices des enfants ailés se poursuivaient à la satisfaction grandissante des spectateurs. Tibérade et ses amis furent certes les seuls à pousser un soupir de joie, lorsque les fils, s'allongeant derechef, ramenèrent les jeunes gymnasiarques vers le sol et leur permirent de reprendre pied sur l'estrade. De nouveau, ils se rangèrent en ligne, adressèrent un dernier salut souriant au public qui les acclamait, et puis, telle une volée d'oiseaux, les petits s'engouffrèrent dans l'entrée béante des écuries.

— Fini le spectacle, s'écria Tibérade avec tant de feu que ses voisins se retournèrent. Ne perdons pas une minute, courons à la direction et que l'on me rende ma cousine.

Tout en parlant, il sautait sur la piste, courait vers l'ouverture des écuries et coulisses, par laquelle Emmie venait de disparaître. Le général, mistress Robinson, Véronique, Sika, sans s'inquiéter les uns des autres, se hâtèrent de le suivre, chacun semblant vouloir arriver bon premier auprès du… message impérial, comme Uko avait désigné le pantalon gris fer. Dans leur hâte, aucun ne remarqua qu'un remous de la foule les séparait de Sika, laquelle, arrêtée un instant, demeura en arrière.

Si Marcel s'était retourné à ce moment, que de tristesses il aurait évitées ; car il aurait reconnu, encadrant la blonde Japonaise, le Druse Yousouf et le Persan Ahmed, dont il avait surpris la conversation nocturne et féroce, à bord du steamer *Parthénon*.

Il eut entendu Yousouf gronder d'un ton menaçant ce commandement, dont il aurait compris le sens sinistre :

— Accomplissez les ordres du Conseil des Druses !

Sika entendit, elle, ces mots prononcés presque à son oreille.

Ils l'étonnèrent

Elle se retourna du côté de la voix, instinctivement, mais le mouvement commencé ne s'acheva pas. Un voile opaque s'abattit sur son visage, l'aveuglant et la bâillonnant d'un seul coup. Elle eut l'impression que des mains brutales la saisissaient, l'enlevaient de terre et l'emportaient rapidement. Comment ? Pourquoi cette violence ? Elle se posait encore la question que, déjà, la caresse du vent lui faisait comprendre qu'on l'avait transportée hors du cirque.

Singulier pays que cette région du Liban, où les Druses inspirent une crainte telle, qu'il avait suffi à Yousouf de lancer cette affirmation mensongère :

— Celle-ci est à nous. Mohamed, le Maître des Druses, l'avait choisie de son vivant comme épouse. Que nul ne s'oppose à la volonté de la Montagne !

Et personne, parmi la foule assistant au rapt, n'avait songé à s'interposer entre la victime et les ravisseurs.

Au dehors, le Druse et le Persan Ahmed s'arrêtèrent près d'une automobile qui stationnait dans un angle obscur de la place d'Aïa-Tarbouch.

Yousouf désigna le véhicule.

— Avec cela, tu atteindras le palais de Mohamed avant le jour. Il te sera donc facile d'enfermer ta prisonnière, sans que personne ait la pensée que j'offre à l'holocauste une Européenne au lieu et place de ma chère fiancée.

Un sourire bizarre distendit les lèvres d'Ahmed accompagnant sa réponse :

— Il sera fait ainsi que tu l'as décidé.

— Merci. Souviens-toi qu'Yousouf est ton frère. Si tu as besoin de lui, appelle-le ; il accourra, fût-il à l'autre extrémité du monde.

— Je le sais ; mais je n'aurai pas, je pense, le besoin cruel de t'arracher à ton bonheur pour me défendre. Éloigne-toi sans regarder en arrière ; ne songe qu'à celle que nous aurons sauvée... Reçois le souhait de ton frère... Sois heureux... Ta bien-aimée est embarquée à présent, n'est-ce pas ?

— Oui.

— Eh bien, cours auprès d'elle. Au jour, soyez bien loin en mer. Qu'elle ne puisse apercevoir le reflet des flammes qui auraient pu la consumer. Peut-être verrait-elle, dans l'incendie, un mauvais présage, et sa pensée s'obscurcirait, et ses doux yeux se mouilleraient de larmes.

Les deux hommes se serrèrent la main. Déjà les serviteurs, par qui Sika avait été entraînée hors du cirque, avaient déposé la prisonnière au fond de l'automobile.

Ahmed sauta auprès d'elle, tandis qu'un wattman indigène, immobile au volant de direction, se tenait prêt à partir au premier signe.

— Au revoir, Yousouf, reprit le Persan Ahmed ; encore une fois, sois heureux !

— Et que les félicités t'accompagnent, mon frère ! riposta le Druse.

Sur les lèvres d'Ahmed passa un sourire mystérieux.

— J'y ferai mon possible, ami. Compte sur moi.

— Prends garde surtout que la captive ne s'échappe. Le Conseil de la Montagne serait féroce, s'il avait vent de la supercherie.

— Pour cela, sois tranquille. Hors de la ville, je débarrasserai la demoiselle de son voile… Qu'elle respire, crie, rugisse dans la campagne déserte, cela n'aura aucune importance. Elle ne fuira pas une voiture marchant à quarante ou cinquante kilomètres à l'heure. Donc, adieu !

Il eut un geste. Le mécanicien actionna le levier de mise en marche.

L'automobile s'ébranla et disparut bientôt dans une rue voisine.

Alors Yousouf s'inclina vers le sud-est, direction de La Mecque, la ville sainte, et les mains réunies en coupe au-dessus de sa tête, il psalmodia :

— Gloire à Allah, qui a sauvé la fiancée chère au cœur de son serviteur !

Avec l'inconscience de sa race, il mettait la divinité de moitié dans le crime, qui condamnait une innocente à subir la torture du feu au lieu de sa fiancée.

CHAPITRE II
EMMIE RETROUVÉE, MESSAGE DISPARU

À cet instant même, Tibérade entraînant toujours dans ses traces

Uko, Midoulet et Véronique, tel un homme qui aurait eu trois ombres, parvenait après maint détour à la porte du cabinet directorial, reconnaissable à une inscription en lettres capitales.

Il frappa d'une main impatiente, et la voix claire du manager clama de l'intérieur :

— Entrez ! Entrez donc !

Les quatre voyageurs obéirent, avec un ensemble tel qu'ils faillirent s'écraser dans l'encadrement de l'entrée. Le directeur, qu'ils reconnurent de suite, l'ayant vu présider aux exercices des enfants ailés, se leva gracieusement et démasqua ainsi la jeune Emmie, laquelle, sans perdre de temps, venait de l'avertir de la visite imminente de ses amis.

— Emmie !

— Cousin Marcel !

— Chère petite !

— Je suis bien heureuse va !

Ces exclamations des deux cousins, réunis enfin, étaient ponctuées de baisers sonores. Ils oubliaient tout dans la joie de se retrouver.

— Je te croyais perdue ! reprenait Tibérade. Va ! mignonne, jamais ton cousin ne s'est senti autant ton père.

Et ce fut le tour du général, de la fausse Anglaise, de la fille de chambre. Dans sa joie, Emmie leur serrait les mains, ne s'étonnant pas d'être l'amie d'une mistress qu'elle n'avait jamais vue avant ce moment (du moins, elle le croyait), oubliant la condition de Véronique, tout aussi bien que les ennuis passés.

Mais elle se souvint de sa chère compagne de voyage et, avec un peu de surprise, elle questionna :

— Qu'avez-vous fait de Mlle Sika ?

Alors seulement les interpellés s'aperçurent de l'absence de la blonde Japonaise.

— Elle nous suivait commença Uko…

— Ah ! bon ! Elle aura été arrêtée par la foule, je la verrai dans un instant ; j'avoue qu'elle manque à mon bonheur.

— En attendant, si l'on parlait un peu du pantalon !

La réflexion du général provoqua un accès de fou rire chez la fillette.

— Ah ! mon général, plaisanta-t-elle. Vous ne pensez donc qu'à cela ?

— Ma foi, oui, mademoiselle. Et ce faisant, je suis dans le rôle que me trace le devoir.

— C'est un devoir de tailleur à façon.

— De tailleur d'étrivières pour quiconque prétendrait s'en emparer, certainement, mademoiselle.

À ce moment, le manager, que ces discours n'intéressaient pas, intervint obséquieusement :

— Pardon, fit-il avec un accent anglais prononcé, je vous entends *pâler* d'une *inexpressible chose*, inexpressible parce que inconvenable, je pensais que vous veniez pâler de la grande caisse.

— La grande caisse ? répétèrent tous les visiteurs ahuris.

Nouvel éclat de rire d'Emmie, qui dompta son hilarité pour s'écrier :

— Je vais vous expliquer l'affaire ; sans moi, s'engageant de cette façon, l'explication pourrait durer longtemps.

Mais Uko coupa la phrase.

— Pour votre liberté, votre cousin suffit. Aussi je vous laisse vous expliquer, je vais aller à la recherche de ma fille. Elle a dû s'égarer dans ce dédale de couloirs, de boxes, de loges.

Tibérade tendit la main au Japonais :

— Allez, allez, général, votre souci nous apparaît naturel ; revenez vite avec Mlle Sika, vous nous retrouverez ici.

L'interpellé ne se le fit pas dire deux fois. Il s'empressa de sortir.

— Maintenant, reprit gravement Emmie, voici la chose. J'ai enlevé le fameux pantalon à la consigne de Port-Saïd. Poursuivie, j'étais sur le point d'être prise, quand la Providence conduisit ma fuite en face d'une grosse caisse appartenant au cirque où nous sommes a cette heure.

— Ah ! la *grande caisse*, souligna Marcel, c'était une grosse caisse.

— Juste. Et aussi la cachette rêvée. Je m'y blottis ; mais pour entrer dans cette caisse… d'asile, je dus découper la peau d'âne.

— Tout devient clair, la carte à payer.

— Sur peau d'une, c'est aussi bien que sur vélin, n'est-ce pas ? Voilà la carte que me présenta ce bon master Palmiper, manager du cirque, lorsque, une fois en pleine mer, je crus pouvoir sans danger sortir de mon appartement sonore.

— Et ?...

— Il fut exquis, master Palmiper. Il me donna toutes facilités pour vous prévenir à votre arrivée à Beyrouth. Bien plus, pour ne pas me laisser le temps de m'ennuyer, il me fit *travailler* comme vous avez pu le voir. Je l'en remercie. Grâce à lui, je sais me promener au bout d'un fil comme une simple araignée.

Marcel fronçait bien les sourcils en toisant le manager, mais Emmie coupa cette menace en reprenant l'entretien :

— Pour l'Instant, fit-elle d'un air innocent, je redeviendrai libre dès que tu auras soldé la peau d'âne.

— Ah ! bien, bien !

Ramené au but de sa visite, le jeune homme interrogea avec un sourire :

— Master, à combien estimez-vous l'indemnité de logement de cette enfant ?

Le directeur s'inclina en manière d'approbation.

Sa face ronde, soucieuse jusque-là, s'épanouit, exprimant clairement cette idée réjouie :

— Enfin, nous allons dire des choses intéressantes.

Mais avec l'astuce du négociant, il reprit aussitôt l'air, le ton, le geste navrés, et ce fut dans un véritable gémissement qu'il prononça :

— Le grand caisse, il est hors d'usage totalement.

— Je n'y contredis pas, acquiesça Marcel sentant poindre le marchandage ; veuillez seulement me dire à quel prix vous évaluez le dommage.

Mais l'industriel ne pouvait se décider aussi vite. Il répliqua :

— Le prix, voilà. Il était dans l'état de neuf, pour ainsi dire. Il n'avait pas servi plus de dix fois.

— D'accord ; le prix ?

Le manager devait être de ceux qui ne prononcent un chiffre qu'au dernier moment, car il continua imperturbablement :

— Au cas où vous douteriez de mon affirmation, je vais envoyer chercher l'instrument musical.

— Inutile ! Le prix ?

— Il peut plus faire : boum ! boum ! puisque son peau, il est crevé.

— Mais combien en voulez-vous, à la fin ? Dites une somme.

Le directeur eut un sourire indulgent :

— Oh ! en affaires, gentleman, il faut rester quiets pour la discussion utile. Je vais dire une somme, vous pensez bien ; mais avant, un petit question ; vos êtes pas dans le commerce, le transaction commerciale ?

— Non, pourquoi ? murmura Tibérade, surpris par l'interrogation imprévue.

Le manager gonfla ses joues, puis avec importance :

— Si vous étiez dans le commerce, vous sauriez les peaux ont beaucoup augmenté ! L'âne devient rare… On n'élève plus.

— Cela m'est égal !

— Non, car les peaux d'âne sont hors de prix.

— Énoncez ce hors de prix.

Cette fois, l'Anglais jugea son interlocuteur suffisamment préparé à l'audition de ses prétentions, car il laissa tomber négligemment :

— En réclamant quatre cents francs, master, je vous assure une affaire d'or.

— À votre profit, master, je comprends, mais je ne discute pas. Voici le prix exigé.

Et Tibérade posa sur le bureau quatre cents francs en billets et monnaie.

Le geste illumina le faciès du manager. Il empocha les espèces, et, griffonnant un papier à en-tête du cirque :

— Je donne un reçu !

Puis, Marcel avant pris gravement la pièce annoncée, qu'il serra dans son portefeuille :

— Il ne me reste plus qu'à vous remercier, master, et à vous quitter sans espoir de retour.

— Non, ne remerciez pas ! Je suis satisfait aussi de ce dénouement.

Satisfaits l'un de l'autre, les interlocuteurs se serraient la main.

Mais brusquement, la scène de vaudeville se transmua en drame. La porte s'ouvrit avec violence, livrant passage au général, pâle, haletant, les vêtements en désordre, qui clama d'une voix rauque, étranglée par une terrible émotion :

— Sika a disparu ! Sika a été enlevée !

— Enlevée ! rugit Tibérade, bondissant sur ses pieds comme projeté par une secousse électrique.

— Oui, hélas, enlevée, emportée !

— Par qui ? Comment ?

— Par les Druses ! acheva le malheureux père d'une voix lamentable.

Par les Druses ! Pour Uko seul, ces mots ne prenaient pas leur terrible signification.

Mais Midoulet de par sa fonction. Tibérade, Emmie, Pierre-Véronique, de par leur instruction, savaient la situation étrange du Liban, ainsi que de la vallée encaissée entre cette chaîne de montagnes et sa parallèle l'Anti-Liban.

Deux races y sont, non pas mêlées, mais juxtaposées : les *Maronites*, chrétiens d'Orient, commerçants, pacifiques et rangés ; les *Druses*, montagnards, pasteurs, chasseurs, guerriers et musulmans. Les premiers travaillent et amassent ; les seconds songent seulement à récolter, c'est-à-dire à s'emparer des économies des autres.

On juge de la terreur qu'inspirent les bourreaux aux victimes, les pillards aux pillés. On comprend la réussite de l'audacieux coup de main de Yousouf, se couvrant de la volonté des Druses.

Marcel, sa cousine, la pseudo-mistress Robinson et Véronique avaient compris de suite l'horreur de la nouvelle apportée par le général.

Oubliant de prendre le temps d'un adieu, ils s'élancèrent du cabinet directorial, sans que le manager songeât du reste à les retenir.

Ayant touché de quoi acheter deux grosses caisses au moins, master Palmiper jugeait inutile toute prolongation de l'entretien.

Tout en traversant les écuries, Tibérade interrogeait Uko.

— Qui vous a signalé les Druses ?

— Un palefrenier du cirque.

— Où est cet homme ?

— Écurie 3.

— Allons-y.

Un instant après, ils s'engouffraient dans l'écurie désignée ; mais là, ils subirent un premier retard. Celui qu'ils cherchaient était sorti afin d'acheter du tabac. Il fallait attendre son retour.

Midoulet jugea le moment propice pour se renseigner sur ce qui l'intéressait bien plus que le sort de Sika. Son déguisement lui permettait de parler sans danger d'éveiller les soupçons. Aussi, agrémentant sa diction de modulations britanniques, genre music-hall de Paris, il énonça :

— Oh ! vous êtes dans le chagrin. Laissez-moi vous faire la révélation. Le petit Véronique a dit que vous couriez après un inexpressible. Vous comprenez le chose du vêtement, que la bouche pioudique d'une lady d'Albion ne pouvait prononcer. Eh bien ! ce chose… ? Qu'est-il devenu dans la relation avec la grosse caisse ?

Tous avaient levé la tête. Véronique s'était dressée. Ses lèvres palpitèrent. On aurait cru qu'elle allait parler ; mais la soubrette demeura muette, un soupir s'échappa de sa bouche entr'ouverte, et dans ce soupir un murmure indistinct qui signifiait pour elle seule :

— Laissons courir. Je dois savoir cela aussi, puisque ma chère mistress Honeymoon n'est plus là pour contrecarrer cet insupportable agent.

Et les assistants, subitement rappelés à la raison qui les avait groupés depuis leur étrange voyage, s'écrièrent :

— Mistress Robinson a raison. Parlez, Emmie.

La soubrette inclina la tête d'un air approbateur, en servante bien dressée, qui ne saurait se permettre de joindre sa voix à celle de ses maîtres, mais qui apprécie à sa valeur les paroles prononcées.

En dépit de son émotion, la fillette se dérida un instant. Ses yeux vifs firent le tour de l'auditoire, et enfin elle murmura :

— Ceci n'est pas une préoccupation distincte, comme semble le croire la dame. S'entretenir du vêtement du Mikado est encore s'occuper de Mlle Sika.

Arrêtant le mouvement général, provoqué par cette déclaration inattendue, elle reprit, avec une nuance de mélancolie :

— Il court les mêmes dangers qu'elle-même.

Il y eut une ruée vers la jeune Parisienne.

— Les mêmes dangers ? répéta le Japonais.

— Les mêmes ? haleta la fausse mistress Robinson, tandis que Véronique ouvrait la bouche en accent circonflexe, mimant ainsi sa profonde stupéfaction.

Emmie inclina la tête pour affirmer.

Mais le geste ne pouvait suffire à la curiosité exaspérée de ses auditeurs. Son cousin lui saisit les poignets et plongeant son regard dans celui de la mignonne créature :

— Petite Souris, dit-il d'une voix faussée par l'angoisse, que veux-tu nous faire entendre par tes incompréhensibles paroles ?

Elle murmura :

— Que le mystérieux effet a été enlevé par les Druses, en même temps que Sika.

— Enlevé ? Comment cela peut-il ?

— Oh ! bien simplement. Sika le portait sur elle.

— Sur elle ?

Ce fut un quadruple rugissement qui s'échappa des lèvres des assistants. Oubliant son rôle, Pierre-Véronique avait uni sa voix stupéfaite à celle de ses compagnons.

Personne d'ailleurs ne songea à relever l'incorrection. Peut-être même, nul ne la remarqua en cette minute d'affolement.

Et l'organe voilé par un émoi douloureux, des larmes perlant au bord de ses cils abaissés, Emmie bredouilla, dans sa hâte d'éclairer ses amis :

— Oui, sur elle. Le mousse à Port-Saïd, c'était moi. La personne masquée dans l'automobile, c'était Sika.

— Mlle Sika !

— Ma fille !

À ces cris du général et de Tibérade, répondit l'organe grinçant de mistress Robinson. Du voile protégeant le visage, sous les lunettes de l'Anglaise supposée, jaillit cette réflexion judicieuse :

— Alors, gentlemen, vous cherchiez un objet que vous aviez à portée de la main.

Dérivant ainsi la pensée des intéressés vers des questions se présentant tout naturellement à l'esprit :

— Pourquoi n'en aurait-elle rien dit ?

— Quels motifs ont dicté sa conduite ?

— Que craignait-elle donc ? qu'elle ait gardé le silence, même vis-à-vis de son père, alors qu'elle le voyait dévoré d'inquiétude ; alors qu'elle n'ignore pas l'importance du dépôt confié à son honneur.

Uko, Marcel s'agitaient tels des épileptiques, tendant les mains vers la fillette, implorant l'explication du geste, du regard, du frémissement de tout leur être ; leur volonté de comprendre exacerbée encore par les exclamations de la baroque mistress Robinson.

— Pauvre moi ! Voilà qui est sagement déduit ! Une fille aimant son bon, son excellent père, ne lui inflige pas une torture morale sans des raisons exceptionnellement graves.

— Les connais-tu, Emmie ?

L'interrogation jaillit entre les dents serrées de Marcel. Son interlocutrice posa sur lui un regard pitoyable. Elle sembla se consulter une seconde. Un pli barra son front, puis s'effaça brusquement.

La petite avait pris une décision. Tout bas, elle avait prononcé pour elle-même :

— De la prudence. Aucun péril... politique n'apparaît. Cependant, je veux procéder comme si des espions nous entouraient. Dire, de la vérité, tout ce qui ne saurait nuire, mais cela seulement.

On voit qu'elle conservait son sang-froid, malgré le tragique de la situation.

Et l'on reconnaîtra qu'à ce moment précis, alors mie deux travestissements dissimulaient des espions des services des Renseignements de France et d'Angleterre, la défiance de la gamine méritait les plus grands éloges.

L'officier japonais, Marcel redisant sur le ton de la prière :

— Et tu l'as aidée, toi ?

— Mais non, mais non. L'idée me vient à présent. Je n'ai pensé qu'à une chose, moi, rentrer en possession du vêtement ; car il me semblait que M. Midoulet, étant soutenu par la police, nous jouerait quelque tour de sa façon.

— Très juste. Mais après ?

— Après, je ne sais plus. J'ai dû songer à ma sûreté, me recroqueviller dans une grosse caisse.

— Mais que penses-tu de la conduite de ton amie, de son incroyable dissimulation ?

Ce fut Uko qui répondit avec orgueil :

— Elle a voulu travailler au succès de ma mission.

Philosophiquement, la petite haussa les épaules, avec une ironie à laquelle personne ne prit garde.

— Vous le lui demanderez quand nous l'aurons sauvée… Moi, je ne sais pas.

Uko, Midoulet et Véronique lui tournant le dos avec humeur, elle se dressa sur la pointe des pieds, de façon que ses lèvres touchassent le pavillon auriculaire de son cousin et elle chuchota doucement :

— Je crois surtout que Sika a voulu éviter la restitution de l'objet en question, parce qu'elle aurait été le signal de la séparation du général, son père, et d'un certain cousin que j'aime de tout mon cœur.

Il voulut l'interroger. D'un bond elle se mit hors de portée, semblant s'amuser des grognements de mistress Robinson, furieuse d'avoir été bernée, et des cris d'allégresse du général qui répétait sans cesse :

— Digne Japonaise ! Sika a emporté le signe diplomatique, loin des entreprises du policier misérable qui souhaitait s'en emparer. Noble enfant ! Digne fille des Samouraï !!!

L'émotion de Tibérade passa inaperçue. Plus personne n'était en état d'observer. Au reste, tous furent secoués par la rentrée du palefrenier attendu.

Cet homme, amené au courage par l'appât de quelques pièces d'or, domina sa crainte des Druses et raconta ce qu'il savait de l'aventure, peu de chose en somme.

Lorsque la représentation avait pris fin, il se trouvait sur la piste, attendant que le public se fût écoulé, pour commencer le nettoyage, ratissage, etc., de l'arène. Dans la foule qui avait envahi la piste, plusieurs individus s'étaient groupés autour d'une jeune fille blonde, l'avaient enveloppée d'une large pièce d'étoffe, un manteau peut-être, et emportée vers une automobile stationnant sur la place Aïa-Tarbouch.

— Et personne, personne, ne s'est trouvé pour défendre la pauvre enfant ? interrompit le général en serrant les poings.

L'employé répliqua du ton le plus naturel :

— Eh ! non, shib ; quand les Druses travaillent, ils n'aiment pas être dérangés.

— Que ne suis-je resté auprès d'elle. Je l'aurais protégée, moi !

Le palefrenier gonfla ses joues, secoua la tête en considérant, d'un air de pitié, Tibérade qui venait de lancer cette exclamation.

— Vous auriez un poignard planté dans la poitrine, rien de plus, shib. Bénissez votre Allah, quel qu'il soit, de vous avoir éloigné à ce moment.

— Mais pourquoi s'attaquer à cette victime innocente et étrangère au pays, reprit le Japonais. Ils ne la connaissaient pas…

— Il parait que si, noble shib.

— Que dites-vous ? Elle n'a jamais, avant ce jour, mis le pied en Asie Mineure…

— Je répète ce que m'a confié l'un des serviteurs, des chefs, que j'ai rencontré parfois, quand nos tournées nous menaient dans la montagne. Je fus son hôte. Nous avons rompu la galette de maïs et dégusté le sel ensemble. Il me considère comme un ami…

Tous s'étaient rapprochés, pressentant qu'ils touchaient au nœud même du drame.

— Et que vous a dit ce terrible ami ?

— Que Mohamed, le défunt Maître de la Montagne, avait, avant sa mort, décidé que la jeune fille serait son épouse !

À cette déclaration stupéfiante, tous s'entre-regardèrent. Enfin, Tibérade balbutia :

— Impossible ! Impossible ! Je vous répète qu'elle n'est jamais venue en ce pays avant ce jour.

— Jamais ! appuya Uko. Jamais !

Mistress Robinson et Véronique crurent devoir renforcer l'affirmation, en clamant avec force :

— Jamais !

— Il y a erreur, maldonne, c'est à refaire, essaya de plaisanter Emmie, dont les yeux étaient obscurcis par les larmes qu'elle s'efforçait vainement de retenir.

— Évidemment, balbutia Marcel, sans relever les formules bizarres dont s'était servie la fillette. Les Druses mentaient.

Le palefrenier secoua la tête :

— Un hôte ne ment pas à celui qui reçut son hospitalité.

— Et cependant, il a avancé une chose complètement fausse. Il ne mentait pas, soit ; mais il a pu se tromper lui-même.

— Cela encore est inadmissible. Le Conseil suprême des montagnards du Liban, tout entier, a déclaré que la jeune fille, ayant mérité le regard de Mohamed, devait être considérée comme son épouse, et à ce titre…

L'homme s'arrêta, comme gêné par la cruauté des paroles qu'il devait faire entendre.

Mais Uko insistant, sans deviner la raison de l'hésitation de son interlocuteur :

— Parlez, parlez ! je vous l'ordonne, je vous en prie.

Ce fut Marcel qui acheva d'une voix chevrotante :

— Et à ce titre, brûlée avec la maison, les armes, les richesses du défunt !

Tous eurent une exclamation éperdue, demeurant comme figés par l'horreur du supplice évoqué par Tibérade.

Sans répondre à l'employé du cirque qui murmurait :

— Comment savez-vous cela ?

Le cousin d'Emmie poursuivit, s'adressant aux assistants comme s'il lui apparaissait que la fausse Anglaise, la servante ne pouvaient pas ne pas partager la douleur dont lui-même, dont le père infortuné étaient déchirés :

— Un complot que j'ai surpris sur le *Parthénon*. Il s'agissait de Sika, et je n'ai pas compris, pas compris ! On voulait la faire périr au lieu d'une autre, au lieu de la condamnée réelle.

Un sanglot coupa la phrase. Le jeune homme s'était voilé la figure de ses mains.

Ses auditeurs demeuraient comme hébétés par la brutalité du coup qui les frappait.

À cet instant, Emmie prouva que, seule, elle conservait son sang-froid, bien que son chagrin fût aussi vif que celui de ses amis.

— Eh bien, dit-elle, si nous voulons sauver notre chère compagne, il convient de ne pas perdre de temps.

— La sauver, gronda le général, est-ce possible, alors que tout un peuple veut sa mort ?

— Mais non, au fait ; Emmie a raison !

Tibérade, transfiguré, avait jeté ces syllabes d'espérance.

— Mais non, reprit-il. L'observation de ma cousine m'a rendu la vision claire de la situation. Pour sauver Mlle Sika, il suffit d'arracher le voile qui masque ses traits, de révéler aux Druses la supercherie, la substitution de personne, dont Yousouf et Ahmed se sont rendus coupables. Ils nous rendront Sika, contre qui ils n'ont aucun motif de haine, et nous vengerons des féroces imposteurs.

— C'est vrai ! C'est vrai !

Les assistants, écrasés tout à l'heure, se reprirent à l'espoir, avec l'énergie de ceux qui ont cru tout perdre et qui entrevoient la possibilité de vaincre.

Le Japonais saisit le palefrenier par sa veste d'écurie, et le secouant avec une énergie farouche :

— Où est la demeure de Mohamed ?

— Oh ! loin d'ici, shib ; à une journée de cheval au moins ; dans la vallée d'entré Liban et Anti-Liban.

— Bien. Continue de nous renseigner ; deux pièces d'or pour t'encourager. Connais-tu bien Beyrouth, ses ressources ?

— J'y viens avec le cirque pour la septième où huitième fois.

— Alors, tu sais où gîtent les loueurs de chevaux ?

L'homme secoua les épaules avec une moue expressive.

— Sûr, je le sais ; mais je doute que l'on vous loue des bêtes à cette heure de la nuit…

— Nous paierons ce qu'il faudra pour la nuit.

— Alors, shib, il y a Karref, dans là Kébir-avenue ; puis… un autre dont je ne sais plus le nom, tout à l'extrémité de Aïcha-Hemin. Allah vous guide !

Les voyageurs ne perçurent pas ce souhait peut-être ironique. Jetant le pourboire promis au palefrenier, ils s'étaient précipités vers la sortie, et commençaient une course folle à travers la cité, à la recherche du loueur Karref… La recherche, en pleine obscurité, fût restée infructueuse si un *slam* (agent de police local), flairant un *backchich* (pourboire), n'avait consenti, avec cette complaisance sans bornes des autorités turques pour les voyageurs fortunés, à les mener en personne au logis cherché.

Seulement, ce logis était clos.

Longtemps Tibérade, Uko, Midoulet, Véronique et même Emmie se meurtrirent les poings à heurter la lourde porte, qui résonnait sous leurs coups avec un fracas de tonnerre.

Ils allaient renoncer, découragés par l'inutilité de leurs efforts, quand un judas treillagé s'ouvrit au premier étage. Par l'étroite ouverture jaillit, menaçante, la question d'usage :

— Qui trouble le repos d'un croyant, dans la nuit réservée aux rêves ?

— Des voyageurs désireux de louer des chevaux sur l'heure, riposta Emmie de toute la force de ses poumons.

Mais cela ne décida pas l'invisible interlocuteur.

— Des chevaux, à deux heures après minuit. Mes gaillards, mon fusil est chargé, passez votre chemin, ou sinon je vous ferai apprécier la qualité de mes cartouches

Et le judas se referma avec un claquement sec, montrant que le loueur timoré croyait réellement avoir affaire à des brigands.

Il eût été inutile d'insister. Le palefrenier avait eu raison. Il connaissait non seulement Beyrouth, mais encore la tournure d'esprit de la population.

Dans ces pays d'Orient, où le temps n'a pas le prix que nous lui attribuons, nous, les Occidentaux incessamment agités, les marchands ne sont point disposés à prendre sur leur sommeil pour traiter une négociation. Le jour leur semble bien assez long pour se fatiguer l'esprit de combinaisons.

Les voyageurs s'obstinèrent cependant, passant de slam en slam, de rue en rue, de loueur en loueur. Partout, ou bien ils furent aussi mal reçus que chez Karref, ou bien, si leur interlocuteur consentit à ne point se fâcher, ils échangèrent avec celui-ci des dialogues dont voici un exemple :

— Des chevaux ? Pour quoi faire ?

— Mais pour les monter, vous le pensez, j'imagine.

— Naturellement, mais où doivent-ils vous mener ?

— Chez Mohamed, le Druse.

— Chez Mohamed !

— À sa demeure d'entre-Libans.

— Des Européens chez les Druses !… Vous êtes ivres, ou mieux encore, vous êtes pris de vertige !

— Ni l'un, ni l'autre. À preuve que nous paierons le prix qu'il vous conviendra de fixer.

— Bonsoir !… Chez les Druses ! Vous n'en reviendriez pas ; mes chevaux non plus !

— Vendez-les-nous si vous craignez cela.

— Vous les vendre ? cela non plus n'est pas, possible ; car je ne saurais les remplacer avant plusieurs mois, et je ne veux pas que mon commerce périclite.

Clac ! la lucarne ouverte se refermait, et les voyageurs se retrouvaient devant une muraille sombre.

De guerre lasse, il fallut retourner à l'hôtel sans avoir réussi.

Quelque hâte qu'ils eussent de partir, tous avaient compris qu'aucun Oriental ne consentirait, d'abord à se déranger en pleine nuit, et ensuite à confier ses montures à des personnages déclarant se rendre en territoire druse.

À l'hôtel, tous se réunirent dans la chambre du général, avec le besoin vague de tenir conseil.

Nul ne se sentait le courage de se coucher, de rester seul avec sa pensée. Ils décidèrent avec tristesse d'attendre ensemble le jour qui, sans doute, rendrait les loueurs moins récalcitrants.

Ce répit leur permit de réfléchir, et bientôt Tibérade, d'un accent abaissé :

— Si nous souhaitons que l'on nous confie des montures, il nous faut avant toute chose cacher le but réel de notre expédition ! Vous avez vu l'effet du seul nom des Druses sur les négociants.

Uko, Emmie, leurs compagnons accidentels, ainsi se désignaient mistress Robinson et Véronique, reconnurent sans discussion la justesse de la remarque.

Certainement, on dissimulerait, puisque l'évocation des Druses terrorisait les habitants de Beyrouth ; mais cela n'empêcha pas la nuit de sembler interminable.

Enfin, l'aube se montra. La ville était encore plongée dans la teinte rose pâle de l'aurore, quand Tibérade, suivi du général, reprit le chemin de la maison Karref.

Midoulet avait déclaré, ce qui avait valu les remerciements les plus chaleureux à la fausse mistress Robinson, qu'une Anglaise ne pouvant se désintéresser d'une lutte contre les hors la loi, les mauvais garçons qui avaient volé la chère petite chose, mistress Robinson et sa fille de chambre temporaire accompagneraient les voyageurs.

Pour ce faire, elles allaient se mettre en quête de chevaux de leur côté. En divisant les recherches, on avait plus de chances de réussir.

Bref, on se sépara. L'agent riait sous cape, tandis que les infortunés voyageurs qu'il avait trompés exaltaient le courage et la cordialité de l'héroïque lady, désireuse de concourir à la délivrance de Sika.

Emmie, se prétendant très lasse, avait obtenu de rester à l'hôtel.

Donc Tibérade et le Japonais partirent vers le logis du loueur Karref.

La seconde entrevue avec cet industriel fut beaucoup plus agréable que la première. Il est vrai que les « clients » ne se vantèrent pas de leur tapage nocturne, et que le marchand ne reconnut pas ceux qu'il avait si lestement congédiés. À la question posée par le général Uko :

— Vous avez des chevaux à louer ?

Il répondit, avec le sourire du maquignon qui flaire une bonne aubaine :

— Combien en faudrait-il ? Je puis en fournir un escadron, s'il est nécessaire.

— Un escadron, c'est beaucoup. Trois nous suffiraient.

— Parfait ! Permettez-moi seulement de vous faire subir le petit questionnaire usité dans ce pays agité.

— Faites ! Faites !

— Vous concevez, Druses et Maronites sont toujours en lutte. Alors, quand un Druse peut s'emparer d'une valeur, portefeuille ou cheval, il n'hésite pas à en déclarer propriétaire le Maronite. Je ne louerais donc pour l'intérieur du pays que dans des conditions très onéreuses pour vous. Je devrais exiger la valeur marchande de mes bêtes.

— Exigez-la, répliqua le Japonais. Nous comptons simplement excursionner le long de la côte ; mais de cette façon vous serez tranquille. Vous nous rembourserez la différence quand nous vous ramènerons les animaux.

Engagée dans ces termes, la négociation ne devait susciter aucune difficulté.

Karref demanda un prix exorbitant, et celui-ci, accepté sans hésitation, il s'engagea, par Allah, Mahomet et quelques autres, à faire conduire avant dix minutes à l'hôtel Ismaïlia trois chevaux de race sellés, l'un avec selle de dame. Comme on le voit, le Japonais n'avait pas oublié Emmie.

Karref fut exact autant qu'un chronomètre, ce qui, de la part d'un Turc, démontrait à quel point la transaction lui paraissait avantageuse.

Cependant, à leur retour, Tibérade et le Japonais constatèrent avec surprise que la fillette, si fatiguée tout à l'heure, avait jugé bon d'aller se promener.

Que signifiait cela ?

CHAPITRE III
EMMIE S'ÉLÈVE À LA HAUTEUR DU PROPHÈTE

Lorsque son cousin était parti avec le général à la recherche de chevaux, Emmie s'était déclarée fatiguée et avait ainsi obtenu de demeurer à l'hôtel.

Mais sans doute sa fatigue n'était pas accablante, car elle se posta derrière les rideaux de sa fenêtre, s'assura que Marcel et son compagnon s'éloignaient de l'Ismaïl, et quand ils eurent disparu, elle esquissa un pas de danse.

Non, vraiment, la lassitude ne lui ôtait rien de ses moyens chorégraphiques.

Du reste, elle ne sacrifia pas longtemps à Terpsichore.

Elle s'arrêta subitement, appuya l'index sur son menton et monologua :

— Mistress Robinson et Véronique vont louer des montures de leur côté. Leurs chambres seront donc vides et je pourrai y faire un tour.

Pensive, elle ajouta :

— Oh ! Véronique, c'est Véronique ; mais la mère Robinson me tracasse. Elle vous a une voix de Polichinelle. Jamais une dame, même anglaise, n'a sorti un organe pareil.

La petite souris, uns fois de plus, méritait son nom.

Elle s'était étonnée des réflexions bizarres, de l'accentuation de mistress Robinson. Certes, elle ne soupçonnait pas Midoulet de se cacher sous ce travestissement ; toutefois la personnalité de l'Anglaise lui apparaissait douteuse, et en Parisienne prompte à l'action, elle se proposait de se renseigner.

— Inutile d'attendre, reprit-elle. Elles savent que le temps presse ; allons nous assurer qu'elles ne sont plus chez elles.

Un balcon de bois desservait toutes les croisées de l'étage. Emmie y prit pied, tira doucement la croisée derrière elle et se mit en marche.

La matinée était délicieuse. Le soleil, commençant à peine son ascension vers le zénith, ne dardait point les flèches de feu brûlantes du milieu du jour. Il répandait une douce tiédeur.

La fillette s'avança joyeusement dans la lumière.

— Bon cela, après une nuit blanche. Il serait agréable de pousser un siège sur le balcon et de somnoler là, dans cette suave température. Ne pensons plus à pareil sybaritisme, je suis sur la piste de guerre.

Sa réflexion la fit rire et montrer ses dents blanches, mais elle ne s'arrêta pas. Elle allait le long du balcon, désignant les hôtes des chambres dont elle franchissait les fenêtres dans sa marche.

— Marcel, le général, l'Anglaise…

Elle stoppa vivement. La dernière ouverture était entre-baillée, et un bruit de voix prudemment abaissées arrivait jusqu'à la jeune curieuse.

— Elles sont encore là, murmura-t-elle avec un geste de mauvaise humeur.

Mais presque aussitôt sa face exprima la stupéfaction.

— Non, ce n'est pas l'Anglaise. Qui donc a pénétré dans sa chambre ? Ah çà ! y aurait-il un autre indiscret plus rapide que moi ?

Des mots lui parvenaient.

— Vous avez compris, ami Pierre ?

— Parfaitement, monsieur.

— Vous vous tiendrez dans cette chambre jusqu'à mon retour. La jeune Emmie n'a pas accompagné son cousin, et il m'a semblé, hier soir, qu'elle me considérait avec une vague défiance.

— Vous ne pensez pas qu'elle oserait s'introduire dans votre chambre ?

— Si, précisément, je le pense. Oh ! vous ne connaissez pas cette gamine ! Rappelez-vous donc son coup d'audace à Port-Saïd. Et nous dormions tous, je jurerais qu'elle nous a versé un narcotique... À Marseille, je suis convaincu maintenant que cette enragée est l'auteur de cette inscription erronée au tableau des réveils, qui m'a fait manquer le paquebot.

— Midoulet !... murmura la petite Parisienne, en proie à une émotion profonde. Midoulet qui nous suit. Il est donc lié avec mistress Robinson. Et puis quel est ce Pierre qui l'accompagne ? Je veux les voir, car un ennemi connu devient moins dangereux.

Avec des précautions infinies elle s'aplatit contre le mur, et progressivement avança la tête.

L'ahurissement jeta son masque sur les traits de la mignonne.

Son regard se coulait dans la pièce. Elle apercevait les deux causeurs et ceux-ci n'étaient autres que mistress Robinson et Véronique, revêtues des costumes qu'elles portaient en se séparant de leurs compagnons de voyage.

Un instant, Emmie supposa qu'elle arrivait trop tard, que Midoulet et l'inconnu dénommé Pierre avaient quitté les deux femmes. Il ne lui vint pas de suite à l'idée que les deux apparences féminines, qu'elle avait sous les yeux, fussent les personnages masculins cherchés.

La révélation de la vérité lui parvint, foudroyante, par deux répliques échangées entre ceux dont elle avait surpris l'entretien.

— Ainsi, Pierre, c'est convenu ?

— Vous savez bien que j'obéirai, monsieur Midoulet.

— En ce cas, je m'en vais. Heureusement je sais où trouver des chevaux, et comment rattraper le temps perdu.

— Est-il indiscret de vous demander… ?

— Pas le moins du monde, brave Pierre. C'est le consul de mon pays qui sera mon fournisseur.

La porte du couloir claqua. Véronique restait seule.

Sur le balcon, Emmie demeurait littéralement médusée. L'ex-fille de chambre de Sika, Véronique, répondait à ce nom masculin de Pierre, qui l'avait si fort intriguée, et mistress Robinson s'appelait Midoulet dans l'intimité.

On sait l'effarement des petits enfants en présence du prestidigitateur, qui transforme un mouchoir en fleur, en colombe ; on juge de celui de la fillette devant ces touristes qui changeaient de sexe avec une telle désinvolture.

— Ah ! bien !… siffla-t-elle entre ses dents ; ah ! bien ! ceci n'est pas ordinaire.

À pas de loup elle regagna sa chambre, puis sentant sa tête bouillonner, les idées cavalcader dans son crâne, elle se déclara qu'une courte promenade lui était nécessaire, afin de remettre un peu d'ordre dans ses pensées.

Voilà pourquoi Marcel ne la retrouvait pas à son retour.

Au surplus, il n'eut pas le temps de s'inquiéter. Elle revint deux minutes après et montra une hâte au départ dont son cousin lui-même fut surpris.

Mais comme Uko et lui-même souhaitaient ardemment courir au secours de Sika, on ne résista pas à la fillette.

Les chevaux envoyés par Karref étaient là, tenus en main par un palefrenier.

Tous trois sautèrent en selle, après avoir jeté au gérant de l'Ismaïl-Hôtel cette phrase :

— Vous direz à la dame anglaise que nous filons en avant. Si elle souhaite nous joindre, elle connaît le but de l'excursion.

Emmie fit bien un peu la grimace à l'audition de cet adieu ; mais elle ne protesta pas et se confia avec un sourire railleur :

— Bah ! je les ai repérés, les deux complices. S'ils nous rattrapent, je les aurai à l'œil. Inutile d'inquiéter Marcel en ce moment ; il est bien assez tourmenté.

Un instant, la fillette espéra que Midoulet manquerait au rendez-vous et en serait réduit à suivre la piste de ses amis, ce qui en tout état de cause, aurait constitué une amélioration de la situation.

Hélas ! cet espoir devait être trompé. Au moment où, en ligne avec Marcel et le général, elle mettait sa monture en marche, l'agent parut, hissé sur un cheval, en tenant en main un second, sur lequel Véronique, qui attendait sous le vestibule de l'hôtel Ismaïl, s'empressa de se jucher. Les deux personnages se joignirent ainsi à la petite caravane. Et, surcroît d'ennui, il suffit à Emmie d'un coup d'œil pour reconnaître que les montures de ses ennemis étaient si évidemment supérieures à celles du loueur Karref, que tout espoir de les distancer devait être abandonné. Allons, il faudrait les surveiller, sans rien dire à ceux qu'elle aimait, afin de ne pas les inquiéter.

Au pas, pour n'éveiller aucun soupçon, tous cheminèrent dans les rues de Beyrouth, gagnant la campagne.

Seulement, les ultimes maisons dépassées, ils rendirent la main et passèrent sans transition à un galop furieux, seule allure qui convint à leur angoisse.

En trombe, ils traversèrent les plaines cultivées avoisinant la cité, piquant droit sur les montagnes, dont les crêtes profilaient à l'est leur écran rocheux.

Tout le jour ils conservèrent cette allure endiablée, prenant, à peine le temps de laisser souffler leurs montures haletantes.

Parfois, cependant, il leur fallait bien ralentir, même faire halte pour s'enquérir de la route à suivre. Dès les premières rampes du Liban, la voie disparaissait, remplacée par des sentiers s'entre-croisant en tous sens. En présence de ce labyrinthe, on devait attendre la venue d'un indigène, auprès duquel on cherchait l'assurance que l'on se maintenait dans la bonne direction. S'égarer, en effet, c'était retarder la marche, et retarder, chacun en avait conscience, c'était vouer Sika à la mort.

— Le ravin d'El Gargarah ? criaient-ils, au passage, à l'indigène.

L'interpellé répondait, après des hésitations, des circonlocutions qui remplissaient les voyageurs d'une rage douloureuse, rendue plus pénible encore par ça fait qu'ils étaient contraints de la dissimuler, sous peine de transformer la prudence du passant en mauvais vouloir, et de renoncer ainsi à obtenir le renseignement attendu.

Enfin, ils parvenaient à se reconnaître dans les méandres de la réponse.

— Vous suivez le chemin qui conduit à El Gargarah. Seulement, c'est loin encore. Vous allez sans doute assister au Grand Feu de Mohamed.

Ils fuyaient, sans répliquer à la question terrible.

En dépit de leurs précautions, les amis de Sika ne purent éviter certaines fausses manœuvres, qui se traduisaient par de longs détours, et exaspéraient encore le père, le jeune homme, se vouant au salut d'une enfant bien-aimée.

Néanmoins, ils s'élevèrent peu à peu sur les pentes du Liban, au milieu des bouquets d'arbres de plus en plus rapprochés.

— *Eureka !* s'exclama soudain la fausse mistress Robinson, il me semble que lorsqu'on parle des cèdres du Liban, on se livre à une mauvaise plaisanterie… Je n'en aperçois pas un seul, et cependant j'écarquille les yeux.

Nul ne releva la question déguisée. Qu'importaient les cèdres à ceux dont le cœur saignait d'angoisse ?

Sans cela, ils eussent pu renvoyer le curieux aux guides des voyageurs réputés : Joanne, Bædeker, Bradshaw ou autres, qui lui eussent appris qu'une exploitation intensive du cèdre en a presque amené la disparition. À la place des arbres abattus, les exploitants ont reboisé les montagnes d'essences inférieures, si bien que le cèdre du Liban se trouve aujourd'hui partout, sauf sur le Liban lui-même.

Cependant la journée s'avançait.

Le soleil s'abaissa vers l'horizon, sa pourpre sanglante traînant sur les crêtes. Le chemin devenait de plus en plus escarpé, difficile. Les chevaux, épuisés par la longue étape, buttaient sur les pierres roulantes du sentier. Ils ne progressaient qu'avec peine. Et tout à coup, après avoir contourné un massif de rocs, les voyageurs se trouvèrent au sommet d'une crête granitique, dominant de mille pieds une vallée encaissée, qui s'ouvrait à leurs pieds ainsi qu'un abîme.

Bien loin, tout au fond de la dépression, se distinguaient de vastes bâtiments, défendus, ainsi qu'une citadelle, par des remparts crénelés.

Et comme tous regardaient, avec l'impression qu'ils atteignaient le but de leur longue chevauchée, un berger menant quelques chèvres passa près d'eux.

— Où sommes-nous ? lui cria Emmie, prononçant l'interrogation montée sur toutes les lèvres.

L'indigène eut ce rire ironique des paysans de tous les pays, lesquels ne comprennent pas que l'on ignore ce qui leur est familier.

— Vallée d'El Gargarah ; cela se voit, du reste !

Sans relever la raillerie, la fillette reprit :

— Alors ces bâtiments fortifiés sont sans doute le palais de Mohamed, le Maître des Druses ?

— Oui Seulement il vous faudra un peu de temps pour y arriver, si toutefois vous en avez l'intention.

— Parce que ?…

— Le sentier est difficile, et les chevaux, même ceux du pays, y avancent moins aisément que les hommes.

D'un « you » modulé bizarrement, le berger rappela ses chèvres qui s'étaient dispersées. Après quoi, sans plus s'inquiéter des voyageurs, il s'éloigna.

— En route, s'écria le général. Nous touchons au but. Dans une heure, ma Sika sera délivrée de la sinistre intrigue du misérable Yousouf.

Mais le chevrier avait dit vrai. La sente était malaisée au possible ; les cavaliers durent bientôt mettre pied à terre et tenir leurs montures en main, pour éviter qu'elles roulassent sur les pentes abruptes du ravin.

Pour comble d'embarras, la nuit les surprit, alors qu'ils atteignaient à peine au tiers de la descente. Leur marche en fut encore ralentie. Sur la sente étroite et dangereuse, ils avançaient avec précaution, à tâtons peut-on dire justement, car leurs yeux ne leur étant d'aucune utilité, ils éprouvaient le sol du pied au moment de se porter en avant. On juge de la lenteur de leur allure.

Les ténèbres limitaient leur vue à quelques pas. Ils ne discernaient plus ni le fond de la vallée, ni les constructions du palais de Mohamed. La seule chose qui les guidât était la pente même du raidillon qu'ils suivaient.

Et brusquement, bien loin au-dessous d'eux, des points rouges s'allumèrent.

— Qu'est cela ? clama le Japonais saisi au cœur par une inexplicable angoisse ?

Hélas ! l'émoi du père de Sika n'était que trop justifié.

Les points étincelants grandirent, se transmuant bientôt en langues de flammes dardant vers le ciel, éclairant de leurs reflets sinistres le palais embrasé, et projetant des lueurs sanglantes sur toute la vallée environnante.

Les ténèbres étaient vaincues par le rougeoiment d'un colossal incendie !

— Le feu ! Le feu ! balbutièrent les amis de Sika.

— Le feu ! répétèrent mistress Robinson et Véronique.

Ces mots s'éteignirent dans un silence morne.

Tibérade, Emmie avaient compris d'emblée les terribles conséquences du sinistre, qui allait rendre inutile leur dévouement, leur étape haletante à la poursuite de la captive aux cheveux d'or, jetée par la fourberie de Yousouf dans la fournaise, où une autre devait trouver la mort.

Le feu, l'embrasement du palais druse ! Et, dans ce palais, il leur semblait voir la jeune fille, captive, essayant vainement de fuir, tandis que les incendiaires se réjouissaient d'avoir offert aux mânes de Mohamed cet holocauste, à leur insu incomplet. — Pauvre petite !

L'exclamation pitoyable fut arrachée à Midoulet lui-même.

Pierre, lui, sentait ruisseler sur ses joues des larmes brûlantes.

Emportés par l'horreur de la situation, tous deux oubliaient leurs propres préoccupations. Ils ne songeaient plus au bizarre message du mikado, à la suite duquel ils s'étaient aventurés en railways, steamers et autres, depuis Paris.

Un désir fou, instinctif, inconscient, de se précipiter vers le foyer sans cesse élargi, envahit les voyageurs. Cela ne devait servir à rien ; mais certaines impressions ne se discutent pas. Tous abandonnèrent leurs chevaux qui, sur la pente, auraient ralenti leur course et, bondissant, titubant, chancelant sur les cailloux roulant avec fracas sous leurs pieds, se heurtant aux arbustes, se déchirant aux ronces, glissant, tombant, se relevant aussitôt, ils dévalèrent le sentier, livides, les yeux égarés fixés sur l'embrasement qui, sinistre, servait de phare à cette ruée éperdue vers la mort.

Avec un peu plus de précautions, Midoulet suivit. Oh ! il n'était pas indifférent au terrible danger de Sika, mais il avait l'horreur innée des chutes sur les cailloux et des contusions qui en résultent. S'abîmer soi-même ne réparerait en rien la victime, vraisemblablement carbonisée à cette heure.

Si l'héroïsme avait pu être utile, parbleu, il eût tenu la tête des coureurs. Cette jeune Sika lui apparaissait tout à fait sympathique. À ce moment même, ne simplifiait-elle pas sa mission, en se faisant rôtir avec le pantalon mystérieux, facétie diplomatique du souverain Aimable de l'empire du Soleil-Levant !

Le moyen de se montrer ingrat en face d'un procédé aussi délicat ?

Son égoïsme raisonnait avec justesse.

La course furieuse des compagnons de Célestin Midoulet devait aboutir à la constatation douloureuse de son inutilité.

Quand tous arrivèrent au niveau de la vallée, le palais de Mohamed n'était plus qu'un immense brasier, qui projetait vers le ciel, tel le défi d'un Titan révolté, des flammes serpentines et des volées d'étincelles.

— Sika ! Ma fille bien-aimée ! gémit l'officier japonais tombant sur les genoux.

Sa plainte haletante affola Tibérade. Le jeune homme, dont le cœur se tordait convulsivement dans sa poitrine, essaya de pénétrer dans la fournaise. Pourquoi ? Tout espoir de sauver la prisonnière était absolument perdu. Mais Marcel obéissait à l'instinct d'affection, qui pousse irrésistiblement à se rapprocher de qui l'on aime, fût-ce seulement pour mourir de la même blessure.

Geste tragique d'affection, de désespoir. Tragique, mais sans effet.

Les flammes gardaient jalousement leur proie. Elles crépitaient en claquements ironiques, du moins les voyageurs les jugeaient tels, opposant leur muraille mobile et ardente aux efforts de ces deux hallucinés de tendresse, Tibérade, Uko, unis dans une même pensée machinale : rejoindre la morte ; et s'abîmer avec elle dans le néant.

Mais la chaleur intolérable les contraignit de reculer, entraînés en outre à ce mouvement par Emmie désolée, par Midoulet, qui les avait enfin rattrapés, par Véronique se montrant presque aussi affolée qu'eux-mêmes.

De fait, le doux Pierre Cruisacq subissait une crise de nervosité. Lui, l'être paisible et conciliant par nature, il était vraiment trop mis à contribution par dame Fatalité.

Sa vie se retraçait à lui comme une bande cinématographique de brutales émotions. La ruine, la misère, les faux monnayeurs, leur crime ; un palier gracieux se présentait alors, le voyage plein de charmes auprès de mistress Lydia Honeymoon. Mais cette tranquillité ne durait pas. Midoulet se chargeait d'y mettre ordre. Et maintenant le destin arrivait, à une apothéose d'horreur, le jetant devant ce brasier qui consumait la gentille Japonaise, dont la pseudo-servante se rappelait la bonté à son égard.

La lutte leur étant interdite, à bout de forces, écrasés par la douleur, Tibérade et l'officier subirent une réaction soudaine. Tous deux se laissèrent tomber sur le sol, gémissant inlassablement :

— Ma fille ! Mon enfant !

— Mademoiselle Sika !… Mademoiselle Sika !…

Les deux plaintes se répondaient dans la nuit, que l'incendie habillait de voiles de pourpre. Les flammes redoublaient de violence, comme pour narguer la douleur de deux cœurs brisés.

Et la lamentation continuait dans les ténèbres, dialogue lugubre des vivants avec la trépassée, râle déchirant qui rythmait l'agonie de deux âmes.

Brusquement, Marcel et le général se turent. Les fausses mistress Robinson et Véronique tendirent l'oreille.

Là-bas, au delà du cercle de lumière projetée par l'incendie expirant, des pas nombreux frappaient la terre.

Les sabots des chevaux résonnaient sur le sol.

Qu'est-ce donc ?

Tous regardent, jetés en quelque sorte hors d'eux-mêmes par l'incident nouveau. Une minute, tout au bruit inexpliqué, ils cessent de penser au drame qui vient de se jouer.

Dans le cyclone des plus grandes douleurs, il se produit ainsi des accalmies, repos que la nature impose à l'obéissance machinale de l'être, sans doute pour lui permettre de reprendre les forces nécessaires à supporter l'étreinte de la souffrance. Ainsi quand le vent hurle en tempête, de longs silences succèdent subitement aux rugissements des rafales. Le vent reprend haleine avant de se ruer de nouveau.

Tous écoutaient. Leurs regards cherchaient à percer l'ombre. Pourquoi cette attention ? Espéraient-ils quelque chose des nouveaux venus. Non, sans doute. Pourtant, toute leur personne était tendue vers les inconnus.

Ceux-ci se rapprochaient ; on entrevit d'abord un grouillement d'hommes et de chevaux à la lisière de la nuit. Les êtres se précisèrent, s'avançant dans la clarté. Au-dessus d'eux se balançaient, tels des follets, les flammes fuligineuses de torches.

Ils progressèrent encore. Une longue théorie de cavaliers se montra, côtoyant le brasier.

Ce sont des serviteurs qui portent des torches, éclipsées à cette heure par la torche géante qu'est le palais de Mohamed ; une trentaine de guerriers, fièrement drapés de burnous, le fusil damasquiné à l'arçon, le sabre recourbé à la botte, suivent, semblant ouvrir le chemin à leur chef, un Arabe du type le plus pur, un de ces roitelets des déserts arabiques, souverains maîtres d'une tribu et d'une oasis.

Celui-ci faisait caracoler son cheval, superbe animal de race syrienne, à la tête busquée, au col flexible, aux jambes nerveuses.

Mais tout cela ne justifierait pas le cri étouffé qui monte aux lèvres des voyageurs, le tremblement convulsif qui les agite, le mouvement inconscient qui fait se tendre leurs bras en avant.

Non. Ce qui les immobilise, les fige sur place, c'est la vue d'un étendard inédit, sorte d'oriflamme, ter minée par deux pointes séparées, et qu'un Arabe de haute taille, évidemment très fier de son fardeau, porte au bout d'une pique.

Dans cet oriflamme, les voyageurs ont reconnu une forme familière, une couleur qu'ils ont rappelée bien souvent, et tous mur-

murent avec un ahurissement inexprimable :

— Le pantalon du mikado !

Car c'est lui, lui que l'on croyait enseveli avec Sika sous les dé-combres du palais Mohamed ; lui qui flotte glorieusement, promu, de par la volonté obscure des nomades, au grade d'étendard.

Les voyageurs demeuraient sur place, dans une immobilité de sta-tues. Ils avaient l'impression que leurs pieds, fixés soudainement au sol, ne pouvaient plus se mouvoir.

Cependant la troupe escortant le pantalon gris-fer faisait halte à une centaine de mètres. Les porteurs de torches fichaient celles-ci à même le terrain ; d'autres dressaient des tentes.

Évidemment, les nomades allaient camper en cet endroit.

Une tente plus haute, surmontée d'un fanion vert, couleur du Pro-phète, dominait les autres. En face de celle-ci, la pique, suppor-tant le vêtement si étrangement retrouvé, fut plantée en terre ; un guerrier, le sabre recourbé au poing, se mit en faction auprès du drapeau improvisé. Qu'est-ce que tout cela voulait dire ?

Tibérade, recouvrant la voix, murmura lentement :

— Mlle Sika détenait le vêtement diplomatique. Comment ces hommes le possèdent-ils actuellement ?

— Quelle pensée est en vous, balbutia Uko, frissonnant à la conclusion née en son esprit par la réflexion du jeune homme. Je crois la deviner, et elle me bouleverse, bien que je n'ose m'y arrêter.

Un pâle sourire détendit les traits de Marcel.

— Elle devrait vous consoler, plutôt.

— Me consoler... ; alors votre idée est bien réellement...

— Que ces Arabes viennent de loin ; leurs torches le démontrent. S'ils avaient résidé près de l'incendie, ce luxe de luminaire eût été inutile.

— Sans doute ; mais qu'en concluez-vous ? Parlez, parlez, je n'ose m'abandonner à l'espoir.

— Eh ! s'exclama Midoulet, c'est clair, pourtant. Ils arrivent, rapportant le diable de pantalon d'un autre endroit que celui où Mlle Sika le détenait. Pour le leur remettre, ou pour qu'ils s'en emparent, il faut de toute nécessité que la jeune demoiselle se soit trouvée autre part que dans le palais incendié.

— Alors, d'après vous, elle serait sauvée du feu ?

— Moïse de la flamme, plaisanta la pseudo-mistress Robinson.

Le général la considéra avec étonnement. La gaieté, en une pareille occurrence, lui semblait évidemment déplacée. Mais Marcel expliquait au même instant :

— J'espère, oui, j'espère ; mais avant de m'abandonner à la douceur de la fin de nos angoisses, je voudrais interroger ces voyageurs inconnus ; si leurs réponses confirment notre supposition, nous poursuivrons notre route.

— Poursuivre, à quel propos ?

— Ne voulons-nous pas délivrer Mlle Sika ?

— Si.

— Alors. Il nous faudra nous rendre là où elle est en captivité.

— En abandonnant le vêtement du mikado ! Impossible, mon ami, vous le savez bien.

— Le général a raison, grommela Midoulet dans un sourire énigmatique. Vous savez bien que cela est impossible pour lui.

— Comment ? Votre fille vous appelle peut-être à son secours, et vous hésitez, gronda Marcel, sans tenir compte de l'observation de la fausse Anglaise.

Le Japonais, lui, eut un grand geste désolé et volontaire.

— Je n'hésite pas. Je n'ai pas le droit d'hésiter. Je resterai ici, quoi qu'il advienne. Avant d'être père, je suis sujet de S. M. l'empereur du Soleil-Levant. J'ai juré fidélité à mon souverain ; j'ai promis de remplir ma mission. Je *dois* cela avant tout. Il faut donc que je pense à mon devoir avant de songer à ma plus chère affection !

Noble était le sentiment du général. Marcel s'en rendit compte ; mais à cette heure, il sentait également que sa vie était indissolublement liée à celle de l'exquise et blonde Sika, et tout ce qui n'était pas la jeune fille lui apparaissait sans aucune importance.

Ainsi l'affection trouble les plus clairs regards, obscurcit les consciences les plus nettes.

Si bien que son état d'esprit se traduisit par ces mots, injustes pour l'officier qui se sacrifiait à sa patrie :

— Soit donc ; si les explications de ces guerriers sont telles que je puisse croire à l'existence de Mlle Sika, je partirai seul à sa recherche… puisque, pour la défendre, elle peut seulement compter sur, moi… un inconnu !

Uko pâlit sous le reproche immérité ; mais toute réplique lui fut interdite. Emmie bondit au milieu des causeurs.

Emmie, dont l'apparition fit constater à tous qu'elle avait disparu depuis un long moment, Emmie donc se précipita entre son cousin et son interlocuteur, leur prit les mains, et d'un ton grave :

— J'ai des nouvelles qui vont vous causer une joie… relative. Tenez-vous bien, je commence.

— Que veux-tu dire ?

À la question de Marcel, la fillette répondit, toujours joyeuse :

— Ne vous évanouissez pas. Voici ce que j'ai appris de ces sauvages, grâce à trois moyens de persuasion : un peu de ruse, pas, mal de *sabir*, et beaucoup de piécettes de monnaie. Par exemple, je me suis tenue pour ne pas rire, ce qui aurait très mal disposé mes interlocuteurs, lesquels m'ont régalé très sérieusement d'un conte à dormir debout.

— Mais enfin, rire de quoi ? s'exclama Marcel, agacé par les lenteurs de la gamine.

— Là, là, cousin, du calme. Je t'accorde le récit de Théramène.

La taquine enfant eût peut-être prolongé encore *ce jeu… de patience*, comme elle l'appelait, quand Uko murmura d'une voix brisée :

— Un seul mot, je vous en prie. Ces gens ont-ils vu Sika ?

Aussitôt Emmie redevint grave :

— Oui… Ou du moins une jeune fille blonde, dont le signalement ressemble étonnamment à celle que nous cherchons.

D'un geste instinctif, Marcel et le Japonais s'étreignirent les mains, incapables de prononcer une parole.

Et Emmie reprit, heureuse du bonheur qu'elle rapportait de sa courte enquête :

— Le chef du détachement qui campera ici cette nuit, est un Arabe du pays situé entre Anti-Liban et Euphrate. Son nom, très noble, paraît-il, est Ali-ben-Ramsès. Il revient de chasser la gazelle dans le désert, par delà l'Anti-Liban, et se dirige sur Beyrouth, pour y échanger ses pelleteries et autres matières brutes, contre des produits manufacturés par la civilisation.

— Or, ces braves Arabes sont ignorants comme... j'allais dire comme les carpes de Fontainebleau, oubliant que ces carpes ont été mêlées à l'histoire. Bref, ils sont ignorants, superstitieux, absurdes. Avec le nom de Mahomet, rien d'aisé comme de les persuader de la véracité des contes les plus grossiers. Ils n'admettent pas qu'un mortel puisse oser mêler à une plaisanterie le nom du Prophète... Ceci posé, vous verrez, du reste, que l'entrée en matière a son importance, vous le verrez tout à l'heure. Ils ont fait, m'ont-ils dit, en revenant vers Gargarah, deux rencontres extraordinaires, qu'ils n'hésitent pas à qualifier de miraculeuses, ce qui est tout à fait aimable pour ceux qu'ils croisèrent. D'abord, une voiture sans chevaux, filant comme la tempête, a croisé leur route ; cette apparition les a remplis de crainte, car ils ne s'expliquent pas comment un véhicule parvient à se déplacer sans moteur animal... Résultat : ils concluent à un moteur... magique.

— Que nous importe, gémit Tibérade, mis hors des gonds par la longueur du récit de la gamine.

— Il t'importe beaucoup, fit celle-ci d'un ton pincé, et à notre ami le général également.

— En ce cas, dépêche-toi de dire pourquoi.

— Parce que, monsieur l'impatient, dans l'auto en question se trouvaient un homme brun et une jeune femme au front couronné, non pas de cheveux noirs comme ceux de toutes les femmes de la région, mais de fils d'or que l'on eût dit empruntés au soleil... l'image n'est pas de moi, elle appartient aux Arbicos.

— C'était Sika, Sika ! s'exclama le général en riant et pleurant à la fois.

— Attendez, mon général ! Ne vous réjouissez pas trop vite ! murmura Tibérade, frissonnant à l'idée d'une erreur possible.

Mais Emmie lui coupa la parole.

— Ne l'écoutez pas général, réjouissez-vous tout à votre aise. La jolie blonde était bien Mlle Sika et la preuve...

— Vous en avez la preuve ?

— Absolue, indiscutable.

— Quelle est-elle ?

— Le pantalon du mikado !

Et comme ses interlocuteurs la considéraient anxieusement, elle expliqua :

— Au moment où les guerriers d'Ali-ben-Ramsès passaient à hauteur de l'automobile, la jeune femme aux cheveux d'or cria des paroles dont ils ne purent saisir le sens, et d'un geste énergique elle leur désigna le pays laissé en arrière par le véhicule et vers lequel les Arabes se dirigeaient.

— Ceci, hélas ! ne démontre pas...

— Que c'était Mlle Sika, interrompit rageusement la fillette. Attendez donc, on n'a pas le temps de placer un monosyllabe, avec votre hâte nerveuse de savoir. La précipitation n'assure pas la vitesse.

Dignement, elle leva la main comme pour forcer l'attention de ses auditeurs, puis conclut en martelant quelques syllabes :

— La voiture s'éloigna et disparut dans l'éloignement ; les guerriers continuèrent leur route, impressionnés par le véhicule étrange, dont le mouvement leur paraissait tenir de la sorcellerie. Or, jugez de leur stupeur quand, un kilomètre plus loin, dans cette direction que la *houri blonde* (encore une locution à eux) avait désignée avec insistance, ils découvrirent, étendu sur une dune sablonneuse, un objet que l'on n'est pas accoutumé à rencontrer solitaire dans le désert...

— Le vêtement, achevèrent les assistants.

— Vous y êtes. Or, Sika le détenait, vous le savez aussi bien que moi. Donc la jolie blonde de l'automobile filait a grande allure à plusieurs lieues du théâtre de l'incendie ; c'était elle, elle en personne...

— Mais son compagnon... commença le général.

Emmie ne lui permit pas de continuer.

— Ne me coupez pas. Vous êtes pire que les demoiselles du téléphone, plaisanta l'incorrigible fillette. Marcel m'a enseigné que la narration doit procéder avec ordre. En conséquence, je suis ordonnée.

Elle riait en montrant ses dents blanches, et sa gaieté vaillante se communiquait à ses auditeurs. Elle continua :

— Vous ne sauriez croire combien ces gens furent effarés à la vue de ce pauvre orphelin abandonné au milieu du désert ! Ils s'en approchèrent avec respect, se prosternèrent avant de se décider à le ramasser. En le tournant et retournant, ils découvrirent dans l'une des poches… un billet…

— Un billet… Que dit-il ? s'exclama Uko haletant.

— Ça, je ne le sais pas, général, attendu que, sauf la suscription figurée en signes arabes, le contenu est rédigé en caractères inconnus des guerriers, de leur chef et de votre servante.

— Des caractères japonais, peut-être, bégaya le général dont la voix tremblait.

Ce à quoi la fillette répondit placidement :

— Je serais tentée de croire, car, m'a-t-on dit, l'adresse arabe signifie : « Au général Uko, Ismaïl-Hôtel, à Beyrouth. Prière de porter sans retard, contre récompense. »

— C'est d'elle, c'est d'elle.

Le général, Tibérade disaient ces paroles avec une émotion profonde ; mais Emmie n'aimait pas, on l'a vu, s'attendrir sans nécessité, car elle poursuivit, coupant les mots de tendresse prêts à s'échapper de leurs lèvres :

— Le plus cocasse est que Ali-ben-Ramsès et ses guerriers, ne parvenant pas à déchiffrer les lettres japonaises, en ont conclu… Je vous le donne en mille ! Non, inutile de chercher, vous ne trouveriez jamais. Oyez, seigneurs, la merveille de la sottise humaine.

Et d'un ton de bateleur en récitation de boniment :

— Le vêtement, découvert au milieu du désert, est évidemment sorti des ateliers d'un tailleur divin. Par conséquent, le billet mystérieux, enclos dans une poche, doit être rédigé en langage paradisiaque… le langage des houris.

Elle riait de toute sa personne, amusée par les idées simplistes des nomades.

— J'ai sauté sur l'occasion que ces bonnes gens m'offraient, vous le pensez bien. Tout à fait sérieusement, je leur ai déclaré que le général Uko, de l'hôtel Ismaïl, est un savant doublé d'un sage ; qu'il traduit sans effort l'idiome du paradis promis par Mahomet aux vaillants guerriers de l'Islam…

Mais le Japonais se récria :

— Pourquoi cette histoire ridicule ?

— Tout bonnement, général, pour que l'on vous fasse lire le billet, dans lequel notre chère Sika nous donne évidemment des éclaircissements bien nécessaires, à mon avis, pour vous mettre à même de concevoir comment cette chère amie, que nous savions vouée aux flammes, se retrouve en automobile au beau milieu du désert, avec un inconnu.

— Un ennemi de plus.

— Probable… mais pour en être sûrs, il faut lire ; et, pour lire, il faut me suivre à la tente du noble Ali-ben-Ramsès, à qui je vous présenterai.

La Parisienne se mouvait dans l'intrigue compliquée avec une aisance dont ses compagnons se sentaient, non seulement surpris, mais encore dominés.

Aussi, on ne discuta pas sa conclusion. Tous reconnaissaient qu'elle avait supérieurement conduit son enquête et à l'unanimité ils approuvèrent :

— Oui, oui, allons chez le cheik.

— Et vous, général, n'oubliez pas votre rôle de sage, que Mahomet a jugé digne d'être instruit dans la langue des paradisiaques jardins.

Un instant plus tard, les voyageurs pénétraient dans le campement des Arabes.

Emmie y était connue déjà ; nul ne parut prêter attention au groupe des visiteurs. Les nomades, d'ailleurs, ne sont défiants que lorsqu'ils sont au berceau de leur tribu, car alors ils peuvent craindre pour leurs biens rassemblés en ce lieu.

La fillette guidait ses amis.

Parvenue à quelques pas de la tente plus importante réservée au cheik, elle s'arrêta :

— Attendez-moi ici, je vous prie, que je vous annonce au noble Ramsès, avec toute l'emphase nécessaire.

Puis, leur désignant la lance dressée au-dessus du sol, en face l'entrée, le factionnaire immobile auprès du vêtement, flottant ainsi qu'un étrange étendard, elle ajouta avec une intonation d'indicible raillerie, ses yeux vifs pétillant de malice :

— En attendant, ceci vous distraira : imitez les gestes que je vais exécuter. Cela vous semblera ridicule, mais ancrera dans la cervelle de ces braves gens le conte qui nous sera profitable, qui nous permettra de voler au secours de notre chère compagne de voyage.

Redevenue grave, de cette gravité mystique et théâtrale d'un croyant saluant La Mecque, la ville sainte, elle se prosterna à trois reprises devant le vêtement mikadonal, auquel, bien certainement, le souverain du Japon n'avait jamais supposé que pareil honneur fût réservé.

Ce soin pris, elle se rapprocha encore de la tente et prononça à haute et intelligible voix :

— Le noble Ramsès daignera-t-il recevoir sa servante ?

Et ses amis, médusés par son aplomb, la considérant avec ahurissement, l'espiègle créature eut un grand geste de bravoure et chuchota pour eux seuls :

— La lecture des romans, quoi ! On sait parler aux cheiks du désert.

Mais elle se tut. Un organe sonore avait retenti à l'intérieur de la maison de toile disant :

— Entre, jeune fille. Ramsès honore Allah, son Prophète, et ceux que Mahomet couvre de sa protection évidente.

Elle regarda Tibérade, cligna gaminement des yeux, souleva le panneau de toile masquant l'ouverture d'accès, et brusquement, disparut, laissant ses compagnons absolument interdits.

Midoulet lui-même murmurait à part soi :

— Satanée gamine, elle ne doute de rien !

Il traduisit ainsi l'admiration qu'il accordait à la fillette audacieuse et débrouillarde.

Celle-ci, certes, ne le payait pas de retour et, si le temps ne lui eût pas été mesuré, elle n'aurait point parlé en sa présence.

Seulement il fallait agir de suite. Elle s'était donc décidée, non sans s'être confié :

— Bah ! on se débarrassera de lui… Il n'est pas si malin qu'on le croit, ce monsieur !

À l'intérieur de la tente, sur des coussins multicolores, AH-Ben-Ramsès se montrait nonchalamment étendu.

Lentement, comme s'il accomplissait un rite mystérieux, il aspirait la fumée d'un narghileh au long tuyau souple, traversant un vase de cristal, empli d'eau acidulée d'essence de rose, qui rafraîchissait et parfumait la fumée au passage. Son accueil démontra que, lors de sa première visite, la petite avait produit sur lui la meilleure impression.

— Que souhaites-tu, enfant aimée du Prophète ? prononça le cheik sans quitter sa pose abandonnée.

Avec une gravité protocolaire, Emmie s'inclina cérémonieusement ; d'un ton pénétré, elle modula :

— Je souhaite que ta pensée soit favorable à moi et à ceux qui m'attendent en dehors de la tente.

— Parle sans crainte. Tu es assurée de ma faveur.

— Je te rends grâces, noble seigneur, psalmodia la Parisienne, imprimant une intonation dévotieuse à ses paroles... Mes compagnons et moi sommes étrangers, sans parents, sans amis dans la région du Liban. Dans cette situation, je sollicite l'hospitalité de ta générosité.

Flatté dans sa vanité, le cheik daigna sourire.

— L'Arabe l'offre au voyageur, sans même qu'il la sollicite, jeune fille. Ta requête était donc exaucée par avance.

Et lançant un appel bref, qui fit apparaître aussitôt un serviteur empressé :

— Oïmar, ordonna-t-il à ce dernier, qu'une tente soit mise à la disposition des voyageurs qui accompagnent cette enfant. Que l'on veille à leur nourriture, et quand il leur plaira de quitter le campement, qu'on leur confie des chevaux frais, pour remplacer leurs montures fatiguées.

Croisant les mains sur sa poitrine, en signe de soumission, le serviteur se précipita au dehors, démontrant par sa hâte que l'obéissance à l'égard du cheik était habituelle.

Et doucement, comme éperdue de gratitude, Emmie se prit à susurrer :

— Cheik, tu es hospitalier plus largement encore que le Prophète ne l'a prescrit aux croyants. Sois-en remercié par sa servante. Au surplus, la récompense est toute proche.; Parmi ceux dont je suis le porte-parole, se trouve le général Uko.

— Le sage, dont le nom figure sur la missive divine ? s'écria l'Arabe se dressant cette fois sur ses coussins.

— Lui-même. S'il t'agrée, il te traduira sans peine les signes incompréhensibles pour les autres mortels, que tu as reconnu comme ceux dont les houris du paradisiaque séjour se servent pour leur correspondance.

Dire que la fillette ne luttait pas contre une formidable envie de rire serait altérer la vérité. Toutefois, elle eut la force de dominer l'hilarité, et cependant l'attitude du cheik l'eût pleinement justifiée.

La dernière phrase de l'adroite Parisienne avait en quelque sorte galvanisé l'Arabe.

Il s'était dressé sur ses pieds, avait couru, oubliant le flegme de tout chef de l'islamisme qui se respecte, vers le panneau de toile qui masquait l'entrée de la tente, l'avait écarté, et apercevant Tibérade, le général, mistress Midoulet-Robinson, et Véronique, il s'exclama non sans une réelle majesté :

— Soyez les bienvenus en mon camp, seigneurs ; je vous convie à rompre la galette de mais et à partager le sel, en signe que vous êtes mes hôtes vénérés, à qui mon pouvoir et mon affection sont acquis.

Sur-le-champ s'accomplit la cérémonie rituelle de la réception de l'hôte chez les nomades.

Des serviteurs apportèrent la galette de maïs emblématique. Ramsès la divisa en parts égales, chacun devant en accepter une.

Puis, sur une planchette de bois, un petit monceau de sel fut présenté aux voyageurs qui, non sans faire la grimace, furent obligés d'en croquer leur part.

Et quand ce cérémonial fut accompli, le cheik modula, les yeux au ciel :

— Mes hôtes sont sacrés ; ma tête, mon cœur, mon yatagan leur appartiennent. Leurs amis seront mes amis, leurs ennemis seront mes ennemis ; eux seront mes frères.

CHAPITRE IV
EMMIE CONVERSE AVEC LES HOURIS

Tous écoutaient, entraînés par l'étrangeté de la scène. Tout à coup, une exclamation d'Emmie ponctua le discours de Ramsès.

— Quelle lumière ! Je vois… Je vois !

— Quoi ? Que voyez-vous ? s'exclamèrent les assistants, tirés violemment de l'emprise des rites hospitaliers.

— Mon cerveau a compris ; oui, il a compris le miracle, dont le sens se dérobait jusqu'ici à mon esprit.

Tibérade, le général, les fausses ladies eurent pour la fillette un regard empreint d'inquiétude. Certainement ils avaient peur d'une imagination nouvelle se faisant jour dans la cervelle fantasque de la fillette, et qui peut-être pouvait donner l'éveil au cheik nomade.

Mais Ramsès, lui, n'avait point de pensées défiantes. La gamine avait conquis sa confiance. Avec sa souplesse d'enfant de Paris, elle avait admis sans hésitation le caractère féerico-religieux des manifestations dont la route des nomades avait été semée. En dépit de leur mépris affecté pour les roumis (Européens), les Arabes se sentent infiniment flattés lorsque ceux-ci consentent à accepter leurs erreurs comme vérités. S'incliner devant le Coran, c'est conquérir l'Islam.

Emmie avait appris cela dans les livres ; mais, dans la pratique, elle l'appliquait merveilleusement.

Aussi, plus habile que ses compagnons de voyage, ne marqua-t-elle aucun étonnement quand le cheik la questionna avec une teinte de déférence :

— Apprends-moi ce que tu comprends, enfant agréable aux yeux autant que la fleur du jasmin ?

Prestement elle mit un genou en terre.

— Je vois que le vêtement rapporté par toi du désert…

— Eh bien ! achève…

— Appartient au Prophète.

Pour les Européens, l'affirmation saugrenue provoqua un ahurissement. Chez l'Arabe, elle causa une émotion profonde.

Mais les uns et l'autre redirent d'une seule voix, avec un ensemble où se perdirent, se confondirent les intonations inquiètes ou crédules :

— Au Prophète ?

Elle ne regarda que Ramsès.

— Oui ! au Prophète, à lui-même. Écoute, noble cheik, et cela t'apparaîtra clairement. Tu n'ignores pas que dans la sainte Mosquée de La Mecque, le cercueil de Mahomet, ce bras droit d'Allah, s'enlève chaque année jusqu'à la voûte, aux yeux des pèlerins assemblés [1]. Or, que disent les traditions ? Elles annoncent nettement que, si une année, le prodige ne s'accomplit pas, ce signe indiquera que le Prophète se manifestera d'autre façon, et qu'il répandra les bénédictions sur les peuples de l'Asie occidentale.

— Tu parles comme le Coran lui-même, balbutia le nomade, dont les regards brillants, l'attitude attentive décelaient l'intérêt profond.

— Je pense bien, se confiait Emmie à cet instant même, je pense bien que je parle comme le Coran. J'ai appris cela tout a l'heure de ces braves guerriers.

Et à haute voix, sans que rien en sa personne décelât cette pensée ironique :

— Cette année, le cercueil de Mahomet n'est point monté jusqu'aux voûtes polychromes de la mosquée sainte entre toutes.

— C'est vrai ! fit encore le cheik.

— Alors, conclus, noble seigneur. Ne t'apparaît-il pas évident qu'un vêtement qui, en général, est privé de mouvement, et que l'on rencontre isolé, reposant dans le désert, est la manifestation annoncée… Il faut que le Prophète l'ait apporté, car il n'a pu venir par ses propres moyens.

Les compagnons d'Emmie frissonnèrent. L'Arabe ne croirait pas à la véracité de se conte funambulesque.

Ah ! ils ne connaissaient pas la crédulité des superstitieux nomades. Et puis, l'amour-propre plaidait en faveur de l'hypothèse de la gamine. Quelle gloire d'être celui auquel Mahomet consentait à se révéler. Aussi l'organe du cheik tremblait en prononçant :

— Quoi… ce serait ?…

— Un pantalon de Mahomet ! La preuve de son origine divine n'est-elle pas dans la présence du billet divin, rédigé dans le dialecte mystérieux des houris.

— Cela est-il certain ? murmura Ramsès, résistant pour la forme.

— Le savant Uko, amené par Allah à l'heure et à l'endroit où sa présence était nécessaire, va nous l'apprendre, si tu veux bien lui confier le billet.

En vérité, la rusée avait bien auguré de la superstition naïve du cheik Ramsès.

Celui-ci prit sur une table un coffret aux incrustations de cuivre, l'ouvrit et en sortit le papier dont le contenu intéressait si vivement les voyageurs.

Il le porta à ses lèvres, l'appliqua sur son cœur, puis le tendit à la fillette, avec une vénération si comique qu'en des circonstances moins troublantes, les assistants n'eussent pu se tenir de rire.

Mais à cette minute, un sourire même eût risqué de compromettre le but, vers lequel les avait conduits la fantaisie de la jeune Parisienne.

Imperturbable, celle-ci se prosterna pour recevoir la feuille, couverte, comme l'avait supposé l'aimable fillette, de signes japonais.

Puis s'adressant à Uko dont les joues tremblaient d'angoisse :

— Sage parmi les sages, mets le front dans la poussière pour que je te remette la missive des houris, avec le respect auquel a droit une lettre émanant de si hautes et puissantes dames.

L'Arabe approuva du geste. Ah ! si tous les gens d'Europe savaient, comme cette enfant, vénérer l'Islam, les Arabes les traiteraient en frères !

Le général, lui aussi, sur un coup d'œil éloquent de la petite, obtempéra à sa requête bizarre, dont le sens lui échappait ; la fillette, de son côté, se prosterna de telle sorte que sa tête inclinée fut voisine de l'oreille du Japonais. Ainsi elle put murmurer de façon à n'être entendue que de lui :

— Lisez pour vous seul... Vous nous direz le contenu de la lettre quand nous serons dans notre tente. Puis, à voix haute, vous feindrez de lire ce que je vais vous souffler... Et pensez qu'ainsi nous arracherons à ces braves gens le... document diplomatique que vous souhaitez récupérer.

Une minute, elle chuchota, le visage du Japonais exprima une indicible stupéfaction. Toutefois, il jugea vraisemblablement qu'il convenait de se conformer aux instructions de la gentille cousine de Tibérade. Sa face se figea dans une expression extatique, tandis que, toujours agenouillé, il parcourait des yeux le billet de Sika.

Tracé au crayon, l'irrégularité des caractères dénotant qu'ils avaient été jetés en hâte, déformés par les cahots de l'automobile roulant en vitesse sur le sol raboteux, le père lisait l'appel au secours de sa fille bien-aimée, et pourtant il lui fallait continuer la comédie imaginée par Emmie.

Il se redressa lentement ; d'un accent inspiré, il clama :

— Le Prophète savait que nous nous trouverions sur ta route, vaillant Ramsès, ou plus exactement que cette enfant serait mise en ta présence.

Il désignait Emmie, laquelle appelait sur son visage l'expression du plus profond étonnement.

— Le Prophète sait tout, acquiesça sentencieusement le cheik, ne doutant pas de la réalité du miracle. Il sait tout, parce qu'il se tient à la dextre d'Allah, et qu'il lui est loisible de feuilleter le livre du Destin.

Puis avec une curiosité mêlée de timidité, comme s'il eût craint d'offenser le ciel coranique :

— Mais toi-même, grand savant, sage parmi les kodjas et les muezzins, comment sais-tu ces choses célestes que tu affirmais à l'instant ?

Se plongeant de plus en plus dans la comédie dirigée par la « petite souris », le général répondit sans hésiter :

— Je les lis sur ce papier sacré.

— Et tu pourrais m'enseigner le sens de ces figures ignorées de moi ?

— Aisément. Écoute et sois satisfait.

D'une voix pieuse, tel le fidèle élevant vers l'infini une implorante oraison, il prononça les syllabes, les égrenant avec une lenteur sacerdotale :

« L'enfant, qui a compris le signe abandonné dans le désert, est chère entre toutes à Allah et à son Prophète ! C'est à elle que sera confié le soin des symboles, d'où naîtront les fleurs heureuses pour mes fidèles. Qu'elle veille sur le vêtement qui toucha mon Être, qu'elle veille toute une nuit en disant les prières qui lui seront inspirées par mon Esprit. Avant l'aube, avant que reparaisse le soleil, une des houris, mes servantes, lui apportera mes ordres. Que tous l'aident à les accomplir. »

Conquis par la puissance de la scène, l'Arabe tendit vers Emmie des mains suppliantes :

— Accepte, jeune fille, accepte ce que propose le Prophète.

La fillette se tourna vers lui, et avec une modestie admirablement jouée, elle murmura d'un accent ému :

— Puisque Mahomet daigne ordonner à son humble servante, elle obéira.

Du coup, Ramsès, abdiquant ses allures flegmatiques, commençait à se répandre en éloges dithyrambiques de la fillette ; mais celle-ci l'interrompit dès les premiers mots.

— J'obéirai, certes, avec la joie la plus intense ; seulement, pour entendre la voix de l'envoyée de l'élu, il faut posséder la force des miliciens ailés d'Allah…

— Eh bien ?

— Je ne saurais espérer atteindre à la céleste vigueur ; mais je puis au moins assurer mes faibles forces terrestres. Voilà pourquoi, avant de commencer la veillée ordonnée, à l'idée de quoi mon âme frissonne et mon corps tremble, je souhaite prendre un repas substantiel avec mes compagnons de voyage.

L'enthousiasme du cheik ne connut plus de bornes, en présence de cet aveu d'appétit formulé, il faut le reconnaître, dans le mode mystique.

— Jeune fille, s'écria-t-il, le Prophète montre qu'il sait en qui il place sa confiance ; ta tête brune a la sagesse que l'on ne trouve pas toujours sous les chevelures d'argent. Va, va, mes serviteurs apporteront, sous la tente de mes hôtes, tout ce que nos caisses de vivres contiennent de meilleur.

C'était là, la permission de se retirer, Emmie s'empressa d'en profiter. Suivie de ses amis, elle quitta la tente du crédule Ramsès, et alla d'un pas rapide, avec l'impatience aiguë de connaître la véritable teneur du billet de Sika, se réfugier sous le réduit de toile dressé à son intention.

Elle pressa le service des domestiques chargés de disposer le repas sur des tapis étendus à même le sol : des galettes, de la viande séchée au soleil, des gelées de fruits, *et cætera*, formaient le menu, vraiment très délicat chez des nomades. Et les gêneurs disparus, la gamine attaqua les victuailles à belles dents, s'abandonnant, sans en perdre un coup de dents, à une interminable hilarité.

Tous l'interrogeant à la fois, elle daigna dominer sa gaieté pour demander à ses amis :

— Eh bien, comprenez-vous l'affaire ?

Tous quatre s'entre-regardèrent d'un air ébahi. Ils secouèrent négativement la tête, ce qui provoqua chez leur interlocutrice une recrudescence de crise hilare. Il fallut cinq bonnes minutes pour que, entre deux fusées de rire, elle réussit à formuler :

— Je vous expliquerai mou idée tout à l'heure. Auparavant, je prierai notre ami, le général, de vouloir bien nous dire ce que contient en réalité la lettre de Mlle Sika.

— Comme vous le pressentiez, elle nous appelle à son secours, répliqua le général.

— En quels termes et dans quelle direction ?

— Voilà. Les mots se sont gravés dans mon esprit. « Une auto, écrit-elle, m'emporta vers l'est. »

— Vers l'est… C'est-à-dire vers l'intérieur, loin de la côte.

Le Japonais approuva du geste, et continua, les yeux clos, comme s'il lisait des phrases gravées en lui :

« Quelques paroles de mon ravisseur, un certain prince Ahmed, prononcées alors qu'il me croyait endormie, me font supposer que nous nous embarquerons sur le fleuve Euphrate pour gagner en bateau la ville de Bassorah, où ledit prince possède un palais. Bassorah, je pense, est le port établi au fond du golfe Persique. Venez à mon secours… J'ai le sentiment qu'un danger pire que l'incendie me menace. Lequel ? je l'ignore. Mais j'ai peur, peur à mourir… »

« Signé : SIKA. »

Tous demeuraient silencieux, bouleversés par le cri de détresse venu du fond du désert jusqu'à eux. Ce fut encore la petite Parisienne qui, la première, recouvra le sang-froid.

— Allons, fit-elle, voilà qui est assez précis.

— En effet, Bassorah, le prince Ahmed… Cet homme était l'interlocuteur de Yousouf sur le *Parthénon*.

L'observation de Marcel fut coupée par le père de Sika :

— Précis ? Oui, la lettre est précise, trop précise même ; Sika est en danger, et je suis rivé ici, dans ce campement...

— À cause du pantalon « le Mikado », s'exclama la cousine de Marcel, la figure épanouie. Ah ! général, je vous demandais tout à l'heure si vous compreniez. Sachez donc que Mahomet donnera cette nuit même, à l'aimable jeune fille que je suis, l'ordre d'emporter ce diable de vêtement diplomatique. Donc, inutile de vous croire retenu ici. Vous pouvez à l'instant partir à la recherche de votre chère fille. Mon cousin vous accompagnera.

— Mais toi ? murmura Tibérade, encore que tout son être fût appelé sur la trace de la blonde Japonaise.

— Moi, tandis que vous irez à Bassorah, j'irai vous attendre à Beyrouth, d'où nous poursuivrons, à notre retour, notre voyage vers le but que nous ignorons. Quant à M. Midoulet et à son ami Pierre...

Elle ne put aller plus loin.

Un quadruple cri avait salué ce membre de phrase.

— Midoulet !... À quoi bon parler des absents ? plaisanta Marcel.

— Ah ! il est heureusement bien loin, ce gêneur, ricana le général en écho.

— Bien loin, vous le croyez vraiment ?

Emmie s'était levée. D'un geste si rapide que son adversaire ne le put esquiver, elle se cramponna au chapeau de mistress Robinson. Le couvre-chef céda et roula sur le sol, entraînant la perruque et les lunettes de la fausse Anglaise, mettant à nu le faciès trop connu de l'agent au service des Renseignements.

Un tour sur elle-même, et la gamine débarrassait également, des postiches qui le déguisaient, Pierre Cruisacq abasourdi.

Des exclamations stupéfaites se croisèrent :

— Midoulet ici !

— La femme de chambre est un garçon !

Ces cris émanèrent du général et de Tibérade.

— Cette petite est un démon, rugirent les espions.

Pour Emmie, aussi paisible que s'il ne s'était rien passé d'anormal, elle continuait :

— Bon, j'ai percé les déguisements ; à quoi bon continuer a nous gêner. Mon général et mon cousin s'en vont ; vous resterez avec moi.

— Avec vous !… gronda Célestin, exaspéré.

Elle se pencha vers lui et lui glissa à l'oreille :

— Et avec le pantalon, monsieur Midoulet, que vous ne serez pas fâché de tenir, quand je l'aurai subtilisé aux Arabes.

Il y avait chez elle une telle assurance que tout fut réglé ainsi qu'elle l'avait décidé.

Une demi-heure plus tard, Tibérade et le père de Sika, montés sur d'excellents chevaux, quittaient le campement des Arabes, non sans avoir échangé des adieux reconnaissants avec le digne cheik Ali-ben-Ramsès.

Emmie les accompagna à quelque distance. Au moment de les quitter, le général, qui chevauchait pensif, ayant murmuré :

— Ce satané Midoulet me tracasse. Il voudra à toute force que vous lui livriez le pantalon ; et alors… alors…

— Alors, général, soyez tranquille, il ne l'aura pas, parce que je ne veux pas le lui remettre.

Et l'interlocuteur de la fillette, esquissant un geste dubitatif, elle reprit :

— Je vous dis que je ne le veux pas. Faut-il ajouter que, cette nuit même, le vêtement mikadonal et son porteur, moi dans l'espèce, serons à une distance bien supérieure à la longueur du bras du seigneur Midoulet.

— Quoi, vous espérez le laisser ici ?…

— Je n'espère pas, monsieur le général, je suis sûre ; car il faut tout vous dire, à vous, j'ai trouvé le moyen de le laisser engagé au bon cheik Ramsès.

— Mais il vous rejoindra aisément à Beyrouth !

Cette fois, la fillette pouffa, de rire, sans souci de l'irrespect de cette manifestation. Enfin, elle répliqua :

— Cela m'étonnerait fortement s'il me joignait à Beyrouth, car j'ai, moi, l'intention de vous rattraper sur la route de Bassorah !

Les deux hommes la considéreront avec admiration ; à chaque instant, la gamine les stupéfiait par sa présence d'esprit jamais en défaut.

Voici que maintenant elle avait songé à donner des indications fausses en présence de Midoulet.

Et l'espion égaré sur une piste qu'il suivrait fatalement, Emmie s'était réservée toute facilité pour fausser compagnie à l'importun personnage.

D'un mouvement irréfléchi, Tibérade enleva la mignonne jusqu'à ses lèvres, et, dans un baiser fraternel, avec une sorte d'orgueil dans la voix :

— Ah ! petite souris, fit-il, tu es bien décidément la mignonne fée parisienne.

Elle le regarda, une larme perlant au bord de ses cils.

— Tu pleures, reprit-il avec le regret de l'avoir affligée, sans comprendre pourquoi il lui avait fait du chagrin.

Elle lui sourit gentiment :

— Oui, je pleure de joie, puisque mon papa Marcel, est content de sa petite adoptée.

Légère comme une elfe, elle sauta à terre et s'enfonça dans la nuit, courant vers les feux du campement.

Kalfar-y-Alfar, chargé de la garde de l'étendard-vêtement, désormais dénommé par tous les Arabes, de par la volonté d'une petite Parisienne, *le Pantalon du Prophète*, était un guerrier renommé de la secte des Snouss. On l'avait désigné entre tous, à cause de la noblesse de son origine, pour veiller, en compagnie d'Emmie sur la *précieuse manifestation* de Mahomet le Grand, épée et flambeau d'Allah !

Donc, tandis que Tibérade et le général se lançaient au galop à la poursuite du ou des ravisseurs de Sika, que Midoulet et Pierre, démasqués par la petite Parisienne, s'étendaient sur leurs nattes, avec la volonté de goûter, sous la tente, les douceurs du repos, la fillette vint prendre son poste de faction. Elle était digne, austère d'allure, sans avoir cependant rien de particulièrement martial.

Néanmoins, tout aussitôt, Kalfar, tranquille jusque-là, ressentit un trouble inexplicable. Inexplicable, car on ne craint pas le voisinage des esprits, amis du ciel. Or, il le savait, la petite accomplissait une mission sainte en partageant sa veillée, une mission ordonnée par le Prophète lui-même. La teneur supposée de la lettre en « écriture des houris » avait été propagée par tout le campement. Ali-ben-Ramsès n'eût pas voulu, pour un empire, garder le silence sur un « courrier » si honorable pour sa personne.

Et Emmie, réputée chère à Allah, à son prophète, jouissait certes d'une considération qui incitait Kalfar à soupçonner quelque chose de miraculeux dans ses gestes les plus innocents ; mais, au demeurant, rien ne la signalait à la défiance d'un bon musulman.

Il est vrai que la Parisienne se livrait à des évolutions compliquées qui, si elles se prolongeaient tout la nuit, rendraient sa faction horriblement fatigante.

Elle se prosternait en marmonnant des paroles incompréhensibles, que son compagnon n'hésita pas à qualifier d'incantations. Rien que ce mot cabalistique fait frémir.

Et bien plus, entre chaque agenouillement, la fillette effectuait deux ou trois pas rythmés. Évidemment ceci représentait le dernier cri de la chorégraphie des magiciennes.

Pas une minute, il ne songea que la jeune Parisienne dissimulait ainsi sa volonté de se rapprocher du « talisman », ainsi qu'il désignait le vêtement gris fer.

Elle y parvint cependant, et Kalfar n'eut aucun soupçon.

Elle toucha la lance servant de hampe au bizarre étendard.

Ses mains marquèrent des hésitations, où le guerrier pouvait diagnostiquer l'émotion sacrée au contact d'une relique ; ses paumes caressèrent doucement l'étoffe grise.

La lune versait du zénith sa lueur opaline sur la vallée, ajoutant au fantastique de la scène mimée par la petite cousine de Tibérade.

Soudain, elle eut un cri strident et se rejeta vivement en arrière.

Au bruit, Kalfar, le guerrier valeureux, que ni les ennemis, ni les fauves n'avaient fait trembler jusque-là, connut la peur blême et frissonnante. Il bondit, lui aussi, en arrière, imitant le mouvement de recul d'Emmie, d'Instinct, sans en comprendre la cause. Bien plus, ce saut accompli, la cause ne lui apparut pas davantage. Ne voyant rien de suspect, le factionnaire se rassura.

La fillette, le front dons la poussière, en adoration, semblait-il, devant l'ajustement divin, ne bougeait plus.

Par effet réflexe, le sabre recourbé, qui frémissait dans la main de l'Arabe, cessa de trahir les vibrations si particulières de l'effroi.

Las ! La tranquillité du pauvre homme fut de courte durée. Le trouble l'envahit de nouveau sous une autre forme. Une idée traversa son cerveau. Il se souvint qu'on lui avait affirmé une chose merveilleuse. Une locataire des célestes séjours, une houri transmettrait, durant la nuit, les ordres du Prophète. Quels ordres ? Comment se traduiraient-ils ? Faudrait-il que lui, Kalfar, affrontât la présence d'un Djinn de l'Ombre, d'un de ces génies légendaires, dont les exploits se racontent à mi-voix dans les haltes nocturnes, dont le front se bosselle en cornes, et qui, par leurs bouches aux dents acérées, par leurs narines sanglantes, par leurs yeux perçants, lancent flammes, fumée, pire encore, des projectiles diaboliques, des traits de feu rougeoyant ainsi que le fer incandescent sur l'enclume du forgeron ?

Quelle bravoure résisterait à de semblables préoccupations ! Soumis à ce traitement cérébral, le bouillant Achille, Ajax le valeureux, le sage Ulysse lui-même, dont les exploits font vibrer les pages de l'Iliade comme tables d'airain, connaîtraient la panique. Sur nos champs de bataille modernes, ce ne serait plus la poudre A, ni la poudre B, qui parleraient : ce serait uniquement la poudre d'escampette.

Bref, un frisson courut sur l'échine de Kalfar. Qu'a-t-il entendu ? Au vrai, il n'en sait rien. Il a eu l'impression vague, oh ! très vague, qu'un soupir sifflait dans l'obscurité, autour de lui, tout près de lui.

Naturellement il regarde, pivotant sur lui-même ainsi qu'une toupie hollandaise, en dépit de sa qualité de Bédouin.

Rien ! Personne !

Il est seul avec Emmie, étendue sur le sol à quelques pas et immobilisée par le sommeil ou par une pieuse méditation.

Il se secoue. Il a rêvé, l'ignorant guerrier ne connaît pas l'existence de Venise la Belle et du Pont des Soupirs. Sans cela, il ferait certainement un rapprochement et ne se morigénerait pas d'avoir cru possible que la nuit soupirât.

Il vient de se déclarer que cela ne saurait être, et vlan, comme pour lui infliger un démenti, le souffle inexpliqué passe de nouveau dans l'air.

Et puis, un nouveau sujet d'inquiétude se révèle au guerrier qu'halluciné la présence du talisman.

Ne lui semble-t-il pas que le vêtement du Prophète est agité de frémissements légers ?

Il se gourmande. Est-ce qu'en faction, un vaillant doit voir double ? Il se leurre évidemment ; pourquoi cette oriflamme de drap frémirait-elle en l'absence de toute brise ?

À peine s'est-il adressé cette question, très sage pourtant, que le mouvement s'accentue. Les jambes de drap gris s'agitent furieusement en une sorte de gigue inédite.

Kalfar fait appel à toute sa bravoure. Il s'approche prudemment de l'objet vénéré. Il grelotte d'épouvante, mais il contraint sa terreur à se plier au devoir du guerrier.

La gigue cesse. Les jambes d'étoffe se figent dans une immobilité complète. Parfait ! le guerrier s'éloigne rassuré ; tout aussitôt le vêtement se remet en danse.

Ah çà ! le talisman se moque de lui. Le brave Kalfar, sur le front duquel ruisselle une sueur froide, ouvre la bouche ; il va appeler sa jeune compagne de faction. Ce n'est qu'une fillette, mais enfin il n'aura plus le malaise d'être seul. Et puis cette enfant, chère au Prophète, expliquera probablement l'incroyable gymnastique du pantalon sacré. Cependant l'Arabe referme les lèvres, sans proférer aucun son. Il hésite.

Emmie dort. Sera-t-elle satisfaite d'être réveillée ? S'il était observateur, le brave guerrier se fût rendu compte que la fillette était plus agitée qu'elle n'en donnait l'impression à premier examen. En effet, ses mains, allongées sur le sol, se livraient à de petits soubresauts qui, constatation bizarre, semblaient se rythmer sur les oscillations du vêtement-étendard.

À ce moment même, la cousine de Tibérade, qui entre ses cils baissés, observait le crédule guerrier, murmurait avec une intonation impossible à rendre :

— Oh ! oh ! je crois ce digne homme mûr pour la suprême épreuve. Allons-y du grand jeu ; il faut lui en donner pour son argent.

Et glissant entre ses lèvres un fragment de bois creux, dont elle s'était munie, elle se prit à parler, la voix contrefaite comme par la *pratique* des montreurs de marionnettes, tout en imprimant au vêtement du mikado des mouvements désordonnés.

— Enfant aimée d'Allah, approche et entends les ordres que moi, houri des Paradis, je fus chargée de t'apporter par le Prophète vénéré, fils, compagnon et lieutenant d'Allah !

À ce coup, Kalfar perd complètement la tête. Auprès du drap dansant avec ardeur s'élève la voix d'une houri ! Elle l'a dit en toutes lettres. Impossible de douter. C'en est trop pour la superstitieuse cervelle du nomade affolé, qui, sans en avoir conscience, se trémousse, s'agite, sautille en mesure avec l'étendard improvisé, lequel se livre à des contorsions échevelées.

— Enfant, écoute, reprend la voix mystérieuse.

Patatras ! Kalfar a épuisé des forces de résistance ; il lâche son sabre et s'abat la face contre terre, en psalmodiant affolé :

— *La la ill Allah, bismillah resoul Allah !*

— Ali-ben-Ramsès, continuait l'organe inconnu, est un fidèle observateur du Coran ! Demande-lui de te confier un cheval. Tu dirigeras ta monture vers l'Orient, ta monture qui portera le pantalon divin de Mohamed l'Inspiré.

— Un cheval, l'Orient, le pantalon, bégaya Kalfar. Je comprends, je comprends ce que dit la houri. Ah çà ! je parle donc le langage du Paradis ! Jamais je ne l'avais soupçonné jusqu'à présent.

— L'animal, poursuivait l'organe singulier, s'arrêtera de lui-même en un point où tu devras enfouir le vêtement dans la terre. Mon ombre sera devant toi. Va ! C'est de ta main que ce pays tiendra ainsi la richesse et le bonheur.

Un lourd silence. L'Arabe prêtait l'oreille, espérant encore entendre les propos de la céleste messagère.

Au lieu de cela, il perçut l'organe d'Emmie, qui, s'étant débarrassée de son fragment de bois creux, avait repris d'emblée sa voix naturelle.

— Ô Prophète, ta lumière guidera ta servante, ta volonté sera ma volonté.

Elle se leva, s'approcha de l'oriflamme improvisée par la superstition des Arabes, flatta l'étoffe de même qu'elle l'avait fait tout à l'heure. Puis elle porta ses mains à ses lèvres, en un geste de mystique admiration.

En réalité, elle glissait dans sa bouche le tube de bois creux, si bien que de nouveau la voix de la houri retentit aux oreilles du factionnaire.

Elle disait :

— Tu partiras sans suite, sans compagnon, car ma protection sera sur toi. Ma force te donnera la force.

La petite cache son visage dans ses mains pour se débarrasser de la « pratique » et, de son organe naturel :

— Mais les compagnons qui reposent à cette heure sous la tente mise à ma disposition par le généreux Ramsès ?

— Ceux-là doivent être retenus ici jusqu'au matin, par la violence au besoin.

Et Emmie se prosterna, la face contre terre, clamant :

— Messagère du Prophète, il sera fait ainsi que tu l'ordonnes.

Kalfar la regardait, éperdu d'assister à cette jonglerie, qui pour lui, prenait la valeur de quelque rite merveilleux. Et sous les yeux du guerrier, obturés par la foi superstitieuse, l'adroite Parisienne retirait du vêtement les épingles recourbées qu'elle y avait implantées au début de la comédie. Ces épingles reliées par un fil noir, invisible dans la nuit, aux doigts agiles d'Emmie, étaient l'unique cause des mouvements du vêtement diplomatique.

Comme on le voit, le miracle était un simple tour de passe-passe, rappelant le jouet que les camelots vendent sur les boulevards de Paris et dénommé *les danseurs parisiens*.

Le guerrier médusé, abasourdi, se préparait à gagner la tente de son chef, pour faire son rapport sur le spectacle magique dont il venait d'être témoin, quand la haute silhouette de Ramsès apparut sur le seuil de son logis de toile.

Réveillé par le bruit, il avait perçu la conversation de la fillette et de la houri. Tout comme le factionnaire, il avait été conquis par le merveilleux de l'aventure.

Pas une seconde, le cheik ignorant, dont toute la science se bornait à la lecture du Coran, n'avait soupçonné la supercherie. Pour lui, le miracle était patent. Une envoyée du Paradis venait de converser avec la jeune voyageuse.

Quel lustre pour son nom, pour sa tribu, lorsqu'il rapporterait au désert le récit de la distinction flatteuse dont son campement avait été l'objet.

De résister aux injonctions de Mahomet, il n'eut même pas l'idée, et la cousine de Tibérade dut se tenir à quatre pour ne pas trahir son intense satisfaction en l'entendant prononcer :

— Kalfar, je sais ce que tu voulais m'annoncer. À l'abri de ma tente, j'ai entendu les ordres du Prophète. Ils seront, en ce qui me concerne, exécutés sans restriction. Va seller mon meilleur cheval et amène-le ici.

Le guerrier s'éloigna aussitôt. Alors l'Arabe s'avança vers Emmie qui attendait modestement.

— Et toi, jeune fille, continua-t-il avec une déférence marquée, tu accompliras la mission que l'élu d'Allah t'a confiée ; quand tu rencontreras son ombre, ainsi qu'il te l'a promis, dis-lui bien qu'Ali-ben-Ramsès est un serviteur obéissant et fidèle.

— Oui, certes, je dirai cela… au… au… Prophète, oui, noble, seigneur ! balbutia Emmie d'une voix tremblante, non d'émotion, mais d'une envie de rire contenue à grand'peine devant la plénitude de son facile triomphe.

Du même coup, elle rentrait en possession du *message* du Mikado et elle laissait Midoulet et Pierre en arrière.

Cependant, le chef des Snouss se prosternait à diverses reprises. Après quoi, il alla au pantalon flottant au bout de sa hampe, le détacha de la lance et, le tendant à la fillette en un geste dévotieux :

— Prends, jeune étrangère, le précieux dépôt ! Agis ainsi qu'il en a été ordonné !

Elle crut bon de simuler une hésitation respectueuse :

— Prends-le, insista le cheik, prends-le sans crainte, puisque tu as le bonheur d'être celle que le Prophète a désignée.

À ce moment, Kalfar ramenait devant la tente un cheval à la crinière flottante, aux yeux pleins de feu.

— Avant de partir, noble seigneur, daigne entendre une prière de ta servante, murmura l'espiègle créature tout en se mettant en selle.

— Parle, ton vœu sera exaucé, quel qu'il soit. Ramsès sera heureux de te donner cette marque de vénération.

Elle salua très bas. De la vénération, cela apparaissait irrésistiblement bouffon à la gamine dotée de l'irrévérence atavique des originaires de Paris.

— Je ne sais en quel endroit je rencontrerai la grande ombre du Prophète, réussit-elle cependant à exprimer. Peut-être sera-ce tout près. Peut-être loin. Deux de mes compagnons restent tes hôtes. Avertis de mon départ, ils voudraient m'assurer la protection de leur escorte. Or, le Prophète a interdit cela.

— Je le sais, j'ai entendu aussi cette chose.

— Alors ?...

— Ils ne quitteront mon camp qu'au lever du jour.

Et regardant Kalfar :

— Que quatre de mes guerriers veillent jusque-là à ce que mes hôtes ne puissent sortir de leur tente.

Kalfar s'élança pour exécuter ce nouveau commandement, et la mutine fillette, enchantée mais dissimulant sa joie, croisa ses mains sur sa poitrine, baissa les yeux et d'un accent où vibrait la plus indiscutable componction, elle prononça :

— J'ai foi dans la bonté du Prophète. Il m'indiquera ma route et il répandra les dix mille Félicités sur son fidèle et valeureux Ali-ben-Ramsès.

Elle rendit la main, lança un adieu reconnaissant au cheik hospitalier ; et, au grand trot, sortit du camp. Il était temps ; le rire fusait entre ses lèvres contractées. Une minute de plus, elle eût succombé au fou rire.

Seulement, une fois dans les ténèbres, elle tourna délibérément le dos au désert, où d'accord avec le Mahomet de sa façon, elle eût dû s'enfoncer, et dirigea sa monture vers la sente raide que ses amis et elle-même avaient dévalée en arrivant de Beyrouth.

Ce changement d'itinéraire provenait de ce fait que, durant ses allées et venues à travers le campement, la fillette avait appris ceci : Pour se rendre à Bassorah, le chemin le plus rapide est le plus long. Cela arrive quelquefois. Dans l'espèce, il convenait de regagner Beyrouth, d'y emprunter le chemin de fer jusqu'à la cité d'Alep.

De cette ville, une simple étape la conduirait au fleuve majestueux, si célèbre dans l'histoire ancienne, qui a nom l'Euphrate, au cours duquel il lui suffirait alors de se confier.

Elle louerait à cet effet une embarcation du pays, un *kellek*, qui la conduirait en la ville de Bassorah chantée par les poètes des *Mille et une Nuits.*

Le kellek, elle l'avait appris également parmi les nomades, est une façon de radeau, seule embarcation susceptible d'être utilisée sur le grand fleuve, dont les eaux abondantes et profondes portaient naguère les flottes de Babylone. Ici, comme partout ailleurs, l'incurie turque s'est donné carrière. Elle a laissé la voie liquide s'ensabler, de telle sorte qu'il faut un tirant d'eau à peu près nul pour franchir les barrages sablonneux ou rocheux dont son lit est obstrué.

Pierre-Véronique et Midoulet-Robinson, rafraîchis par l'enlèvement de leurs perruques, inutiles depuis la reconnaissance d'Emmie, dormaient sur leurs deux oreilles, ils rêvaient que les Arabes déplantaient la pique au vêtement et leur en faisaient présent. Le premier se réjouissait de le porter à mistress Lydia Honeymoon, le second se félicitait d'en faire hommage à ses chefs du service des Renseignements.

Une fois de plus, ainsi que le déclare la sagesse des nations, le songe était mensonge.

Notes

1. Tradition coranique. Les Snouss, ces irréductibles adversaires des conquérants européens, entretiennent soigneusement cette légende, avec l'intention probable de s'en servir pour provoquer tôt ou tard un soulèvement général du monde musulman. Nous croyons inutile d'ajouter d'ailleurs que « l'ascension annuelle du coffre funèbre de Mahomet » est un simple tour d'illusionnisme

CHAPITRE V
LA ROUTE DE BASSORAH

Uko et Tibérade, après avoir quitté le camp de Ramsès, obéirent tout d'abord à la seule pensée de mettre une distance respectable entre leurs personnages et leurs ex-hôtes, les Arabes ; cependant, après quelques kilomètres parcourus dans la nuit, ils s'avouèrent que ce serait folie de leur part de poursuivre leur route dans la direction du désert.

Si peu géographe que l'on soit, on comprend que plusieurs jours de marche sont nécessaires pour se rendre d'El Gargarah à Bassorah. Or, les paroles mêmes de Ramsès avaient appris aux deux cavaliers qu'un désert stérile, dépourvu d'eau sauf en quelques rares endroits, dressait un obstacle infranchissable, sauf pour les nomades, entre eux et le but de leur voyage.

S'engager dans la solitude, sans connaître la direction à suivre, eût été le fait de gens dépourvus du plus élémentaire bon sens. De plus, une fausse manœuvre aurait pour répercussion de retarder le moment où ils pourraient défendre Sika. Arriver auprès de la captive *plus tard* serait peut-être arriver *trop tard*.

Ils se consultaient donc, fort embarrassés sur la décision à prendre, quand, à l'aube, ils atteignirent le campement nocturne d'une troupe nombreuses.

C'étaient des marchands, retour de Damas, formant une caravane comptant une centaine de mules et de chameaux pesamment chargés de marchandises.

Les négociants accueillirent les deux hommes avec la bonne grâce habituelle en ce pays, où l'hospitalité est considérée comme un devoir ; et, les voyageurs, s'étant enquis des moyens de gagner Bassorah, leurs hôtes répliquèrent sans hésiter :

— Vous ne sauriez vous y rendre par le désert.

— Il est donc bien difficile ?

— Extrêmement. Seuls, les Arabes, qui le parcourent sans cesse, peuvent s'y aventurer sans danger. Il n'existe aucune voie, nous ne dirons pas *tracée* mais seulement *jalonnée*. Les points d'eau, très rares, sont séparés par de longs intervalles desséchés. Aucun arbre n'anime ces solitudes. Et dix à douze jours au moins sont nécessaires pour la traversée à ceux-là même qui ont la pratique de ce pays désolé. En tout état de cause, il faudrait équiper une caravane. Deux hommes isolés seraient perdus. Ils iraient sûrement à la mort.

— Que faire, alors ? murmura Tibérade, démonté par ce tableau si peu encourageant.

— Retourner à Beyrouth, user de la voie ferrée jusqu'à Alep. De là, gagner l'Euphrate et vous embarquer pour Bassorah...

Le père de Sika et son compagnon firent la grimace.

— Bien long ce trajet !...

— Non. Pas plus que la voie désertique, et elle a l'avantage appréciable de ne présenter aucun obstacle sérieux.

Cette dernière remarque décida les cavaliers lancés à la poursuite du ravisseur de la blonde et charmante Japonaise.

Le jour venu, ils se joignirent à la caravane qui cheminait bien lentement au gré de leur impatience justifiée ; car ce fut seulement le surlendemain au soir qu'ils atteignirent la ville de Beyrouth. Là, il leur fallut perdre encore toute la nuit, et attendre rageusement au matin du troisième jour pour avoir la satisfaction de prendre place dans un train a destination d'Alep.

Ils rencontrèrent à la gare une surprise qui les y attendait. Quelques minutes avant le départ, un drogman du consulat de France se présenta à la portière de leur compartiment, à claire-voie, comme tout le matériel employé dans cette chaude région. Il leur adressa deux ou trois questions d'identité, s'épanouit à l'addition de leurs réponses, et finalement s'écria :

— Seigneurs, vous êtes bien ceux dont je guettais le passage.

Et tendant une lettre à Tibérade interloqué d'être attendu là où il ignorait devoir se rendre.

— Ceci vous expliquera cela.

La missive, de la main d'Emmie, Marcel le reconnut au premier coup d'œil, disait en substance :

« Obligée de continuer sur Bassorah sans m'arrêter. Expliquerai plus tard, vous donnerai des nouvelles en cours de route. Midoulet et Pierre, en femme de chambre, probablement un acolyte de l'agent, sont restés au campement de l'Arabe Ramsès avec un retard suffisant pour ne pas me rattraper. Gagnez Alep, puis l'Euphrate. Ne vous attardez pas en route, de peur que le malheureux espion ne vous atteigne et ne recule l'instant où notre chère Sika se trouvera sous votre protection.

« En ce moment, unissons nos efforts pour sauver celle qui est en péril. Ensuite, tu seras, s'il te plaît, l'allié du sieur Midoulet, puisque l'intérêt de la France et de l'Europe veut qu'il en soit ainsi. »

Suivait la signature ponctuant la missive grave d'un éclair de gaieté : « Emmie Petite Souris. »

En ayant l'air de penser à tout, la gamine demeurait mystérieuse.

Pourquoi n'attendait-elle pas son cousin ? Elle se bornait à indiquer : « Je vous expliquerai cela plus tard, ».

Oh ! évidemment, elle avait une bonne raison : seulement pourquoi ne pas la faire connaître de suite ? Bah ! Marcel avait vu à présent sa petite cousine a l'œuvre. Il se sentait plein de confiance en son ingéniosité. Elle affirmait s'être débarrassée de l'obsédant Midoulet, qu'elle avait démasqué, alors qu'eux-mêmes n'éprouvaient aucune défiance de la fausse mistress Robinson. Donc, l'on était, grâce à la jeune fille, assuré de parcourir avec calme la dernière partie du voyage.

Le train les emporta loin de Beyrouth. À Alep, des mulets commandés à leur intention, deux jours plus tôt, par une jeune fille qu'à son signalement ils reconnurent sans peine pour Emmie, les attendaient. Les patientes bêtes les portèrent sans accident à Bilissia, petit port fluvial sur la rive droite de l'Euphrate. À leur apparition sur le quai, un marinier interpella les voyageurs, leur offrant un bon kellek pour naviguer sur le fleuve, aussi longtemps qu'ils le souhaiteraient.

Et comme ils témoignaient franchement combien la proposition les intéressait, l'affréteur parut se décider. Il murmura, questionneur et familier :

— Les seigneurs viennent de Beyrouth sans doute… Jolie ville, trop de Druses dans le voisinage, par exemple.

— Vous êtes curieux, l'ami, commençait Marcel, un peu agacé par l'indiscrétion de l'homme.

Mais son interlocuteur reprit très vite :

— Pas curieux, non. Yalmidar ignore la curiosité bonne tout au plus pour les femmes ; mais il doit transmettre un message à des voyageurs en provenance de Beyrouth, et pour les reconnaître…

— Il questionne. C'est différent. Et je réponds oui, nous arrivons de cette ville.

— Bien… Êtes-vous les amis d'une jeune fille qui s'est embarquée avant-hier ?

— Peut-être.

— Elle m'a confié un écrit pour un seigneur… seigneur ?…

Il paraissait attendre que ses interlocuteurs prononçassent un nom.

— Le seigneur Tibérade, s'écria Marcel en riant.

L'homme eut un geste joyeux.

— C'est cela même ! Voici le papier.

La lettre émanait bien d'Emmie ; mais pas plus que la précédente, elle ne contenait l'explication de la conduite bizarre de la jeune Parisienne. Elle invitait seulement son cousin et le général Uko à faire diligence, pour la rejoindre à Bassorah dans le plus bref délai possible.

Tranquillisés en obtenant ainsi l'assurance que la fillette se portait bien et continuait son voyage sans accidents, les poursuivants du geôlier de Sika pressèrent les mariniers, afin de ne pas séjourner à Bilissia.

Les bonnes paroles, quelques pièces de monnaie, donnèrent à ces braves gens une énergie inaccoutumée, si bien que, deux heures plus tard, le kellek paré, chargé de ses provisions de route soigneusement arrimées, se balançait au long de la rive, prêt au départ.

Les bateliers à leurs postes brandissaient les longues perches, qui sont le seul moteur usité sur l'Euphrate. Les passagers embarquèrent ; le radeau déborda et glissa silencieusement sur les eaux paresseuses, au mouvement berceur, qui coulent sans remous vers le golfe Persique.

Cette navigation monotone devait durer de longs jours. Tantôt l'esquif longeait des falaises abruptes, formées de roches rougeâtres. Alors l'eau, courant sur un fond de même nature, prenait une teinte sanglante. Tantôt au contraire, le lit du fleuve, large de un à deux kilomètres, se contournait en méandres serpentins, au milieu de vastes plaines imprimant au paysage une monotonie attristante. De rares bouquets de palmiers, des ruines géantes, où s'unissaient les tons rouges de la brique et la teinte noire du basalte, bossuaient seuls ces plateaux désertiques. Ici encore, l'incurie de l'administration turque a fait la solitude, là, où jadis, florissaient de puissants empires. Le sol, qui nourrissait des peuples nombreux, est devenu stérile. Les journées se consumaient, lentes, interminables, dans le bourdonnement peu récréatif de nuées de moustiques altérés de sang ; le soleil ardent grillait littéralement les voyageurs ; puis, quand l'astre qualifié de radieux par les poètes s'était enfoncé sous l'horizon, les navigateurs avaient à se garantir de la fraîcheur des nuits, propagatrice de fièvres pernicieuses, moins dangereuses que celles d'Afrique ou du Sud américain, mais assez violentes pour interrompre un voyage durant des semaines.

Le général s'énervait de la lenteur du déplacement. Il rappelait, avec une impatience douloureuse, les moyens de locomotion ultra-rapides des pays civilisés : automobiles, aéroplanes, trains accélérés. Et Marcel comprenant, aux battements de son propre cœur, l'angoisse qui étreignait le père de Sika, s'efforçait de paraître gai pour apaiser la douleur de son compagnon.

— Eh bien, général, disait-il, le kellek nous impose des grandes manœuvres auxquelles nous ne nous attendions pas !

— Certes ! Mais ce que l'on ne fait pas en manœuvres, je le fais ici. Je peste contre une journée de repos.

— De repos ? J'espère bien qu'il n'en est pas question.

— Erreur. Nos mariniers m'ont averti que nous séjournerions vingt-quatre heures au bourg d'Hillah !

— Et pour quelle cause cet arrêt intempestif ?

— Des réparations nécessaires à notre kellek. Ces radeaux sont lents comme escargots, mais en revanche, ils se détraquent aisément.

— Bon ! reprenait Marcel cherchant à rompre les chiens, si je ne m'abuse, le bourg d'Hillah occupe le centre de l'emplacement couvert, aux âges passés, par les palais fastueux de l'antique Babylone... Nous serons archéologues malgré nous et emploierons, si vous y consentez, l'arrêt forcé pour visiter ce qui reste de la puissante civilisation disparue.

La navigation continua parmi les horizons mélancoliques de champs incultes, abandonnés, sillonnés de canaux d'irrigation obstrués par le lent travail des siècles, que l'incurie des Osmanlis ne contrarie jamais. De rares affluents déversaient dans le fleuve leur parcimonieux tribut liquide. De loin en loin, une ville moderne, presque aussi ruinée que les cités d'autrefois, trahissait la vie par les éclairs que piquait le soleil sur les ors des minarets et des coupoles. Enfin, le kellek glissa entre les berges basses d'une immense plaine couverte de dattiers. La vue de ces arbres, de leur feuillage vert, après les étendues grisâtres des terres en friche parmi lesquelles le fleuve les avait emportés si longtemps, fut pour les voyageurs comme un apaisement.

On arrivait à Hillah. Marcel se félicita de l'escale en ce point, car au débarcadère même, établi sur pilotis à demi pourris et que la première crue semblait devoir emporter, un nouveau billet d'Emmie l'attendait. Le porteur, un grand gaillard à l'air somnolent, affecté à l'important service de l'amarrage des câbles de retenue des radeaux à des anneaux, rongés par la rouille, fixés tant bien que mal sur le plancher du débarcadère, s'acquitta de la remise du message sans paraître se réveiller.

La gamine affirmait sa belle santé et pressait son cousin de se hâter vers Bassorah.

Se hâter !... Ironie involontaire formulée à l'instant même où, de par la volonté des bateliers, les passagers étaient tenus de perdre vingt-quatre heures à Hillah.

Pour échapper à la mauvaise humeur, Marcel entraîna Uko à la visite de la cité.

Hillah n'est qu'une bourgade ; mais autour de la petite agglomération, sur une étendue de plusieurs kilomètres carrés, égale au moins à la superficie de Paris, cachés sous des bouquets d'arbres, des marais, des tumuli amoncelés par la poussière des siècles, dorment les prestiges de la puissante Babylone. De-ci de-là, jaillissent du sol des ruines massives, des débris de temples, de palais, de murailles... Mais parmi ces formes colossales de granit, on chercherait vainement la trace des jardins suspendus dont s'émerveilla l'antiquité. De la cité, géante, dominatrice, quelques décombres, s'effritant un peu plus chaque jour, sont tout ce qui reste. Tibérade réédita le mot du voyageur Lincoln, si navrant dans sa concision :

« Ci-gît une civilisation qui ne renaîtra pas ! »

Le lendemain, les passagers du kellek, maintenant réparé, ressentirent un réel plaisir à se rembarquer, à s'éloigner de ce tombeau d'un empire. Il y a une tristesse à fouler ce qui fut grand et n'est plus que poussière.

Enfin, le vingt-septième jour de navigation, l'immense oasis de dattiers, dont Bassorah occupe le centre, se montra à leurs yeux.

Puis, les habitations, les palais bordèrent le fleuve.

Pour la première fois depuis leur entrée en Turquie d'Asie, les voyageurs avaient l'impression d'une ville florissante. C'est qu'en effet Bassorah est le grand entrepôt du golfe Persique. Elle en occupe l'extrémité septentrionale. Là, affluent les produits d'Arabie, de Perse, de Bagdad, etc.

Les quais sont à peu près entretenus, les débarcadères presque en bon état.

Mais l'admiration de Tibérade et de son compagnon fut brusquement remplacée par le sentiment de la réalité qui les poussait en avant, du fait de l'apparition du propriétaire du Caravansérail Euphratikos, dressant le désordre de ses constructions sur la rive du fleuve.

Cet homme appelait d'un accent suraigu :

— Uko, général pacha ! Tibérade-bey !

— Nous répondons à ces noms, s'exclamèrent aussitôt les voyageurs.

— Alors, reprit le braillard, la jeune fille vous adresse ceci.

Une lettre passa de ses doigts dans ceux du cousin d'Emmie, et le Français lut à haute voix :

« Sika, captive au palais du prince Ahmed. Y suis comme *jardinier*. Venez vite. Je vous ferai entrer par une petite porte s'ouvrant dans la muraille de briques, sur la ruelle des Médressés. Soyez armés ; il importe d'être prêts à tout. Ta petite Emmie qui va pouvoir enfin te permettre de la rejoindre. »

Comme dans un opéra bien fait, les deux hommes saisirent leurs armes et clamèrent en chœur :

— Courons !

Mais jamais la figuration d'une Académie de musique quelconque ne s'ébranla à une allure aussi précipitée, que ces deux hommes éperonnés par l'appel pressant de la fillette.

Tout entiers à l'idée de se porter au secours de la captive du prince Ahmed, ils ne remarquèrent pas un groupe de personnes qui, à l'abri d'un chariot, arrêté a quelques pas, les examinait curieusement.

Et pourtant il eût été intéressant pour eux d'identifier ces observateurs.

Ceux-ci étaient au nombre de trois : deux hommes, une femme, que Marcel et son compagnon eussent catalogués, sans l'ombre d'une hésitation, sous les noms inquiétants de Midoulet, de Véronique-Pierre et de mistress Lydia Honeymoon.

Les voyageurs éloignés, les espions échangèrent quelques brèves paroles. En suite de quoi, Célestin Midoulet se lança à la poursuite des amis de Sika, tandis que la jolie Anglaise et son féal Pierre Cruisacq s'en allaient tranquillement de leur côté.

Par quel concours de circonstances, les adversaires de la politique du Mikado se trouvaient-ils réunis, semblant avoir abdiqué leur rivalité antérieure ?

Quand Emmie avait quitté le campement d'Ali-ben-Ramsès, Midoulet et Pierre dormaient profondément sous la tente qui les abritait.

Aucun pressentiment ne troublait leur sommeil. Ils reposaient avec la double quiétude des gens qui ont accompli tout leur devoir et qui ne redoutent aucun mauvais tour de l'adversité.

Ils avaient tort, on le sait, car la petite Parisienne se mettait hors de leur portée et, détail plus grave, entraînait bien loin d'eux le message de drap gris fer de l'empereur du Soleil-Levant.

Le soleil, emblème du pays des chrysanthèmes, se croyait sans doute astreint à protéger les desseins du souverain japonais, car l'aube se manifesta dans un ciel chargé de nuages, laissant parcimonieusement filtrer vers la terre une lumière grise, terne, indécise.

Sous la tente, il continua de faire nuit.

Tant et si bien que neuf heures sonnaient aux horloges des cités lointaines, quand messire Phœbus, ayant enfin réussi à percer de ses flèches d'or l'écran des nuées, les dormeurs eurent conscience de la clarté revenue. Ils s'agitèrent sur leurs nattes, bâillèrent, s'étirèrent, et finalement ouvrirent les yeux.

— Toujours seuls, fit d'une voix pâteuse l'agent, après un regard autour de lui.

— Toujours, affirma Pierre qui saisit avec joie d'être du même avis que son compagnon, auquel il eût si volontiers faussé compagnie.

— Eh bien ! un brin de toilette, et rejoignons cette enragée fillette qui a dû passer la nuit en faction auprès du vêtement insaisissable.

Par réflexion, Midoulet ajouta :

— Car je suis curieux de savoir si elle a réussi à se le faire donner par ces idiots arabes.

Des jarres d'eau se trouvaient dans la tente. Les deux hommes procédèrent à leurs ablutions, rajustèrent leurs perruques, leurs chapeaux féminins ; car dans la hâte de l'expédition au ravin d'El Gargarah, ils n'avaient pu emporter de costumes de rechange, et, bon gré, mal gré, il leur fallait continuer à jouer les rôles de mistress Robinson et de Véronique Hardy.

En tenue correcte, ils sortirent enfin du logis de toile. Quatre guerriers armés de *moukhalas* (fusils) incrustés d'argent, encadraient la tente. Ils saluèrent les pseudo-voyageuses d'un salut amical. Au fond, ces braves Bédouins étaient enchantés de ce que, le soleil étant déjà haut sur l'horizon, leur consigne, relative seulement à la période nocturne, ne les obligeait pas à barrer le passage aux promeneurs.

Dans ces heureuses dispositions, ils répondirent volontiers aux questions de Midoulet.

— La jeune fille qui nous accompagne est encore auprès du « talisman de Mahomet » ?

L'Arabe interpellé secoua gravement la tête :

— Non, non, noble dame.

— Alors où se tient-elle ?

— Cela, je l'ignore. Seuls les génies ailés, sillonnant l'air durant l'obscurité, peuvent le savoir.

Et l'agent, marquant sa surprise de la réponse inintelligible pour lui, le guerrier s'empressa d'expliquer :

— Pour vous faire honneur, le cheik nous a placés en faction autour de votre repos, vers minuit.

— Eh bien ?

— À ce moment même, celle dont vous parlez a quitté le camp…

— Quitté le camp ! rugit l'agent avec un bond exprimant son désappointement.

— Oui, noble dame. Ordre du Prophète.

— Le Prophète… à présent !… Comment a-t-il donné cet ordre ?

L'Arabe se tourna vers le sud-est, direction de la cité sainte de La

Mecque, et avec l'assurance du croyant qui énonce une vérité incontestable :

— Par l'intermédiaire d'une houri, il a commandé que la sainte jeune fille prenne le « talisman », qu'elle parte à cheval, et qu'elle enterre dans le sable l'objet sacré, là où l'ombre du Prophète lui apparaîtrait.

— Et le cheik l'a laissée s'éloigner ?

— On ne désobéit pas aux commandements du grand Prophète de l'Islam !

— Imbéciles !

L'Injure crépita sur les lèvres de Midoulet. Par bonheur, le sens du mot français échappa au guerrier, lequel continua, de sourire, semblant ravi d'avoir entretenu si longtemps les hôtes de son chef.

Quoi qu'il en eût, l'agent comprit qu'il devait se calmer. Emmie avait neuf à dix heures d'avance sur ceux qu'elle avait si lestement abandonnés. Pour la rejoindre, il fallait deviner vers quel point elle s'était vraisemblablement dirigée.

L'examen d'une carte fixa rapidement Célestin, lequel, il convient de le reconnaître, était un « sujet », ainsi que l'on exprime en style administratif, ayant la valeur de quiconque est apte à commander.

À Beyrouth seulement, Emmie pouvait trouver les moyens de gagner Bassorah, but certain de la jeune péripatéticienne. Donc, lui-même se rendrait à Beyrouth.

Il fit partager sa conviction à Pierre. Celui-ci d'ailleurs restait insouciant à tout, depuis qu'il était séparé de mistress Lydia. Toute autre chose lui devenait indifférente, et la seule réplique qui montât à ses lèvres, encore qu'il l'arrêtât par prudence, était :

— Cela m'est tout à fait égal.

Sans discussion, les deux hommes, l'un exalté, l'autre très froid, présentèrent leurs remerciements et adieux au cheik Ramsès. Ce dernier leur souhaita un voyage exempt d'ennuis, avec l'œil bienveillant d'Allah sur eux. Il leur fit rendre leurs chevaux, parfaitement reposés à présent, et les accompagna jusqu'aux limites du camp.

Tout le jour, les cavaliers trottèrent sous un soleil de plomb. Le retour cependant était plus facile que le voyage en sens inverse.

Ils n'avaient plus la crainte de s'égarer. En marchant vers l'ouest, ils étaient certains d'atteindre Beyrouth.

Aussi gagnèrent-ils du temps et, le crépuscule commençant à peine, ils mirent pied à terre devant l'entrée de l'Ismaïl-Hôtel, qu'ils avaient quitté quarante-huit heures plus tôt.

Là, dès les premiers mots échangés avec le gérant, Midoulet acquit la preuve qu'il avait raisonné juste en ce qui regardait l'itinéraire probable adopté par Emmie.

L'industriel, loquace comme la plupart de ses confrères, exprima, à grand renfort de gestes et d'exclamations, la joie de revoir ses hôtes.

Il déclara n'avoir pas *respiré d'inquiétude* depuis deux journées. Sachant que ses clients se rendaient dans la montagne, en plein territoire druse, il s'était imaginé les pires aventures.

Et voilà qu'ils revenaient indemnes, alors qu'au milieu du jour, il avait déjà reçu la jeune fille qu'ils honoraient de leur compagnie.

— Mlle Emmie, prononça l'agent, non sans un regard triomphant à l'adresse de Pierre.

— C'est ainsi qu'elle se fait appeler.

— Et elle se trouve à l'hôtel ?

— Non, non, je n'ai pas dit cela. Elle y a séjourné à peine le temps de me vendre un cheval superbe qu'elle m'a affirmé être un présent des Druses. On ne contredit pas une cliente, n'est-ce pas ? Des Druses !… faire un cadeau !… Cela est incroyable cependant, car, sans vouloir en médire, ils sont plus habiles à dérober qu'à donner. Mais la demoiselle semblait pressée de se défaire de sa monture ; j'ai consenti à la lui acheter pour lui rendre service, car je n'en avais nul besoin…

Le disert gérant n'avouait pas qu'il avait profité de la circonstance, pour payer environ quatre cents francs un cheval en valant trois mille.

Au surplus, son récit ne parut pas à Midoulet mériter une plus longue attention, cor il l'interrompit pour questionner :

— En se séparant de vous, où est-elle allée ?

L'hôtelier se frotta les mains.

— Cela, je puis le dire, car elle a consulté l'horaire des trains.

— Parfait, je cours à la gare.

— Oh ! inutile, elle est fermée maintenant.

— Fermée !

Ce mot ne fut pas un mot, mais un rugissement dénotant la déception furieuse de l'agent. Et comme Pierre souriait avec insouciance, Midoulet lui adressa un regard si menaçant que la gaieté intempestive du jeune homme s'évanouit comme par enchantement.

— Fermée, répéta Célestin d'un ton lugubre.

— Oui. Vous concevez qu'il n'est pas besoin de tenir les pauvres agents à l'attache quand il n'y a pas de trains.

Le service d'ailleurs est très commode. Deux trains par jour, le premier à sept heures du matin, le second a deux heures après-midi. Ils partent presque toujours à l'heure indiquée. Lorsqu'ils doivent être en retard, on l'affiche à la porte de la station. C'est très commode, je vous dis, et les habitants de Beyrouth sont bien heureux d'être aussi bien desservis.

Puis, changeant de ton, jugeant probablement qu'il avait suffisamment sacrifié à la politesse non commerciale, il reprit :

— Ces dames voudront sans doute dîner et passer la nuit dans mon établissement.

Les mains de l'agent se crispèrent. Évidemment, l'envie d'étrangler le bavard traversa l'esprit du voyageur. Mais il se contint. Après tout, la proposition insidieuse du négociant exprimait le seul parti à prendre dans l'occurrence.

La conversation d'ailleurs se traduisait par un premier succès. Il était certain à présent qu'Emmie avait passé à Beyrouth, qu'elle avait emprunté la voie ferrée jusqu'à Alep.

Comme on se mettrait à sa poursuite le lendemain et qu'une Européenne ne passe jamais inaperçue en Asie Mineure, il serait aisé de la suivre à la piste. Qu'importait de commencer la filature un peu plus tôt ou un peu plus tard !

Calmé par ces réflexions, Célestin déclara une demi-heure plus tard qu'il consentait à se sustenter. Et le gérant accueillant cette promesse par un salut qui le ploya en accent circonflexe, Midoulet passa son bras sous celui de Pierre.

— Venez, dit-il ; nous allons utiliser cette demi-heure à acquérir des vêtements de notre sexe. C'est plus pratique pour voyager, et puis, le travestissement est inutile, puisque nous sommes *brûlés* par ceux que nous filons.

Une bouffée de mauvaise humeur passant sur son esprit au souvenir de la gamine qui l'avait joué, lui, l'un des meilleurs attachés au service des Renseignements, il se soulagea par cette appréciation :

— Cette moucheronne-là a le diable au corps !

Beyrouth, centre commercial important, contient des succursales de nombreuses maisons européennes. Les deux fausses ladies trouvèrent donc facilement un magasin de confections encore ouvert, où, pour un prix exorbitant, ils firent emplette de complets, chapeaux, linge et valises.

Dire que les vêtements se conformaient à la dernière mode de Paris serait aventuré, mais tels quels, ils assuraient à leurs possesseurs des mouvements beaucoup plus libres que les ajustements féminins dont ils étaient affublés précédemment.

Pierre notamment ne se sentait pas de joie à l'idée de reprendre son apparence réelle.

Ce fut donc avec une bonne humeur véritable qu'ils retournèrent à l'Ismaïl, où un dîner, médiocre mais abondant, assaisonné au reste par l'appétit de cavaliers qui ont passé tout le jour en selle, acheva de dissiper les derniers nuages amoncelés sur leurs fronts par la poursuite anxieuse de l'insaisissable Emmie.

Toutefois, l'appétit satisfait, les dîneurs sentirent la fatigue. Ils pensèrent qu'ils devaient se lever tôt pour courir au premier train sur Alep.

La raison leur conseillait donc de ne pas tarder à se coucher.

Tous deux en convinrent sans difficulté, et s'étant souhaité le bonsoir, ils s'enfermèrent chacun chez soi dans les chambres réservées à leur intention au premier étage de l'Ismaïl-Hôtel.

Mais souvent le cerveau propose et le cœur dispose.

Pierre eut l'Imprudence de s'asseoir dans un fauteuil. Content de n'avoir plus un compagnon agité troublant sa pensée, il se prit à rêver aux frisons blonds de la sémillante petite Anglaise, devenue pour lui la seule femme de l'univers digne d'attention.

Il perdit la conscience du temps. Dix heures, onze heures sonnèrent, sans que les carillons municipaux impressionnassent son tympan.

Il fallut des cris, des chocs bruyants d'objets lourds heurtant les planchers, pour le ramener des pays bleus où l'avait emporté sa fantaisie.

Le tapage montait du rez-de-chaussée. Une curiosité instinctive conduisit Pierre à sa fenêtre. Il regarda au dehors. Sous la clarté des globes électriques encadrant l'entrée de l'Ismaïl, plusieurs hamals se suivaient portant d'énormes malles.

Le jeune homme eut un cri :

— Les malles de Lydia.

Mais oui, il les reconnaissait, ces *trunks* achetés à Port-Saïd par la jolie Anglaise. Comment ces bagages, entraînés vers Smyrne par le vapeur *Parthénon*, revenaient-ils à Beyrouth ? Il n'en avait pas la moindre idée. Seulement, un espoir tourbillonna en cyclone dans sa tête :

— Avec ses colis, Lydia n'avait-elle pu revenir de Smyrne ?

Et dans une course machinale, non justifiée par un raisonnement quelconque, il bondit vers la porte de sa chambre, l'ouvrit violemment, parcourut le couloir en trombe, dégringola l'escalier ainsi qu'une avalanche.

Il aurait continué cette galopade affolée dans le vestibule si... si, debout devant la porte vitrée du « bureau », il n'avait distingué une délicieuse et chère silhouette, s'il n'avait entendu un organe exquis, prononcer avec un accent britannique léger, suave, gazouillis d'oiselet, caressant, enveloppant, divin :

— *Yes*, je prie, la chambre de suite et une collation. Ah ! je rappelle. Théière et eau bouillante. J'ai mon thé avec moi et je fais l'infusion moi-même. Elle sortait de l'office. Son mouvement la plaçait juste en face de Pierre.

Deux cris se répondirent :

— Mistress Honeymoon !

— Master Pierre !

Dans le désarroi de la rencontre, Lydia oublia le cant anglo-saxon. Ses mains se tendirent, éteignirent celles du jeune homme, et sa voix força l'obstacle de ses lèvres roses pour lancer des mots émus, tremblotants, et si doux, si gentils, que celui qui en était l'objet sentit des larmes couler sur ses joues.

Une heure plus tard, Cruisacq réintégrait sa chambre. Il avait mis la blonde Lydia au courant des événements survenus depuis leur séparation. De nouveau, il était au service de mistress Honeymoon, avec licence de s'habiller en gentleman. Et sans consentir à s'expliquer, la mignonne lady avait ordonné au serviteur appelé par la sonnerie électrique :

— Marquez pour moi le réveil à cinq heures.

Si bien que Pierre s'étendit dans son lit, en répétant jusqu'à ce que le sommeil lui eût fermé hermétiquement la bouche en même temps que les yeux :

— Nous voyagerons ensemble. Le reste, comme elle dit, ce n'est point matière à attention.

Voici pourquoi Midoulet, entré à l'hôtel Ismaïl avec un seul compagnon, en sortit le lendemain matin avec deux, dont une compagne, ainsi qu'il l'exprima plaisamment.

Tous trois se rendirent à la gare, se munirent de tickets pour Alep et s'installèrent dans un wagon libre.

Le trajet fut charmant. Après une explication, où les deux concurrents s'avouèrent avoir employé l'un contre l'autre des artifices de bonne guerre, ils tombèrent d'accord que, durant le parcours d'Alep à Bassorah, ils agiraient en alliés. Toute manifestation de rivalité n'eût servi qu'à retarder leur marche et à augmenter les chances qu'avaient leurs adversaires de les distancer.

Le pacte, au moins dans sa seconde partie, montre qu'ils ignoraient à ce moment que leur groupe précédait Marcel Tibérade et Uko, lesquels ne devaient toucher Beyrouth que le soir de cette journée, et prendre le chemin d'Alep-Euphrate-Bassorah que le lendemain seulement.

L'enquête menée rapidement à Alep, dans le monde des âniers, loueurs de montures pour la course Alep-Euphrate, les convainquit que, précédés par Emmie, ils seraient suivis par le général et son fidèle Tibérade.

Tels sont les motifs qui les avaient amenés à proximité du débarcadère de Bassorah et leur donnaient la bonne fortune d'assister à l'arrivée des amis de Sika.

Donc, Midoulet se jeta dans les traces de ceux-ci. Lydia et Pierre tirèrent de leur côté. Toutefois, si chacun des agents avait pu entendre l'autre à ce moment, ils eussent compris la précarité de leur alliance.

Célestin Midoulet soliloquait :

— Je préfère ne pas perdre de vue l'escorte du « document japonais ». Cette fois, de gré ou de force, je mettrai la main dessus, et du diable si la petite Anglaise en a connaissance autrement que sur la permission de mes chefs du service des Renseignements !

Et Pierre, resté seul avec Lydia, ayant murmuré :

— Chère lady, ne jugez-vous pas imprudent de laisser l'agent Midoulet libre de ses mouvements ?

Le rire argentin de Lydia palpita dans l'air, comme le chant de l'alouette, dont le vol tournoyant monte vers le soleil matinal.

— De tout ce que nous savons, fit-elle enfin avec l'autorité d'un professeur en chaire, d'un professeur qui serait très joli, de tout cela résulte pour moi la conviction que ni les Japonais, ni leurs amis français, ne veulent que le document tombe aux mains de l'agent en question.

— Pas davantage dans les nôtres, mistress Lydia.

— Je vous l'accorde, ami cher. Je suis si totalement imbue de l'idée exprimée par votre affection…

Elle devint toute rose en prononçant ce vocable, puis elle reprit, les paupières abaissées, prise d'une crise de modestie que rien dans la conversation ne semblait motiver :

— Si imbue de l'idée, vous savez, que j'ai été la première à inciter notre rival à se lancer à la poursuite des braves gens qui vont assiéger le palais de master Ahmed.

— Je m'en suis aperçu, seulement permettez-moi de vous avouer…

Elle encouragea gracieusement son interlocuteur.

— J'entendrai avec un plaisir grand l'aveu que vous souhaitez.

— Eh bien, ma chère affectionnée mistress, je ne comprends pas l'avantage d'envoyer ce Midoulet au milieu des détenteurs du vêtement mikadonal, alors que nous nous tenons à l'écart.

Une fusée rieuse fut la réponse de Lydia. Pourtant, elle redevint sérieuse et murmura :

— Voyons, ami ; on se méfie de l'ennemi que l'on voit, et l'on est sans défiance de celui qui demeure invisible.

— C'est vrai encore ; mais…

— Surprend-on un adversaire d'autant mieux qu'il est moins sur ses gardes ?

— Ceci est un axiome.

— Eh bien ! voilà pourquoi tous mes efforts ont tendu à rester invisible ; ce qui ne veut pas dire que nos yeux ne seront pas ouverts sur ceux qui nous préoccupent.

Pierre voulait encore questionner. Elle lui appuya sa main fine sur les lèvres.

CHAPITRE VI
EN ATTENDANT L'AUTO

L'attaque des Druses avait été si rapide, si inattendue au milieu de la foule qui emplissait le *Cirque des Enfants ailés*, que, durant un instant, Sika ne démêla pas le sens exact de ce qui lui arrivait.

Ce fut seulement en se sentant paralysée par les plis d'un voile épais, aveuglée et mise dans l'incapacité absolue d'appeler au secours, que l'horreur de la vérité lui apparut.

Trop tard, hélas ! Déjà ses ravisseurs l'avaient emportée au dehors. Et la jeune fille, privée du secours de ses yeux, s'efforça de s'expliquer la marche de ses ravisseurs, à l'aide des sens dont le voile permettait l'usage. Ainsi, d'une fraîcheur relative, elle déduisit qu'elle était entraînée hors de l'enceinte du cirque ; puis elle constata qu'on la hissait sur une banquette capitonnée, appartenant à un véhicule quelconque. Puis la nature du dit véhicule lui fut révélée par le ronflement caractéristique d'un moteur à essence.

On l'enlevait en automobile ! Ses geôliers devaient être des personnages d'importance, car les voitures de ce genre sont plutôt rares dans ce pays étrange dénommée géographiquement : Asie Mineure, où se heurtent les peuples les plus disparates : Bédouins, Grecs, Turcs, Arméniens, Coptes, Druses, Maronites, etc.

Mal assise dans la voiture inconnue, ses mains et ses chevilles ligotées si étroitement qu'il lui était matériellement interdit de se livrer au moindre mouvement, elle discerna à la trépidation du moteur qu'elle était emportée à toute vitesse vers une destination qu'elle ne soupçonnait pas.

Qui l'enlevait ainsi ? Où la conduisaient ses ravisseurs ? Aucune réponse plausible ne se présenta à son esprit

Un instant, le nom de Midoulet traversa sa pensée. Elle l'écarta de suite. L'agent n'avait pas reparu depuis Port-Saïd. Il apparaissait tout à fait improbable qu'il eût pu précéder le *Parthénon* à Beyrouth, et organiser le rapt dont la prisonnière était victime.

Elle ne se doutait pas que le voile de mistress Robinson cachait les traits anguleux de l'inlassable limier.

SI elle avait connu cette particularité, elle se fût certainement égarée sur cette piste. À tout le moins, y eût-elle trouvé un apaisement momentané à ses terreurs.

Car des ennemis inattendus lui semblaient plus redoutables que le délégué du service des Renseignements.

Avec celui-ci, elle eût été certaine de n'être pas menacée dans son existence. Midoulet tendait seulement à s'emparer du bizarre message que son père et elle-même convoyaient à travers le globe.

Mais les autres ? Quels autres ? Oh ! les menaçants points d'interrogation !

Le véhicule roulait à vive allure. D'abord, les cahots furent légers, puis ils s'accentuèrent, secouant la captive comme salade en un panier.

Elle se déclara que l'on était sorti de la ville, et que l'on filait vraisemblablement sur l'une des routes mal entretenues qui sillonnent la campagne.

L'hypothèse se vérifia bientôt.

Son gardien jugea que l'on était assez éloigné des lieux habités pour que la jeune fille ne pût essayer une évasion.

La course vertigineuse se ralentit quelque peu. Sika se rendit compte que la cordelette de soie, qui immobilisait ses membres, se relâchait. Le voile qui emprisonnait sa tête, fut enlevé brusquement. Elle put regarder autour d'elle et elle profita aussitôt de la permission.

Ses grands yeux semblèrent s'élargir pour fouiller la nuit, à laquelle le ciel d'un indigo profond, où les gemmes précieuses des étoiles dessinaient leurs arabesques scintillantes, faisait un diadème. C'était la couronne que l'infinie création met au front des planètes, filles fidèles des Soleils qu'elles accompagnent, éternelles errantes, à travers les immensités sans limites de l'espace.

Elle regardait, et ce qu'elle voyait ne lui apprenait rien. Arbres, buissons, bosquets, massifs rocheux, champs en friche lui apparaissaient pour la première fois.

Ah ! son geôlier n'avait pas été imprudent en lui accordant la licence d'observer.

D'une chose seulement il lui était loisible de s'assurer.

Elle se trouvait dans une automobile puissante, se déplaçant vertigineusement à travers la campagne obscure, dont les reliefs, les plantations se montraient une seconde dans le halo lumineux projeté par les phares et s'enfonçaient de nouveau dans les ténèbres.

Alors, son regard se reporta sur le véhicule lui-même.

À côté d'elle, un homme se tenait assis, un objet brillant étincelant dans sa main. Elle remarqua que l'objet était la lame d'un stylet. Un second personnage, installé sur la banquette d'avant, tenait le volant. Tous deux dissimulaient leurs traits sous des masques de soie noire. On eût dit que la captive était prisonnière de démons.

Sa peur en augmenta. Une idée folle s'implanta dans son crâne ! En finir de suite, chercher une mort brève en se précipitant vers le sol. Vraisemblablement son voisin devina sa pensée, car il leva la main armée du poignard, et la pointe acérée menaçant la poitrine de la jeune fille :

— L'obéissance, la soumission conduiront la fille aux cheveux d'or dans un palais, où des esclaves nombreux s'empresseront à la satisfaire en tous ses désirs. Sa rébellion serait punie par cette lame d'acier.

Il prononça cela d'une voix douce, paisible, comme s'il avait exprimé la chose la plus naturelle du monde.

Sika frissonna, plus terrifiée par ce calme que par une menace brutale. Néanmoins, elle essaya de faire tête à son ravisseur. Et puis en questionnant, peut-être apprendrait-elle quel ennemi la persécutait.

— Vous parlez d'esclaves, de palais. Pour ajouter foi à vos paroles, il me faudrait savoir où vous me conduisez.

— Soyez contentée. Nous allons à Bassorah, dans le palais du prince Ahmed.

— Ahmed ? J'ignore ce nom. Qui êtes-vous, vous qui le prononcez ?

— Le prince Ahmed lui-même, votre serviteur.

— Mon serviteur !

Elle redit ces quatre syllabes dans un rire nerveux, grelottant.

— Ah ! si vous disiez vrai, vous ne me sépareriez pas de mon père ; un serviteur, digne de ce titre, ferait stopper cette machine, me laisserait la quitter, ou bien encore il me ramènerait à Beyrouth.

Son interlocuteur baissa la tête, et la voix assourdie par une incompréhensible émotion :

— Cela, je ne le puis pas.

— Et pourquoi donc, je vous prie ?

— Parce qu'il faut que vous soyez enfermée dans la demeure de Mohamed, le défunt Seigneur druse du Liban.

Elle le toisa avec stupéfaction, prête à le croire dément.

— En quoi ai-je affaire dans cette maison ? Quel est ce Mohamed défunt ?

— Le Seigneur souverain des Druses. Son regard, prêt à s'éteindre dans la mort, s'est fixé sur vous. Aussi, lui trépassé, le conseil a décidé, selon l'usage, d'incendier sa résidence et de vous sacrifier en holocauste, avec ses trésors, aux mânes du chef disparu.

Et, comme elle répondait par un cri d'épouvante à cette sinistre affirmation, il reprit d'un ton insinuant amical presque :

— Ne tremblez pas. Je vous sauverai ou je périrai avec vous.

— Mensonge ! M'auriez-vous ravi la liberté pour me la rendre ensuite.

— Il le fallait, jeune fille. Je n'étais pas libre ! Sache que si les Druses ne voyaient pas tes cheveux dorés dans la demeure de Mohamed, ils te poursuivraient par toute la terre, et tu tomberais sous leurs coups, sans que mon dévouement pût te sauver.

Étourdie, terrifiée, se débattant sous l'impression de ce cauchemar éveillé, Sika, de ses mains tremblantes, se pressait le front qui lui paraissait près d'éclater.

Chacune des paroles de son mystérieux compagnon augmentait son affolement. Ses explications incomplètes épaississaient les ténèbres morales embrumant son cerveau.

Eut-il pitié d'elle ?

Peut-être, car il reprit d'un accent voilé :

— Vous vous demandez pourquoi, étant décidé à vous protéger, j'ai consenti à accomplir le rapt criminel…

— Vous dites vrai, répliqua-t-elle avec effort, et je ne trouve aucune réponse possible.

— Elle est simple cependant, cette réponse. J'ai assumé la tâche méprisable, odieuse, uniquement afin d'empêcher qu'un autre, n'ayant pas les mêmes dispositions à votre égard, fût chargé d'exécuter l'ordre barbare.

Puis baissant encore la voix, mettant dans son accent comme une ferveur :

— Défiez-vous des oreilles de l'homme qui est au volant. C'est une créature du conseil. S'il soupçonnait mes projets, je périrais, ce qui n'a qu'une minime importance ; mais de plus il me deviendrait impossible de vous sauver. Votre beauté serait consumée par les flammes !

Une conviction profonde vibrait dans l'organe du prince. S'il s'était proposé de plonger sa compagne jusqu'au fond du gouffre de l'épouvante, il pouvait se targuer d'avoir réussi. La jolie Japonaise ne doutait plus de sa sincérité, et cette foi douloureuse se traduisait par un tremblement convulsif.

Toutefois, en curieuse fille d'Eve, curieuse même en face du trépas, elle interrogea encore que son accent se faussât, que son organe s'étranglât dans sa gorge.

— Soit, je vous crois. Mais comment comprendre le dénouement subit que vous affirmez et qui vous incite à risquer vos jours pour préserver les miens ?

Un instant, Ahmed demeura muet. Puis avec la décision d'un homme qui brûle ses vaisseaux, il modula cette tendre citation du poète Hassan, né à Chiraz aux jardins embaumés, aux ombrages réputés dans toute la Perse.

« Elle passait. Elle est entrée toute par mes yeux ouverts sans défiance, et son image est désormais un écran qui me cache le reste de l'univers. »

Sika rougit à ce madrigal du meilleur goût persan. Pour cacher son trouble et mettre fin à un entretien qui menaçait de devenir embarrassant, elle feignit de s'endormir.

Ahmed n'insista pas. Discrètement, il se rencogna dans l'angle du véhicule lancé à l'allure d'un projectile, et assuré que sa captive ne saurait avoir chance de lui échapper désormais, il ferma également les yeux. L'automobile roulait emportant dans sa course le geôlier et sa captive plongés dans le sommeil.

Les ténèbres se dissipèrent. Les premières clartés du matin dévoilèrent les rudes paysages de la chaîne du Liban. Il faisait grand jour quand, après avoir évité par un long détour l'éperon rocheux que les amis de la jeune fille devaient franchir le soir même, l'automobile pénétra dans la vallée d'El Gargarah, en face de la résidence fortifiée de Mohamed, le chef suprême des Druses.

Un instant, Sika s'était sentie rassurée durant la route par les protestations de dévouement du Persan Ahmed ; à l'aspect de ce sombre paysage, de cette résidence plus semblable à une prison fortifiée qu'à un palais, elle fut reprise par la terreur.

Des hommes se montraient aussi farouches que les choses.

Là, grouillait une foule de montagnards accourus au-devant de l'automobile, qui, pour tous, renfermait la victime promise aux mânes du mort.

Par bonheur, avant leur approche, le prince avait eu la présence d'esprit de voiler sa prisonnière du *litham*, ne laissant apercevoir que la couronne blonde de ses cheveux. Les Druses ne songèrent pas à la supercherie possible, mais leurs vociférations d'allégresse saluant la jeune fille la paralysèrent, en portant au delà de ses forces une terreur incoercible. Sans conscience maintenant, elle traversa le camp des montagnards ; elle entrevit à peine les innombrables tentes alignées, au front desquelles se pressaient des guerriers vigoureux, brandissant leurs armes, faisant parler la poudre, hurlant à pleins poumons les louanges du mort auquel on allait sacrifier la captive ; elle frissonnait convulsivement sous la tempête des clameurs humaines, à quoi les chevaux entravés en longue files, ripostaient, tels des répons d'une cérémonie barbare, par des hennissements aigus. Les coursiers tenaient dignement leur partie dans le concert farouche accueillant la condamnée au feu.

Des chefs druses, à l'aspect féroce, pistolets et poignards passés à la ceinture, entourèrent alors Sika. Seulement, avant de l'abandonner à ces fanatiques geôliers, le prince Ahmed murmura dans un souffle imperceptible à l'oreille de la malheureuse fille du général, qui l'entendit à peine :

— Confiance ! Je vous sauverai ; j'en fais serment. Elle se soutenait difficilement ; elle se laissa entraîner par les bourreaux avec l'abandon d'une personne qui comprend que larmes ou supplications seraient inutiles.

L'immense édifice, aux murailles bizarrement ornées d'incrustations de mosaïque, profilait devant elle sa silhouette dentelée de créneaux, d'embrasures, de mâchicoulis. Sous l'escorte des chefs, elle franchit des portes, gardées par des herses, traversa des cours, des allées, des pièces, des couloirs dont les planchers disparaissaient sous des tapis épais, étouffant le bruit de ses pas. Enfin, elle fut portée dans une salle spacieuse, qui recevait la lumière par une fenêtre grillagée, au delà de laquelle s'apercevait un jardin intérieur entouré de hautes murailles de briques. La porte se referma sur la prisonnière avec un claquement sec du pêne. Un long murmure suivit, résonance désolée à travers les bâtiments du palais du heurt du lourd panneau renforcé de ferrures, qui scellait dans la tombe la victime de la cruauté druse.

Sika se vit seule, elle songea que, peut-être, elle venait de dire adieu au monde et qu'elle ne verrait plus personne jusqu'à la mort. Un accablement profond pesa sur son âme, annihila son être. Autour d'elle, des murs épais et nus étendaient leur surface teintée d'un enduit brillant de ton vert pâle. Pour meuble, une natte de pailles multicolores, étendue sur des dalles blanches aux tons rougeâtres.

Machinalement, elle s'approcha de la fenêtre. Cette unique ouverture l'attirait, mais hélas, l'espoir imprécis de la fuite s'évanouit de suite. La baie était infranchissable, avec sa grille trapue entre les barreaux de laquelle Sika avait peine à passer le bras.

Ahmed s'était trompé. Qui pourrait maintenant arracher la victime à ses bourreaux ? Le prince avait fait miroiter des espoirs vains. Il avait déplu à la jeune fille durant la route ; maintenant, elle souhaitait sa présence, car murailles et grilles clamaient la désespérance, jetaient sur la pauvrette l'impression déchirante d'une captivité au fond d'une tombe.

Des images, souvenirs d'un passé tout proche, qui, à travers le prisme décevant de la souffrance, semblait s'enfoncer dans le lointain de la mémoire, défilaient devant ses yeux. Son père, elle le voyait évoqué par son moi intérieur, son père... et aussi un autre qui lui révélait la vie de son cœur.

Comme Tibérade devait souffrir à cette minute ! Cela s'exprima tout naturellement en son esprit. Il n'y eut aucune lutte, aucun embarras. Cela devait être ainsi et non autrement. Cela était à la fois le normal et l'inéluctable.

Puissance de la tendresse ! Marcel lui apparaissait l'ami choisi de toute éternité. Mais ce rêve éveillé la brisa. De la douceur d'hier, elle retomba brutalement à l'affreuse détresse du présent. Elle se laissa aller sur la natte, et là, la tête enfouie dans ses mains, elle pleura, elle pleura longtemps. Tout à coup, un bruit, résonnant dans le couloir, la fit sursauter. Elle crut horreur imaginative, percevoir les premiers crépitements de l'incendie.

Elle se méprenait... ; l'heure du trépas ne sonnait pas encore pour elle. L'agonie morale n'était point terminée.

Quelqu'un cependant s'arrêtait derrière la porte. La clef tournait dans la serrure avec un grincement sec. Espoir et panique se bousculèrent dans l'esprit de Sika.

Le prince Ahmed venait la délivrer, ou bien les bourreaux allaient prendre livraison de la victime. La porte tourna sur ses gonds. Sika eut un cri étranglé. Vaine alarme ; ce fut un esclave qui se montra, un esclave portant, sur un plateau d'argent, des galettes chaudes, des dattes, des confitures et une aiguière contenant du vin doré des coteaux de Damas. Les tortionnaires voulaient que la condamnée conservât ses forces pour souffrir. L'homme déposa la collation devant Sika, puis sans un regard, sans un mot, il sortit, verrouillant à grand bruit la porte refermée.

Tout était bien fini désormais !

Aucune intervention ne se produirait en faveur de la prisonnière. Le prince s'était vainement flatté d'accomplir une tâche au-dessus des forces humaines. Est-ce qu'un homme pouvait renverser ces murailles épaisses, briser ces grilles pleines ? Non, non, il fallait se préparer à mourir. Ah ! mourir par le feu ! Quel supplice atroce !

Dans son émoi, Sika s'élança derechef vers la fenêtre. Besoin instinctif de se rapprocher de ce jardin extérieur, où serait la liberté, le salut ! Mais le grillage atroce l'en séparait irrémédiablement. Elle réussit seulement à meurtrir ses mains sur les barreaux serrés.

Le soleil atteignait le milieu de sa course, piquant du zénith l'heure lourde de midi, où la chaleur suffocante couche sur le sol brûlant les bêtes et les hommes. Les murailles n'avaient plus d'ombre. Tout se taisait aux alentours. La sieste engourdissait la nature entière, êtres et choses. La fenêtre ouverte laissait entrer un air lourd, semblant s'échapper d'une étuve.

Sika se sentit gagnée par l'engourdissement général. Elle cessa de penser ; ses doigts, crispés machinalement sur les tiges de fer, ne se desserrèrent pas. Et elle restait là, inerte, inconsciente, le front appuyé à la ferronnerie, anéantie par la température torride, le regard ébloui par la lumière crue, douloureuse aux yeux, du soleil de midi. Brusquement, sa personne fut parcourue par un frisson.

Elle avait ressenti comme un choc.

Qu'était-ce donc ? Peu de chose… Mais qui dira ce que peu de chose peut devenir pour un captif. Un grincement léger avait résonné dans le jardin.

D'où provient-il ? La réponse à la question formulée se présente.

La silhouette d'un homme se découpe sur la fenêtre. Sika recule, porte une main à sa gorge comme pour étouffer le cri prêt à s'en échapper, puis elle se rapproche, s'agrippe désespérément aux barreaux.

Elle a reconnu l'apparition.

C'est le prince, le prince Ahmed ! D'un geste impérieux, il indique à la prisonnière que le mutisme s'impose. Elle se mord les lèvres pour arrêter les paroles qui montent de son cœur. Que va-t-il se passer ?

Mais que fait Ahmed en ce moment ?

Il a tiré une clef de son vêtement. Une clef, à quoi peut-elle servir ? Il faut regarder, puisque la parole est interdite.

Sika constate avec étonnement que le Persan introduit cette clef dans un petit trou foré sur le rebord même de la fenêtre. Elle perçoit un déclic métallique. Étrange ! Ahmed saisit à deux mains le bas de la grille, la soulève... Mais elle est machinée, elle tourne sur des charnières ainsi que le couvercle d'un coffre. L'obstacle n'existe plus, la route est libre, la prison n'est plus close sur la captive.

— Vite ! chuchote Ahmed d'une voix légère comme un souffle, venez. Il nous faut être loin à la fin de la sieste.

Sika ne se le fait pas dire deux fois. Elle ne doute plus du dévouement du jeune seigneur. Elle croit en lui.

Elle tend ses mains à son sauveur ; avec son aide, elle se hisse sur la fenêtre, saute dans le jardin. Sans perdre un instant, Ahmed referme la grille, et désignant à Sika un ballot qui gît sur le sol :

— Prenez ce haïk, murmure-t-il, vous serez méconnaissable.

Un haïk, c'est un manteau qui dissimule tout l'être qu'il recouvre.

La jeune fille s'enveloppe aussitôt de l'étoffe sous laquelle nul ne devinerait désormais la fugitive.

— Parfait, souligne le prince d'un ton satisfait ; à présent, en route et surtout pas un mot.

Il prend la main de sa compagne pour guider sa marche. Ainsi ils rentrent dans le palais. Ils parcourent de nouveau les cours, les couloirs, les salles que Sika a parcourus à son arrivée.

La traversée d'une dernière cour intérieure amène les fugitifs auprès d'une remise où est garée l'automobile. Sika reconnaît au volant l'homme qui avait tenu la direction sur la route de Beyrouth.

— La machine a son plein d'essence ? chuchota Ahmed.

— Oui, sahib.

— Tu as complété les provisions ?

— Pour trois jours pleins ; quatre, au besoin.

— En ce cas, partons, et en vitesse. Une fois hors du palais Mohamed, ne t'arrête sous aucun prétexte, sur aucune injonction. Si l'on prétendait te forcer à stopper, passe sur l'ennemi.

Le wattman eut un large sourire :

— Puisque le sahib le désire, on ne s'arrêtera pas.

Sika avait écouté l'étrange dialogue. Les paroles du prince lui démontraient que le danger était partout autour d'elle.

Mais le loisir de s'appesantir sur cette idée lui manqua. Ahmed lui fit prendre place, s'assit à côté d'elle et murmura :

— En avant !

Aussitôt le mécanicien actionna le levier de marche. L'automobile s'ébranla en ronronnant, franchit l'enceinte du palais, fila à travers les tentes du campement sans tenir compte des appels décelant la surprise de quelques montagnards ; puis, ayant gagné la piste des caravanes du désert, se lança à une allure folle dans la direction de l'est.

— Maintenant, s'écria Ahmed qui jusque-là avait gardé un silence prudent, les Druses peuvent brûler le palais tout à leur aise.

— S'ils s'apercevaient de ma disparition, murmura Sika avec l'accent de la reconnaissance, ils nous poursuivraient, n'est-ce pas ?

Le Persan eut un haussement dédaigneux des épaules :

— Inutilement ; à moins d'une panne, qui me surprendrait, car j'ai vérifié moi-même la machine, du carburateur aux freins. Les chevaux, seuls moteurs qu'ils aient en leur possession, sont incapables de nous forcer à la course.

Il se frottait les mains, très égayé par le tour qu'il jouait aux montagnards.

Seulement, quand, voulant profiter de sa belle humeur, Sika proposa de retourner à Beyrouth, ou tout au moins d'aviser son père du but du voyage, Ahmed refusa obstinément, entassant les prétextes mauvais sur les pires, avec l'acharnement mythologique des Titans révoltés juchant l'Ossa sur le Pélion. Et, reprise d'une inquiétude indéfinie, la gentille Japonaise s'empressa, lors de la rencontre de la troupe d'Ali-ben-Ramsès, aidée par l'inattention du prince tout occupé à surveiller les guerriers arabes aperçus de très loin sur la plaine désertique, de faire glisser adroitement hors de la voiture, adroitement, car Ahmed ne s'aperçut de rien, le mikadonal vêtement, agrémenté d'un billet dont les caractères japonais devaient, quelques heures plus tard, être attribués à la plume paradisiaque des houris.

Certes, la fugitive n'avait pas prévu la carrière… céleste de sa missive.

Dans son esprit, les caractères choisis l'avaient été uniquement pour dépister la curiosité des postiers improvisés, sur lesquels elle comptait pour faire parvenir son écrit à son père. Et l'automobile redoutant de vitesse, laissant bien loin en arrière le *signe* du mikado qui, expédié par un empereur, allait être réputé faire partie de la garde-robe du Prophète, quel avancement !

Sika se sentit rassurée. Un peu de chance, et ses amis sauraient où la rejoindre.

Voyage monotone. Trois jours de sables fauves, de rares points d'eau, de soleil ardent ; des nuits glaciales ; mais la machine se jouait des difficultés, et dévorait littéralement l'espace.

CHAPITRE VII
LE PALAIS DE LA RUE DES MÉDRESSÉS

Au milieu de la troisième nuit, on atteignit l'Euphrate, en face de Bassorah. La lune se reflétait dans l'eau du fleuve, où se miraient les bois de palmiers bordant le cours paresseux de ses eaux. Coupoles, minarets, terrasses, jardins, se succédaient, tels les tableaux d'un film cinématographique. Puis le véhicule, ayant traversé la nappe liquide sur un large radeau fonctionnant en qualité de bac, s'enfonça dans le dédale compliqué des rues, ruelles, places et placettes de la métropole de la région méridionale persique, pour s'arrêter enfin devant le portail géant, entrée des bâtiments et parcs composant le palais du prince Ahmed. Ce que l'on dénomme « palais », en Perse, est un fouillis de constructions de pierre et de bois, agrémentées de céramiques, polychromes selon le goût de l'Iran, de Jardins intermédiaires où toutes les fleurs sont mêlées, à l'abri de grands arbres chargés de tamiser, pour les odorantes corolles, les ardeurs du soleil. Tout cela fut pour Sika une distraction. Cette conception de palais lui apparaissait si inédite, si différente de ce qu'elle avait vu jusqu'alors !

Elle se laissa conduire par le prince dans la *médressé* proprement dite, c'est-à-dire dans la partie du palais réservée aux femmes.

Et là, elle se trouva en présence de plusieurs esclaves du palais, offrant toute la gamme des colorations de l'épiderme, depuis le blanc le plus pur jusqu'au noir d'ébène.

La jeune fille, plus a l'aise en se voyant délivrée de la présence de son compagnon de route, examina celles qui l'entouraient.

Presque toutes étaient étranges plus que jolies, dans leur costume d'intérieur de persanes, avec leurs chemisettes plissées sur lesquelles se moulait un boléro brodé d'or, et une jupe courte, raidie par un empois au benjoin, se développant ainsi que la gaze de nos danseuses classiques. Leurs pieds nus se jouaient en des pantoufles très ornées.

À l'arrivée de Sika, la plupart avaient quitté les divans, où, dans un farniente plein de mollesse, elles passent le temps sans s'occuper jamais, soit en fumant des narghilehs odorants, ou bien des cigarettes d'un tabac blond et parfumé, ou encore en grignotant des pâtisseries, des confitures, des sucreries de toute espèce.

La venue d'une étrangère prenait pour ces oisives ennuyées les proportions d'un événement. De là le mouvement qui les faisait s'empresser autour de la blonde Japonaise.

Elles l'examinaient en silence, paraissant plongées dans l'admiration par sa chevelure dorée ; elles échangèrent quelques réflexions dans l'idiome berceur du pays, inintelligible pour la prisonnière ; puis chacune lui adressa la parole dans des langues différentes ; Sika ne comprenait pas. Enfin, une Soudanaise, qui semblait sculptée dans un bloc de basalte, jeta une phrase anglaise.

— *I understand*, s'écria la fille du général, toute heureuse d'entendre un vocable connu.

Toutes les femmes se prirent à rire, frappant joyeusement des mains, et elles invitèrent la Soudanaise à parler encore. Celle-ci lança aussitôt cette réflexion qui, à son avis, devait flatter l'étrangère :

— Tu es heureuse, toi ! Le prince Ahmed t'a choisie pour devenir son épouse. Il nous a enjoint de t'obéir en toutes choses.

— Moi ? s'écria Sika stupéfaite, l'épouse de cet homme ; moi !...

L'étendue du nouveau danger révélé la fit pâlir. Elle ne trouvait plus de mots pour exprimer son horreur.

Mais elle songea qu'elle était seule. La ruse lui apparut nécessaire. Il fallait être prudente, cacher sa pensée à ces créatures incapables de comprendre son sentiment. Elle se tut, ne cherchant pas à les détromper. Au surplus, d'autres esclaves se présentèrent bientôt pour la conduire à l'appartement disposé en son honneur.

Elle se hâtait de sortir, avide de solitude où elle pourrait rétablir l'ordre dans ses idées, quand son oreille fut frappée par des rugissements lointains.

Elle regarda ses compagnes d'un instant et s'adressant à la Soudanaise :

— Qu'est cela ? demanda-t-elle.

La moricaude se prit à rire niaisement :

— Cela, mais les lions du prince.

Et la Japonaise ne semblant pas plus renseignée, la femme noire expliqua d'un ton de supériorité qui, en d'autres circonstances, eût amusé son interlocutrice :

— À Bassorah, tout personnage riche entretient des lions, ces beaux lions sans crinière, qui errent dans les monts Darius, à la lisière du désert Salé. La puissance du prince Ahmed est affirmée par six lions, reconnus comme les plus magnifiques de la ville. Aussi, tu le comprends, on ne peut pas rencontrer un seigneur si grand sans que la tendresse germe sous ses pas.

Quelques instants plus tard, elle était dans son appartement, libre enfin d'examiner sans témoins sa situation.

Alors, elle s'abandonna à de tristes réflexions, cependant la nature, en sa bonté, ne permet pas d'oublier les nécessités physiques. La jeune fille, brisée de fatigue et d'angoisse, glissa insensiblement dans l'irréalité du sommeil. Son esprit s'engourdit, cessa d'agiter le problème de sa position. Elle ne revint à elle que le lendemain matin. Mais à peine eût-elle ouvert les yeux, qu'elle poussa un cri d'effroi.

Le prince Ahmed était debout près du divan sur lequel elle s'était étendue. Il la rassura du geste.

— Je vous regardais dormir, fit-il d'un accent aimable, et j'y trouvais un plaisir si grand que je ne saurais le qualifier.

Elle ne répondit pas, bouleversée par la présence de cet homme, que la Soudanaise lui avait désigné la veille comme un époux... obligatoire.

— N'avez-vous aucun souhait à formuler ? reprit-il. Je serais si heureux de vous obéir.

« Ne craignez pas d'ordonner : palais, esclaves et moi-même sommes à vous !

— Eh bien, seigneur, une chose bien simple entraînerait toute ma reconnaissance.

— Je vous conjure de la dire, car mériter votre gratitude est le plus cher de mes vœux.

— Prenez garde, vous vous avancez beaucoup.

— Peu ou beaucoup, qu'importe, si j'ai le bonheur de vous être agréable.

Le visage de la jolie Japonaise s'illuminait d'un doux sourire. Vraiment, on eût cru voir en elle une fillette se livrant au plaisir d'une naïve coquetterie. Et pourtant, son cœur se contractait dans sa poitrine, elle avait peur ; oui, peur des vocables qui allaient s'échanger.

Son regard se fit plus implorant, son organe plus enveloppant.

— Vous voulez savoir ce que je désire ?…

— Certes, parlez. Que souhaitez-vous ?

— La réalisation d'une promesse de vous, prince.

— Une promesse, laquelle ? Je tiendrai plus que je n'ai promis.

— Eh bien, ainsi que vous vous y êtes engagé durant notre voyage, permettez que j'avise mon père du lieu de ma retraite.

Surpris à l'improviste, Ahmed avait froncé les sourcils. Son visage prit une expression menaçante. Un silence, lourd comme l'accalmie qui précède l'orage, pesa sur les causeurs.

La gêne devint si pénible pour Sika qu'elle voulut parler, rompre l'envoûtement qui dominait ses nerfs. Et tout son être contracté par l'effort, elle murmura, appelant sur ses lèvres l'intonation de la surprise :

— Hésiteriez-vous ?

Lui, serra les poings ; durement il jeta :

— Vous vous méprenez. Je n'hésite pas. Je refuse net.

Et, passant à une ironie tranchante, des éclairs dans ses prunelles, il continua :

— Votre père ne songerait qu'à contrarier ce que je veux, ce qui sera.

— Contrarier ? redit-elle, comme étonnée par ces syllabes.

Il fut brutalement sincère :

— Sans doute. Il voudra certainement vous emmener loin de Bassorah.

— N'est-ce point naturel ?

— Je n'en disconviens pas. Seulement, il y a un seulement… dont vous ne tenez pas compte.

— Si je le connaissais, peut-être…

La voix de la captive se faussa. Elle avait conscience de provoquer les paroles définitives, irréparables.

Il répondit avec une joie sauvage :

— Je suis ici uniquement pour vous instruire. Je *ne veux pas* que vous partiez. Je ne permettrai jamais que vous alliez vivre loin de moi.

Dans l'organe du Persan vibrait une tendresse barbare.

Pour Sika, la vérité n'était plus douteuse.

À cette minute effroyable, sa pensée se dérobait. Son esprit s'obscurcissait d'un brouillard. Son trouble ne lui permettait plus de raisonner, au moment où elle avait le plus besoin de raisonnement. Il est vrai que, eût-elle conservé la plénitude de son sang-froid, elle n'eût point découvert un moyen de salut.

Il reprenait, les dents serrées, la colère chassant le masque de correction que les Asiates adoptent à l'étranger, qu'ils méprisent, qu'ils considèrent comme une simple manifestation de politesse à l'égard des races inférieures d'Europe.

— Je lis sur vos traits que votre orgueil se révolte. Dans votre pays, on se juge supérieur au reste du monde. Qu'importe que vous éprouviez pour moi de la répulsion, de la haine. Vous êtes en mon pouvoir ; rien ne saurait modifier ma résolution. Ressentez de la joie ou de la tristesse, accueillez mes projets par le rire ou par les larmes, vous serez mon épouse.

Elle tenta de jeter le trouble dans son esprit, ignorante de l'inintelligence de son interlocuteur touchant l'idée de la tendresse volontaire et non contrainte.

— Les femmes de ma race, prononça-t-elle lentement, parvenant par un effort héroïque à assurer sa voix tremblante, les femmes de ma race ne ressemblent pas aux filles de Perse. La contrainte les révolte : seules, la douceur, la persuasion trouvent le chemin de leur cœur.

Il frappa du pied violemment.

— Dites aussi qu'elles démontrent une insigne mauvaise foi.

Elle l'interrogea du regard, surprise par cette réplique inattendue.

— Vous parlez de douceur, de persuasion. Vous les avez dédaignées tout à l'heure. Ne vous ai-je pas offert mes richesses, mes esclaves ?...

— J'ai repoussé cette offre généreuse, gémit-elle, vaincue par la logique de son adversaire, parce que la présence de mon père me serait plus douce que tout.

— J'ai dit cette présence impossible.

Cela fut sec comme un coup de stylet.

Et comme elle allait implorer encore, le prince conclut rudement :

— Le temps est le plus précieux des auxiliaires. Vous-refusez d'être l'épouse, dispensatrice souveraine de mes trésors, de mes biens. Vous seule perdrez au change. Vous serez une captive adulée, sans doute, mais une captive. Un palais dont on ne peut sortir n'est qu'une prison. Bientôt vous soupirerez après la liberté. J'attendrai cet instant. J'attendrai. Gardez-vous de me faire arriver à l'impatience.

Sur ces paroles il quitta la salle, abandonnant la jeune fille au plus morne désespoir.

— Ah ! gémit-elle, mon sort est-il donc fatalement de n'échapper à un péril que pour être précipitée dans un autre ? Ma tête se perd. Le bûcher là-bas ; ici, un sauveur qui me torture. Quel anathème a donc marqué mon front ?... Pourquoi, oui, pourquoi cet homme m'a-t-il arrachée à l'incendie du palais de Mohamed, le Druse ?

Brusquement, elle ressentit une épouvante. Elle secoua la tête en une dénégation ardente, balbutiant :

— Non, non ; il a bien agi là. Je ne veux pas mourir, je ne veux pas mourir !

Et, se tordant les mains, offrant l'image du désespoir :

— Marcel ! Marcel !... jeta-t-elle dans un sanglot, venez au secours de celle qui n'espère son salut que de vous !

Une sensation ardente envahit son visage. Une rougeur plaqua son front, ses joues aux tons d'ambre pâle. Elle promena autour d'elle un regard tout chargé de stupeur :

— Qu'ai-je dit ? Pourquoi mon âme appelle-t-elle ce Français, ignoré il y a quelques semaines ?… Pourquoi ? oui, pourquoi ?

Sans nul doute, son moi intérieur, ce confident indiscret de ses plus secrètes pensées lui donna la réponse à cette question imprudente. Les jeunes filles lisent toujours clairement dans leur cœur ; toutefois, les lèvres de Sika se serrèrent ; on eût cru qu'elles barraient la route à l'aveu inclus dans son interrogation. Et, conclusion naturelle de la découverte sentimentale qu'elle venait de faire, la mignonne Sika se prit à pleurer.

Plusieurs jours passèrent sans que la situation de la prisonnière subit de moindre changement.

Une fois par vingt-quatre heures, Ahmed se présentait devant la captive, et avec une affectation de politesse, plus pénible que des menaces, il s'informait de l'état de ses réflexions. À chaque visite, les mêmes répliques se succédaient :

— Jeune fille, avez-vous réfléchi ?

— On ne peut pas réfléchir alors que la liberté vous est ravie.

— Vous ne la souhaitez pas encore assez vivement. Soit ! Je vous dis : à demain. Peut-être la nuit vous apportera-t-elle la raison.

Et il s'éloignait sans manifester son irritation.

Elle la devinait pourtant, grandissant chaque jour, prête à éclater en transports furieux. Des frissons parcouraient ses membres lorsqu'elle envisageait le moment où le courroux du Persan s'épandrait au dehors. Et les heures coulaient, atrocement moroses. Moroses, certes, dans cette médressé, où Sika était réduite à la société monotone des femmes, corps sans âme et sans pensée, qui s'étonnaient de la voir repousser la recherche du prince. Dans leurs cervelles, atrophiées par le servage atavique, elle leur paraissait seulement refuser un honneur envié par toutes.

Heures moroses, par l'absence de toute communication avec le monde extérieur… Le seul bruit étranger qui parvenait aux oreilles de la jeune fille était le rauquement des fauves, dont la voix sinistre avait salué son arrivée. Ces cris des lions la remplissaient d'un effroi qu'elle ne s'expliquait pas, mais qui la faisait s'enfermer dans son appartement. Là, elle se pelotonnait sur un siège, auprès d'une large fenêtre, et demeurait ainsi, les yeux vagues, regardant sans le voir le spacieux jardin où des arbres fruitiers protégeaient de leur ombre les prairies multicolores formées de fleurs de toutes espèces, mélangées au hasard par le mode horticole des Persans.

Or, un soir que les lions avaient rugi leur terrifiant concert, Sika s'était accoudée tristement à la croisée ; en proie à l'idée fixe, elle ressassait ses pensées noires où, suivant l'expression poétique japonaise, son cœur donnait le vol aux papillons violets de la douleur.

Dans le jardin *interdit* de la Médressé, dans ce jardin strictement réservé aux femmes, elle avait cru distinguer, entre les buissons, une silhouette d'homme.

Était-ce une hallucination ? Quelle apparence qu'un individu encourût la peine de mort qui punit un tel acte, pour le plaisir médiocre de se glisser sous les arbres du jardin de la Médressé.

Mais elle l'aperçut de nouveau. Le doute n'était plus permis. Et elle murmura, non sans étonnement, tirée de sa préoccupation par l'incident :

— Quel est cet être qui cherche à se dissimuler ? Que signifie cette manœuvre ? Il est étranger, car un serviteur, un familier du palais ne se risquerait pas dans les jardins interdits…

Un espoir imprécis venait de naître en elle.

Elle s'intéressait à présent aux mouvements de l'inconnu. Le personnage, progressant avec cette prudence, ne pouvait être qu'un ennemi du maître cruel qui la retenait prisonnière. Avec une émotion inexplicable, Sika remarqua :

— Mais il fait des signes !… À qui ? Je ne puis croire qu'ils s'adressent à moi… Alors, où est le destinataire ?

Dans un cri étouffé, elle soupira tristement :

— Ah ! il s'éloigne !

Cette phrase avait gémi entre ses lèvres comme une plainte.

L'ombre, en effet, s'était jetée dans un massif, avait disparu. Un bruit, un danger non perceptible pour la captive, avait dû l'inquiéter.

Le jardin était redevenu désert ; Sika ressentit de cette solitude, un instant peuplée par l'inconnu, une aggravation de tristesse. La nuit suivante, le sommeil lui fit défaut. Sans cesse, tel un leitmotiv obsédant la silhouette mystérieuse se dessinait devant ses yeux, emplissant sa pensée.

Pour la même cause, la journée du lendemain lui parut interminable. À peine prêta-t-elle une attention distraite à la visite quotidienne du prince Ahmed, et cependant le Persan se montra plus menaçant que de coutume. Il alla jusqu'à dire :

— Jeune fille, je vous souhaite d'entendre la voix de la raison en ce jour ; car demain, vous obéirez ou sinon je châtierai la créature rebelle.

Cela ne l'émut pas. Elle attendait l'obscurité avec impatience, avec la conviction que le promeneur mystérieux reparaîtrait. Le soir vint enfin ; aussitôt elle reprit place auprès de la fenêtre où elle songeait la veille.

Obéissait-elle à l'un de ces pressentiments inexpliqués, enfantés par la sensibilité anormale des êtres en proie à la douleur ? Elle eût pu le croire, car le promeneur se montra de nouveau, répondant à son muet appel. Cette fois, il portait avec lui une longue échelle. Avec ce fardeau il s'avançait, marquant des précautions infinies ; il parvint sous la fenêtre même de Sika, appliqua l'échelle contre le mur et grimpa, léger comme un écureuil. Elle regardait sans un mouvement. Elle ne songea même pas que l'homme pouvait être un ennemi. Et celui-ci s'étant hissé à la hauteur de captive, son visage faisant face à celui de Sika, l'étrange visiteur retira son grand chapeau conique, provoquant ainsi un cri éperdu de la prisonnière :

— Emmie !

Sika retrouvait la petite cousine de Marcel Tibérade. Mais la fillette lui donna une tape sur la main en grommelant d'un air très fâché :

— Chut donc, mademoiselle Sika, vous me feriez pincer !

Et dans un chuchotement en hâte, ainsi qu'une personne ayant conscience de la valeur des minutes :

— J'ai réussi à me faire engager comme *jardinier* au palais... comme jardinier, vous entendez, afin de veiller sur vous et de vous défendre au besoin, jusqu'à la prochaine arrivée de votre père, de mon cousin.

— Quoi ? Vous pensez qu'ils seraient...

— À peu de distance. Oui, votre billet est parvenu à son adresse... Quant au vêtement du mikado, je me suis improvisée sa bobonne et je l'ai amené avec moi dans cette belle ville de Bassorah !

Sika écoutait, incapable de prononcer un mot dans l'excès de sa joie. Ses mains frémissantes se croisaient nerveusement sur sa poitrine. La fillette, elle, continuait, aussi flegmatique que si elle avait coutume de passer sa vie sur une échelle :

— Parvenus à Bassorah, le général et Marcel s'adresseront aux consulats européens. Le coquin de prince sera obligé de vous remettre en liberté…

À ces mots, la jolie Japonaise tressaillit. Les dernières paroles prononcées en ce jour par Ahmed lui revinrent en mémoire. Leur sens terrible lui apparut, et avec angoisse elle murmura :

— Pourvu qu'ils ne tardent pas ! Mon geôlier m'a déclaré, aujourd'hui même, qu'il m'obligerait demain à l'épouser ou bien…

— L'épouser, lui, ce singe déguisé en prince.

— Non, Emmie, protesta la captive en frissonnant ; pas un singe comme vous le dites, mais un fauve capable de toutes les cruautés…

Narquoise, la petite Parisienne l'interrompit :

— Ne vous frappez donc pas, Sika… J'ouvrirai l'œil, et s'il est nécessaire, j'utiliserai un aimable instrument dont je me suis munie à tout hasard, bien qu'il n'ait aucun rapport avec le jardinage.

— De quel instrument parlez-vous, ma bonne Emmie ?

— D'un joli revolver, à balles blindées, ma chère.

— Vous oseriez vous en servir ?

— Oh ! pour vous défendre. Et puis, plaisanta la petite, un *fauve* comme vous dites, entre nous, ça rassemble encore moins à un homme qu'un *singe*, n'est-ce pas ?

Pffuit ! La petite Parisienne se laissa glisser le long des montants de l'échelle, emporta celle-ci sur son épaule et se perdit sous les ombres du jardin, avec cette recommandation :

— Ne tremblez plus, je surveille le fauve !

Rien ne vaut l'espérance pour donner du calme. C'est le meilleur préparateur aux nuits paisibles, et si l'on pouvait l'administrer aux malades en cachets, plus ne serait besoin de soporifiques.

Sika s'endormit ce soir-là avec autant de tranquillité que si elle avait occupé sa chambre, dans le logis ancestral de son père, sis en la cité japonaise de Tsousihiama.

La seule présence d'Emmie dans le palais avait suffi à chasser toutes ses terreurs.

Et, de fait la mignonne Parisienne avait donné tant de preuves de décision, de courage, d'ingéniosité, qu'elle méritait d'être considérée comme un défenseur sérieux. À Marseille, à Brindisi, à Port-Saïd, partout, c'était elle et rien qu'elle qui avait dirigé les événements.

Donc, Sika se réveilla dans les plus heureuses dispositions ; pour la première fois depuis son entrée au palais d'Ahmed, elle se plut à admirer les riches parterres du jardin, que ses yeux attristés avaient à peine remarqués jusque-là. L'ombre des grands arbres lui sembla plus douce, les parfums entraînés par le vent, plus subtils.

Il est vrai qu'elle peuplait les frondaisons luxuriantes, se développant au-dessus des allées rectilignes, d'une silhouette amie ; qu'elle évoquait le visage mutin de la jeune cousine de Tibérade.

Tibérade ! Elle saluait ce nom d'un sourire extasié. Le jeune homme arriverait bientôt. Emmie l'avait dit avec assurance.

Et, à la pensée de revoir le brave garçon, la blonde rêveuse sentait son cœur battra éperdument dans sa poitrine.

Mais elle sursaute, arrachée du rêve par un bruit trop connu, hélas !

La porte vient de s'ouvrir.

Elle tourne la tête ; ses traits revêtent une expression de gêne, de déception.

Le prince Ahmed est entré.

Il est grave, ses regards brillent étrangement il s'incline cérémonieusement.

— Bonjour, mademoiselle, prononce-t-il avec une inquiétante ironie. Je vois, non sans un réel plaisir que la captivité ne vous a point pâlie. Votre teint mérite plus que jamais d'être jalousé par les fleurs les plus belles. Je suis, semble-t-il, seul à souffrir de vous savoir recluse... Cela est injuste ; aussi j'ai décidé que l'injustice allait cesser.

Et comme elle le considère, il continue :

— Le temps est venu pour vous d'illuminer mon palais de l'éclat de votre beauté. Ne me répondez pas, les paroles oiseuses ne doivent plus être prononcées entre nous. Parler maintenant sera agir...

Et lentement, son accentuation donnant aux mots un caractère cruel, il acheva :

— Ce jour a marqué l'expiration du délai que j'avais fixé pour épuiser votre résistance. Une question, une réponse décideront de votre sort.

Il s'inclina derechef et scanda :

— Êtes-vous disposée à devenir mon épouse ?

— Par grâce, je vous en conjure, n'exigez pas uns réponse immédiate, gémit Sika éperdue.

Le prince répliqua par un geste violent.

— J'ai assez attendu ! Je ne veux plus attendre.

— Jusqu'à demain ; oui, demain, je répondrai, je m'y engage.

— Allons donc, vous ne vous déciderez jamais si je reste le faible, le soupirant résigné que j'ai été. Aussi je me transforme... je commande, et je vous amènerai à l'obéissance, en ne reculant devant aucun moyen de contrainte.

La figure du Persan s'était contractée, striée de rides qui lui faisaient un masque de fauve.

Sika sentit en lui la décision inexorable du barbare. Rien ne pourrait désormais le décider à renoncer à la réalisation de sa volonté.

Et cependant luttant jusqu'au bout, Sika tenta encore de fléchir son interlocuteur.

— Je vous en conjure, accordez-moi la journée que je sollicite, de votre courtoisie. Vous m'offrez vos millions, vos palais, vos troupeaux. Auprès de cela, que sont vingt-quatre heures ?

— Un retard à mon bonheur... Je n'en admets plus.

— Prince, je vous supplie... commença-t-elle.

Il serra les poings, et l'interrompant brutalement :

— Vos prières trahissent votre sentiment. Je vois que je vous fais horreur.

« Maladroit à plaider ma cause, je vais charger de ce soin des voix dont l'éloquence vous paraîtra irrésistible, j'en suis assuré.

Sur ces mots, le Persan s'élança au dehors.

Sika se retrouva seule, terrifiée par les dernières paroles d'Ahmed. Que signifiaient-elles ? Quelle menace était enclose dans leurs syllabes mystérieuses ?

À quelles voix avait-il fait allusion ? Quelle torture attendait la jeune fille ? Quelle épouvante la contraindrait à accepter l'union odieuse ?

Oh ! Rien ne la déciderait au marché honteux.

Elle mourrait plutôt que de renoncer à Marcel, à lui qui, par son dévouement, avait conquis toute sa tendresse. Elle était sûre d'elle-même, depuis qu'elle avait vu clair en sa pensée.

Mais mourir à vingt ans, quelle dure solution ! Et elle eut un gémissement quand la porte se rouvrit... Qu'est-ce encore ? Des serviteurs Beloutches, au visage sinistre, paraissent ; ils s'avancent vers la captive pétrifiée par la terreur !

Rudement, ils la saisissent, brisant sans effort sa faible résistance ; leurs mains brutales meurtrissent l'épiderme de la prisonnière qu'ils entraînent hors de l'appartement où elle a tant souffert.

Elle a peur, horriblement peur. Elle tremble. Et cependant elle veut savoir quel sort lui est réservé.

Elle balbutie :

— Où me conduisez-vous ?

Mais ses guides ont sans doute la consigne de rester muets. Ils haussent les épaules sans répondre.

Ils la portent presque, à présent lui faisant traverser les larges galeries, les salles spacieuses, où les esclaves, les bras et les jambes surchargés d'anneaux précieux, se tiennent paresseusement étendues sur des coussins amoncelés, trompant leur oisiveté sans fin en croquant des friandises, tandis que d'autres grattent mélancoliquement les cordes des mandolines ou frappent les derboukas sonores.

Au passage de la prisonnière, quelques-unes se redressent languissamment, prononcent des mots dont Sika ne comprend pas le sens, mais qui font pénétrer en elle l'impression qu'ils contiennent une critique maligne.

Les Beloutches allaient toujours. Ils marquèrent an arrêt auprès d'un escalier s'enfonçant dans le sous-sol.

La spire de pierre semblait plonger dans un gouffre d'ombre.

Instinctivement Sika recula, le cœur étreint d'une angoisse plus vive. Où la menait-on ? Question vaine. Ses guides ne lui permirent pas la réflexion. Ils la tirèrent après eux sur les degrés, ses pieds se posant à peine sur le sol. Les geôliers farouches portaient ainsi qu'une plume leur tremblante victime.

L'escalier aboutissait à de vastes caves dallées, aux voûtes soutenues de distance en distance par des piliers de granit trapus, que réunissaient les courbes basses des arceaux de plein cintre. Cela tenait à la fois de la crypte ecclésiale et des sous-sols d'une forteresse.

Les gardiens ne s'arrêtèrent pas, mais leur étreinte se fit plus rude. Ils traînaient la captive en arrivant au bout de la course. Ils contraignirent Sika à s'arrêter en face du rectangle d'une porte bardée de fer, laquelle se découpait dans la muraille, y creusant une niche obscure et profonde de plus d'un mètre.

Il semblait qu'on ne pût aller plus loin.

Le couloir finissait en cul-de-sac.

Mais l'un des Beloutches cessa de maintenir la jeune fille. Il fouilla dans sa ceinture de soie, et en tira une lourde clef de cuivre qu'il introduisit dans une serrure invisible dans l'obscurité du lieu. La porte s'ouvrit sur un puits carré, profond de six à sept mètres, éclairé par une lumière crue qui tombait d'en haut.

Les Beloutches y poussèrent brusquement la blonde Japonaise, et avant que celle-ci fût revenue de la surprise provoquée par cette bourrade soudaine, ils avaient disparu, refermant la porte sur eux, abandonnant la pauvrette en cette étrange prison.

Effarée par l'inexplicable déplacement qui lui était imposé, Sika regardait autour d'elle, cherchant un indice qui la mit sur la voie. Tout son être se tendait dans un ardent désir de comprendre le pourquoi des actions de ses geôliers.

Qu'était cette prison nouvelle où on l'avait conduite ? Pourquoi une grille solide partageait-elle le fond du puits en deux parts égales, formant avec les murailles, deux courettes indépendantes.

Pourquoi, en haut de la cavité, là où la margelle, pour employer l'expression qui convient au rebord supérieur d'un puits, pourquoi là où la margelle se développait au ras du sol, une seconde grille encerclait-elle l'ouverture ?

— Où suis-je ? Que me veut-on ? murmura la jeune fille, désemparée par l'aspect même du lieu.

Ses yeux cherchant toujours une réponse à l'anxieuse question, elle constata que, dans la courette dont elle était séparée par les barreaux solides de la grille, il existait une porte basse, faisant pendant à celle qui tout à l'heure lui avait livré passage. On devait pouvoir pénétrer dans les deux compartiments de façon identique.

Et brusquement, un grelottement d'épouvante secoua la captive. Tout proche, un terrible rugissement venait de retentir à ses oreilles ainsi qu'un coup de tonnerre.

— Les lions ! bégaya-t-elle, la respiration coupée par l'effroi.

Pourquoi tremblait-elle ? N'avait-elle pas souvent, depuis le début de sa captivité, entendu les rauquements des fauves répercutés par les échos du palais. Ils lui demeuraient désagréables, certes, mais sans lui apporter une inquiétude réelle.

Quelle raison à cette, heure leur donnait un caractère plus menaçant ?

Et elle constatait que sa raison ne lui présentait aucune réponse plausible. L'instinct seul l'avertissait d'un danger.

Ah ! l'instinct, mille fois supérieur à la raison, l'instinct que les anciens, plus naïfs et plus intelligents que les modernes, appelaient le pressentiment, lui jetait sa clarté.

— Les lions ! avait-elle dit.

Comme pour préciser ses craintes, un rire moqueur tomba de la partie supérieure du puits, mêlant ses résonances à celles de l'exclamation apeurée.

De suite Sika leva les yeux dans la direction du son, et il lui sembla que son âme s'abîmait dans l'horreur.

Le prince Ahmed, les mains crispées aux barreaux de la grille entourant la cavité, la couvrait de regards flamboyants.

L'ennemi était là.

Il concentra son regard sur celui de sa victime avec une fixité menaçante, et gouailla, barbare et cynique :

— Eh quoi ! Vous semblez troublée par la voix de mes avocats... Ils ont donc un organe bien timbré ? Les avocats... les avocats... Quelle révélation sinistre dans ces paroles. Oh ! les syllabes atroces !

Elles tourbillonnèrent dans la tête de la jeune fille, lui causant une douleur insupportable.

Mourir, elle y consentait tout à l'heure, mais mourir sous la griffe des lions, quel superlatif d'horreur !

Un instant, son cœur cessa de battre. Elle formula machinalement, du fond d'elle-même, le vœu de s'effondrer de suite dans le néant, d'échapper ainsi aux tortures qu'elle devinait en avant d'elle.

Le Persan se méprit sur là cause de son silence ; il crut à un entêtement de la pauvre enfant.

— Entendre ne suffit pas toujours, plaisanta-t-il, on préfère parfois voir. Chez les femmes, la conviction pénètre par les yeux plus que par les oreilles. Eh bien ! mais ceci n'est point pour m'embarrasser ; j'ai tout prévu, chère et belle ennemie, bientôt fiancée obéissante.

Du fond de la courette où elle vivait cette agonie, Sika discernait, à la surface du sol, auprès du cruel personnage, les poignées de bois de leviers métalliques qui lui semblaient fichés dans la margelle. Elle allait en comprendre l'usage.

Ahmed se pencha vers l'un d'eux, le saisit et, d'un brusque effort, lui fit décrire un arc de cercle autour de son point d'attache.

Et la jeune fille demeura médusée, une moiteur glacée perlant sur son front.

La porte de la seconde courette, cette porte placée en pendant de celle qui avait livré passage à la prisonnière, venait, sous l'action d'un ressort manœuvré par la tige de fer, de s'ouvrir, découpant dans la paroi blanche du puits un rectangle d'ombre.

Par l'ouverture, jaillissant de l'obscurité comme des djinns, des lions bondirent.

Ils étaient trois, magnifiques spécimens des félins de Perse, aussi robustes que ceux d'Afrique, dont ils se distinguent par l'absence de crinière, trois monstres développant leur musculature puissante, leurs griffes, leurs dents énormes, devant la Japonaise pétrifiée.

Les fauves, un instant éblouis par la clarté soudaine, découvrirent bientôt Sika qui, les traits convulsés par l'épouvante, incapable d'un mouvement, conservait une immobilité de statue. Avec des rauquements avides, ils se ruèrent sur la grille isolant de leur atteinte la proie convoitée. L'obstacle les irrita. Leurs rugissements redoublèrent d'intensité, faisant gémir les échos du palais.

La situation était affreuse. Certes, Sika, si effrayée qu'elle fût, se rendait compte qu'elle ne courait aucun danger immédiat ; cependant, la vue des carnassiers suffit à produire sur elle une sorte de fascination. Elle eut l'impression terrifiante que tout à l'heure, invinciblement attirée en avant, elle irait vers la grille de séparation se mettre à la portée des fauves bondissants.

Du haut du puits, sa face grimaçante se glissant entre les barreaux de la grille circulaire, Ahmed se délectait de la terreur de sa victime. Il jugea sans doute qu'elle était à point pour céder à sa volonté, car, distillant avec une lenteur cruelle les phrases décisives :

— Une grille te protège encore contre mes lions, jeune fille, dit-il ; aussi longtemps qu'elle continuera à se dresser en avant de toi, tu seras défendue contre le péril que, ton trouble le décèle, tu as mesuré. Mais l'obstacle peut disparaître à mon vouloir, je t'en avertis charitablement avant de réclamer pour la dernière fois la réponse que mon cœur ulcéré a attendue si longtemps. Jeune fille, Ahmed t'a fait l'honneur de te distinguer. Sois l'épouse d'Ahmed ; c'est la fortune, la puissance, la domination… J'espère que tu ne préféreras pas donner ta grâce en pâture à mes lions.

L'ironie a un effet inattendu ; ce dilemme brutal dissipe la peur de Sika. Son orgueil lui rend la volonté, le courage de la résistance. Elle mourra en Japonaise vaillante, soit ; mais elle ne se pliera pas au caprice que prétend lui imposer ce barbare.

Avant de disparaître, elle lui jettera du moins à la face tout le mépris dont son âme est pleine.

— Oh ! prononce-t-elle du ton inspiré de ceux qui ont fait le sacrifice de leur vie, la mort me paraît cent fois préférable à l'existence auprès de vous. Barbare, connaissez la femme d'Europe. Nous ne sommes point des esclaves sans pensée : notre âme reste libre ; elle se donne seulement à qui a su mériter ce don.

Il écoutait, une flamme s'allumant en ses yeux. La rage montait en lui.

Les paroles de la prisonnière le piquaient ainsi que des langues de feu. Il s'affolait de souffrir ainsi par le fait d'une captive ; mais il restait incapable de percevoir la noblesse de son interlocutrice.

Enfin, elle acheva par cette conclusion, qui agita son ennemi comme un vent de folie :

— La plèbe, chez nous, est supérieure aux grands seigneurs persans. Jugez des sentiments que ces derniers m'inspirent.

La stupeur d'Ahmed était indicible. Et de cet étonnement naissait la plus épouvantable colère qui se puisse rêver.

Il s'était attendu à voir sa captive se prosterner, implorer sa clémence.

— Vous me bravez ! s'écria-t-il d'une voix rauque. Vous m'insultez ; vous pensez : Cet homme m'est attaché, il ne se vengera pas. Vous vous trompez, Ahmed est de ceux qui rendent offense pour offense, blessure pour blessure.

D'un geste violent, il actionna brutalement un second levier. Un déclic se produisit. Horreur ! La grille séparative des deux courettes se mit lentement en mouvement. Elle glissait doucement, avec un léger froissement métallique disparaissant peu à peu en une rainure ménagée dans la masse de l'une des parois latérales. Plus rien ne séparait maintenant la jeune fille des lions. Sika était livrée aux bêtes. La cruauté atavique de l'Asiate, cruauté que la Rome antique imita pour son malheur, venait de condamner à mort la douce créature, coupable seulement de ne pas s'être inclinée devant les ordres du maître.

Le grincement de la grille, sa marche inexplicable pour eux avaient inquiété les fauves. Ils avaient reculé jusqu'au mur opposé. Là, arrêtés par la paroi de pierre, les yeux flamboyants, ouverts démesurément sur la proie soudainement offerte à leurs gueules avides, à leurs griffes formidables, ils semblaient hésiter.

Tantôt l'un, tantôt l'autre esquissait un mouvement en avant qu'il n'achevait pas.

Ils n'osaient pas se ruer sur la jeune fille. On eût cru qu'un instinct obscur leur faisait redouter une embûche venant de cette victime mise si facilement à leur portée.

Sika, elle, sentit ses idées tourbillonner dans son crâne, en une farandole désordonnée. Ces lions, contractés à quelques pas d'elle, prêts à se ruer, à l'engloutir dans une bousculade fauve, l'affolèrent, et sans conscience de crier, ses lèvres s'ouvrirent pour laisser passer cet appel rauque, machinal, extrahumain :

— Marcel ! Marcel ! Au secours !

CHAPITRE VIII
NOUVELLES IDÉES D'UNE PETITE SOURIS

La résonance de ce cri n'était pas encore éteinte, que la jeune fille fut secouée par une émotion nouvelle, inattendue. Le bruit sourd de la chute d'un corps lourd retentit auprès d'elle, sur les dalles formant le fond du puits.

Qu'était-ce ?

Machinalement, elle porta les yeux vers le bruit et resta là, ahurie, stupéfaite.

— Est-ce que je deviendrais folle ? murmura-t-elle.

L'incroyable se réalisait. Elle avait appelé Marcel, et Marcel, le revolver à la main, lui apparaissait, faisant face aux lions, la couvrant de son corps.

— Marcel ! Lui ! Lui ! fit-elle encore ! Vous ?

— N'ayez crainte, mademoiselle, vous êtes entourée de défenseurs.

Ses paroles la ramènent à la réalité. Non, elle ne rêve pas ; non, elle ne perd pas la raison. C'est bien la voix de Marcel qu'elle entend ; de Marcel qui, survenu avec le général et Emmie, a vu le danger de sa chère compagne de voyage. Alors, il n'a pas réfléchi, pas hésité. Il a sauté dans la fosse pour sauver la captive ou succomber avec elle.

Elle le considère, extasiée, oubliant les fauves.

Mais un organe familier, dès longtemps aimé, prononce là-haut, entrant dans l'ouïe de la blonde Japonaise ainsi qu'une musique, qu'un chant de délivrance :

— Sika ! Ma fille chérie, courage !

Elle lève la tête. Appuyée aux grilles, elle aperçoit le général, les yeux fixés sur elle. Il lui montre sa carabine, qu'il braque entre les barreaux de fer sur les fauves inquiétés par les paroles prononcées, par l'apparition soudaine de tant de personnages inconnus.

— Mon père ! mon père ! gémit doucement la victime d'Ahmed.

Dans un mouvement de tendresse, les doigts de Sika semblent effleurer ses lèvres, lancer dans l'espace un baiser de reconnaissance.

Dans ce mouvement, elle distingue un nouveau personnage.

Midoulet… Midoulet est, lui aussi, le long de la grille supérieure, lui aussi est armé. Il a conscience d'être reconnu et, pour la captive autant que pour ses libérateurs, il déclame brandissant sa carabine :

— Et moi aussi, bonjour, mademoiselle !

Il continue :

— Moi-même, que vos amis ont un peu légèrement abandonné dans le ravin d'El Gargarah. Mais je vous suis très attaché ; aucune peine ne m'a rebuté dans mon désir de vous rejoindre. Je m'en félicite d'autant plus que, grâce à mon obstination, je puis coopérer à votre salut.

Uko, Tibérade fixent sur l'agent des regards effarés. Ils ne l'ont pas remarqué à leur débarquement à Bassorah ; pas davantage durant la traversée de la ville. Ils ne l'ont pas vu se glisser derrière eux dans le palais, par la petite porte de la rue des Médressés, laissée ouverte par Emmie. Aussi son apparition prend-elle pour eux une allure fantastique qui les rend incapables d'exprimer leur surprise.

Cela amuse l'agent. Il continue d'un ton jovial :

— Quelle aventure ! Une moderne et élégante jeune fille enfermée, comme Daniel, dans la fosse aux lions des récits bibliques. Est-il permis de conserver une tradition aussi stupide, aussi peu convenable ?

Il reprend haleine avant de conclure :

— C'est égal, quand je raconterai que, parti à la chasse d'un vêtement du Mikado, j'ai été amené à occire des lions, j'ai bien peur d'être traité de « fantaisiste », pour ne pas dire plus. Moi, l'homme du Boulonnais, on me considérera comme un Tartarin de Tarascon.

Mais l'heure n'est pas aux explications. Tous se taisent. Les carabines s'inclinent, leurs canons sont dirigés sur les féroces animaux qui recommencent à gronder sourdement. Un instant encore, les détonations vont crépiter. Soudain tous sursautent. Un ordre bref a retentit tout près d'eux :

— Ne tirez pas !

Ils se détournent. Nouvelle surprise. Emmie leur apparaît, dressée de toute sa petite taille, droite, menaçante, en face du prince, qui a assisté sans la comprendre à toute cette scène, bien plus rapide que le récit.

Elle braque un revolver sur le Persan.

— Ramenez la grille, ordonne-t-elle, ou je vous brûle, mon bon monsieur.

Son accent très résolu indique qu'elle frappera sans pitié, si elle n'est pas obéie.

Aussi Ahmed courbe la tête, il manœuvre le levier mouvant la grille séparative des deux parties de la courette. Et la rangée des barreaux de fer sort du mur, opérant en sens inverse la manœuvre effectuée tout à l'heure. L'obstacle a repris sa place, au moment où les lions, remis de leur premier effroi, bondissent en avant, pour saisir la proie qui leur échappe.

Trop tard. Leur élan se brise sur le rempart de métal.

— Le buffet est fermé, clame Emmie, dont rien ne saurait altérer la gaieté.

Et son revolver se tendant encore vers Ahmed véritablement annihilé par la tournure inattendue des événements :

— Monsieur le concierge, raille-t-elle, veuillez donc ouvrir la porte qui permettra à mon amie de quitter la cour où elle s'ennuie.

Son arme, agitée de petites oscillations très inquiétantes, elle achève avec cet inimitable accent de petite Parisienne :

— Cordon, s'il vous plaît

Résister est impossible.

Ahmed pèse sur le levier qui commande l'ouverture de l'entrée de la courette.

La porte des galeries tourne sur ses gonds avec un bruissement léger.

— À la bonne heure, reprend la fillette... À présent, suivez-moi. Et ne faites pas le méchant, cela compliquerait vos explications au consul de France auquel je vous ai signalé.

Mais elle s'interrompt soudain, pour s'écrier d'une voix angoissée :

— Mlle Sika se trouve mal.

C'était vrai. Les multiples émotions de la journée avaient mené la captive au bout de ses nerfs. Sauvée maintenant, elle s'était évanouie et fût tombée sur le sol, si Marcel ne s'était précipité pour la recevoir dans ses bras. Chargé du doux fardeau, il s'élança par la porte ouverte à présent, suivit les détours des galeries du sous-sol, et parvint enfin au haut de l'escalier, au moment où le général, Midoulet, Emmie y arrivaient de leur côté par les salles du rez-de-chaussée.

Uko se pencha sur sa fille, baisa son front pâli, et avec une douceur infinie :

— Sika ! murmura-t-il avec des larmes dans la voix, ma petite fille aimée, mon enfant chérie !

Il lui parlait comme à un tout petit enfant ; toutes les tendresses, oubliées de son cœur paternel, renaissaient en présence de la jeune fille privée de sentiment.

Mais Emmie ne perdait pas la tête pour si peu. Elle entraînait Marcel dans une salle du palais, lui faisait déposer la Japonaise sur un divan, appelait les femmes de la médressé, leur donnait ses instructions. Toutes, dominées par la gamine si différente d'elles-mêmes, prodiguèrent des soins à la malade. Elles riaient du désordre qui les conduisait à montrer à des étrangers leur visage ordinairement voilé, et cette infraction au protocole des palais féminins les amusait énormément.

Sous, l'action de parfums aux arômes violents, Sika revint à elle. Lentement, elle ouvrit les paupières. Ses regards semblèrent chercher. Enfin, elle aperçut Tibérade qui s'était éloigné de quelques pas. Aussitôt son visage s'éclaira. D'un signe éloquent, elle l'invita à se rapprocher, et le jeune homme ayant obéi, elle lui prit les mains qu'elle appuya sur son cœur, tout en balbutiant d'un organe tremblé :

— Merci, monsieur Marcel. Merci au ciel qui a permis que je fusse sauvé par vous.

— Mais, mademoiselle, bredouilla Tibérade, bouleversé par cette explosion de reconnaissance, ce que j'ai fait, tout autre l'eût fait à ma place ! Rien de plus naturel…

Elle eut un sourire extasié ; ses yeux semblèrent distiller des rayons :

— Vous trouvez naturel de sauter dans une fosse aux lions ?

Il bredouilla, modeste et hors de lui-même :

— Naturel, mais oui, mademoiselle, naturel et pas héroïque du tout !

Le sourire voltigea sur les lèvres roses de Sika :

— Je vous crois, vous le savez, seulement il faut me prouver cela.

— De suite… Si ces vilaines bêtes vous avaient tuée, je n'aurais plus eu la force de vivre, je le savais… Alors j'ai sauvé ma vie en ayant l'air de sauver la vôtre… Vous voyez que ce n'est pas d'un dévouement extraordinaire.

Il s'évertuait à se dénigrer, avec l'impression lancinante que lui, pauvre hère, devait dissimuler sa tendresse pour la riche héritière.

Deux larmes roulèrent sur les joues de la blonde Japonaise. Elle regarda le général, et d'un accent fait de prière, d'affection, caresse d'une volonté aimante :

— Père ! dit-elle, tu entends ?

— Oui, ma chérie, et même je comprends ce que j'entends…

Il y avait une tendre ironie dans ses paroles. Oh ! Il les expliqua de suite en attirant Tibérade sur sa poitrine, et l'y serrant à l'étouffer.

— En me conservant ma Sika, monsieur Tibérade, vous m'êtes devenu cher comme un fils.

— Un fils ! répéta le jeune homme d'une voix étranglée, comme si la respiration lui manquait.

— Est-ce que l'appellation vous déplairait ? demanda le général de plus en plus railleur.

— Oh ! non, protesta Marcel avec ferveur, non ; mais je ne me crois pas digne…

— La vie de Sika appartient à qui l'a conservée. Cette enfant pense ainsi, et j'estime qu'elle a raison. Donc, à moins que vous éprouviez de l'éloignement pour elle, ne discutez plus et embrassez votre fiancée.

Discuter. Certes Tibérade ne le désirait pas. Il s'agenouilla auprès du divan sur lequel était étendue Sika et fondit en larmes en pressant sur ses lèvres une petite main qui s'abandonnait.

À ce moment, Emmie, qui avait disparu depuis quelques minutes, accourut, tenant à la main un paquet soigneusement enveloppé d'un papier fort et ficelé avec un soin méticuleux.

— Mes amis, dit-elle, plus rien ne nous retient ici. J'ai enfermé le fameux prince dans une chambre, que gardent des soldats envoyés par le consul de France. On l'interrogera plus tard, et sans doute l'affaire se terminera par sa condamnation à une amende… salée, au bénéfice des pauvres de Bassorah. Donc, en route… Je suis certaine que Sika respirera mieux hors de ce palais où elle a eu si peur.

La proposition ne pouvait soulever d'objection.

Tous se dirigèrent sans retard vers la sortie, sans écouter les lamentations de Midoulet, lequel exprimait son regret de n'avoir pas tué une des « descentes de lit » qu'il avait tenu à si bonne portée.

C'était ainsi qu'il désignait les lions.

Un ouf ! de satisfaction bourdonna sur toutes les lèvres, quand les voyageurs laissèrent en arrière la porte monumentale du palais d'Ahmed.

Un quart d'heure de marche, à travers les rues étroites et encombrées de la cité, les conduisait au caravansérail des Turbans-Verts, situé en bordure de l'Euphrate, et où les amis de Sika obtinrent sans peine la location d'un petit pavillon ayant vue sur le fleuve et le débarcadère où les sauveurs avaient abordé quelques heures plus tôt.

Un caravansérail est à un hôtel de nos pays ce qu'un faubourg est à une maison. Celui des Turbans-Verts bourdonne ainsi qu'une ruche autour des amis de Sika. Avec la jeune fille, ils ont gagné les chambres mises à leur disposition.

Par une fenêtre sans châssis, le climat rendant inutile une fermeture hermétique, ils aperçoivent une courette entourée de constructions basses, semblables à celle où ils se trouvent en ce moment.

Des ruelles étroites se coulent entre les bâtiments, rejoignant d'autres cours, d'autres pavillons, dont l'ensemble forme le caravansérail.

Et tout là-bas, à travers la baie d'une porte à l'arceau grandiose, enjolivé de faïences multicolores, se montre la nappe étincelante de l'Euphrate.

Tous se sont réunis dans la chambre du général, lequel s'agite, s'empresse en un besoin irrésistible de s'occuper de sa fille enfin reconquise. Il parle, en proie a une gaieté nerveuse qui tranche avec sa gravité habituelle.

— Sika ! Tu as besoin de te rafraîchir, ma chérie… Et vous aussi, Tibérade… Vous avez partagé le lion, il faut partager la limonade, n'est-ce pas, ma Sika ?

— J'ai pensé comme vous, général, intervint Midoulet. On va apporter une collation que j'ai pris la liberté de commander.

Les émotions, surtout lorsqu'elles sont heureuses, ouvrent l'appétit, car à l'annonce du lunch, tous les yeux brillent.

Emmie même, plus expansive, agite les mâchoires de façon expressive.

À l'instant d'ailleurs, deux serviteurs entrent : une petite hindou, aux cheveux noir bleu, au teint bistré, et un grand diable de ramousi (peuplade hindoue), coiffé au turban jaune. Ils sont chargés d'une longue planchette, analogue aux planches à repasser, et sur laquelle ils portent en équilibre des récipients et des mets variés : altermyan ou ragoût national de Bassorah, gâteaux, confitures, flacons-alcarazas de limonade, etc.

Chacun s'empresse de prendre place autour de la planchette, que les domestiques ont posée sur deux chaises ainsi que sur des tréteaux. Personne, en Orient, ne fait attention au « négligé » du service. Les voyageurs ne remarquent même pas les serviteurs dont les regards ne les quittent pas. Sans cela peut-être, s'étonneraient-ils de constater que la brune hindoue les observe avec des yeux, à l'iris d'un bleu tendre que l'Inde ne doit pas produire souvent.

Et puis, cette fille de couleur adresse un signe bizarre à son compagnon ramousi. Tous deux sortent sans bruit par la porte accédant au couloir de service.

Sans doute, ils s'éloignent en marchant avec les mêmes précautions, car la porte refermée, aucun son ne trahit leurs mouvements le long du couloir.

Mais les touristes n'observent pas à cette heure.

Ils ont faim ; ils s'attablent, si l'on peut employer ce mot.

Pourtant Emmie, si affamée tout à l'heure, demeure dans le fond de la salle, extrêmement occupée à développer le paquet mystérieux, qu'elle emporta lorsqu'elle quitta le palais du Persan Ahmed.

— Que fais-tu donc ? questionna Tibérade étonné du peu d'empressement de sa petite cousine.

— Tu le sauras, cousin, ne t'impatiente pas.

D'un bond, la fillette fut auprès de ses compagnons. Elle cachait derrière son dos un objet qu'elle venait de tirer du paquet.

— En vérité, plaisanta la petite Parisienne, on peut dire que les lions vous ont métamorphosés. Vous, général, je le conçois. Le souci du salut de Sika effaçait tout le reste de votre esprit. Mais M. Midoulet, lui, a manqué à son devoir professionnel.

— Moi, clama l'agent ahuri, j'ai manqué… ?

— Parfaitement, monsieur Midoulet.

— En quoi, s'il vous plaît. Ma parole, je vous serais obligé de me l'apprendre.

— En ceci, que l'objet, pour lequel vous pérégrinez aux frais du service des Renseignements, n'a pas paru vous manquer du tout.

Un grand silence suivit. Ce brusque rappel du signe diplomatique avait secoué tous les assistants.

Uko s'était dressé ; l'agent l'imita. Tous deux se défièrent du regard.

— Rasseyez-vous donc, messieurs, prononça gravement la fillette… Moi, je n'ai jamais perdu de vue l'objet en question, et je crois le moment venu de vous le prouver.

D'un mouvement rapide, elle ramena ses mains en avant… Tous eurent un cri. Ces mains tenaient par la ceinture le vêtement gris fer.

— Ce message du diable ! murmurèrent les voyageurs sur des tons divers, inquiets ou menaçants.

Puis le Japonais et l'agent firent un pas en avant.

— Donnez-le-moi, s'écria Uko.

— Pardon, après moi, s'il en reste, gronda l'agent aussi calme que si rien d'anormal ne se passait, Emmie les arrêta du geste :

— Messieurs, vos désirs semblent en opposition. M. le général souhaite conserver ce souvenir de son souverain. M. Midoulet voudrait que, selon une promesse, faite par moi, je le reconnais, ledit souvenir lui fût remis. Comment contenter tout le monde à la fois ?

Et comme tous, effarés par cet exorde, se taisaient, l'espiègle poursuivit :

— Eh bien, moi, je le sais. Ne vous fatiguez pas les méninges. Je ne vous cacherai rien. Voici la combinaison. Ce couvre-jambes m'appartient, car, en vertu de l'axiome de droit : *Res delicta, res vulga-*

ta (j'ai appris cela jadis en passant devant la faculté de droit), une chose abandonnée appartient à qui s'en empare. J'en suis donc propriétaire sans contestation possible, moi qui l'ai enlevé aux Arabes, lesquels l'avaient eux-mêmes ramassé, totalement abandonné dans le désert. Tout cela est-il conforme à la vérité ?

— Absolument !

L'adverbe fut lancé par Tibérade. Le jeune homme pressentant que sa petite cousine mettait en scène une de ces idées fantaisistes, toujours heureuses, dont elle avait donné tant d'échantillons depuis leur départ de Paris, il tentait de l'aider à tout hasard.

D'un coup d'œil, elle lui indiqua qu'elle appréciait sa marque de confiance et qu'elle lui en savait gré, puis elle poursuivit lentement :

— Ceci posé, j'arrive à ma solution. Je vais confier mon trophée à M. Midoulet…

— Jamais, rugit le Japonais.

— Toujours, riposta ragent tirant à demi son revolver.

Mais devant ce geste autoritaire, Emmie, Marcel, Sika s'interposèrent.

— Il en sera comme j'ai décidé, reprit la fillette. M. Midoulet examinera le vêtement tout à son aise. Après quoi, il le rendra honnêtement à M. le général.

— Je m'y oppose, rugit ce dernier d'une voix éclatante, tandis que l'agent meuglait furieusement :

— Moi, j'accepte ! J'accepte.

Gentiment, Emmie se tourna vers Uko.

— Je vous en prie, général ; voyons, vous êtes persuadé, comme nous tous, que l'ajustement dont nous sommes embarrassés ne contient aucun document. Permettez à M. Midoulet d'arriver à la même conviction. Nous perdrons ainsi un adversaire redoutable et nous gagnerons un ami.

Qu'y avait-il dans l'accent de la pétulante créature qui impressionna ses auditeurs ? Mystère ! Toujours est-il que le général ne protesta plus et qu'elle tendit le pantalon gris fer à l'agent du service des Renseignements.

Celui-ci eut un véritable rugissement de joie. Il brandit triomphalement le fétiche de drap, qui l'avait si follement fait courir de Paris à Bassorah, et exultant, extasié, épanoui, il clama :

— Enfin ! Je l'ai, cette fois. Je vais donc pouvoir me renseigner sur les projets du mikado, si toutefois ce monarque en a réellement.

Le doute, contenu dans ce dernier membre de phrase, décelait le trouble de l'agent, en présence du consentement tacite de l'ambassadeur extraordinaire.

Néanmoins, sa voix était haletante. On eût cru que, sous l'empire de l'émotion, le souffle lui faisait défaut.

— J'essaierai tous les réactifs, fit-il encore, tous. Il s'agit de faire jaillir la lumière de ce morceau de drap, de le transformer en phare politique...

Je serai le traducteur du phare. Et avec un geste lyrique, abandonnant la table, il se précipita au dehors et gagna sa chambre particulière.

Tibérade, Sika, le général s'entre-regardèrent, comme s'ils se demandaient ce que signifiait l'incident.

Sur leurs visages se lisait l'étonnement. Ils ne s'expliquaient évidemment pas ce qui venait de se produire sous leurs yeux, avec leur agrément.

Ceci surtout les bouleversait...

Ils ne comprenaient pas qu'ils eussent laissé Emmie agir à sa guise, de façon si contraire au devoir de l'ambassadeur japonais.

Et l'émoi de tous leur parut résonner dans les paroles que le père de Sika balbutia d'une voix assourdie, comme lointaine :

— Emmie, pourquoi m'avez-vous trahi ?

À leur grande surprise, la fillette éclata de rire.

— Ah ! bon, plaisanta-t-elle en dominant avec effort son hilarité. Vous croyez que je vais me laisser bombarder de grands mots bien insolents.

Et le Japonais, secouant tristement la tête, disait avec une résignation mélancolique qui ne manquait pas de grandeur :

— Je n'emploierai pas ces mots avec vous. Je me souviens que, grâce à vous, nous avons sauvé ma fille bien aimée. Je ne vous accuserai donc pas. Laissez-moi seulement déplorer d'être déshonoré comme diplomate.

— Oh ! déshonoré, fit la cousine de Marcel avec une légèreté stupéfiante, en voilà une idée !

— Vous ne comprenez donc pas que ce dépôt, confié à mon honneur...

— Ne devrait vous être arraché qu'avec la vie, plaisanta la gamine.

— Vous l'avez dit ; je ne puis plus vivre dès l'instant où je me le suis laissé dérober.

— Oh ! père ! gémit Sika, terrifiée par la sombre déclaration, père chéri, ne répète pas ces choses lugubres qui me rendent folle. Toi, mourir... Que deviendrais-je ? Crois-tu que je consentirais à vivre sans t'avoir près de moi ?

Soudain l'organe de Tibérade s'éleva :

— Mademoiselle, général, je vous en conjure, ne vous abandonnez pas aux rêveries tragiques... Je connais ma petite cousine... Ses yeux rient. Donc l'aventure ne doit pas être aussi dramatique que vous vous le figurez.

Et les Japonais levant la tête, considérant Emmie avec une interrogation anxieuse de tout leur être, la fillette s'abandonna à un rire fou, réussissant à peine à prononcer, parmi les fusées de son inexplicable gaieté :

— Certainement, Marcel ne me croit ni bête, ni méchante. Il a raison... Voyons, vous vous êtes figuré que je voulais votre trépas ! Oh ! j'ai grande envie de ne pas vous pardonner. Sika, surtout, est coupable. Elle devrait pourtant bien savoir que je lui suis amie... comme une sœur.

D'un saut, la capricieuse gamine atteignit la blonde Japonaise, l'enlaça, effaça d'un baiser la rougeur amenée par sa mercuriale, puis, preste comme une petite souris, elle se rua vers l'escabeau, sur lequel s'apercevait le papier fort dont elle avait extrait le pantalon confié à Midoulet un instant plus tôt.

Elle tournait le dos à ses compagnons, qui se demandaient à quelle manœuvre nouvelle elle s'allait livrer. Et tout d'une pièce, elle leur fit face, présentant au bout de ses bras tendus un objet dont la couleur les fit sursauter.

L'objet était de drap gris fer.

Seulement, s'il rappelait ainsi le message du mikado, sa forme l'en différenciait absolument. C'était un pantalon sans jambes... On eût cru voir un simple caleçon de bains.

De telle sorte que le général murmura :

— Qu'est-ce que cela, par Bouddha ?

— Ceci, mon général, riposta Emmie toujours joyeuse, ceci est le véritable pantalon de M. le Mikado.

— Diable ! Il n'a pas grandi en voyage, s'exclama Tibérade faisant allusion à l'absence des jambes.

— Nécessités de la défense, riposta gravement la fillette.

Puis, vite, pressant son débit :

— Ne m'interrompez pas, sans cela nous n'en sortirons jamais. Je vous explique. Quand j'ai eu filé avec le pantalon, j'ai pensé : « Le nommé Midoulet est un finaud. Malgré toutes les précautions, il est capable de rejoindre mes amis. Et alors, le jour où je me réunirai à eux, il voudra à toute force que, selon ma promesse, je lui remette l'embarrassant message impérial. Or, il l'a vu. Il connaît son apparence. Pas moyen de l'induire en erreur sur la nature de la marchandise. C'était terrible, n'est-ce pas ?

— Alors ?

— Alors il s'agissait de trouver un moyen de lui donner satisfaction tout en ne le satisfaisant pas. Très simple le problème sous son apparence compliquée. Arrivée à Bassorah, très en avance sur vous, je me rendis tout droit chez un tailleur de la ville. Les artisans ont ici une habileté d'imitation vraiment admirable. En vingt-quatre heures, ce brave homme m'a confectionné un frère jumeau du pantalon du très noble mikado ; jumeau à ce point que je n'aurais pu les distinguer l'un de l'autre, si je n'avais pris soin d'apporter une petite retouche au véritable, retouche qui eut pour effet de lui donner l'aspect que vous voyez.

Elle balançait la façon de caleçon servant à la démonstration de ce récit.

— Une petite, répétèrent les assistants, vous appelez, petite retouche, couper les Jambes…

— L'amputation est sans douleur pour un patient de cette espèce, répliqua la fillette sans s'émouvoir, et toujours souriante :

« Je n'en finirai jamais si vous m'arrêtez sans cesse. Elle tendit le caleçon de drap gris à Tibérade.

— Tiens, cousin, tu le porteras désormais. Recouvert de ton « inexpressible » à jambes, nul ne soupçonnera le subterfuge ; ainsi nous, Sika et moi, infortunées jeunes filles, n'aurons plus à affronter le danger de porter culotte.

Sa liberté d'esprit stupéfiait ses interlocuteurs. Le général voulut encore discuter.

— Mais, bredouilla-t-il d'une voix empreinte de soudaine timidité, le vêtement formait un tout indivisible. Nous ignorons si les jambes ou le corps, ou tous deux, ne constituent pas le signe dont le sens instruira le destinataire.

— Très juste.

— Je sais bien que cela est juste. Aussi, je vous prie de me dire ce que vous avez cru devoir faire des jambes ?

D'un même mouvement, Sika et Marcel se rapprochèrent, marquant par ce mouvement l'intérêt qu'ils reconnaissaient à la question du Japonais.

— Oui, qu'en as-tu fait ? répéta Tibérade.

— Ne te frappe pas, cousin, railla l'espiègle, j'en ai fait des brassards.

— Des brassards ? redirent les auditeurs ahuris.

— Mais oui. Dissimuler le pantalon entier, ce n'était commode pour personne. Tandis que, maintenant, à toi le caleçon, cousin Marcel ; à moi les jambes... Nous serons un pantalon en deux personnes, et les Midoulets de toute nationalité ne soupçonneront pas que nous faisons cette chose pas ordinaire d'être deux dans un même vêtement.

Elle riait de si grand cœur que sa gaieté gagna ses amis.

D'un geste rapide, elle retroussa les manches du manteau de soie blanche dont elle était couverte, présentant ses bras emprisonnés dans des bandeaux de drap gris fer.

— Regardez, fit-elle. Ça n'est pas précisément ajusté. Mais enfin, tel quel, cela serait tout à fait confortable dans les contrées froides. Ici, cela à un petit inconvénient, c'est très chaud. Mais, bah ! un peu plus, un peu moins... Je ne fondrai jamais complètement.

Une fois de plus, les qualités de décision, de bon sens de la jeune fille se révélaient à ses compagnons de voyage.

Elle disait vrai. Il ne viendrait à la pensée de personne de supposer le port original d'un seul pantalon par deux individualités.

Et ma foi, elle passa des bras de Tibérade dans ceux du général, pour être enfin étreinte par Sika, réellement enthousiasmée par les ressources inépuisables de l'esprit de la petite Parisienne.

Tous s'abandonnaient à la joie des effusions, quand des coups redoublés, ébranlant la porte, les firent sursauter avec l'inquiétude de gens pour qui tout imprévu peut apporter une menace.

— Qu'est-ce encore ?

La question tombe de leurs lèvres. La réponse se présente aussitôt sous la forme d'un serviteur, que démasque le battant en tournant sur ses gonds.

— Que veux-tu ? interroge Uko d'un ton rogue.

Le Japonais est furieux que le drôle lui ait causé une impression désagréable.

L'autre s'incline jusqu'à terre. Un peu plus, il se prosternerait.

— Aux sahibs honorés, je venais apporter une grave nouvelle.

— Quelle nouvelle ? Parle !

— Eh bien, le sahib qui accompagne les sahibs et qui est actuellement dans sa chambre...

— Achève donc... Qu'a-t-il le sahib ?

L'hésitation du domestique s'accusa davantage, sa voix sonna indécise :

— Est-ce que les sahibs ne se sont jamais aperçus que son esprit voyage ?

La locution persane qui exprime la folie n'est pas connue des voyageurs. Ils considèrent l'homme avec égarement.

— Voyage... ; pourquoi, voyage ?

Et l'interpellé frissonne en expliquant :

— Allah reprend parfois l'esprit qu'il a donné à l'homme, afin de le charger de ses courses dans l'infini.

Uko s'énerve, mais la légende de l'Islam l'a mis sur la voie :

— Tu veux dire que notre compagnon est fou.

— Si ta Noblesse le permet, telle est, en effet, mon intention.

— Et d'où te vient cette pensée ?

— Je vais le dire aux sahibs, en leur recommandant de se tenir sur leurs gardes, car leur ami doit être un fou dangereux.

— Dangereux maintenant ! Mais qu'a-t-il fait pour être jugé ainsi ?

Le Bassoranite s'incline encore, et l'échine courbée, il susurre :

— Il a demandé un baquet plein d'eau.

— Bon… Un homme sain d'esprit peut aller jusque-là, souligne Emmie qui conserve son imperturbable gaieté.

— Je pense comme la noble jeune dame, psalmodie dévotieusement le serviteur, et je ne me serais pas permis de troubler les hôtes illustres du caravansérail s'il n'y avait que cela.

— Qu'y a-vu de plus ? C'est à mourir d'être livré à un bavard pareil.

— Je parle. Il a demandé un baquet. Puis il a installé autour de lui une armée de petites fioles emplies d'eaux de couleurs diverses. Il les vide une à une sur un pantalon gris, en ayant soin d'étaler le liquide avec une brosse… Après chaque flacon vidé, il lave le vêtement dans le baquet, puis il recommence en roulant des yeux furibonds, avec des grands gestes de menace.

Un éclat de rire salua le récit de l'indigène.

Les voyageurs comprenaient, Midoulet était en train de soumettre le vêtement a l'action des réactifs variés susceptibles de révéler toute encre sympathique.

Et leur joie était d'autant plus grande que l'agent, recommençant sans se lasser, il leur était péremptoirement démontré qu'il n'avait pas découvert la supercherie.

Le serviteur les regarda, éperdu, puis avec une nuance de reproche :

— Les sahibs d'Europe sont braves… Ils se rient du danger. N'empêche que leur ami lave le pantalon pour la onzième fois, et que tout le caravansérail est dans l'épouvante. !

Sur quoi, il sortit dignement, tandis que ses auditeurs, renversés sur leurs sièges, s'abandonnaient à une incoercible hilarité.

CHAPITRE IX
MADEMOISELLE TABRIZ

— Monsieur le comte veut-il recevoir ces deux personnes ?

— Le consul général d'Autriche-Hongrie reçoit quiconque s'adresse à lui, vous le savez bien, Frantz.

— Que Monsieur le comte m'excuse. Je n'ignore pas cela. Monsieur le comte estime avec juste raison que plus un consul est accueillant, plus l'influence du introducteur, je comprends les hautes spéculations du remarquable esprit du très honorable et haute naissance Monsieur le consul général comte Piffenberg.

— Alors pourquoi votre hésitation ?

— Deux motifs, monsieur le comte. D'abord, Monsieur le comte se proposait d'assister aux essais de l'aéroplane à dix places, qui attend son bon plaisir dans les jardins du consulat, sur le terrain du golf.

— Nous y procéderons ensuite.

— À la volonté de Monsieur le comte. Motif second : les visiteurs sont des indigènes de Bassorah, d'humble condition à en juger par leurs vêtements.

Le comte Piffenberg s'agita dans son fauteuil…

— Des Persans, raison de plus pour les recevoir. Attirons à l'influence austro-hongroise l'affection des peuples ; et tandis qu'Anglais et Russes se disputeront la souveraineté politique du royaume, l'Autriche accaparera les avantages commerciaux, de beaucoup préférables.

Frantz, l'introducteur du consulat à Bassorah, s'inclina dans un mouvement qui faisait honneur à la flexibilité de sa colonne vertébrale, et se précipita vers la porte de l'élégant cabinet de travail où le comte Piffenberg prélassait son importance.

Le haut fonctionnaire, lui, gonfla ses joues encadrées de favoris à la François-Joseph, hocha la tête d'un air très satisfait et promena son regard bleu pâle sur ce qui l'entourait.

Oh ! ce regard ! ce regard avait aiguillé la carrière du consul. Son inexpressivité lui avait tenu lieu de profondeur. Et le jour où la sémillante archiduchesse Madalena lui avait décerné le sobriquet de : « Œil de verre », sa fortune avait été assurée.

Tout, autour de lui, disait sa grande pensée consulaire : Flatter les indigènes.

Son cabinet du plus pur style persan, aux murs tapissés de céramiques teintées et agrémentées de motifs fleuris, avait l'aspect d'une vaste salle de bains, dans laquelle s'étonnaient de figurer son bureau, ses fauteuils et cartonniers, dont le bois d'acajou, les cuivres fondus et dorés, avaient la prétention de rappeler le style Empire.

Mais la porte se rouvrit. Frantz annonça d'une voix discrète :

— Mlle Tabriz et M. Rimgad, ramousi.

Les deux hindous qui, le jour même, servaient au caravansérail des Turbans-Verts la collation du général Uko et de ses compagnons, pénétrèrent dans la pièce, dont la porte se referma derrière eux.

Ils saluèrent par trois fois, élevèrent leurs mains en coupes au-dessus de leurs fronts, puis ils se tinrent immobiles, attendant que le consul voulût bien leur adresser la parole.

Celui-ci les enveloppa d'un coup d'œil, qu'en son for intérieur, il qualifiait prétentieusement de scrutateur, parut voir la jeune hindoue avec plaisir, fit claquer sa langue comme un connaisseur dégustant un verre de bon bourgogne, et enfin se décida à prononcer de la plus aimable façon :

— Mademoiselle Tabriz, vous êtes tout à fait charmante. Vous êtes de celles auxquelles un fonctionnaire a joie à être agréable. Asseyez-vous et racontez-moi ce qui vous amène.

L'interpellée eut un sourire qui découvrit ses dents éblouissantes. Elle se coula d'un mouvement serpentin dans un fauteuil, tandis que son compagnon, le ramousi Rimgad, se laissait tomber sur un divan.

— Noble comte, *lumière des pays francs* (ainsi les indigènes désignent l'Europe), je viens te signaler ce que j'ai entendu, durant mon service au caravansérail des Turbans-Verts. Il s'agit d'un message secret de l'empereur du Japon, dont le but est ds chasser les Francs de toutes les rives des océans Indien et Pacifique.

Le comte sauta sur son siège et, dans son émoi, tutoyant son interlocutrice, ainsi qu'il est d'usage dans les classes inférieures persanes :

— Qu'est-ce que tu dis, mademoiselle Tabriz ?

— La vérité.

Et vivement, avec une concision surprenante chez une représentante de l'une des races les plus disertes du globe, elle narra à grands traits l'histoire du vêtement mikadonal.

Piffenberg écoutait, les yeux désorbités, la bouche ouverte en 0 extrêmement majuscule ; ses doigts tambourinaient nerveusement sur la table-bureau.

— Très grave. Très grave, soulignait-il de temps en temps.

Enfin Mlle Tabriz se tut. Le comte demeura silencieux, les sourcils froncés, plongé de toute évidence dans des réflexions laborieuses, dont la conclusion fut :

— Mademoiselle Tabriz, tu dois savoir que ma nation souhaite établir des relations amicales avec la Perse, et qu'elle ne songe pas du tout à l'asservir.

— Oui, noble seigneur.

— Dès lors, nous n'entretenons au consulat ni espions, ni policier. Pourquoi ne t'adresses-tu pas à mes collègues d'Angleterre, de Russie, de France, qui, eux…

Elle ne le laissa pas achever, et avec un nouveau sourire (peut-être la rusée indigène avait-elle remarqué qu'il plaisait au fonctionnaire) elle jeta négligemment :

— Ils ne sont pas dignes…

— Pas dignes ?

— Non, celui qui déjouera le complot rendra grand service à l'Europe.

— D'accord.

— Donc, il obtiendra présents, honneurs, influence. Toutes ces choses sont contenues dans le secret que je t'ai confié, seigneur. Si j'ai tenu à le remettre entre tes mains, c'est parce que tous mes concitoyens te proclament le meilleur ami de la Perse. J'ai voulu donner les avantages à un ami.

Le moyen de n'être pas touché par une explication aussi ingénue.

La face du consul s'illumina, se mut de contractions béates qui communiquèrent un sautillement joyeux à ses favoris.

— Suave, murmura-t-il, suave. La récompense de mes hautes capacités. Suave, très délicat. Ah ! je voudrais que mon vénéré souverain entendit cela. Il verrait quel serviteur Sa Grandeur a en ma personne.

Puis sans s'apercevoir qu'il faisait bon marché de sa dignité consulaire, en sollicitant un conseil de la jolie servante du caravansérail, il demanda :

— Enfin, mademoiselle Tabriz, qu'espères-tu que je fasse ?

Elle se récria modestement :

— Oh ! tu as certainement une idée, noble seigneur. Oui, tu l'as, je le vois dans tes yeux au regard éblouissant de génie.

Éblouissant ! génie ! La plupart des humains descendent non du singe comme le prétendent de faux savants, mais bien du dindon, ainsi que le démontre leur tendance à adorer tout ce qui les incite à faire la roue.

Le comte Piffenberg prit une pose avantageuse, et, véritablement cordial, oubliant dans l'extase de sa vanité délicieusement chatouillée, la distance sociale le séparant de sa mignonne interlocutrice :

— Oh ! oh ! lire dans les yeux d'un diplomate, c'est une prétention bien grande. Aussi je te prends au mot, mademoiselle Tabriz ! dis-moi ce que tu lis.

La Persane se détourna un instant, échangea un regard d'intelligence avec le ramousi Rimgad immobile et muet sur son divan, puis, faisant face à M. le consul général :

— Seigneur, mes parents étaient des nomades errant dans les montagnes de Darius, entre la plaine fertile de Chiraz et le désert salé aux steppes sablonneux. Ta science sait que les nomades découvrent l'avenir dans les lignes de la main, dans le vol des oiseaux, dans le souffle du vent. Les chefs, eux, savent converser avec les âmes amies, à travers la vitre colorée des yeux.

Elle s'était dressée en parlant ; sa main fine, aux ongles délicatement modelés, s'étendait, dominatrice ; elle causait l'impression troublante d'une croyante inspirée.

Et cela ne l'empêchait pas d'apparaître tout à fait charmante, ce qui faisait pénétrer la conviction dans l'esprit du comte Piffenberg.

Elle ne lui laissa pas le temps de se reconnaître, démontrant ainsi qu'une Persane est tout aussi habile tacticienne qu'une coquette d'Europe, et elle continua :

— Voilà pourquoi, moi chétive, j'ai lu sans le vouloir dans ta pensée remarquable, ce que le respect m'eût interdit de faire sciemment.

Le dindon atavique se gonflait de plus en plus chez le diplomate. Il gloussa :

— Ne te perds pas en circonlocutions, jolie mademoiselle Tabriz. Dis ce que tu as vu. Si tu ne t'es pas trompée, je l'avouerai franchement.

Il ne surprit pas la flamme ironique qui dansa une seconde dans les prunelles de la jeune indigène. Au surplus, celle-ci reprenait avec une affectation de respect dévotieux :

— Voici donc, seigneur à la vaste et divine intelligence… Mais permets que je te parle à l'oreille. Le mystère de ton esprit supérieur ne doit pas être révélé à haute voix, car on ne sait jamais si les murs ne cachent pas un espion.

Elle s'était levée, et ses mains délicates, d'un modèle très pur, se posaient sur la table-bureau, tandis que son corps souple s'infléchissait en avant, amenant ses lèvres à hauteur du lobe auriculaire du diplomate.

Elle chuchota un instant, ses frisons bruns chatouillant le bout du nez de Piffenberg. Sur les traits du fonctionnaire se succédèrent la surprise, l'ahurissement, le plaisir, le triomphe.

D'un organe retentissant, il ponctua le discours par cette exclamation :

— Ah ! mademoiselle Tabriz, tu as lu mes pensées mieux que moi-même ; je le déclare : bien mieux. Aussi je veux que tout se passe comme tu l'as exprimé. Et je t'invite, ainsi que ton camarade, à assister à la scène. Ce sera la récompense, la juste récompense de ta clairvoyance…

Et, tout en pressant le bouton de la sonnette d'appel, il poursuivait, exultant :

— Clairvoyance admirable, incroyable… Certes, tout cela était dans mon cerveau, puisque tu l'y as lu ; mais, ajouta-t-il entre ses dents, de façon que les assistants ne pussent discerner ses paroles, mais le diable me transforme en potage Liebig si je m'en serais douté tout seul.

Frantz parut dans l'encadrement de la porte.

— Frantz, prenez douze gardes du consulat avec leurs bâtons de promenade [1] : rendez-vous au caravansérail des Turbans-Verts. Vous vous ferez conduire au pavillon n° 7, dont vous inviterez les habitants, le général japonais Uko, sa fille et deux Francs qui les accompagnent, à me faire l'honneur de vous suivre au consulat Je veux que les étrangers de haute naissance assistent aux essais de notre aéroplane nouveau modèle, presque un aérobus. Ainsi leur marquerai-je ma haute considération.

Mlle Tabriz et même le ramousi Rimgad approuvaient du geste. Et Frantz, s'étant précipité au dehors avec une hâte décelant son zèle, la gentille indigène murmura :

— Loué soit Ali, continuateur de Mahomet, l'Inspiré d'Allah, puisqu'il permet à sa servante d'apporter, au trois fois noble comte Piffenberg, la récompense de son dévouement affectueux à la cause persane.

Du coup, le consul se rengorgea à ce point que son cou, à l'aise en un large col rabattu, se gonfla de façon à figurer le jabot d'un gallinacé. Le dindon, toujours le dindon.

Après quoi, marquant à la brune servante un empressement galant, qui eût certainement excité la surprise du corps consulaire, si quelques collègues de l'Autrichien en avaient été témoins, le comte modula, la bouche en cœur :

— Venez, venez… Je vais vous faire remettre les uniformes d'aviateurs. La manœuvre est très facile, vu le grand progrès réalisé : la stabilité automatique absolue. On vous expliquera le moteur, les leviers, le volant.

Et se frottant les mains à s'arracher l'épiderme :

— Admirable. Personne ne saura. Vous allez jusqu'au port de Karta, au fond du golfe Persique. Trois heures suffisent, en aéroplane, vous atterrissez dans la propriété de mon vice-consul, située sur la colline isolée, à droite de la bourgade. On embarque mes gaillards pour Trieste, après les avoir dépouillés du vêtement japonais, qu'ils pourraient abîmer, et l'Autriche a la gloire…

— Et elle en peut témoigner sa gratitude au plus noble, au plus habile de ses consuls.

L'exclamation de la jolie indigène amena sur la face du comte une vague écarlate. Véritablement, le fonctionnaire sembla sur le point d'éclater de vanité satisfaite ; puis, désireux d'être agréable à cette jeune fille qui ne lui marchandait pas le doux tribut de son admiration, il s'exclama :

— Suivez-moi. Ne perdons pas un instant. Inutile que ces fauteurs de désordre arrivent au consulat avant que nous ayons pris nos dispositions.

Docilement, les deux indigènes se levèrent, et, dans les traces du consul, plus important que jamais, bombant le torse vaniteusement, ils sortirent du cabinet de travail aux céramiques multicolores.

À ce moment même, ceux que le consul général envoyait quérir, s'abandonnaient à la plus franche gaîté...

La venue du domestique, qui avait expliqué par la démence les actions incompréhensibles pour lui de Célestin Midoulet, s'escrimant sur le message du mikado, avait apporté à la fin de la collation un élément d'inépuisables plaisanteries.

Le général, Sika, Emmie, Marcel, secoués par une crise hilare, ne songeaient plus aux angoisses subies les jours derniers.

Pourquoi se les rappeler, du reste ? N'étaient-ils pas vainqueurs sur toute la ligne ? N'avaient-ils pas arraché la prisonnière au brutal Ahmed, et à cette heure, n'amenaient-ils pas l'agent du service des Renseignements (l'expression fut lancée par la fantaisiste petite Parisienne) à prendre des vessies pour des lanternes ?

Donc le rire épanouissait toutes les figures. Les gammes graves de la gaieté du général, les trémolos ténorisants de Tibérade répondaient aux trilles argentins des deux jeunes filles, quand Midoulet reparut.

Sa vue exalta encore la joie générale. Il y avait de quoi, d'ailleurs. Ébouriffé, les yeux hors de la tête, le visage hagard et furieux, les manchettes relevées jusqu'aux coudes, l'agent brandissait de façon irrésistiblement comique le vêtement mikadonal.

Mais qu'en avait-il fait, juste ciel !

Ses lavages, les réactifs, avaient transformé l'objet en une loque lamentable, dont il était impossible de reconnaître l'étoffe, la couleur, la destination.

Le drap, devenu un feutrage grossier, la teinture, décomposée en teintes inédites, la forme recroquevillée, contractée ; pas un des industriels matineux, qui appartiennent à la modeste corporation des chiffonniers, n'aurait fait à cela l'honneur d'un coup de crochet !

L'hilarité redoublée qui accueillit son entrée sembla stupéfier l'agent. Il marmonna un grognement, jeta d'un geste grandiosement dédaigneux le… message japonais, se croisa les bras, hocha la tête à la façon des magots de Chine, et enfin gronda :

— Ah ! vous avez le sourire, vous autres !

Cette fois, les assistants se mirent en boule. Ils riaient, riaient jusqu'à la souffrance, jusqu'aux larmes. Et dans les sursauts de cette irrésistible gaieté, Emmie, en qui survivait la conscience qu'il ne fallait pas inquiéter l'esprit soupçonneux d'un adversaire, tenta d'expliquer, d'amadouer le fastidieux poursuivant.

— On nous a dit… ah ! ah ! ah !… que vous étiez fou ! hi ! hi ! hi ! de vous obstiner à laver vingt fois le… ah ! ah ! ah !… le pantalon ! Hi ! hi ! hi !… On nous a conseillé de nous tenir sur nos gardes avec un dément aussi dangereux ! Ah ! hi ! ah ! hi ! ah ! hi !…

L'agent ne put tenir contre cette gaieté. Le rire est contagieux, et tout le monde riait de si grand cœur qu'il se laissa aller, lui aussi.

Emmie, avec une prévenance très diplomatique, lui avança un escabeau, l'obligea à s'asseoir devant les reliefs de la collation, susurrant aimablement et attentionnée :

— Reprenez des forces, monsieur Midoulet. Après la lessive, rien de tel pour se remettre d'aplomb qu'un repas substantiel. À Montmartre, j'ai toujours entendu affirmer cela par les braves femmes qui allaient au lavoir.

Mi-joyeux, mi-mécontent, Célestin se laissait faire. Et la double tendance qui tiraillait son esprit se manifesta par ces phrases :

— C'est égal ! je n'aurais jamais cru que le général prendrait aussi bien l'aventure ; si je m'en étais douté, il y a belle lurette que j'aurais procédé ainsi.

Puis, engloutissant d'un seul coup un de ces gâteaux a la pâte granitée, dans la confection desquels les pâtissiers persans sont incomparables, il reprit :

— Pour mou le colis du mikado ne contient aucun message. Il est un signal convenu, ni plus, ni moins.

— Alors vous nous quittez ? murmura Tibérade.

L'agent pensa s'étouffer dans sa hâte à répondre :

— Mais pas du tout ! Le sens de l'envoi se révélera par la qualité du destinataire. Je m'attache à vos pas, ou plutôt aux pas de M. l'ambassadeur.

— Tant pis, plaisanta la jeune Emmie.

— Non, non, mademoiselle, c'est tant mieux qu'il faut dire ; car, étant plus pressé que quiconque de connaître enfin le mot du mystère, je ferai tout au monde pour faciliter votre voyage au lieu de l'entraver.

Certes, la combinaison constituait une amélioration, mais combien les voyageurs eussent préféré déambuler à travers le monde sans l'escorte d'un pareil séide.

Près de la croisée, Emmie s'était retirée. La gamine cherchait par quel biais adroit il lui deviendrait possible de perdre en route l'importun espion.

Machinalement, ses regards erraient sur la cour extérieure, sur le portail d'entrée, au delà duquel s'apercevaient les quais et la nappe brillante du fleuve Euphrate.

Soudain, elle poussa une exclamation qui fit sursauter ses compagnons.

— Mâtin, on dirait un groupe de la Mi-Carême. Venez voir ! Venez voir !

Tous la rejoignirent et partagèrent la surprise amusée de la fillette.

Un homme vêtu à l'Européenne franchissait le portail monumental du caravansérail. Devant lui marchaient une douzaine de Persans, portant l'uniforme bizarre et panaché des serviteurs des consulats.

Mais le comique de ce défilé consistait dans la manière forte, dont ces dignes fils de l'Iran ouvraient passage au personnage qu'ils escortaient.

Tous brandissaient de solides bâtons, longs de deux mètres environ.

Des moulinets savants contraignaient la foule, encombrant la cour, à s'écarter, et, si quelque serviteur, mercanti ou voyageur, ne se rangeait pas assez vite, pan, pan, les triques s'abattaient impitoyablement sur lui. Pan ! à la tête ! Pan ! sur les reins, les tibias, les épaules !

À l'ahurissement des compagnons du général, personne ne protestait contre ce traitement sommaire. Ils ignoraient le respect du populaire pour celui qui frappe. En Perse, qui tient un gourdin est considéré comme un personnage ; qui bâtonne les autres est réputé vénérable. Le sceptre même du shah, ce souverain féerique et endetté de l'Iran, représente au loyalisme des populations une matraque qui fait plus de mal que les autres.

— Après cela, prononça philosophiquement la fillette, c'est peut-être la façon dont les habitants battent leurs habits.

Mais elle s'interrompit, et d'un accent étonné :

— Ah ça ! ce père fouettard vient chez nous.

— Chez nous, à quel propos ?

— Je n'en sais rien. Mais voyez-le, avec sa bande de bâtonnistes, il se dirige tout droit vers notre pavillon.

La Parisienne avait raison. Le cortège traversait la cour suivant une diagonale qui, du portail, aboutissait mathématiquement à leur logis.

— Que nous veulent ces gens ? murmura Midoulet, aussi intrigué que ses compagnons par la bizarre procession.

Et Emmie, ne pouvant résister au désir d'une plaisanterie, répliqua :

— Je devine, moi, la qualité du monsieur.

L'agent se laissa prendre, comme toujours.

— Qu'est-ce que c'est, mademoiselle Emmie ?

— Un avocat.

Tous considérèrent la fillette d'un air interrogateur.

— Mais oui, continua-t-elle, imperturbable. Nos démêlés avec le prince Ahmed se sont ébruités, et ce membre du barreau veut plaider pour nous.

Très gravement, Midoulet consentit :

— Cela est possible… Mais pas évident.

— Que vous faut-il donc pour proclamer l'évidence ?

— Je voudrais savoir ce qui vous fait affirmer avec autant d'assurance...

— Mais ce qui devrait vous éclairer comme moi, monsieur Midoulet, les porte-bâtons qui précèdent ce monsieur.

— Les porte-bâtons, cela signifie que le personnage est avocat ? bégaya l'espion, positivement ahuri.

— Eh oui... Et même un avocat célèbre.

— Célèbre ?

— Ses serviteurs sont chargés de ses insignes. C'est un bâtonnier de l'ordre des avocats.

Un éclat de rire ponctua la facétie. Sauf l'agent qui ronchonna : « Satanée gamine ! », tous firent chorus.

Cependant, ceux qui avaient mis en mouvement la verve de la petite Parisienne avaient pénétré dans le pavillon.

Une minute plus tard, Frantz, laissant son escorte dans le couloir, entrait dans la salle où les voyageurs étaient réunis, et avec les marques du plus profond respect, psalmodiait :

— Son Excellence, le comte Piffenberg, consul général d'Autriche-Hongrie, apprenant que des étrangers de distinction sont dans la ville, m'a envoyé vers eux. Il les prie de me suivre, car il tient à leur marquer ses sentiments par une garden-party, avec, essais d'un aéroplane nouveau modèle, collation, jeux, etc.

Ceux à qui s'adressait cette invitation originale s'entre-regardèrent.

Après tout, l'attention leur apparaissait délicate. De plus, ils n'avaient aucune raison valable pour décliner un appel courtois. Enfin, ils se proposaient de ne poursuivre leur route que le lendemain, pour gagner Karta, le petit port mollement couché à l'extrême pointe septentrionale du golfe Persique, à la suite d'une dépêche chiffrée qui en avait apporté l'ordre à l'ambassadeur extraordinaire, si complètement ignorant du but de sa mission.

Ils acceptèrent donc et, emboîtant le pas à Frantz, ils se mirent en marche vers le consulat austro-hongrois, tandis que les bâtonnistes se ruant sur la foule, en avant d'eux, leur ouvraient un large passage en distribuant à tort et à travers, des horions frénétiques.

Notes

1. Le dignitaire qui sort, doit être en palanquin, en voiture, ou en chaise à porteurs. De plus, il doit être précédé, de serviteurs armés de bâtons dont ils se servent sans ménagements pour frayer un passage à leur maître. Faute de cela, on passe aux yeux du peuple pour un homme de peu.

CHAPITRE X
L'AÉROPLANE DU CONSULAT

Chez les êtres soupçonneux, les moindres détails réveillent le soupçon endormi.

C'est ce qui advint pour Célestin Midoulet.

Dans leur hâte, ni Uko, ni aucun de ses amis, ne songea au pseudo-pantalon du mikado, que l'agent avait si effroyablement malaxé et qu'il avait jeté sur un siège en rejoignant le groupe.

Ce fait inquiéta Midoulet.

— Ouais, se confia-t-il. Voilà une ambassade qui manifeste une indifférence bien soudaine pour un objet en faveur duquel elle a affronté mille dangers… Qu'est-ce que cela signifie ? M'auraient-ils berné ? M'auraient-ils confié un vêtement étranger à toute l'aventure ?

Il marqua un roulis furieux des épaules.

— Mais non. Étoffe, couleur, coupe, doublure de soie noire, tout concorde avec le signalement. Ce n'est pas dans un pays barbare que l'on se procure un double.

Comme on le voit, l'agent se trompait. Mais si ses prémisses étaient inexactes, la conclusion fut marquée au coin de la sagesse.

— Enfin, résolut-il, plus que jamais je m'attache à eux, je m'incruste dans leur société. De la sorte, quoi qu'il arrive, je parviendrai jusqu'au destinataire mystérieux.

Sur le seuil de sa résidence, le comte Piffenberg attendait ses hôtes.

Il les reçut avec de grandes démonstrations, leur expliqua que, par ses kawas, il avait appris l'arrivée d'un illustre général de la grande nation japonaise, avec sa suite, et qu'il avait tenu à honneur, à plaisir, de lui exprimer les sentiments de sa patrie pour le trois fois admirable empire du Soleil-Levant.

Processionnellement, il les conduisit sur le terrain disposé pour le noble jeu de golf. Au centre, l'on avait ménagé un large espace plan, dont une part à l'occasion pouvait être utilisée comme cours de tennis.

Là, l'aéroplane se montrait appuyé sur ses roues porteuses.

Les voyageurs, désormais enchantés de la réception, ne cachèrent pas leur admiration.

Certes, l'appareil apparaissait d'un modèle inédit, et le nom, aérobus, sous lequel le comte le présentait, semblait parfaitement justifié.

Une véritable cabine, entièrement close, remplaçait l'ancienne et incommode banquette du pilote.

Celui-ci avait à sa disposition un confortable fauteuil de bambou, avec, bien à sa portée, les manettes et volant commandant la manœuvre. Mais où le constructeur s'était manifesté original, c'était dans la disposition des banquettes à voyageurs. Celles-ci, au nombre de cinq, chacune à deux places, s'alignaient en arrière du fauteuil du mécanicien, à la façon des bancs des autobus modernes.

De là, l'appellation « aérobus », surtout attribuée à l'appareil.

— Vous agréerait-il d'effectuer un vol ? demanda gracieusement le consul.

À cette proposition, Emmie sauta de joie, entraînant ses amis à accepter.

Et la courtoisie merveilleuse du comte Piffenberg alla jusqu'à remercier ses hôtes de consentir à prendre le plaisir qu'il leur offrait.

— Frantz, clama-t-il, les pilotes ! Pendant qu'on les cherche, je vais installer ces nobles voyageurs.

L'introducteur partit en courant. Quant au comte Piffenberg, il se multiplia, aida les jeunes filles à monter dans l'aérobus, les installa sur la dernière banquette, avec force explications.

— Cette banquette est sensiblement sur l'axe latéral de l'appareil. Les mouvements du tangage y sont donc réduits au minimum. Pour tout dire, on ne les perçoit pas.

Puis ce fut le tour d'Uko et de Marcel, auxquels il fit occuper le siège immédiatement précédent.

Midoulet, lui, s'installa tout seul sur la troisième banquette, c'est-à-dire la banquette médiane.

Et le consul s'agitait avec des sourires, des ronds de bras. Ah ! le brave homme, combien il paraissait heureux de se consacrer à ses hôtes, inconnus tout à l'heure, et qui à présent se sentaient entraînés vers lui par une sympathie grandissante.

Toujours au trot, Frantz revenait, flanqué de deux pilotes, vêtus de complets cuir, le chef couvert de passe-montagnes de tricot, les yeux voilés par de larges lunettes aux verres teintés en jaune.

Ces derniers offraient un contraste réjouissant. L'un petit, frêle, gracieux, devait être un tout jeune homme ; l'autre, de taille assez élevée, le dominait de toute la tête. Et cependant ce fut le petit qui occupa le fauteuil du pilote, tandis que son compagnon s'asseyait sur la première banquette. Dans un souci de politesse sans doute, celui-ci s'installa de façon à faire presque face aux voyageurs.

— De la prudence, n'est-ce pas ? recommanda le comte. Ces jeunes dames ne se soucient pas d'acrobaties.

Le petit pilote inclina gravement la tête, et immobile à son poste, parut attendre que le consul donnât le signal du départ.

Chez tous, une émotion délicieuse se développait. Si brave que l'on soit, si grande confiance qu'inspire un appareil, ce n'est jamais sans émoi que l'on se prépare à affronter l'altitude. La nature a fait de l'homme un terrien, destiné à demeurer en contact avec le sol. L'homme a voulu être oiseau. Il y est parvenu, mais son tempérament propre se rebelle contre sa volonté qui lui fait affronter les abîmes de l'atmosphère.

Tout à coup, un kawas parut, lancé à toute course, et d'une voix essoufflée :

— Le seigneur Midoulet est-il ici ?

— Midoulet ? Présent !… riposta l'agent se dressant sur ses pieds.

— Alors, seigneur, un messager, du consulat de France vous demande.

— Ne pourrait-il venir me trouver ? hasarda Célestin, partagé entre la pensée que la venue d'un messager devait présager une nouvelle importante et le désir de ne pas quitter l'aérobus.

Le kawas mit les mains sur son cœur.

— Le seigneur pense bien que je ne l'aurais point dérangé ; seulement le courrier est à cheval. Il ne saurait ni entrer à travers les appartements, ni abandonner sa monture au dehors. Et depuis que Sa Hautesse M. le consul a supprimé ses chevaux pour les remplacer par une voiture automobile, le personnel ne compte plus de palefreniers, mais seulement des mécaniciens.

— Quel rapport ?

— Le rapport le plus direct, seigneur. Un palefrenier eût pu tenir en main le cheval du messager ; un mécanicien ne saurait y consentir.

L'infinie division du travail qui, dans toute l'Asie, nécessite la présence de dix serviteurs alors qu'un seul suffirait à la tâche, se révélait dans cette réplique.

Il fallait aller chercher la lettre qui, décidément, ne viendrait pas à son destinataire. Du reste, le comte Piffenberg leva les dernières hésitations de l'agent en promettant avec la plus parfaite bonne grâce :

— Allez, allez, monsieur. L'on vous attendra pour commencer.

S'incliner, sauter à terre et se mettre en marche d'un pas accéléré à côté du kawas fut l'affaire d'un instant. La succession de gestes démontrait mieux que des paroles que Célestin réduirait au strict minimum l'attente de ses compagnons d'ascension.

Le terrain de golf, le parc boisé, les bâtiments du consulat furent traversés ; sous le vestibule dallé de mosaïque, un cavalier se découpait, encadré par le portail. Le désignant, le guide de Célestin murmura :

— Le messager annoncé.

Puis d'une voix retentissante :

— Le seigneur Midoulet !

De toute évidence, le courrier avait hâte de quitter la place, car à cette annonce il se pencha du côté de l'agent, et, de toute la longueur de son bras, lui tendit un pli constellé de cachets.

Et l'agent l'ayant pris curieusement, le messager joua de l'éperon avec rage, ce qui incita sa monture à partir au galop. Quelques secondes plus tard, quadrupède et cavalier avaient disparu à l'angle d'une rue voisine.

Cependant, Célestin brisait les cachets, dépliait la feuille de papier sur laquelle s'alignaient des caractères élégants.

Mais à peine y eut-il jeté les yeux qu'il subit une commotion. Un cri de rage jaillit de ses lèvres, et au profond ahurissement du kawas, il s'élança à une allure folle dans la direction du golf.

Ces mouvements, insensés d'apparence, s'expliqueraient par la teneur de la missive que Midoulet avait pensé venir du consulat de France.

Voici ce qu'il avait lu :

« Honorable monsieur,

« J'avais eu la première manche à Port-Saïd ; vous eûtes la seconde à Beyrouth.

« Je crois bien qu'à cette heure je tiens la belle !

« Quand vous parcourrez cette lettre, que j'ai grande satisfaction à vous écrire, je serai très haut et très loin avec M. l'ambassadeur Uko et sa suite.

« L'aéroplane est seul de son espèce en Perse. Donc, vous ne nous poursuivrez pas.

« Laissez-moi vous affirmer mon regret d'être contrainte par votre obstination à agir aussi incorrectement, et croyez à ma considération.

　　　　　　　« Signé : Mistress Lydia HONEYMOON. »

Le voici sur le golf.

Trop tard. Le comte Piffenberg, les secrétaires, les kawas sont là, le nez en l'air, regardant un point noir qui se déplace avec rapidité au plus haut du ciel.

Personne ne s'aperçoit de l'arrivée de Célestin. Quand l'attention est accaparée par ce qui se passe en plein azur, est-ce que l'on peut la ramener à un humble agent, rampant à la surface poussiéreuse de la terre.

Et son poing menaçant l'aéroplane qui file, file…, toujours plus loin, presque invisible déjà, Midoulet perçoit les répliques qu'échangent le consul général et son fidèle Frantz

— Ils se trompent de direction.

— Votre Excellence en est sûre ?

— Évidemment, ma science géographique ne saurait être mise en défaut. Le port de Karta se situe au sud-est de Bassorah, et ils piquent droit au sud-ouest. S'ils continuaient ainsi, ils planeraient bientôt sur l'Arabie Pétrée, pour arriver à Aden, puis sur la mer Rouge, puis…

Le comte était lancé ; vraisemblablement, son imagination aurait accompli le tour de la terre suivant la ligne idéale qu'il prêtait à la course de l'aéroplane, si l'agent du service des Renseignements ne l'avait interrompu.

Ce dernier n'avait remarqué dans son énumération qu'un seul mot : Karta ! Karta, le port du golfe Persique où, d'après les ordres mystérieux le joignant d'étape en étape, le général Uko devait toucher en quittant Bassorah.

Puisque ce bourg était désigné, il s'y trouvait certainement un agent japonais, chargé de régler l'étape suivante de l'ambassadeur. Il importait d'y courir, de trouver ce messager.

— Ainsi ils vont à Karta, monsieur le consul général ?

La question, nous l'avons dit, arrêta net le fonctionnaire dans son bavardage géographique.

Il toisa d'un œil sévère l'indiscret qui coupait court à son étalage de savoir. Il reconnut le personnage, que l'exquise Mlle Tabriz lui avait signalé comme un espion des Français, et il fut sur le point de le rabrouer vertement.

Mais le souvenir des recommandations de la charmante indigène, si désireuse d'assurer à l'Autriche-Hongrie la gloire de déjouer les menées japonaises, plus encore peut-être la mémoire de ses jolis yeux, l'incitèrent à la diplomatie.

Aussi répondit-il, du ton le plus gracieux :

— À Karta, en effet ; sa Grâce le général Uko désirait atteindre rapidement ce port de mer. Je me suis fait un plaisir de mettre l'aéroplane du consulat à sa disposition.

Midoulet se mordit les lèvres. Le comte lui apparut de connivence avec Lydia. La sémillante Anglaise avait certainement la même idée que lui, Célestin : faciliter le voyage du Japonais, afin de connaître le destinataire du singulier envoi du mikado.

Avec colère, il constatait que la jeune femme avait réussi à dissimuler sa personne à ceux qu'elle filait. Parbleu ! le pilote, ce petit pilote à la démarche gracieuse, c'était elle. Elle emportait ses

« clients » à la vitesse de cent cinquante kilomètres à l'heure, tandis que lui-même perdait son temps en face de ce consul aveuglé.

Pas à hésiter. Se ruer vers Karta par les moyens les plus accélérés. Aussi prit-il congé du comte Piffenberg avec une hâte trépidante. Il parcourut la ville en tempête, loua au poids de l'or un chameau de course, se percha sur la bosse du dit et, à l'allure dégingandée de cette monture, il galopa vers Karta, à travers les vergers, les bois d'orangers aux fruits d'or, de dattiers brunis par les régimes savoureux, qui s'étendent en bordure de l'Euphrate, entre Bassorah et la mer.

À Karta, un élégant steamer se balançait aux houles de la rade, le pavillon japonais flottant à la poupe. D'instinct, Midoulet pressentit que le navire était là pour transporter l'ambassadeur.

Un canot loué aussitôt le conduisit à bord. Il s'y présenta comme un ami du général, conta les embûches tendues par une espionne britannique, l'enlèvement du plénipotentiaire en aéroplane, etc.

Ses suppositions se trouvèrent confirmées. D'abord défiant, le commandant du bâtiment fut bientôt convaincu de la véracité de son interlocuteur, ce qui faisait honneur à sa perspicacité ; car si Célestin lui cachait une part de la vérité, il lui narrait des faits rigoureusement exacts.

Tant et si bien que l'officier nippon le pria de demeurer à bord. Pour lui, il se fit apporter le manuel des signes télégraphiques du sans fil britannique, le remit aux télégraphistes apostés près du grand mât, utilisé comme antenne de communication, avec cet ordre :

— Établir le récepteur 23, réglé sur les appareils similaires anglais. De la sorte, nous capterons les dépêches expédiées par les postes saxons de la région, et peut-être obtiendrons-nous quelques renseignements sur notre valeureux ambassadeur.

Ce trait montre à quel luxe de précautions se livrent les fils de l'empire du Soleil-Levant, et aussi comment ils savent employer les manœuvres de guerre dans les périodes et sur les engins les plus pacifiques.

Or, tandis qu'en rade de Karta, l'on s'occupait ainsi du général et de ses compagnons, Uko, de son côté, cherchait vainement à coordonner l'ensemble de circonstances qui l'avaient amené à être prisonnier sur un aéroplane voguant à deux mille mètres du sol.

Prisonnier, oui, il l'était. Et avec lui Sika, Marcel, Emmie, tout aussi surpris que lui-même de cette soudaine évolution de la fortune.

Que s'était-il donc passé ? Oh ! la chose à la fois la plus simple et la plus inattendue.

À peine Midoulet s'était-il éloigné pour aller prendre la lettre mystificatrice préparée par Lydia, que le consul général esquissa de la main un signe qui se pourrait traduire par ces mots :

— Quand il vous plaira.

Aussitôt Mlle Tabriz, qui se cachait sous le costume du pilote, avait actionné le moteur.

Ce dernier ronfla. L'appareil se mit à courir sur le sol plan, puis ses roues cessèrent de *porter*. Suivant un plan incliné, il s'éleva rapidement dans l'air. Et la petite Parisienne, exprimant la pensée de tous les passagers, clama joyeusement :

— De l'aviation et plus de Midoulet, quelle heureuse journée !

Le pilote ne tourna pas la tête. Son collègue, toujours assis de façon à faire face aux voyageurs, ne parut même pas entendre.

L'aéroplane montait toujours. Le manomètre marquait mille, quinze cents, deux mille mètres d'altitude.

À cette hauteur, le mouvement d'ascension fut enrayé, et l'appareil se prit à se déplacer dans le plan atteint avec une vitesse vertigineuse, trahie par le vent qui sifflait aux oreilles des passagers.

Il se dirigeait vers le sud-ouest !

N'ayant pas de boussole sous les yeux, les amis de l'ambassadeur n'eussent pas dû se rendre compte de l'étrange itinéraire suivi par l'appareil volant ; seulement le paysage se développant sous leurs pieds leur fournit des indications qui les surprirent.

D'abord, ils avaient admiré Bassorah, les vastes plaines avoisinantes que l'Euphrate sillonnait de son ruban d'argent.

Puis vers le sud, ils avaient discerné la mer, les côtes du golfe Persique. Peu à peu, les rivages avaient disparu, les terres fertiles également. À présent, l'aéroplane voguait au-dessus d'étendues fauves.

— Un désert, murmura Tibérade.

— Quelle belle couleur offre le sable inondé de soleil ! riposta sa petite cousine.

Uko et Sika, tout au spectacle, ne tournèrent même pas la tête. Pourtant leur attention fut appelée par cette remarque d'Emmie :

— Voyons, Marcel, ce n'est pas le désert qui te fait froncer les sourcils ?

— Si. Voici deux heures que nous avons quitté Bassorah, et nous volons vers le sud-ouest. La vue de la mer m'a permis de m'orienter à peu près. Nous devons planer sur la partie orientale de l'Arabie déserte. J'estime qu'il serait temps de virer pour rentrer à Bassorah.

— Eh bien, mais il suffit de le dire au pilote.

Emmie se trompait, car Marcel eut beau crier au mécanicien de revenir en arrière, l'homme ne parut même pas l'entendre.

Peut-être, après tout, ignorait-il les beautés de ta langue française. Sur cette idée, énoncée par Sika, tous mirent en commun les idiomes dont ils pouvaient user. L'anglais, l'allemand, l'italien sonnèrent dans le silence, troublé seulement par le bourdonnement du moteur.

De guerre lasse, Marcel fit mine de se lever. Il allait joindre le pilote, et lui mimer son désir. Le geste est le véritable *espéranto* universel.

Déjà il était debout ; mais à ce moment se produisit un incident inattendu, qui modifia complètement les situations respectives des passagers et des mécaniciens.

Le petit pilote demeura attentif à sa direction. Son compagnon, lui, se mit debout, sa dextre se tendit vers les voyageurs. Cette main tenait un revolver. Et le personnage prononça, en excellent français :

— Pas un mouvement. Je sais que mon arme n'effraierait ni M. Tibérade, ni le général Uko. Seulement, je suis certain que ces vaillants aiment tendrement Mlles Sika et Emmie. C'est donc elles que je viserai à la moindre tentative de rébellion.

Tous avaient écouté, stupéfiés par le discours imprévu de l'homme muet jusqu'alors.

Et puis, les vocables français jaillissant de ce visage hétéroclite, masqué aux deux tiers par les larges lunettes et le passe-montagne, agitaient en eux une impression troublante, presque extra-humaine.

Le premier, Marcel retrouva la voix.

— Rébellion, avez-vous dit ; contre qui ? Contre quoi ?

— Contre l'amirauté anglaise dont vous êtes prisonniers.

— Les Anglais ! Prisonniers !

Ces mots se heurtèrent, lancés par les quatre passagers, abasourdis de se voir, au plus haut du ciel, au pouvoir de policiers britanniques.

Car ils n'eurent pas une hésitation. Leurs gardiens pourchassaient le message diplomatique du mikado.

Ainsi, à peine délivrés de Midoulet, ils tombaient aux mains d'ennemis plus dangereux encore. Leur enlèvement en aéroplane les emplissait de la conviction qu'ils ne sauraient lutter avec avantage contre des adversaires aussi admirablement armés.

Mais le premier moment de surprise passé, Emmie prétendit être mieux renseignée. Après tout, voir clair dans une aventure, même désespérée, est la seule façon qui permette d'essayer d'en sortir.

Aussi elle demanda tranquillement :

— Enfin, que voulez-vous de nous ?

— Rien de bien douloureux, mademoiselle. Vous conduire à Aden, tout simplement.

— À Aden, répéta la fillette, si précipitamment qu'elle arrêta l'exclamation prête à jaillir des lèvres du plénipotentiaire japonais ; et apparemment décidée à l'empêcher de parler, elle continua avec volubilité : À Aden, cette cité sise près du détroit de Bab-el-Manbed, à la sortie de la mer Rouge sur l'océan Indien, et grâce à laquelle l'Angleterre, établie là comme à Port-Saïd et à Suez, a transformé la mer Rouge en un lac anglais.

— Absolument.

— Mais dans quel but ?

— Un but raisonnable. Mettre les « liseurs de chiffres » [1] à même d'examiner certain message de S. M. le mikado.

Et tous demeurant sans voix, un éclat de rire joyeux fusa dans l'air. C'était Emmie qui, au prix d'un héroïque effort, simulait une débordante gaieté.

— Ah ! s'écria-t-elle enfin, ils ne l'examineront pas.

— Parce que ? interrogea son interlocuteur.

— Nous l'avons laissé, très abîmé par un M. Midoulet que vous connaissez sans doute, au Caravansérail des Turbans-Verts.

Une idée avait germé brusquement dans le cerveau de la fillette. Si elle pouvait donner le change à ses geôliers, peut-être les inciterait-elle à revenir à Bassorah. Une fois là, on verrait à se débarrasser d'eux. Mais cet espoir devait s'évanouir aussitôt.

À son tour, le personnage au revolver se laissa aller au rire le plus franc.

— Allons, mademoiselle, je vois que je dois vous conter une petite parabole.

— Une parabole, dites-vous ?

— Très symbolique, oui. Il y avait une fois un cerisier qui ne portait qu'une cerise ; une seule, c'est peu ; mais elle était si grosse, si rouge, si appétissante, que les passants ne la pouvaient voir sans la cueillir. Vous me suivez bien ?

— Je suis suspendue à vos lèvres, monsieur. Moralement s'entend, car autrement je gênerais votre diction.

Elle raillait, l'espiègle Emmie. L'homme ne parut pas s'en apercevoir, il continua paisiblement.

— À cette époque, l'âge d'or des végétaux, les arbres parlaient et se déplaçaient. Que fit le cerisier ? En gaillard avisé, il alla chez un confiseur spécial, lui fit modeler un fruit en tout semblable à celui qu'il avait produit. Il attacha celui-ci à sa branche, après avoir cueilli la cerise réelle, qu'il cacha précieusement dans une fente de son écorce. Et quand les gourmands redoutés survinrent, ils croquèrent tout simplement la cerise du confiseur, sans se douter que celle qu'ils convoitaient leur échappait.

Une sourde exclamation bourdonna dans l'aérobus, se mêlant au bourdonnement du moteur, au sifflement du vent.

Tous avaient compris l'apologue.

Les ravisseurs étaient au courant du stratagème, qui avait dérouté l'agent français.

Le causeur, du reste, jugea qu'il en était ainsi ; car il enleva ses lunettes, montra sa figure, et fort aimablement :

— Je vois que nous nous entendons. Je vous présente mon visage qui vous rappellera certainement celui d'une certaine Véronique…

Je n'insiste pas. Cette marque de confiance vous indique, d'une part, que vous n'avez rien à craindre si vous vous soumettez à la fatalité ; l'aventure peut s'exprimer ainsi ; et d'autre part que je suis certain de la décision raisonnable à laquelle vous vous arrêterez.

Personne ne répondit.

Qu'eussent-ils pu discuter dans ces paroles ?

La conclusion de Pierre Cruisacq ne prêtait à aucune négation. Ils étaient en son pouvoir.

Pour lui échapper, il faudrait la chance d'un atterrissage. Or, on atterrirait seulement à Aden, en terre anglaise, parmi des soldats, des fonctionnaires, aveuglément dévoués au gouvernement britannique.

Décidément, ils regrettaient la société de Midoulet, qui leur avait paru naguère si insupportable.

Ils vérifiaient l'affirmation des philosophes, dont seuls l'expérience permet de contrôler la justesse :

« Le bien, le mal, des mots qui par eux-mêmes n'ont aucun sens, bien ou mal existant uniquement par comparaison. »

De fait, la poursuite de l'agent Célestin pouvait être considérée comme un bien, en regard de la situation présente.

Cependant, l'aéroplane, tel un oiseau migrateur, filait dans le ciel avec une rapidité constante.

Des déserts sablonneux, qu'il dominait, filaient eu sens inverse de sa course. Les plaines fauves, piquées de loin en loin de minuscules taches vertes, indiquant les points d'eau, se succédaient.

— Toujours l'Arabie Pétrée, murmura Tibérade. Sur ce pays maudit, on en est réduit à souhaiter qu'il ne se produise aucune panne ; car revenir à terre équivaudrait à une condamnation à mort.

Et ses yeux se posaient avec tristesse sur le doux visage pensif de Sika, sur la physionomie mutine d'Emmie.

— Ah ! gronda sourdement le général ; que n'ai-je assumé la charge de porter le vêtement de mon souverain ? À cette heure, je pourrais l'arracher aux curiosités de nos ennemis.

— Vous pourriez ? questionna Marcel avec surprise.

— Oui. En sautant dans le vide avec lui.

Toute l'âme japonaise était dans ce regret de ne pouvoir se sacrifier. Sika, elle, avait été conquise par la mentalité européenne, car elle s'exclama :

— M. Tibérade, Mlle Emmie ; ne le lui remettez pas. Je ne veux pas que mon père meure pour un souverain ambitieux.

— Le mikado est mettre de mon existence, commença l'ambassadeur.

La jeune fille l'interrompit violemment :

— Après moi. Une fille a des droits qu'aucun empereur ne saurait contre-balancer.

Pour la première fois, les deux volontés se heurtaient.

Quelles répliques irrémédiables allaient jaillir du choc des tendresses filiale et dynastique ?

La voix d'Emmie détourna heureusement l'orage.

— Nous allons sortir du désert. Je n'ai pas la berlue ; à l'horizon, je distingue uns succession de hauteurs couvertes de verdure.

La verdure ! Ces mots ont une puissance infinie sur quiconque a affronté l'aride désolation des étendues désertiques.

Uko, Sika oublièrent leur conflit d'affection.

Comme Tibérade, ils tournèrent leurs regards dans la direction désignée par la petite Parisienne.

Celle-ci ne s'était pas trompée.

Au loin, on discernait une suite de hauteurs verdoyantes, au pied desquelles courait une ligne de palmeraies.

Et comme tous considéraient ce paysage si reposant pour leurs regards fatigués par la réverbération des sables, Sika prononça :

— La mer, de chaque côté des montagnes.

À ce moment, Pierre Cruisacq, qui venait de se pencher vers le pilote et d'échanger quelques mots avec lui, se retourna vers les passagers.

— Mistress Lydia Honeymoon permet que je vous renseigne…

Tous s'exclamèrent :

— Mistress Lydia ! Où prenez-vous cette mistress ?

— C'est elle qui est à la direction.

— Quoi, le pilote serait…

— une femme charmante… et adroite. Mais laissons cela ; je suis autorisé à vous donner quelques renseignements géographiques.

D'un ton doctoral, le brave garçon continua :

— Les collines qui ont attiré votre attention sont le Djebel Chamchan, qui forme l'ossature de la presqu'île d'Aden. Aden est sur le rivage de l'autre côté du Djebel, que nous allons franchir.

— Aden est donc dans une presqu'île ? dit Emmie.

— Parfaitement ; une péninsule qui s'avance dans le golfe d'Aden, ainsi que l'on nomme l'espèce de Manche reliant la mer Rouge à l'océan Indien. L'isthme de la presqu'île s'étrangle entre ladite Manche et la baie de Tourvayi. Autres détails. La ligne de palmeraies borde l'aqueduc de Khor-Mahsa, qui amène l'eau aux citernes d'Aden ; car, vous le savez probablement, la ville ne possède aucune autre ressource liquide que celle emmagasinée dans les réservoirs monumentaux, creusés et maçonnés dans les vallons du Djebel Chamchan.

— Mais là, sur le Djebel, cette tour de pierre surmontée d'un mât ?

Marcel désignait une tour carrée, édifiée sur le plateau le plus élevé des collines, et d'où jaillissait, pointée vers le ciel, une haute perche maintenue par des fils disposés ainsi que les cordages sur un navire.

— Le poste de télégraphie sans fil, jeta mistress Honeymoon sans se retourner. Grâce à lui, Aden est en communication avec Bombay, d'une part, Port-Saïd, de l'autre. L'électricité relie en une seconde ces territoires anglais.

Tout l'orgueil si justifié des Anglo-Saxons, qui ont enserré la terre dans un réseau unique de colonies, de câbles et de postes de sans fil, sonnait dans la réponse de la jeune femme.

Elle était bien de cette race puissante, fière de son génie, qui trahit son amour infini de la Grande-Bretagne par la phrase commentée si souvent :

« Si je n'étais né Anglais, je voudrais le devenir. »

Un grand silence s'était épandu dans l'aérobus. Avant une demi-heure, on serait à Aden, aux mains des autorités anglaises. L'irrémédiable allait s'accomplir.

Brusquement, Emmie se dressa. À quelle impulsion subite obéissait la gamine ? Mystère de cette nature courageuse et fantasque.

Elle avait tiré de sa poche le revolver, dont la vue naguère avait amené le Persan Ahmed à l'obéissance.

Elle le braquait sur l'hélice tournant avec une rapidité vertigineuse et entraînant l'appareil, l'aspirant en quelque sorte dans l'air.

Des cris retentirent. Des mains s'allongèrent vers la Parisienne.

Trop tard ; un claquement, une détonation sèche, le bruit d'une planchette qui se brise.

Le projectile a frappé l'hélice près de son centre, dans la circonférence où s'attachent les pales. Il a fendu le bois.

Et la blessure, s'aggravent aussitôt de toute la résistance de l'air au tournoiement des branches, l'axe se casse net ; les fragments sont projetés au loin, avant de commencer leur chute vers le sol suivant une courbe qui tend de plus en plus à se rapprocher de la verticale.

— Perdus ! s'écrient Marcel et Sika.

— Merci, petite Emmie, clame le général lui tendant les bras. Mourir n'est rien avec un honneur intact.

Mais d'une voix brève, Lydia ordonna :

— Que personne ne bouge. Monsieur Pierre, abattez impitoyablement quiconque enfreindrait ce commandement. Nous descendrons en vol plané.

Certes, les passagers sont armés. Ils pourraient lutter contre leurs ravisseurs. Nul n'y songe. Tous sont pris par l'horreur de la descente planée. Ils se trouvent à deux kilomètres de la surface du sol.

Ils sentent que la plus légère fausse manœuvre de la jeune femme, qui pilote l'appareil, transformerait le glissement de l'*oiseau blessé* sur un plan incliné en chute vertigineuse, à pic, dans l'abîme.

Ils frissonnent à la pensée du choc formidable, réduisant l'aéroplane, ses passagers en une innommable bouillie.

Et angoissés, haletants, soudain étreints par le sentiment de leur faiblesse, ils voient les fils métalliques se tendre, obéissant aux leviers que manœuvre Lydia.

Le gouvernail de profondeur s'incline ; l'aéroplane descend, mollement bercé par de légers remous.

Pierre a oublié les ordres de la jolie Anglaise. Il ne s'occupe plus des passagers ; il la regarde, plein d'admiration ; ce qu'il ressent à cette heure est une tendresse presque religieuse.

Sans se rendre compte que ses lèvres s'agitent, il parle, il parle selon son cœur :

— Ah ! Lydia ! que vous êtes brave !

— Chut ! fait-elle doucement avec, dans la voix, un tremblement à peine perceptible ; j'ai besoin de toute mon attention, ne me troublez pas.

Il balbutie :

— C'est que j'ai horriblement peur, moi.

Elle a un petit rire :

— De tomber...

— Oh ! pas moi ; mais vous, vous... ; pardonnez-moi, je vous aime tant.

Une seconde, la descente semble s'accélérer. Le cri de tendresse du jeune homme a causé un choc à son interlocutrice. Elle a donné un coup de levier trop brusque, mais elle rétablit l'équilibre un instant compromis, et lentement, les yeux fixés vers l'extrémité de la ligne idéale où l'appareil atterrira tout à l'heure, elle murmure :

— Moi aussi, vous savez. Maintenant, taisez-vous, nous sommes engagés.

De nouveau, le silence enveloppa les êtres que l'aéroplane entraînait dans le grand vide de l'atmosphère.

Notes

1. Ainsi désigne-t-on familièrement les agents déchiffrant les dépêches chiffrées. L'habileté de ces hommes est incroyable.

CHAPITRE XI
POSTE DE SANS FIL

— Mistress Clark !

— Que veut encore cette insupportable miss Blick ?

Les deux femmes se regardèrent de façon agressive. Toutes deux portaient corsage et jupe blancs, avec, sur les manches, des foudres bleues brodées, ce qui indiquait qu'elles appartenaient à l'administration des télégraphes britanniques.

Elles se considéraient avec des yeux hostiles. L'une, mistress Clark, courte, ronde, ramassée, la chevelure rare, d'un ton jaune paille, ramassée en un chignon besoigneux ; l'autre, miss Blick, plus haute de taille, mais anguleuse, maigre, osseuse, ornée de pieds et de mains de si généreuse dimension, que l'humoriste Marc Twain eût pu les désigner comme démonstration de son aphorisme célèbre :

« Dans sa justice immanente, la nature avait primitivement attribué, à chaque être humain, une égale quantité de matière cosmique, pour en façonner des supports ou pieds et des antennes tactiles ou mains.

« Par malheur, le service d'ordre fut sans doute mal fait (toujours l'indolence des services publics !) au moment de la répartition ; si bien que certains avec l'avidité qui caractérise l'espèce humaine, s'approprièrent plusieurs rations pédestres et manusesques.

« Les derniers trouvèrent les rayons vides. Ceci explique la présence des culs-de-jatte dans la société.

« L'Académie de Baltimore rêve actuellement sur le rapport que je lui ai soumis à ce sujet. Je pense qu'elle se rangera à mon avis, qui, en toute modestie, jette un jour éclatant sur certaines inégalités sociales. »

Une seule beauté, chez miss Blick : ses cheveux fauves, luxuriants, auréolant sa face maigre d'un diadème opulent d'or rouge.

Elle tendit vers le ciel ses bras décharnés, en un geste emprunté au télégraphe Chappe, et psalmodia :

— Insupportable ! Voilà tout ce que vous trouvez à dire, mistress Clark.

— J'exprime ma pensée, riposta celle-ci.

— Oh ! Je ne discute pas le mot. Je reconnais que je peux vous sembler insupportable, puisque vous me paraissez l'être davantage. Seulement je trouve que vous employez un moyen méprisable de vous dérober à la réponse que je sollicite.

— Méprisable ! glapit la grosse personne. Ah ! prenez garde, la boxe anglaise n'a pas de secrets pour moi, et d'un coup de poing bien décoché, je ferais votre nez gros comme une citrouille…

— Dont vous avez la ligne esthétique si suave, mistress. Vous savez, moi, je pratique le jiu-jitsu japonais ; je vous tordrais dans mes mains comme un négligeable peloton de ficelle.

Les deux télégraphistes se mesuraient du regard. Cependant, douées de la rectitude de jugement qui fait la force de la race anglaise, elles se dirent sans doute que boxe contre jiu-jitsu ne pouvait que produire des résultats désobligeants pour leurs charmes aussi leurs voix se firent-elles moins acides ; leur attitude devint plus conciliante.

— Enfin, soit, reprit la ronde Clark, je vous excuse. Que me racontiez-vous ?

— D'abord, je pratique, à l'égard de votre rotondité, le pardon des injures préconisé par la sainte Bible. Puis, je répète, ma question, bien qu'elle soit inutile maintenant, l'objet qui m'intriguait au nord-est s'est rapproché, et je distingue parfaitement que c'est un aéroplane.

— Un aéro à Aden, vous riez contre moi, détestable Blick.

— Regardez le ciel, pesante Clark, au lieu de tarabuster la douce créature que je suis.

Si autoritaire fut le geste de miss, pointant son bras vers le ciel ainsi qu'un épieu, que son interlocutrice obéit à l'injonction.

Elle regarda et, stupéfaite :

— Pour une fois, vous avez raison. Jamais je n'aurais cru que cela se pourrait produire. C'est bien un aéroplane... Et même il descend...

— En vol plané, ma chère.

— Oui, ma chère. Il atterrira tout près de la Tour Carrée.

Les deux femmes étaient préposées à l'antenne de la tour, que les aviateurs avaient remarquée du haut de l'atmosphère. Elles se taisaient à présent, tout au spectacle du grand oiseau blanc se dessinant sur le fond d'azur et grossissant à vue d'œil.

Bientôt, il n'y eut plus de doute.

L'aéroplane tendait à atterrir sur un large espace dénudé, qui s'étendait à cent cinquante mètres environ de la tour supportant d'antenne du sans fil.

La surprise les clouait sur place.

Cela se conçoit. Dans l'enclave d'Aden, on n'a guère l'occasion d'assister aux évolutions des légers navires de l'air, si familiers aux Européens.

Cependant, l'appareil descendait toujours. Il plana à cent mètres, à cinquante, à vingt, à dix… et enfin se posa doucement sur le sol.

Presque aussitôt, Clark et Blick, avec un ensemble inaccoutumé, s'écrièrent :

— Que de passagers !

— Étonnant, gloussa miss Blick ; les revues prétendent que ces véhicules transportent seulement un ou deux voyageurs ; et il en descend autant que d'un train du railway.

— Oh ! un train très petit, corrigea l'opulente mistress Clark, car ils sont au nombre de six en tout.

En effet, mistress Lydia Honeymoon et Pierre Cruisacq mettaient pied à terre et aidaient leurs… prisonniers à en faire autant.

Soudain, mistress Clark eut un cri, auquel miss Blick répondit par un autre cri.

— Que font-ils donc ; ils se battent ?

— Ils se battent positivement.

Dans l'ampleur de leur émotion, elles ne semblèrent pas même remarquer qu'un fait incroyable se produisait pour la seconde fois depuis dix minutes. Elles étaient du même avis.

Au surplus, les gestes des passagers débarqués de l'aéroplane n'eussent pu être interprétés différemment, sans une insigne mauvaise foi, ou bien une aberration du jugement.

Or, nous l'avons dit, les télégraphistes jouissaient de la pondération anglo-saxonne.

— Il en est deux que les autres traitent comme des prisonniers.

Les organes acides des employées se confondirent dans cette remarque.

Elles en arrivaient à parler en chœur, dans une subite, insolite et touchante entente.

Au demeurant, elles jugeaient sainement la situation.

À peine débarqués, Marcel et ses amis japonais s'étaient rués à l'improviste sur leurs geôliers, les avaient terrassés et ligotés.

Que signifiait cela ?

Cela, c'était la continuation de l'idée éclose dans la cervelle fertile d'Emmie, et dont le coup de revolver, qui avait brisé l'hélice de l'aéroplane, n'était que la première manifestation.

Tandis que l'appareil descendait vers le sol, alors que tous, angoissés par la pensée de la chute possible, oubliaient leur antagonisme, la gamine avait murmuré quelques mots rapides à l'oreille de ses compagnons.

Une stupeur avait figé les traits de ces derniers ; puis, nonobstant l'atmosphère d'épouvante pesant sur tous, leurs traits s'étaient contractés dans un sourire, manifestation inconsciente d'une formidable gaieté.

De fait, l'imagination offrait à la fois un caractère logique et baroque, dont seuls sont capables les originaires de la ville de lumière et d'ombre, de labeur puissant et de plaisir excessif, de grandeur et de petitesse, de la cité prodigieuse qui est elle-même et qui est l'univers, de Paris enfin.

Cependant, mistress Lydia et Pierre, réduits à l'impuissance, Emmie saisit la fille du général par la main, et l'entraîna en courant vers les télégraphistes anglaises, totalement méduséses par l'incompréhensible spectacle offert à leurs yeux effarés.

En quelques bonds, les jeunes filles furent auprès des Anglo-Saxonnes, et Sika, qui possédait admirablement la langue de Shakespeare, agrémentée d'un accent impeccable, héritage atavique de sa maman britannique, répéta docilement la leçon que sa jeune amie lui avait soufflée durant la course.

— Bonjour, ladies, bonjour.

Appeler lady une personne de condition inférieure est un sûr moyen de s'en faire une amie, au pays anglais. Les interpellées se rengorgèrent de comique façon. Une fois de plus se vérifiait notre vieux proverbe :

« On ne prend pas les mouches avec du vinaigre. »

— Ladies, reprit Sika récidivant son insidieuse flatterie, nous sommes agents du Service d'informations extérieures de l'Amirauté. (Les employées saluèrent tout d'une pièce.) Nous avons capturé deux personnages louches, ayant des accointances avec le gouvernement japonais. (Les préposées au sans fil s'inclinèrent derechef.) Nous les amenions à M. le gouverneur d'Aden à fin d'interrogatoire (troisième salut), quand une avarie du moteur nous a contraints de regagner le sol, ainsi que vous l'avez pu voir.

— Et alors vous désirez ? demandèrent les Anglaises, se trouvant encore d'accord.

— Nous supposons que vous êtes attachées au télégraphe.

— Sans aucun doute ; nous y sommes seules, ce n'est pas folâtre, allez. Vivre deux jours sur quatre dans la Tour Carrée, au milieu d'un plateau calciné par le soleil. Ah ! combien l'on regrette ici l'humide et verte campagne d'Angleterre !

La communauté des souvenirs eût entraîné Clark et Blick dans un torrent d'éloquence, si la petite Parisienne n'avait jugé opportun d'opposer un barrage.

— Deux jours sur quatre, avez-vous dit ?

— Oui. Deux équipes. Nous nous relayons de deux jours en deux jours.

— Et vous avez pris le service ?

— Aujourd'hui à midi. Les télégraphistes répondaient sans hésiter, heureuses de rencontrer, dans ce désert, des personnes avec qui causer. Les gens, qui n'ont pas pratiqué les solitudes, ne sauraient comprendre quelle épouvante a la langue d'être paralysée par la rouille. Cet organe, le meilleur et le pire qui soit dans l'homme au dire d'Ésope, arrive à se mouvoir pour le plaisir de s'agiter, sans avoir besoin que ses paroles soient recueillies par un pavillon auriculaire ami.

Chacun a connu des gens accoutumés à deviser tout seuls.

Cependant, quelle que fût leur satisfaction, les interlocutrices des voyageuses démontrèrent la rectitude de leur jugement en questionnant :

— Que pouvons-nous pour votre service ?

Avec une modestie très bien jouée, Emmie murmura :

— Vous pourriez beaucoup, si vous le vouliez.

— Nous voulons, firent-elles en même temps.

Elles se considérèrent, étonnées de ne plus se trouver en contradiction. Vraisemblablement, l'entente cordiale leur sembla présenter quelque agrément, car elles répétèrent avec feu :

— Nous voulons.

— Alors, continua doucement la fillette, voici. Nous avons failli tomber de deux mille mètres…

Les Anglaises bredouillèrent :

— Émotion sensationnelle !

— Très sensationnelle, approuva la cousine de Marcel ; sensationnelle à ce point qu'elle nous a coupé bras et jambes, et que nous nous sentons incapables de marcher jusqu'à Aden.

L'affirmation était audacieuse de la part de jeunes personnes qui, un instant plus tôt, traversaient le plateau au grand galop ; mais il ne vint à l'esprit d'aucune des employées de relever la contradiction. Au contraire, elles affirmèrent :

— Nous comprenons très bien cette chose.

— Votre gracieuseté me met à l'aise, susurra la gamine d'un ton pénétré. Vous nous rendriez un service, que nous serions heureuses de signaler au gouvernement, si vous nous accordiez l'hospitalité pour cette nuit. Demain matin, nous nous rendrions à Aden, auprès du gouverneur, qui n'ignorerait rien.

Des fonctionnaires auxquelles on promet qu'il sera parlé d'elles à leurs supérieurs, cela développe chez elles des mirages d'avancement, de gratifications. Clark et Blick ne furent pas surprises d'exprimer une pensée identique.

— La Tour Carrée sera honorée d'abriter d'aussi illustres voyageurs.

Sika et Emmie demeurèrent impassibles malgré la forme burlesque de l'invitation ; seulement la Parisienne interrogea encore :

— Il y a bien une salle où enfermer nos prisonniers ?

— Une cave, miss, une cave dont les murs ont un mètre d'épaisseur et que ferme une porte bardée de fer.

Emmie se frotta les paumes.

— Ils y seront comme des coqs en pâte.

Et souriante, pressant les mains des télégraphistes avec une effusion communicative :

— J'amène les prisonniers… Le gouverneur saura quelle aide précieuse vous nous aurez donnée.

Cette promesse répétée sembla faire pousser des ailes aux dames du sans fil ; elles bondirent vers la tour en criant de voix faussées par l'excès de leur enthousiasme :

— On prépare la cave.

Emmie regarda Sika. Toutes deux eurent un sourire, puis le joli visage de la Japonaise se rembrunit.

— Cela va très bien jusqu'à présent ; mais tout à l'heure, nos prisonniers que nous ne pouvons bâillonner sous peine d'éveiller les soupçons, tout à l'heure, parleront ; ils diront la vérité et…

— Et nos dignes associées du télégraphe les accuseront de mensonge.

— Ah ! si cela pouvait être !

— Cela sera… Je m'en charge.

Sika se tourna vers la gamine pour solliciter une explication ; mais déjà sa remuante compagne se dirigeait à grands pas vers l'endroit, où Tibérade et le général gardaient Pierre et Lydia, tout penauds de leur brusque revirement de fortune.

Aux questions de ses amis la Parisienne refusa de répondre, se bornant à leur répéter :

— Amenez les captifs.

Elle s'amusa même à rassurer ceux-ci :

— Monsieur, madame, leur dit-elle, ne craignez rien. Vous serez délivrés après-demain. Il ne vous sera fait aucun mal. Seulement, vous concevez l'affaire, vous cherchez à nous priver de notre liberté ; nous nous regimbons. Ceci est si naturel que vous l'approuvez certainement.

Ni Cruisacq, ni Lydia ne desserrèrent les lèvres. Toutefois, le mouvement de tête mutin par lequel la gentille mistress accueillait le persiflage d'Emmie exprimait clairement la pensée :

— Rira bien qui rira le dernier.

C'était aussi la crainte des compagnons de la gamine. Celle-ci seule, à l'aise, aussi à l'aise que si les prisonniers eussent été dans l'impossibilité absolue de dévoiler la supercherie, ordonnait :

— Vous voudrez bien marcher jusqu'au télégraphe. Là, nous serons à l'ombre et l'on se reposera.

Lydia se mit aussitôt en mouvement. Pierre l'imita.

Et Emmie, tout à fait réjouie, s'écria d'un air enchanté :

— À la bonne heure. Rien ne vaut les personnes aimables. Suivez, général ; suis, cousin Marcel…

— Mais, tentèrent d'objecter les deux hommes…

Elle coupa court à toute discussion.

— Oh ! si vous restez ici, vous ferez rater la combinaison, voilà tout.

Sur ce, sans plus s'occuper d'eux, elle saisit Sika par le poignet et rejoignit les prisonniers.

Que pouvaient faire Tibérade et le Japonais, sinon se laisser guider par leur fantasque petite compagne.

Il leur paraissait évident qu'elle ne craignait aucunement les indiscrétions de leurs ex-geôliers devenus à cette heure captifs.

Si elle ne craignait pas, elle devait avoir de bonnes raisons. Depuis le début du long voyage, ils avaient appris à faire confiance à l'esprit prime-sautier, audacieux et logique, du gentil oiselet parisien.

Hélas ! à peine entrés dans la Tour Carrée, en présence des employées du télégraphe, ce qu'ils redoutaient se produisit.

Avec le plus parfait ensemble, Pierre et Lydia clamèrent, en se démenant dans leurs liens, comme diables en présence d'exorcismes :

— Lydia Honeymoon, Pierre Cruisacq, agents de l'Amirauté, traîtreusement réduits en captivité par ces conspirateurs à la solde du Japon.

Uko, Tibérade, Sika sentirent leurs jambes fléchir sous eux. Ils sursautèrent en entendant la fillette lancer un clair éclat de rire, dans les gammes duquel ils discernèrent ces phrases :

— Très drôle ! Je ne m'attendais pas à cette invention ! Très drôle ! Seulement elle ne tient pas debout !

Et se plantant en face de mistress Clark, de miss Blick, incertaines, rendues hésitantes par les affirmations contradictoires, elle leur dit :

— À quoi reconnaît-on les gens qui se cachent ?

— Oui, à quoi ? bredouillèrent les interpellées.

— À ce qu'ils se déguisent, chères ladies. Eh bien, tenez, ce petit pilote que vous prenez sûrement pour un jeune homme, c'est une dame.

D'une pichenette, elle fit sauter la coiffure, les lunettes de Lydia, et cela si adroitement que les cheveux de la mignonne espionne se déroulèrent en cascade d'or sur ses épaules.

— Vous voyez, reprit l'espiègle petite, tandis que son adversaire, déconcertée par cette péripétie inattendue, s'efforçait vainement, vu ses mains attachées, de réparer le désastre. Pensez-vous, chères et honorables ladies qu'une dame, dont les desseins ne craignent pas le grand jour, se risquerait en semblable aventure ?

— Non, non, rugirent les Anglo-Saxonnes convaincues maintenant ; à la cave les séides du Japon !

— Oui, à la cave. Et puis, autre chose encore. Nous nous sommes mis quatre pour arrêter ces deux malheureux. C'est une manœuvre désespérée, ridicule de leur part, de vouloir vous persuader, à vous des personnes sensées, qu'ils ont réussi, à deux, à arrêter nos quatre personnages.

— Parfaitement droit ! proclamèrent les télégraphistes.

Ah ! les prisonniers pouvaient dire maintenant tout ce qu'ils voudraient. Ils ne réussiraient pas à les persuader.

Pierre et Lydia le comprirent. Ils se laissèrent docilement enfermer dans la cave de la Tour Carrée, dont la lourde porte se boucla sur eux.

Blick et Clark se démenaient à présent, soucieuses de donner à leurs hôtes l'impression d'une hospitalité… empressée, sinon plantureuse.

Oh ! les provisions ne manquaient pas ; seulement elles consistaient surtout en conserves : viandes, homards, légumes, encloses dans des boîtes de fer-blanc, dont les étiquettes polychromes portaient la raison sociale célèbre : *Tom and Tom brothers.*

Évidemment, les conserves ne valent pas les mets frais, mais la plus belle fille du monde ne peut offrir que ce qu'elle a. Ce proverbe assurait l'indulgence aux deux laiderons du sans fil.

Emmie, de son côté, semblait se multiplier. Elle était ubiquiste, se montrant partout à la fois, plongeant dans l'armoire-magasin aux conserves, disposant la table, donnant un coup d'œil au fourneau rudimentaire, sur lequel cuisaient les légumes extraits de leur contenant de fer-blanc, jetant un encouragement aux télégraphistes, une pincée de sel dans la casserole, un sourire à ses amis.

Blick, la mince, avait allumé les deux lampes du poste, car la nuit était venue, couvrant le plateau d'ombre, cachant l'aéroplane sous un voile de vapeurs.

Car, ainsi qu'il advient souvent en ce pays torride, un épais brouillard s'était levé de la mer, envahissant la côte. Par les croisées carrées, presque aussi étroites que des embrasures, la gamine avait désigné l'extérieur caché par la brume, comme pour dire :

— Temps admirable pour des gens soucieux de passer inaperçus !

Cependant on arrivait à la conclusion logique de toute cette agitation.

La table dressée, les mets cuits à point, les voyageurs allaient pouvoir reprendre des forces, ce dont, en dépit des émotions de la journée, peut-être même à cause d'elles, ils sentaient un urgent besoin.

Soudain, Emmie se frappa le front.

— Et nos prisonniers que j'oubliais !

Clark et Blick s'immobilisèrent, attentives aux paroles de cette jeune fille si débrouillarde et si peu fière, qui les traitait, elles, simples employées, comme de véritables camarades.

— Il ne faut pas les laisser mourir de faim, continua la Parisienne, car ils devront être interrogés par Sa Grâce le Gouverneur ; et s'ils étaient défunts, ils auraient un excellent prétexte pour ne pas desserrer les dents.

Clark et Blick eurent un large rire qui épanouit leurs bouches jusqu'aux oreilles.

Mais la cousine de Marcel poursuivait :

— Chères aimables ladies, voulez-vous m'aider ? Je me chargerai de la lanterne pour descendre à la cave, et aussi des clefs du cachot improvisé. Vous porterez les aliments. De la sorte, nous serons fondés à affirmer au Gouverneur que vous avez effectivement coopéré à la garde des traîtres.

Véritablement, les télégraphistes esquissèrent une génuflexion.

Elles se sentaient attirées par cette mignonne fillette, si désireuse de leur fournir l'occasion de se signaler à l'attention des dispensateurs de leur avancement administratif.

Les bras courts et gras de mistress Clark, les échalas de miss Blick s'agitèrent frénétiquement.

En deux minutes, les deux femmes furent chargées de récipients contenant de la nourriture pour dix personnes.

Emmie l'avait voulu ainsi, afin avait-elle dit, que les espions ne pussent pas se plaindre du système pénitentiaire britannique.

Portant la lanterne et la grosse clef rouillée du caveau souterrain, la gamine quitta la pièce du rez-de-chaussée derrière elles, non sans adresser à ses amis un geste furtif et ironique, dont ils ne comprirent pas le sens.

Un escalier de bois à jour, véritable échelle, reliait le poste supérieur du sans fil au sous-sol.

Ce dernier se trouvait divisé en deux parties inégales par un mur épais, dans lequel se découpait la porte massive du cachot où, maintenus par leurs liens, Pierre et Lydia se lamentaient sur les vicissitudes de la vie humaine.

Le murmure de leurs voix chagrines parvint jusqu'aux visiteuses.

— Ils se plaignent d'être en prison, plaisanta miss Blick.

— Oh ! laissa tomber philosophiquement Emmie, certaines personnes ne sont jamais contentes.

La réflexion apparut à mistress Clark comme une occasion unique de partager l'avis de celle qu'elle désignait en aparté sous le vocable déférent de « sa jeune protectrice ».

Être de l'avis, non ; ceci est banal, à la portée des médiocres. Il fallait le porter au superlatif.

Aussi elle s'exclama :

— Pas contentes. Elles sont bien difficiles ! Je considérerais comme une récompense d'être dans une prison… anglaise s'entend.

Son cœur se dilata délicieusement en voyant Emmie lui sourire. La fillette, en train d'ouvrir la porte, s'interrompit même un instant.

— Vous êtes une loyale sujette de Sa Majesté, fit-elle avec onction. Vous exprimez là une pensée tout à fait noble… Toutefois, votre loyalisme vous entraîne un peu loin.

— Pas du tout, je vous assure.

— Allons donc, une prison anglaise…

— Est un séjour de prédilection.

Cependant, la Parisienne avait fait tourner le battant grinçant sur ses gonds. Elle s'était effacée, afin que les télégraphistes pussent passer devant elle.

Le mouvement s'achevait à la seconde même où mistress Clark prononçait le mot : « prédilection ».

— Eh bien ! clama l'espiègle jeune fille qui, depuis son arrivée à la Tour Carrée, tendait vers cette conclusion : je me reprocherais toute ma vie de vous priver d'une pareille félicité.

Brusquement, elle repoussa la porte sur les employées, et d'un tour de clef les réunit aux premiers prisonniers.

Puis, sans s'inquiéter des clameurs furieuses que, nonobstant la clôture épaisse, les voix aiguës de ses victimes amenaient jusqu'à ses oreilles, la cousine de Marcel grimpa l'échelle avec la prestesse d'un écureuil, bondit dans la salle du rez-de-chaussée où l'attendaient ses compagnons, et leur cria en s'abandonnant à une gaieté justifiée :

— Elles sont sous clef, nous voici maîtres du logis. Nous pourrons dormir tranquilles…

— Dormir, se récrièrent-ils tous ? Si l'on vient du dehors ; si l'on nous surprend.

— C'est une chance à courir, repartit la courageuse créature. D'ailleurs, nous n'avons rien d'autre à faire. La nuit est venue ; un brouillard à couper au couteau couvre la terre. Impossible, dans ces conditions et dans une campagne inconnue, de nous diriger vers Aden. Est-ce vrai ?

— Sans doute. Mais…

— Mais la nuit, nous ne trouverons pas à louer une embarcation et nous nous ferons pincer comme vagabonds.

Et narquoise, semblant prendre plaisir à plaisanter l'érudition de Tibérade :

— Le penseur Shaw a dit en anglais : « Si l'on est attendu le lendemain, à deux milles de chez soi, inutile de partir la veille. » Ce que notre La Fontaine a exprimé par : « Rien ne sert de courir, il faut partir à point. » Donc, cousin, dînons et dormons si nos nerfs nous le permettent.

Elle parlait selon la sagesse. On lui obéit. Seulement la nuit parut interminable à tous.

Le sans fil grelottait de temps à autre, indiquant ainsi des communications répétées.

Chaque fois, Tibérade, le général, Sika, Emmie elle-même, sursautaient.

Qui télégraphiait ? Qui lançait dans l'espace les ondes électriques dont l'appareil signalait l'arrivée ?

Aucun des hôtes de la Tour Carrée n'était en état de le reconnaître. Les signes inscrits sur la bande du récepteur demeuraient indéchiffrables.

Mais une inquiétude pesait sur tous.

Ces appels dénonçaient un danger. Les correspondants inconnus s'étonnaient du mutisme du poste d'Aden. Et alors… alors…

Aussi, le jour venu, point ne fut besoin de presser le départ.

Tous se trouvèrent prêts quand Sika déclara :

— Rien ne nous retient ici.

— Ah ! fichtre non, nous ne sommes pas retenus, au contraire.

Et sur cette exclamation de Marcel, la petite troupe se mit en route, avec une hâte qui eût fait penser à une fuite.

Ils eurent à peine un regard pour l'aéroplane gisant sur le sol, tel un grand oiseau abattu par le plomb du chasseur.

Personne ne parlait. Seule Emmie, précédant ses compagnons, soliloquait avec la verve intarissable que l'amusante petite créature avait puisée sans doute dans l'atmosphère parisienne.

La peur d'être repris talonnant les quatre fugitifs, ils eurent bientôt traversé le plateau du Djebel Chamchan.

Sur le rebord oriental, ils s'arrêtèrent un instant.

Les pentes dévalaient devant eux, et, tout en bas, se mirant dans l'onde glauque que le soleil piquait de paillettes d'or, ils apercevaient l'île d'Aden, reliée à la terre ferme par un isthme sablonneux, qui découvre seulement à marée basse.

Des navires, des chaloupes légères évoluaient dans le havre abrité de la station britannique.

Les jardins enveloppaient de leur cadre vert les maisons blanches.

Au débouché de la crête aride, calcinée, on avait l'impression d'une fenêtre ouverte sur un Éden.

— Les Hébreux, remarqua Emmie, durent avoir une sensation analogue, lorsque la terre de Chanaan apparut à leurs yeux.

Personne ne releva l'observation.

Des préoccupations trop graves harcelaient le général et ses amis. Il fallait l'insouciance invincible de « la petite souris », pour se livrer à ce moment à des réminiscences de l'Ancien Testament.

Du reste, il devait être indifférent à la fillette d'être approuvée ou non par ses compagnons, car elle s'engagea sur un lacet dont le tracé jaunâtre tranchait sur la teinte émeraude de la pente.

— Vous voyez, fit-elle après un instant. Nous aboutirons entre les deux maisons aux toitures bleues…

— Cela paraît te faire plaisir, cousine, murmura Tibérade.

— Certes.

— Tu n'es pas difficile.

— Tu te trompes, cousin Marcel. Si tu prêtais un peu d'attention au paysage, tu te rendrais compte que, du point en question, se détache une rue aboutissant en ligne droite au port.

— C'est ma foi vrai.

— Et comme nous avons précisément affaire au quartier des bateaux, je suis aise d'y arriver sans détours inutiles.

La petite avait raison. Grâce à leur situation élevée, ils pouvaient étudier la configuration de la ville, attendant à leurs pieds ainsi qu'un plan topographique.

Il en résultait pour eux un avantage appréciable. À travers l'agglomération inconnue d'eux, ils se dirigeraient avec la certitude d'habitants d'Aden.

Or, l'assurance est encore le meilleur moyen de passer inaperçu. Rien n'attire les soupçons comme la qualité d'étranger. Demander son chemin aux passants confère de suite cette qualité désastreuse.

Tout cela, exprimé rapidement par Marcel, rendit un certain courage aux fugitifs.

Leur marche se fit plus assurée. Leur allure inquiète se raffermit. Désormais, les autorités pourraient les croiser. Elles ne soupçonneraient pas en eux des gens très désireux de se cacher.

L'un après l'autre, les méandres du lacet demeuraient en arrière. À mesure que les amis d'Emmie descendaient dans ses traces, le panorama se resserrait.

Puis des buissons, des arbres bordèrent la route, arrêtant la vue, et soudain, la fillette s'arrêta après un dernier détour.

À vingt pas d'elle s'ouvrait la rue dont elle avait relevé le parcours du sommet de la hauteur.

Sika, son père, puis Tibérade la rejoignirent.

La partie la plus périlleuse du trajet allait commencer.

Jusque-là ils avaient progressé dans la campagne. À présent, ils déambuleraient dans la petite ville agitée, populeuse, dont les vingt-cinq mille habitants sont serrés dans un espace resserré.

Chaque pas serait un péril ; de chaque porte pourrait jaillir un adversaire.

Prisonniers échappés à des agents anglais, la force des circonstances les obligeait à pérégriner à travers l'agglomération anglaise.

Et comme ils restaient là, immobilisés par une dernière hésitation, la blonde Sika murmura :

— Mon père, voyez donc cet homme. On dirait un de nos compatriotes.

— Un Japonais ?

— Oui. Le voyez-vous, assis sur le banc de pierre avoisinant l'entrée de la maison aux jalousies roses.

Tous dirigèrent leurs yeux du côté indiqué.

La Japonaise aux cheveux d'or avait bien vu. Un petit homme, dont la face large, les yeux obliques, le teint safrané, indiquaient clairement la race, se tenait assis en un costume de flanelle claire de coupe européenne.

Ses prunelles noires ne quittaient pas les voyageurs.

— Un Japonais, murmura l'ambassadeur extraordinaire, il nous aidera.

Et sans hésiter, avec cette confiance que tout sujet du Mikado sait pouvoir montrer à ses compatriotes, il s'avança vers l'inconnu.

À son approche, celui-ci s'était levé.

— Jap ? (contraction de japanèse, japonais en anglais), fit-il d'un ton interrogateur.

— Oui, toi aussi.

— Moi aussi. Que désires-tu de ton frère du Soleil-Levant ?

— Qu'il agisse comme ne saurait le faire un fugitif tremblant d'être découvert.

L'homme hocha la tête doucement.

— Que veut le fugitif ?

— Le moyen de s'embarquer avec ses amis et de fuir Aden.

— Cela sera.

Puis, comme se ravisant, le petit homme jaune questionna :

— Peux-tu dire ton nom à ton frère ?

Et le général marquant une indécision, il ajouta vivement :

— Peut-être es-tu celui que j'attends ?

— Que tu attends, répéta Uko sans manifester cependant beaucoup de surprise.

Son interlocuteur s'inclina.

— Oui, certes. Une dépêche sans fil est arrivée à mon récepteur en provenance d'un navire stationné au fond du golfe Persique.

Les voyageurs tressaillirent. Le golfe Persique vers lequel ils allaient se diriger, quand Lydia Honeymoon les avait enlevés si adroitement à Bassorah !

L'inconnu remarqua le mouvement.

— Cela t'intéresse, frère ; alors, je continue. La dépêche disait : Le général Uko...

— C'est moi, prononça le père de Sika comme malgré lui.

— Alors, murmura l'homme en élevant avec respect ses deux poings fermés à hauteur de ses lèvres, je suis heureux que me soit dévolu, à moi, le soin de te sauver.

Et expliquant rapidement :

— La dépêche avait été lancée, de façon à toucher tous les agents disséminés autour du Pacifique et de l'océan Indien. De cette façon, quel que fût l'endroit où t'auraient conduit tes geôliers aériens, tu aurais trouvé appui et défense.

Tibérade, Emmie écoutaient, médusés. À travers les brèves paroles de l'interlocuteur du général, ils entrevoyaient l'immense réseau d'espionnage dont le Japon enveloppe les océans sur lesquels il convoite la suprématie. Ils concevaient que pas un port de l'immense cercle liquide, pas une côte n'étaient dépourvus d'yeux intelligents, ouverts sur tous les incidents susceptibles de tourner au profit du Japon.

Quelques mots encore allaient leur faire toucher du doigt l'admirable organisation de ce service de surveillance.

— Mais tu m'as parlé de sans fil, frère, reprit le général.

— En effet.

— En ce cas, les Anglais, à leur poste de la Tour Carrée, ont surpris la communication.

Le visage du Japonais se plissa de mille rides. L'homme riait.

— Non, non, général.

— Comment as-tu donc reçu le télégramme ?

— Par mon sans fil personnel.

Sika ne put se tenir de s'écrier :

— Cela n'empêche pas le télégraphe britannique de capter un message projeté en cercle.

— Si, jeune fille. J'ai deux récepteurs, l'un accordé avec les appareils anglais. Ainsi, je suis tenu au courant de toutes les conversations électriques. Mon second récepteur est accordé, lui, avec nos *postes secrets*, dont les oscillations n'impressionnent que nos appareils !

— Ah ! Et tes Anglais te permettent…

— On ne défend pas ce que l'on ignore.

— Cependant on ne saurait dissimuler une antenne de sans fil.

Plus encore se plissa le visage du Japonais.

— Il paraît que si, jolie fleur dorée de rêve. Écoute, mes récepteurs sont enfoncés sous le sol de mon jardin, dans un caveau que j'ai creusé seul et qui reste ignoré de tous. L'antenne est le tronc d'un cocotier que j'ai agencé à cet effet. Qui donc parmi les barbares d'occident supposerait que son panache de feuilles me parle sans cesse de la patrie absente.

Mais coupant court à ses explications :

— Veuillez entrer dans la maison de Mou-Tsu. Elle sera vôtre aujourd'hui. Le soir venu, je vous conduirai au bateau que j'aurai loué pour vous. Ainsi les Anglais ignoreront votre présence dans ce pays qu'ils occupent par surprise.

Cinq minutes plus tard, tous étaient en sûreté dans la demeure de cet allié, rencontré si à propos.

Du reste, Mou-Tsu tint sa promesse. Et le soir, vers la onzième heure, alors que la population d'Aden se livrait aux douceurs du repos, un petit steamer de deux cents tonneaux quitta mystérieusement le port.

Il avait à son bord le général Uko et ses compagnons. Il allait gagner le golfe Persique, pour rallier le navire qui avait expédié le radiogramme, circulaire capté par l'antenne de Mou-Tsu.

Les passagers ne pensaient pas devoir leur délivrance à Midoulet. Cependant, l'envoi du radiogramme était la suite de son arrivée à bord du vapeur japonais, en station à Karta, et de sa conversation avec le capitaine, auquel il avait raconté l'enlèvement en aéroplane de l'ambassadeur extraordinaire et de sa suite.

Cette fois, l'agent français avait gagné la partie contre tous ses adversaires.

CHAPITRE XII
LES BATEAUX SE SUIVENT SANS SE RESSEMBLER

— Eh bien ! nous voici définitivement débarrassés de M. Midoulet, de mistress Lydia, de tous nos ennemis !

— Ah ! l'espionne anglaise nous a rendu un service signalé.

— Elle a semé son concurrent français.

— Nous l'avons semée à son tour. Grâce au bateau affrété par ce digne M. Mou-Tsu d'Aden, nous avons pu rejoindre, en face de Karta, le joli steamer de commerce qui nous emporte, à raison de dix-huit nœuds, sur les houles grises du golfe Persique.

Ces répliques s'échangeaient entre Tibérade et le général, étendus dans des chaises à bascule, sur le pont d'un vapeur de mille à douze cents tonneaux, à la corne duquel flottait le pavillon japonais.

Auprès d'eux, Sika et Emmie, installées de façon tout aussi confortable, écoutaient en souriant.

— Et nous allons maintenant ? Interrogea la petite Parisienne.

— À Tamatave, ma chère enfant, répliqua le Japonais d'un ton affectueux, qu'il avait toujours à présent en s'adressant à celle qui avait sauvé Sika, le pantalon mystérieux et la liberté de l'ambassadeur lui-même.

— Et une fois à Tamatave, à Madagascar, que ferons-nous ? reprit la fillette.

— Nous attendrons de nouveaux ordres, petite. C'est toujours, le même procédé. Vous vous souvenez que nous reçûmes les derniers à Bassorah. Les suivants nous parviendront tout aussi bien à Tamatave.

Il y eut un silence. La chaleur était accablante ; sous le soleil, dardant des rayons perpendiculaires, la mer prenait une teinte plombée.

Le steamer venait de dépasser l'île d'Ormuz et s'engageait dans le détroit du même nom, reliant le golfe Persique à la mer d'Oman, indentation de l'océan Indien.

Les côtes, arabique à l'ouest, hindoue à l'est, se profilaient au loin comme des brouillards légers.

Soudain, le commandant du bord s'approcha des passagers.

— Qu'y a-t-il, monsieur Asaki ?

La question du général était justifiée par l'air soucieux de l'officier.

— Une inquiétude, général.

— Provenant ?…

— Du point noir que vous distinguez à l'arrière.

— Qu'est-ce ?

— La lunette me l'a appris. C'est un croiseur de guerre anglais.

— Nous n'avons rien à démêler avec les navires de cette nation.

Le commandant gonfla ses joues, secoua la tête, et enfin comme prenant son parti :

— Sa manœuvre semblerait indiquer qu'il veut nous rejoindre.

— Nous rejoindre ? Qui vous fait penser cela ?

— L'observation de ses mouvements. Voilà une heure que je le guette. Il est sorti de la passe située entre Ormuz et la terre ferme, comme d'une embuscade, et s'est lancé dans notre sillage. Tenez, en ce moment même, il force ses feux, et sa marche est sensiblement supérieure à la nôtre.

La quiétude des voyageurs avait disparu.

Ils n'avaient aucune idée des intentions de ce croiseur, dont la marche avait attiré l'attention du capitaine Asaki ; mais dans leur situation, et surtout après l'aventure de la Tour Carrée, qui avait dû faire quelque bruit à Aden, ils ne pouvaient considérer les relations avec le pavillon anglais que comme une chose à éviter.

Au surplus, le but du navire de guerre se précisa bientôt.

La mer d'Oman s'était élargie ; ses rives n'étaient plus perceptibles. Le croiseur se couronna de fumée, se rapprocha rapidement grâce à sa marche supérieure, et d'un coup de canon à blanc intima au steamer japonais l'ordre de stopper.

Résister apparaissait impossible. Fuir, impossible également.

Il fallut se résigner à obéir.

Un quart d'heure plus tard, un canot accostait le bâtiment de commerce.

Un lieutenant de vaisseau montait sur le pont, et saluant les passagers avec la raideur correcte des Anglais.

— Général Uko ? prononça-t-il.

— C'est moi, répliqua l'interpellé en s'avançant.

— Bien. En ce cas, votre compagnon est sans nul doute M. Marcel Tibérade ; quant à ces misses, elles doivent porter les délectables noms de miss Sika et de miss Emmie.

— Cela est exact. Mais à quoi tend cet interrogatoire qui m'apparaît à tout le moins intempestif ?

— À éviter toute erreur, général.

— Une erreur ?

— Sur la qualité des personnes que je suis chargé de transférer à bord du *Dunlovan*, croiseur protégé de première classe, avec leurs colis et bagages.

Tous sursautèrent.

— Nous transborder ainsi ! Quel motif !...

L'officier anglais marqua un geste d'ignorance indifférente.

— Je ne sais pas. Mon commandant m'a donné un ordre ; je l'exécute. Je ne regarde pas plus loin.

Cette fois, Uko pâlit. Le danger se précisait. Il tenta de résister, et avec hauteur :

— Moi, monsieur, je ne suis pas le subordonné de voire commandant ; aussi je ne me déplacerai que sur explications suffisantes.

Sans rien perdre de sa politesse, l'interlocuteur du général répliqua :

— Ne croyez pas cela.

— Comment ? Que je ne croie pas !…

— La force est de notre côté. Nous serions désolés d'y avoir recours ; mais nous n'hésiterions pas. Les ordres de l'Amirauté sont précis. Il *faut* que vous passiez sur le *Dunlovan*.

Le ton de l'officier était sans réplique. Les voyageurs comprirent que, dût-il couler le bâtiment japonais, le commandant du croiseur britannique n'admettrait aucune résistance.

Et Tibérade traduisait l'impression de tous lorsqu'il murmura :

— Hors d'état de lutter, on se soumet, général. Après tout la mistress Lydia seule savait que le vêtement si maltraité par Midoulet n'était pas le vrai. C'est à lui que l'on en veut sûrement… Eh bien ! vous vous référerez à l'agent français laissé à Bassorah. Il n'a rien découvert ; les Anglais ne seront pas plus heureux.

L'ironie enclose en ces mots apaisa le Japonais. Un sourire passa sur sa face safranée, et il déclara avec calme :

— Monsieur l'officier, mes amis et moi sommes prêts à vous suivre.

Sur ce, passagers et bagages descendirent du pont du steamer dans la chaloupe anglaise. Le lieutenant de vaisseau allait les y rejoindre, quand M. Asaki l'arrêta.

— Et moi, suis-je libre de poursuivre ma route ?

— Oui, monsieur, à la condition qu'elle vous entraîne dans une direction perpendiculaire à la marche du *Dunlovan*.

— Quelle sera cette direction ?

— Vous le verrez d'autant mieux que vous vous souviendrez que le *Dunlovan* porte huit canons de trois cent cinquante millimètres, dont les projectiles sont extrêmement dangereux pour les navires tels que le vôtre.

Et raide, gourmé, le lieutenant descendit dans sa chaloupe, laissant M. Asaki furieux (on connaît l'âme japonaise alors qu'elle est contrariée) et furieux exceptionnellement, car il lui apparaissait indispensable de dissimuler son, mécontentement.

Mais une surprise se peint tout à coup sur le visage des voyageurs.

Dans la chaloupe, à l'avant, séparée d'eux par les rameurs, ils discernent une jeune femme, brune au point que l'on croirait sa chevelure teinte, et ayant sous cette couronne un teint éblouissant. Les lys et les roses, comparaison démodée, donneraient seuls une idée de sa fraîcheur.

Qui est-elle ? Que fait-elle là ?

Question insoluble, car nul ne se soucie d'interroger l'équipage anglais. Officiers, marins sont des geôliers ; les passagers du *Dunlovan* se sentent des captifs.

Mais la chaloupe file rapidement, sous l'impulsion de ses huit rameurs vigoureux.

Elle s'éloigne du steamer japonais, progresse vers le croiseur d'Angleterre, qui grossit à chaque coup d'aviron.

Elle l'atteint bientôt. Par l'échelle du bordage, tous se hissent vers la coupée. Ils sautent sur le pont, et là, ils s'immobilisent, littéralement médusés, par une apparition inattendue.

Ployé en accent circonflexe, le chapeau à la main, Midoulet en personne est devant eux.

L'agent qu'ils croyaient bien loin de là leur fait l'effet d'une apparition, fantastique, provoquée par les lutins tracassiers.

Il s'en aperçoit. Un rire silencieux distend ses lèvres minces.

Et avec uns politesse affectée, il susurre :

— Vous vous étonnez de me retrouver ici ?

— On s'étonnerait à moins, bredouille le général retrouvant la voix.

— Défaut de réflexion, permettez-moi de vous le dire.

— Je ne saisis pas le sens de cette observation.

Midoulet s'incline derechef.

— Je désire vous éclairer. Sans cela, rien ne m'eût été plus facile que de dissimuler ma présence à bord du *Dunlovan*. Et tout d'abord, permettez-moi de vous dire que je m'y suis embarqué, en quittant le navire japonais où vous-mêmes vous vous trouviez tout à l'heure.

— Vous étiez passager du… ? balbutia le général ahuri par l'affirmation.

— Bien sûr. C'est moi qui ai prévenu le capitaine Asaki de votre enlèvement en aéroplane. C'est grâce à moi qu'il a radiotélégraphié dans toutes les directions. Au reçu d'une réponse d'Aden, annonçant votre départ pour rejoindre le steamer japonais, une pensée m'a mordu.

— Mordu ?

— Oui, car elle était désagréable. Je me suis dit : le général, ses amis ne m'ont jamais vu avec plaisir. Sur ce bateau il n'y a que des Japonais. Donc, je ne pourrai imposer ma présence, et l'on me mettra aux fers à fond de cale. Or, je n'aime pas les mauvais traitements. Je suis donc passé sur le *Dunlovan* qui, par bonheur, se trouvait là.

Et menaçant du doigt la mutine Emmie, qui vient de murmurer à l'oreille de Sika :

— Il est assommant, ce monsieur !

Il reprit d'un ton doctoral :

— Ici, je puis m'imposer. Or, le pantalon que vous convoyez ne porte aucune trace de message…

— Eh bien, alors ? gronda Tibérade exaspéré par la ténacité de l'agent au service des Renseignements français.

Celui-ci le regarda fixement :

— Monsieur Tibérade, je pense que vous ne tenez pas plus qu'autrefois à devenir traître à votre pays.

Le jeune homme rougit légèrement songeant qu'à cette heure, il portait sous son complet de voyage, un caleçon de drap gris fer, fragment du vêtement qui avait été dissimulé à Midoulet, et l'agent poursuivit :

— Vous rendrez hommage à mon raisonnement… patriotique. Je me suis dit : la signification de l'objet ne résidant pas en lui-même doit ressortir du caractère de la personne à qui il sera remis. Il n'est pas un message ; il est donc un signal.

Tibérade courba le chef, frappé par la probabilité de l'interprétation de son interlocuteur.

Le geste plut à ce dernier, car il continua d'un tout bon enfant :

— Ceci entré dans mon esprit, assuré d'autre part que S. E. le général Uko ne me permettrait pas de jouir de sa compagnie, au moins de bon gré, j'ai pris mes petites dispositions.

Uko, Sika, Emmie avaient écouté, la rage peinte sur le visage.

Ils comprenaient que, cette fois, l'agent était victorieux.

Cependant le général comprima son courroux et avec une pointe de raillerie :

— Si j'ai bien pénétré le sens de vos paroles, monsieur Midoulet, vous vous proposez de m'accompagner là où j'irai, avec l'intention de voir, à quelle personne je remettrai le vêtement que vous avez si vilainement dégradé ?

— Vous avez pénétré le fond même de ma pensée, général.

— Seulement, pour m'accompagner, il faut que j'y consente.

— Oh ! votre consentement n'est pas nécessaire. Il me suffit que le commandant du *Dunlovan* soit disposé à mettre le cap sur l'endroit désigné.

— Vous ne le connaissez pas, et vous auriez tort de compter sur moi pour vous le désigner.

— Inutile, général.

— Cependant, il me parait audacieux de vouloir marcher dans une direction que l'on ignore.

— C'est très exact seulement je n'ignore pas.

Un oh ! stupéfait jaillit des lèvres de tous les assistants ; puis il y eut un silence pesant.

— Vous n'ignorez, pas ? répéta enfin le Japonais d'une voix frémissante.

— Et je vous le prouve, général. Actuellement, le *Dunlovan* a repris sa marche ; son hélice se tord sous les eaux, le poussant vers...

Il s'arrêta, comme pour préparer son effet.

— Vers... ? interrogea Uko d'un accent farouche.

— Vers la côte est de Madagascar, et, pour être plus précis, vers le port de Tamatave.

La foudre, tombant aux pieds des voyageurs, ne les aurait pas bouleversés davantage que cette affirmation du policier.

Car il disait vrai. C'était à Tamatave, où des instructions nouvelles leur parviendraient, que le général et ses compagnons devaient êtes transportés par le vapeur japonais, dont on les avait séparés si opinément.

Nier. À quoi bon ? L'accent de Midoulet démontrait qu'il tenait ses renseignements de bonne source. Aussi, sans s'inquiéter de l'aveu tacite contenu dans sa question, le Japonais prononça :

— Comment savez-vous cela ?

— Décidément, général, je conçois la confiance de votre empereur en votre personne. Vous savez abattre le jeu avec rondeur. Je vais donc satisfaire votre curiosité.

Et appelant un quartier-maître qui, à quelques pas, semblait surveiller les mouvements des causeurs :

— Jasper, dit-il, mon vieux garçon ; voulez-vous être assez aimable pour avertir mistress Honeymoon que je l'attends ici.

— Mistress Honeymoon ? redirent les voyageurs avec une stupéfaction analogue à celle d'un astronome qui recevrait un bolide sur la tête.

— Eh ! oui, la passagère qui occupe la cabine du lieutenant en second.

— Mistress Lydia Honeymoon ? répéta encore Emmie…

— Elle-même.

— Elle est abord ?

— Oui.

Les passagers échangèrent un regard désespéré. L'impossible se réalisait. La jeune Anglaise, laissée à Aden, dans la cave de la Tour Carrée, les avait précédés dans le golfe Persique ! Incroyable ! Incompréhensible !

Le quartier-maître cependant grommelait d'une voix de basse taille :

— Ah ! bien ! *All right !* Le mousse. Je ne savais pas son nom de lady.

Et à grands pas, il se dirigea vers une écoutille.

Tibérade et ses amis s'entre-regardèrent de nouveau. L'exclamation du marin les jetait en face d'un nouveau mystère.

— Le mousse ! avait dit cet homme ; je ne savais pas son nom de lady.

Le mousse, la lady, en une seule personne. Que signifiait cet imbroglio ?

Ma foi, Uko allait solliciter un éclaircissement. Midoulet le prévint.

— Un instant de patience encore, général ; tout s'expliquera à votre entière satisfaction...

Et avec un rire ironique :

— Je dis : satisfaction, en ce qui touche votre désir d'élucider le problème ; car pour autre chose, je n'oserais rien affirmer de semblable.

À ce moment même, la jeune femme, remarquée naguère par les voyageurs de la chaloupe qui les amenait au *Dunlovan*, parut. Seulement elle était redevenue blonde, et tous reconnurent leur prisonnière de la Tour Carrée.

Elle s'avançait, gracieuse, minaudière et charmante, préoccupée d'apparence uniquement d'attirer les regards louangeurs de sa gentillesse.

Qu'est-ce que cette personne mignonne et mignarde pouvait avoir de commun avec un mousse grossier ?

Elle vint se planter auprès de Midoulet, et d'une voix douce, aux inflexions enfantines, soulignées par son délicieux et léger accent anglais :

— Je suis venue, puisque vous aimez cela. Quel est le motif ?

— Une présentation, mistress.

— En vérité, et contre qui cette présentation ?

— Contre le général Uko, miss Sika, sa chère fille, et leurs amis miss Emmie et Marcel Tibérade, esquire.

La jeune femme adressa un sourire aimable à chacun des passagers, et de sa petite voix chantante :

— Oh ! je connais beaucoup, déjà, et j'ai conservé la meilleure remembrance de nos rencontres.

Elle allait continuer, Midoulet s'interposa :

— Un instant. J'ai parlé de présentation. Je n'en démordrai pas.

Puis, prônant l'inconnue par la main :

— Mistress Honeymoon, veuve du commodore Jack Honeymoon, décédé de la fièvre jaune sur les côtes brésiliennes, et qui a voulu remplacer son mari au service de l'Angleterre.

— Comme commodore ? plaisanta Emmie.

— Plus modestement, mademoiselle ; mistress Honeymoon s'est contentée d'un engagement de mousse à bord du steamer où vous vous trouviez ce matin.

— Mousse sur un navire japonais ?

— Elle parle et entend le japonais à ravir ; ce qui lui a permis d'apprendre, général, que vous voguiez vers Tamatave, où vous attendriez les instructions de votre gouvernement.

Et tous demeurant bouche bée, hébétés par cet espionnage nouveau subitement révélé, la charmante blonde minauda :

— On vous conduira religieusement dans Tamatave, car master Midoulet désire beaucoup, et moi également, je sais le dire, connaître le destinataire de…

Elle parut chercher le mot, puis avec des mines scandalisées :

— La bouche d'une lady ne saurait prononcer le mot de ce vêtement inconvenable… Mais comprenez, je prie… ; je souhaite découvrir le destinataire de l'*inexpressible*.

— Ah çà ! comment étiez-vous sur le bateau japonais avant nous ? réussit enfin à demander Emmie.

Lydia lui sourit.

— Très simple. À la Tour Carrée, les télégraphistes que vous m'aviez données pour compagnes de captivité nous ont débarrassés, M. Pierre et moi, de nos liens. Et comme le sans fil aboutissait au sous-sol, nous avons pu adresser un radiogramme au gouvernement. On nous a délivrés deux heures après votre départ. Une rapide enquête à Aden nous a appris la location d'un bateau à vapeur, pour conduire quatre voyageurs à Karta (golfe Persique). Je suis partie aussitôt par un autre, environ quinze heures avant que vous vous embarquiez vous-mêmes. Je parle japonais, on vous l'a dit. J'ai eu le temps d'aviser le commandant du *Dunlovan* et de me faire embaucher sur le navire qui vous attendait. Je dois ce succès en partie à M. Midoulet, ici présent. Aussi, à présent, nous sommes sincèrement alliés et le resterons jusqu'au jour où nous pourrons annoncer la victoire à nos gouvernements.

À ce moment même, Pierre Cruisacq se montra à son tour.

Lydia s'appuya à son bras, avec une ironie tendre.

— Je ne vous présente ni M. Pierre, ni Véronique, vous les connaissez beaucoup tous deux. Mais je veux dire qu'il est de moi l'*engagé* très véritablement aimé.

Et laissant ses interlocuteurs abasourdis, elle s'éloigna avec son fiancé, de l'allure compliquée et exquise d'une jolie femme, uniquement soucieuse de mettre en lumière les dons de charme dont la nature l'a gratifiée.

Après dix jours de navigation, le *Dunlovan* glissait sur l'eau paisible, longeant à moins de deux milles la côte orientale de Madagascar.

Les vigies avaient signalé les caps, formant l'immense baie de Diego-Suarez, située à l'extrémité nord de la grande île française.

La chaleur était torride.

Un soleil implacable dardait sur le pont des rayons ardents.

Équipage, passagers se mouvaient péniblement, accablés par une température d'étuve que n'adoucissait aucune brise.

Dans l'étroite zone d'ombre des cheminées du croiseur, Tibérade et Emmie, engourdis par la chaleur, regardaient d'un œil vague la côte qui se déroulait devant eux.

Parfois, ils élevaient paresseusement jusqu'à leurs yeux des jumelles marines, dont ils étaient munis, et alors ils s'oubliaient dans la contemplation du rivage, avec ses alternances de rochers, de grèves, de sable ocreux, de lagunes, limités par la forêt côtière, épaisse, continue, dominée par le parasol des palmiers.

— J'étouffe positivement, grommela soudain Tibérade.

Emmie fit entendre un petit rire cristallin.

— Si tu peux puiser une consolation dans cette idée, dis-toi que je suis tout à fait dans le même cas. Ces jambes de pantalon, que j'ai transformées en brassards, sont insupportables.

— Moi, je n'ai que le corps du pantalon, un caleçon inédit ; mais comme il me faut porter un second inexpressible, selon l'expression de mistress Honeymoon, pour dissimuler le premier, je cuis, je rissole.

Tous deux se toisèrent, les muscles zygomatiques secoués par une hilarité plus forte que la pesanteur de l'atmosphère surchauffée.

Puis, brusquement, Marcel reprit :

— Au fait, pourquoi ne rendons-nous pas ce vêtement ensorcelé au général Uko ?

— Pour demeurer utiles, cousin. Pour conserver un prétexte plausible d'accompagner notre chère Sika. Je dis *notre*, bien que je considère ton affection comme beaucoup plus grande que la mienne.

D'un air ennuya, Tibérade secoua la tête lentement. Son geste trahissait la fatigue.

— Qu'as-tu encore ? interrogea là fillette.

— J'ai… j'ai… petite souris, tu dois bien le comprendre. L'instant où le destinataire du satané objet se présentera approche à chaque tour d'hélice…

— Évidemment. Sans cela, ce serait décourageant de faire tant de chemin.

— Ne plaisante pas, je t'en prie.

— Je suis grave comme un diplomate qui aurait avalé sa canne.

— Tu n'en as pas l'air. Songe donc, chère tête folle, qu'à ce moment, attendu et craint, je risque d'agir en traître à mon… à notre pays.

— Pas du tout.

Il se tourna vivement vers sa gentille interlocutrice, qui le considérait de ses yeux vifs.

— Si tu m'expliques cette dénégation au moins hasardée…

— Marquée au coin de la raison, veux-tu dire ?

Et une flamme gaie, dansant en son regard noir, Emmie reprit :

— Voyons, qu'ont décidé Midoulet et mistress Honeymoon ?

— À quel propos ?

— À propos de la remise du message de drap gris fer, donc ! Ils ont déclaré que ce vêtement devait être un signal, et que la qualité du récepteur révélerait le souhait de l'expéditeur, dans l'espèce, S. M. I. le mikado.

Ce fut d'un haussement d'épaules que Marcel accueillit la réponse de sa jeune cousine.

— Eh ! petite masque ; tu feins d'oublier que ce raisonnement, éclos dans l'esprit du digne Midoulet, qui l'a fait partager par mistress Lydia, bien que celle-ci connaisse la supercherie de Bassorah, provient uniquement de la dualité, voulue par toi, du vêtement diplomatique.

— Et après ?

— Dans le faux échantillon, on ne pouvait rien découvrir.

— Évidemment Seulement, affirmerais-tu que le véritable contient l'énoncé calligraphique d'un secret ?

— Dame, non. Quoique ce soit possible.

— Mais le contraire l'est tout autant ; car enfin tu n'y as rien relevé d'anormal, toi.

— Ceci, je le reconnais, est exact, tout à fait exact.

— Alors, la logique de M. Midoulet peut s'appliquer au vrai colis mikadonal, aussi justement qu'au faux. Donc, ne te mets pas *martel* en tête…

Et gaiement :

— Songe seulement que l'exquise Sika s'est mise *Marcel* en tête et ne la néglige pas trop.

L'Interlocuteur de la fillette pâlit. On eût cru que tout son sang venait de refluer à son cœur.

Sa voix se fit douloureuse pour murmurer :

— Ne parle pas ainsi… Le rêve impossible doit être écarté.

— Impossible ! s'écria-t-elle. Tu es fou. Tu as fait tout ce qu'il était nécessaire pour te rendre inoubliable. Monsieur se dévoue, Monsieur saute dans la cage des lions, il avoue par ses actes consentir à devenir bifteck, si la mignonne Sika subit elle-même cette métamorphose. Son père t'appelle son fils, et elle, fille respectueuse, si après cela, elle n'avait pas de cœur… et elle en a ; elle me l'a dit.

— Mais sa fortune ?

— Tu n'y pensais pas devant les lions ; et elle et son père t'ont dit en toutes lettres qu'ils n'y pensent plus devant toi.

Le temps passait cependant.

Sika et le général vinrent rejoindre les deux Parisiens. Évidemment, on approchait de Tamatave, but de la navigation.

Des barques, des bateaux de commerce, croisaient fréquemment la marche du croiseur, annonçant ainsi le voisinage du port.

Puis la ligne des lagunes s'interrompit.

On aperçut les paillotes nombreuses, groupées autour des édifices hovas et français.

Enfin, le navire britannique stoppa sur rade.

Et aussitôt Midoulet, Lydia, Pierre, tels des diables sortant d'une boite, se dressèrent devant les voyageurs.

— Mesdemoiselles, messieurs, fit l'agent français avec un sourire moqueur, nous voici à Tamatave. Un canot va vous conduire à terre. Le capitaine de port donnera l'hospitalité à M. le général Uko et à sa chère fille.

— Hein ? clama Tibérade à cette déclaration inattendue ; auriez-vous la prétention de traiter nos compagnons en prisonniers, de nous séparer d'eux ?

L'agent secoua gaiement la tête.

— Mais non, mais non... Seulement j'ai horriblement abîmé un pantalon, dont le général était chargé. Je l'ai emporté de Bassorah, où vous l'aviez oublié, et je tiens à ne pas le perdre de vue, afin de fournir au destinataire toutes les explications utiles pour dégager la responsabilité de M. l'ambassadeur.

Marcel et le Japonais échangèrent un regard consterné.

— Mais ma cousine et moi-même ? prononça le jeune homme.

— Vous, vous logerez où il vous plaira.

— Il nous sera sans doute interdit de rendre visite à nos compagnons de voyage ?

— Pas le moins du monde. Vous êtes entièrement libres de vous réunir aussi souvent qu'il vous conviendra.

— Et vous, mistress Lydia, qu'est-ce que vous dites de cet arrangement ?

À la question faite par Emmie, la jolie Anglaise répliqua :

— À Madagascar, nous sommes en territoire français ; j'approuve donc complètement le plan de M. Midoulet.

Avec un regard très doux à Pierre, elle conclut :

— Au surplus, ceci sera ma dernière campagne. Je compte ensuite me retirer des Renseignements pour... le bonheur !

À cet Instant un officier se dirigeant vers le groupe, Célestin Midoulet expliqua courtoisement :

— L'instant d'embarquer est venu.

C'était vrai. L'officier avait mission d'inviter les passagers à descendre dans le canot qui venait d'être mis à la mer.

Tous obéirent de bonne grâce.

Après tout, ils auraient licence de se voir à terre, et pourraient adopter le *modus vivendi* qui leur conviendrait.

Exempts d'inquiétude, ils se laissaient bercer par le mouvement de la chaloupe, escaladant les houles, sous l'impulsion cadencée des rameurs.

Les constructions de Tamatave se précisaient. Les longs hangars des docks bordant le bassin, et, en arrière, les dominant, les clochers de l'église catholique et du temple protestant, le belvédère du palais du gouverneur, semblaient regarder curieusement de leurs fenêtres sombres ce qui se passait en haute mer.

— Nous accosterons à l'échelle. Pas assez d'eau pour atteindre le débarcadère. Il faudrait descendre dans la vase.

Ceci est annoncé par le lieutenant assis à l'arrière du canot.

En effet, l'embarcation vient stopper au long de l'estacade, au pied d'une échelle de fer fixée dans les pilotis goudronnés.

Très aimables, ravis d'apparence de toucher au port, Midoulet, Lydia, Pierre s'empressent.

Ils aident Uko à commencer son ascension. Puis ils invitent Tibérade à suivre le mouvement.

— Une fois en haut, disent-ils, vous serez à même de recevoir ces demoiselles et de leur faciliter l'accès du plancher de l'estacade. Vous le voyez, nous ne vous refusons aucun plaisir.

Combien l'accent des espions est gouailleur.

Mais Marcel ne le discerne pas.

Il juge qu'ils ont raison. Il se précipite, escaladant les échelons avec la prestesse d'un marin. Brusquement il a un cri.

Midoulet a une canne à épée à la main. Il a tiré la lame de son fourreau, et d'un coup fouetté, il a promené la pointe sur le fond de l'inexpressible de Tibérade.

L'acier tranchant détermine une catastrophe.

Un craquement prolongé se fait entendre.

Le pantalon de Marcel s'est déchiré de la ceinture aux jambes. Le fond, s'ouvre ainsi qu'une croisée… et, par l'ouverture, apparaît le vêtement diplomatique que l'autre dissimulait jusque-là.

Lydia prononce :

— Voilà ce que je vous disais, monsieur Midoulet.

Emmie a suivi le drame. Elle a un cri éperdu :

— Marcel !

Mais Midoulet lui coupe la parole.

— Taisons-nous, dit-il. Ah ! il y a une seconde édition gris fer !

Et les dents, serrées :

— C'est pour cela que je n'ai rien découvert de suspect dans celle qui m'a été confiée. Vous avez cru me rouler. Heureusement, l'Angleterre veillait aux côtés de la France !

Il a un geste reconnaissant à l'adresse de Lydia, de Pierre, qui rient à qui mieux mieux, et à son tour, il se précipite sur l'échelle, avec, l'intention visible de rattraper Tibérade.

Celui-ci, dont l'attention a été appelée par le choc, par l'appel de sa petite cousine, comprend le mouvement et, à toutes jambes, s'élance dans la direction des docks.

Il a de l'avance : elle s'augmente encore du fait d'une chute que Midoulet, dans sa hâte, effectue en route.

Marcel disparaît parmi les bâtiments des docks.

Mais les matelots, l'officier, suivent l'agent français.

À leurs clameurs, les postes de douane et de gardes sakalaves, échelonnés sur les quais, s'ébranlent à leur suite. Tous s'engouffrent dans les docks, criant, vociférant.

— Marcel est perdu ! gémit Emmie.

Non ! le fugitif a eu une inspiration géniale. Le hall, dans lequel il s'est jeté au hasard, est rempli de fûts empilés les uns sur les autres jusqu'à la toiture.

Et cette toiture est percée de lucarnes.

Que le fuyard en atteigne une, il se hissera sur le toit et pourra gagner le sol du côté de la ville, échappant ainsi à ses poursuivants ; car toutes les portes des docks s'ouvrent sur la mer.

Et il grimpe, s'agrippe aux fûts, court au sommet de la pyramide.

Patatras ! Le fond d'un tonneau cède sous son poids. Marcel est plongé jusqu'à la taille dans un liquide à l'odeur caractéristique.

Il a pénétré par effraction, c'est le cas de le dire, dans un baril de vinaigre.

Mais l'incident ne l'arrête pas. Il sort de la baignoire improvisée, réussit à se hisser jusqu'à la lucarne, puis sur le toit, et enfin à se laisser glisser sur le sol.

Quelques instants plus tard, devenu l'hôte d'un Sakalave, il défiait momentanément les recherches de ses ennemis.

CHAPITRE XIII
LE MESSAGE INATTENDU

La cabane est pauvre. Des bambous juxtaposés forment les murailles, et, comme toiture, des poutrelles supportent des feuilles du ravenala, cet arbre bizarre que les Malgaches utilisent, et comme couvert et comme batterie de cuisine.

Au centre du toit un trou rond se trouve ménagé, afin que se puisse échapper la fumée du foyer primitif établi juste au-dessous.

Des pierres rangées maintiennent un fagot de branchages secs, qui flambe en ce moment, et, éclairés bizarrement par la flamme, l'indigène et Tibérade, actuellement en caleçon, étendent devant le feu le vêtement déchiré et aussi celui que l'accident a démasqué.

Une odeur âcre de vinaigre emplit la paillote. La chaleur amène l'évaporation de l'acide acétique.

Les vêtements se sèchent rapidement. La main de Marcel qui les interroge n'y rencontre plus trace d'humidité.

Ouf ! Il va pouvoir se rhabiller, se débarrasser de l'inquiétude qui le tient depuis son arrivée. Si ses ennemis découvraient sa retraite, comment leur échapperait-il ? Chacun sait combien un civilisé se sent maladroit, alors qu'il est privé de ses vêtements.

Donc, avec une joie non dissimulée, Tibérade empoigna le caleçon de drap gris fer, partie du message diplomatique dont il avait assumé la garde.

— Ces idiots d'agents anglo-français, murmura-t-il. Ils seraient bien avancés quand ils tiendraient ce fragment d'étoffe… Et ils me sépareraient de Sika ; car je n'aurais plus aucune raison de l'accompagner.

Mais il s'interrompit pour lancer un cri de stupeur :

— Qu'est-ce que c'est que cela ?

La ceinture du vêtement, on s'en souvient, était doublée de satin noir.

Or, à cette heure, la doublure n'apparaissait plus uniformément foncée. Des signes blancs se dessinaient à sa surface, formant des lettres, des mots, des phrases.

Et le jeune homme, bouleversé, lut cette menaçante missive :

« Un mois après la cérémonie du Bain de la reine, les Hovas, armés secrètement, massacreront les faibles garnisons françaises. Notre flotte sera en vue de l'île de Madagascar et nos troupes de débarquement occuperont Diego-Suarez et ses abords, que Sa Gracieuse Majesté nous cédera à bail comme point d'appui stratégique et dépôt de charbon. « En retour de Sa Courtoisie, nous la protégerons contre toute réclamation ultérieure des pays d'Europe. L'épée du Japon serait tirée, si quelque ennemi osait s'attaquer à notre alliée et amie, la gracieuse souveraine des Hovas. « À la dominatrice aimable de la grande île du Soleil-Couchant, le mikado, empereur des îles du Soleil-Levant, envoie l'assurance de son amitié. »

C'était un coup de foudre.

Le jeune homme demeura atterré.

Avec la rapidité prodigieuse de la pensée, il perçut instantanément les résultantes de la découverte que l'immersion dans le vinaigre, suivie de l'exposition à la chaleur, venait de déterminer.

S'il remettait le message étrange à son destinataire, il devenait traître à la France, et, *ipso facto*, il se considérait comme indigne de l'affection de Sika.

S'il ne le remettait pas, il trahissait la confiance d'Uko, et, de ce fait encore, creusait un abîme entre la blonde Japonaise et lui-même.

Partant, toujours l'anéantissement des espérances auxquelles il refusait de croire jusque-là, et qui, à cette heure tragique, s'imposaient à son esprit.

Ah ! l'emprise de Sika était bien puissante, car, pas une seconde, il n'envisagea la possibilité de prendre Célestin Midoulet, ou même la jolie Lydia, pour confidents.

Et il demeurait là, sur un escabeau grossier, immobile, anéanti, sans pouvoir de réflexion.

Il s'était si bien habitué à l'idée que le pantalon gris fer, un simple signal, ne renfermait aucun message ! La découverte de la vérité le bouleversait.

Comme il s'était mépris ! Combien la réalité le torturait !

Puis, tout à coup, dans son désarroi moral, il songea à sa petite cousine, à Emmie, la compagne rieuse des mauvais jours, dont la gaieté, l'insouciance le consolaient naguère.

Il éprouva un ardent désir de la voir, de lui confier sa peine.

L'homme avait besoin des consolations de l'enfant.

Oui, mais comment la prévenir sans éveiller les soupçons des agents des Renseignements, sans attirer ces curieux sur ses traces ?

L'hôte de Tibérade préparait le repas, sans paraître s'apercevoir de l'odeur vinaigrée emplissant la cabane.

— Antanahevo ! appela Marcel.

L'interpellé leva la tête :

— Que veux-tu de lui ? fit-il avec cet accent zézayant particulier aux Malgaches.

— Tu habites Tamatave depuis longtemps ?

— Depuis toujours.

— Alors tu connais les hôtels de la ville ?

Antanahevo se mit à rire.

— Oh ! les hôtels, pas difficile. Il n'y en a qu'un seul… et encore, les gens de ton pays affirment avec mépris que c'est une *affreuse gargote*. Je ne sais pas ce que cela signifie au juste ; mais la façon dont ils le disent prouve que ce n'est pas un compliment.

Bon renseignement. Il démontrait à tout le moins que les compagnons de voyage de Marcel n'avaient pu descendre en un autre endroit.

— Ceci est bien, reprit le jeune homme, et je pense que tu seras capable de te rendre à cet hôtel ?

— En quelques minutes ; la route est brève.

— Bon ! Mais il s'agit d'y pénétrer sous un prétexte dissimulant le véritable motif de ta venue.

— Tu ignores que j'ai mon assortiment de colporteur. Je vis de la vente des soies d'araignée, la spécialité du pays, des sacs de paille tressée, des bijoux, ornés de cristaux des montagnes…

La déclaration arracha à Tibérade un cri de joie qui interrompit l'énumération.

— Mais, avec cela, tu peux pénétrer dans l'hôtel sans éveiller la défiance ?

— Qui se défierait d'un pauvre bétsimisarak (peuple noir de Madagascar) comme moi ?

— Il y a des gens très curieux, mon brave, à l'hôtel même ; et il faudrait arriver, sans appeler l'attention de personne, à remettre à une jeune dame un billet que je te confierai.

— Il sera remis comme tu le souhaites ; tu peux en être certain.

L'assurance de l'indigène se communiqua à son interlocuteur. Marcel traça sur une feuille ce laconique billet :

« Petite Emmie,

« Suis le porteur de ce mot. Il te conduira à mon asile. Une catastrophe se produit. Je suis désemparé, désespéré. Viens pleurer avec moi sur un rêve désormais irréalisable.

« *Signé :* Marcel. »

Un quart d'heure plus tard, Antanahevo, un gros ballot sur l'épaule, quittait la chaumière, non sans avoir promis :

— Je ramènerai la pitit demoiselle… Et les curieux, ils verront qué du feu.

Combien de temps dura son absence ? Absorbé par ses réflexions peu folâtres, Tibérade n'aurait su l'évaluer au juste.

Mais soudain la porte s'ouvrit. Un froufrou de jupes, un projectile vivant firent irruption dans le pauvre logis, et Marcel se trouva dans les bras d'Emmie, trépidante, émue, loquace :

— Qu'est-ce que tu as, cousin ? Quelle *tuile* est encore tombée sur ta pauvre tête ?

Le récit du jeune homme provoqua les exclamations stupéfaites de la mignonne Parisienne.

— Quoi ! Le pantalon était une lettre ?... Ah ! il faut être Japonais pour réaliser des idées pareilles.

Mais l'expression de sa surprise ne l'empêcha pas d'énoncer catégoriquement :

— Seulement, Sika vaut bien la peine que l'on ait un peu d'adresse pour la mériter... Donc, ne pas rendre le vêtement au général ; ne pas le donner aux agents. Le porter à destination ; faire le facteur jusqu'au bout ; et cela de façon que ni la France, ni Uko, ni Midoulet et mistress Lydia ne puissent formuler la plus légère critique.

À l'exposé de ce problème bizarre, Tibérade leva les bras au ciel en un geste d'éloquent désespoir.

— Ceci est impossible, commença-t-il, chère petite. Impossible !

Emmie coupa la phrase découragée :

— Tu sais bien, cousin, que ce mot est rayé du dictionnaire français depuis longtemps.

— Rayé du dictionnaire. Je le veux bien ; mais hélas ! pas rayé de la vie.

— De la vie aussi. Je te le prouverai.

— Allons donc ! Tu veux m'encourager. Oh ! Je sais ton affection ; seulement elle ne peut accomplir un miracle.

La petite se prit à rire.

— un miracle, voilà un mot très flatteur pour moi.

— Aurais-tu une idée ? fit-il, troublé par le ton confiant de son interlocutrice.

Elle haussa les épaules :

— Eh ! donne moi le temps de trouver, et pour commencer, confie-moi ce pantalon : c'est-à-dire, se reprit-elle avec un sourire, le seul *fragment* que tu possèdes, car je détiens le reste.

Et Marcel ayant obtempéré à son désir, ce furent des questions sans fin auxquelles il répondit de son mieux, encore que leur but lui échappât. En fin de compte, la fillette résuma la conversation en ces termes :

— Nous disons donc que la teinture sympathique, employée par le mikado pour écrire sur la doublure de satin noir est un composé de suc d'oignons et de calcaire ; ce composé ne pouvant être révélé que par l'action successive d'un acide et de la chaleur. Parfait ! Parfait !

Elle paraissait enchantée.

Marcel mijotait l'impression que sa chère « petite souris » avait bien une idée ; mais il chassa cette supposition inacceptable. Si elle voyait une solution, elle la lui ferait connaître, sans le laisser souffrir de son angoisse.

Et puis quelle apparence que la gamine pût découvrir un moyen, pour lui inexistant, de résoudre la question ardue dont son bonheur allait mourir ?

Elle ne semblait pas soupçonner ses réflexions, absorbée maintenant par la contemplation du vêtement, réduit à l'apparence modeste d'un caleçon de bain. Elle murmurait des paroles incompréhensibles :

— Un mètre, sur vingt-cinq centimètres... Oui, oui, cela suffirait amplement.

Soudain, elle se pencha en avant, parut prêter l'oreille.

— Tu n'entends rien, cousin ? fit-elle d'un ton inquiet, d'une voix légère comme un souffle.

Il écouta, ne perçut aucun bruit.

— Je n'entends plus, reprit la petite. On aurait juré que quelqu'un se glissait avec précaution le long de la porte.

Elle baissa la voix.

— Un espion, peut-être... Dis donc, il existe une courette derrière la cabane ?

— Oui.

— Je le vois bien. Tu devrais t'y tenir un instant. Toi caché, je m'assurerais qu'aucun espion ne m'empêchera de rentrer à l'hôtel.

Tout en parlant, elle le poussait presque dehors.

Et quand il eut disparu, qu'elle eut refermé sur lui la porte de la courette, elle bondit près de l'indigène.

— Vous avez de la soie d'araignée teinte en noir ? demanda-t-elle.

— La pièce que je vous ai montrée parmi les autres, à l'hôtel, demoiselle.

— Il me semblait bien. Un coupon de deux mètres, n'est-ce pas ? Je le prends.

Elle saisissait l'étoffe que lui tendait le Malgache, y enroulait le pantalon messager, jetait une pièce d'or à l'homme, puis rapidement :

— Vous direz à mon cousin qu'il ne s'inquiète pas. Tout finit par s'arranger, c'est la vraie philosophie. Seulement, qu'il sorte ce soir, et se fasse prendre par ceux qui le cherchent.

— Qu'il se lasse prendre ? répéta l'autre, abasourdi.

— Oui… Vous lui affirmerez que j'ai emporté avec moi ce qui l'inquiétait. Qu'il ne vous désigne pas comme son hôte. Il a été dévalisé par des voleurs ; les voleurs, c'est très commode, cela explique tout. Et là-dessus, bonsoir ! Il ne faut pas qu'il me retrouve ici.

Pfuitt ! La porte s'est ouverte. Emmie a filé par l'ouverture ainsi qu'une flèche. Elle a disparu.

La grande cérémonie annuelle du Bain de la reine des Hovas va avoir lieu.

Dans le cirque aux roches rouges, qui entoure Antananarivo (les mille villages), capitale des Hovas et de Madagascar, une foule bigarrée est assemblée.

Seigneurs, artisans, colons, se pressent, maintenus par les soldats qui défendent l'approche de « la baignoire », comme disent les braves troupiers.

Ah ! une baignoire creusée dans le roc, ayant deux mètres de long sur une largeur presque égale.

Ce n'est là, du reste, qu'un trompe-l'œil, un symbole, pourrait-on dire.

La cavité est reliée, par une canalisation souterraine, à la baignoire de marbre blanc du palais, dans laquelle tout à l'heure la souveraine plongera son corps royal et de teinte foncée. L'eau s'écoulera par les tuyaux *ad hoc*, remplira la cavité extérieure, et devenue sacrée par son contact avec l'épiderme princier, elle servira à asperger la foule prosternée. Des hérauts sont préposés à cette opération.

Recevoir une gouttelette du liquide, c'est acquérir la certitude du bonheur, de la fortune ; du moins, les indigènes le prétendent ;

cette superstition locale explique l'affluence des assistants.

Or, sur la ligne même des soldats, un groupe de cinq personnes semble attendre la cérémonie avec une impatience particulière.

On comprend leur anxiété en les reconnaissant.

Ces curieux sont : Célestin Midoulet, Lydia, Pierre Cruisacq, que leur titre d'agents français et anglais a fait admettre par le *service d'ordre* sur la ligne des factionnaires. Les attachés aux *services des Renseignements* ont obtenu même faveur pour leurs amis Marcel Tibérade et la charmante Sika.

Le général Uko ne les accompagne pas, non plus qu'Emmie.

Pourquoi ? Comment ces derniers ne sont-ils pas auprès de leurs compagnons ?

Voilà précisément ce que Midoulet demande à Lydia pour la centième fois peut-être. La jeune femme ne saurait lui répondre. Du reste, elle semble absorbée par l'émission, à l'adresse de Pierre, de regards éminemment aimables. Et Célestin pérore tout seul.

— Je suis certain que le vol du pantalon par des bandits inconnus, vol que vous m'avez conté, lorsque vous êtes venu vous remettre entre mes mains, monsieur Tibérade, je suis sûr, dis-je, qu'il se rattache à la disparition du général et de votre jeune cousine. C'est là encore une menée de la tortueuse diplomatie japonaise.

Ce à quoi son interlocuteur réplique en souriant :

— Je le crois comme vous, monsieur Midoulet.

— Et rien n'a pu nous mettre sur les traces des voleurs ?

— Hélas ! non, monsieur Midoulet. Comme je vous l'ai expliqué, on m'a dévalisé durant mon sommeil ; dès lors, tout indice fait défaut.

Ainsi qu'on le voit, Tibérade n'a pas accusé sa cousine. Il a même attribué sa fuite sur le quai au moment du débarquement du *Dunlovan* à une panique irraisonnée. Bref, il s'en est tiré à peu près.

Et cependant il est positivement sur des charbons ardents. La dépêche si étrangement révélée le hante. Pourquoi Emmie a-t-elle fui avec la missive bizarre ? Pourquoi a-t-elle disparu avec Uko ?

Il lui semble bien qu'un éclair ironique passe dans les grands yeux noirs de Sika, toutes les fois que les agents, que lui-même, abordent ce sujet ; mais à toutes les questions, la jeune fille s'est bornée à répondre :

— Je ne sais rien. Un billet laconique de mon père m'a avisé qu'il s'absentait pour le service du mikado. Il m'enjoignait en même temps de me rendre à Tananarive, où il me rejoindrait, le jour de la cérémonie du Bain de la reine.

Ainsi, les cinq voyageurs ont gagné la capitale Hova, et maintenant ils attendent avec une anxiété non dissimulée.

Mais des clameurs assourdissantes s'élèvent de toutes parts.

La vasque du bain commence à s'emplir d'eau. Les hérauts, chargés de l'aspersion de la foule, se montrent auprès de la cavité, revêtus de leur uniforme rouge et or.

L'heure attendue sonne.

À l'aide de larges spatules de bois, les fonctionnaires projettent au loin des gerbes liquides, qui semblent, sous le soleil, des fusées de diamants.

Le peuple se prosterne, rampant sur le sol pour recevoir au passage quelques gouttes de la rosée annonciatrice des bonheurs futurs.

C'est une folie ; c'est un délire !

Une poussée irrésistible se produit.

Marcel, Sika, Midoulet, Lydia, Pierre, sont bousculés, repoussés en arrière. Ils sortent d'ailleurs volontiers de la cohue frénétique.

Et comme ils se sont arrêtés à quelque distance des fanatiques hurlant, se frappant, s'écrasant, ils ont un cri de surprise.

À vingt pas, descendant la route en gradins, qui relie le palais royal au fond de la vallée, ils ont reconnu le général Uko, avec, auprès de lui, l'espiègle Emmie.

Sombre, apparaît le Japonais. Ses sourcils froncés, son visage strié de rides, disent la colère, la honte, les réflexions pénibles.

Sa Jeune compagne porte la même expression sur son visage, mais, par instants, il semble qu'elle contienne avec peine une incroyable envie de rire.

Mais qu'est-ce donc ? Que signifie cela ? Est-ce que Marcel, les agents sont le jouet d'un songe ? Mais non, ils ne rêvent pas.

Sur le bras, le général Uko porte les trois fragments d'étoffe, dont l'ensemble formait le message mikadonal.

Plus fort encore. Il les jette dans les mains tendues de l'agent français.

— Je vous le donne, monsieur Midoulet. Si j'avais pu prévoir pareille mystification, je ne me serais pas donné tant de mal pour vous disputer l'objet.

Sa voix sonne, rageuse. Célestin, Lydia, une seconde interloqués, déplient le vêtement.

Sur le satin noir, qui double la ceinture, des caractères blanchâtres se montrent.

Ils lisent à haute voix cette phrase, stupide autant que stupéfiante :

« Le mikado compte que sa cousine, la reine de Madagascar, lui fera tenir cent livres de gelée de mirabelles d'Anisifavotra. »

Furieux, trépidant, Uko raconte comment il s'est enfui de l'hôtel de Tamatave, entraînant Emmie, qui avait surpris ses préparatifs, comment il est arrivé, en ce jour même, en présence de la reine, qui lui avait été désignée comme la destinataire inconnue jusque-là ; comment il s'était conformé à l'ultime recommandation de ses correspondants mystérieux.

« Ouvrir les yeux, les oreilles. Ne pas perdre un frisson du visage, une intonation de la voix de la souveraine malgache. »

Ah ! sapristi ! Il avait regardé au point d'en avoir, des picotements dans les yeux.

Et il avait vu la reine, ayant fait tremper le drap gris fer dans un récipient contenant du vinaigre, l'exposer ensuite à la flamme d'un grand feu de bois. Il avait vu se révéler l'écriture sympathique et la phrase burlesque, attestant le mauvais goût et la gourmandise du souverain de l'empire du Soleil-Levant. Il était fâché de constater ces vices chez l'empereur qu'il avait servi avec dévouement.

Et puis, l'ahurissement de la reine, sa colère, devant la plaisanterie inqualifiable et incompréhensible.

Et ses gestes furibonds, ses menaces.

Ah ! l'ambassadeur n'en avait pas laissé passer un seul.

Il avait vu le moment où la furieuse princesse allait le gifler.

Mais elle avait trouvé mieux pour se venger.

Elle avait fait appeler le résident de France, et lui avait dévoilé les pourparlers engagés avec le Japon depuis plusieurs mois.

— Ah ! s'écria Emmie, dont les yeux rieurs brillaient singulièrement ; quand je songe que le général m'a obligée à l'accompagner, de peur que je trahisse le but de son déplacement ! J'ai pensé m'évanouir de honte lorsque, dans le palais, parmi les dignitaires de la couronne, après nous avoir introduits comme ambassadeurs, moi emboîtant le pas à votre père, Sika, j'ai entendu la teneur stupéfiante de la missive.

Et d'un ton courroucé :

— De qui se moque-t-on ici ? de la reine ? du plénipotentiaire ?... Qui le dira jamais !

Elle semblait si affectée par l'aventure que la gentille Sika, l'intraitable Célestin Midoulet lui-même s'évertuèrent à la consoler, aidés par mistress Lydia et son « engagé » Pierre.

Cependant tous regagnaient le logis, voisin de la résidence française, où les amis des légats si cruellement joués avaient élu domicile, à leur arrivée à Tananarive.

Chacun se retira dans sa chambre pour se remettre des émotions inattendues de la journée.

Mais à peine Marcel s'était-il enfermé dans la sienne, qu'on heurta légèrement à la porte.

— Entrez ! fit-il, croyant à la venue d'un domestique.

Sur le seuil se montra sa petite cousine.

— Toi, reprit-il, un peu surpris, que désires-tu ?

— T'empêcher de considérer le mikado comme un personnage épris de facéties d'un goût douteux.

— Allons bon. Voilà que tu t'intéresses à la réputation du maître du Japon !

— Énormément, par esprit de justice, du reste.

Le jeune homme regarda la fillette avec stupeur. Elle avait détaché les syllabes, de façon telle que la valeur en semblait doublée.

— D'où te vient cette sympathie subite ? Interrogea-t-il avec le pressentiment d'un fait nouveau.

— De mon amour pour la justice, je te le répète.

Et lui, la considérant d'un air ahuri, elle continua :

— Le mikado ne fut pas l'auteur du libellé qui vous a si fort impressionnés.

— Il ne fut pas ? Et qui donc, alors ?

Emmie baissa modestement les yeux :

— Moi… qui ai remplacé la ceinture primitive de soie noire par une autre, et qui ai tracé, au moyen d'une solution de suc d'oignons et de calcaire, l'inscription sympathique que le vinaigre et la chaleur combinés devaient révéler.

Marcel eut un cri.

— Où as-tu appris cela ?

— Dans la conversation que nous eûmes à Tamatave, tous les deux.

— Je l'avais oubliée, s'exclama le jeune homme. Ô enfants, enfants, les voilà bien pour vous, les bienfaits de l'instruction !…

Peut-être eût-il continué sur ce ton. Sa Jeune interlocutrice ne lui en laissa pas le temps.

— Il en naît d'autres bienfaits, déclara-t-elle gravement, tu devrais le reconnaître, sans que je sois astreinte à réveiller ta gratitude endormie !

Et, comptant sur ses doigts :

— Primo : cela écarte toute inquiétude pour le protectorat français à Madagascar. Donc, la patrie a été bien servie. Secundo : le général n'y comprendra jamais rien, car, rentrant à Paris, il apprendra que son souverain le tient pour traître et que l'air du Japon lui serait tout à fait malsain désormais.

— Ah oui ! Pauvre général. Là-bas, on l'inviterait sans doute à accomplir l'*harakiri*, c'est-à-dire à s'ouvrir la poitrine avec son sabre.

— Juste ! Donc, il restera dans notre vieux Paris, et notre chère Sika avec lui. Enfin, tertio, dernier bienfait, le plus grand de tous : mon brave cousin Marcel a été bon Français, il a vaincu les diplomates japonais et les agents des Renseignements anglo-français coalisés, et ni son futur beau-père ni les agents susdits ne lui en auront rancune, car ils ne sauraient le soupçonner.

Un baiser sonore ponctua la phrase ; la petite souris s'était jetée au cou de celui qui l'avait adoptée.

— Oh ! mignonne, mignonne ! s'exclama le jeune homme, dont les yeux se mouillèrent de larmes ; ce fut un jour heureux que celui où j'associai ta misère à la mienne. Je te devrai le bonheur.

Tout s'accomplit ainsi que l'avait prévu la fillette. Seulement, Tibérade obtint que le général lui fît don du *message du mikado*.

FIN

ISBN : 978-3-96787-263-7